경성 브라운

경성 브라운

초판 1쇄 발행 2023년 11월 24일
2쇄 발행 2024년 10월 21일

지은이 고예나
펴낸이 강수걸
편집 이선화 강나래 이소영 오해은 이혜정 김효진 방혜빈
디자인 권문경 조은비
펴낸곳 산지니
등록 2005년 2월 7일 제333-3370000251002005000001호
주소 부산시 해운대구 수영강변대로 140 BCC 626호
전화 051-504-7070 | 팩스 051-507-7543
홈페이지 www.sanzinibook.com
전자우편 sanzini@sanzinibook.com
블로그 http://sanzinibook.tistory.com

ISBN 979-11-6861-215-0 03810

경성브라운

고예나 장편소설

산지니

차례

가면놀이

석양빛을 받은 기차의 옆구리가 불그스름해졌다. 경부선은 춘곤증을 버텨내며 남대문 정거장까지 전력을 쏟아내는 중이었다. 며칠 전 시작된 꽃샘추위로 인해 승객들의 옷차림은 아직 겨울 티를 벗어나지 못했다.

어느 칸에선가 잔망스런 웃음소리가 퍼졌다. 흰 저고리에 검정 통치마를 입은 여학생들이 삼삼오오 모여 앉아 이야기꽃을 피우고 있었다. 여자로 태어나 자기 이름만 쓸 줄 알면 족하다는 부모님에게 맞서 이화여전 입학 허락을 받아낸 소녀들의 눈매에서는 하나같이 총기가 흘러넘쳤다.

맞은편에는 양장 차림을 한 여성이 앉아 있었다. 무표정하게 차창을 응시 중인 홍설은 자줏빛이 감도는 헤링본 코트에 칠피 구두를 신고 있었으며 무릎께엔 네모반듯한 가방을 올려놓고 있었다. 귀밑까지 싹둑하니 자른 단발머리와 새초롬하게 올라간 눈꼬리, 앙다물고 있는 도톰한 입술은 그야말로 신여성의 표본을 보여주었다.

기차가 정차하자 여학생들이 한꺼번에 퇴장했다. 홍설의 옆, 빈 창가 좌석으로 사내 하나가 걸어 들어왔다. 세로줄이 그어진 감색 양복을 입은 사내는 얼마 지나지 않아 창에 머리를 박고 코를 골기 시작했다. 그 바람에 단추를 채운 재킷이 무방비하게 벌어져 안주머니에 숨겨놓은 권총이 반쯤 모습을 드러냈다.

그녀의 손이 눈보다 먼저 움직였다. 홍설은 권총의 손잡이를 슬그머니 들어 올려 자신의 가방 속에 집어넣고는 자연스럽게 창가에 눈길을 던졌다. 그러나 이내 동공이 오갈 데 없이 흔들렸다. 유리창 안으로 낯선 사내가 오래된 풍경처럼 서 있는 탓이었다.

그는 말끔하게 차려입은 검정 양복에 어울리지 않게 짝다리를 짚고 있었다. 마르긴 하였으나 뼈대가 굵은 탓에 몸통이 잘 벼린 칼날 같은 느낌을 주었으며 머리카락은 한 올도 빠짐없이 이마 뒤로 넘긴 상태였다. 그 아래로 짙은 눈썹과 큼직한 이목구비가 확연히 드러났다. 차창에 비치는 얼굴은 갯바위처럼 까무잡잡했다.

"다리가 불편하여 그런데 자리 좀 양보해줄 수 있겠소?"

위압감을 자아내는 저음이 홍설의 귓바퀴를 건드렸다.

"기꺼이 일어나지요."

홍설은 차창으로부터 눈길을 거두며 재빨리 일어섰다. 그러나 다음 칸으로 넘어가는 순간까지도 사내의 시선이 자신의 뒤통수에 달라붙어 있단 느낌을 떨쳐낼 수 없었다.

—다음 정거장은 남대문입니다.

머리 위에서 기내 방송이 울려 퍼졌다. 조선어와 일본어가 번갈아 들려오는 소리에 홍설의 신경줄은 다소 느슨해졌으나 마지막까지 긴장을 놓을 순 없었다.

남대문 정거장에 당도한 기차는 아라사에서 온 무용수부터 불란서 선교인들까지 다양한 색상의 인종들을 토해냈다. 그 틈바구니 속에서 홍설은 빛의 속도로 모습을 감추었다.

박가는 텅 빈 기차 안에서 코를 골았다. 요한은 그를 예의주시하고 있었지만 머릿속엔 조금 전 자리를 양보해준 여인으로 가득 차 있었다.

'설마 아니겠지... 허나 차창으로 비친 눈매는 너무도 닮지 않았던가.'

요한이 과거의 한 귀퉁이를 마악 펼쳐 보이려는데 박가의 하품소리가 불순물처럼 끼어들었다. 그의 주먹에 절로 힘이 들어갔다. 막 깨어난 박가 역시 요한을 보곤 눈가에 묻어 있던 잠이 단박에 달아난 눈치였다.

"허어! 이게 누군가. 아직도 내가 꿈속인 건가?"

"원수는 외나무다리에서 만난다지."

"이런, 동지 행세를 하려 했는데 벌써 들켰구먼."

"옥에서 단 하루도 자네 생각을 하지 않은 날이 없었네."

"헌데 자네는 갇혀 있었던 사람이 맞는가? 어찌 옛날보다 얼굴이 더 까매진 것 같누나. 허허."

"신수 훤한 변절자가 되느니 시커먼 수인이 되는 편을 택하지."

박가를 쏘아보는 요한의 미간 사이로 내 천(川) 자 주름이 깊게 파였다. 그는 짝다리를 짚던 아까와 달리 잽싸게 몸을 놀렸다.

"어디서 죽고 싶나?"

"나가서 모가질 따는 게 어때. 여긴 좁아서 뫼자리를 만들기 적절하지 않아."

"죽을 사람 소원 못 들어줄 것도 없지."

"허허, 누가 할 소리."

둘은 투닥거리면서 나란히 기차에서 내렸다. 그들의 뒷모습은 과거에 허물없이 지냈던 그 시절과 하나도 다를 게 없어 보였다.

남대문 정거장 뒷골목에서 싸움판이 벌어지자 구경꾼들이 몰려들었다. 옥에서 맨손운동으로 몸을 훈련시킨 요한이 박가의 턱부리에다 주먹을 날리자 보던 이들이 탄성을 질렀다. 한때 벌새라는 별명이 붙었던 박가는 돌진해 오는 주먹을 하나도 피하지 못했다. 안락함에 취한 정신만큼이나 육체 또한 굳어버린 건지도 몰랐다. 터진 입술 사이로 짭짜름한 피 맛을 느낀 박가는 결심한 듯 품속으로 손을 넣었다. 요한이 멈칫하며 뒤로 물러섰다.

그때 인력거 하나가 저 멀리서 모래바람을 일으키며 달려오더니 순식간에 요한과 박가의 시야를 갈랐다. 펄럭이는 휘장 사이로 홍설의 얼굴이 반틈 드러났다. 찰나였지만 홍설과 요한의 시선이 허공에서 맞붙었다. 인력거가 썰물처럼 빠져나가자 순사의 호루라기가 귓전을 강타했다.

"운이 좋군."

박가가 손을 털자 요한은 코웃음을 쳤다.

"다음에 꼭 만나세."

두 사내는 신속히 현장을 벗어났다.

이 모든 장면을 지켜본 여인이 있었다. 두 사내가 사라지자 들고 있던 비단 양산이 땅으로 툭, 떨어졌다. 명화는 바깥에 오랫동안 있었던 탓에 온몸에 감각이 없었다. 저고리에 털배자까지 껴입었지만 춘삼월의 추위를 견디긴 무리였다. 머리칼을 모아 길게 땋아 내린 댕기와 목덜미는 칼바람에 얼어붙은 지 오래였다. 특별히 시선을 끌 만한 이목구비는 아니지만 그렇다고 어느 한군데 조화롭지 않은 곳은 없는 상. 잘나지도 못나지도 않아서 기억하기 쉽지만 그만큼 잊히기도 쉬운—성격과 얼굴이 일치하는—명화는 그런 여인이었다.

떨어진 양산을 줍기 위해 두어 걸음 걷자 명화의 쪽빛 치마가 흩날리며 코가 뾰족한 흰 고무신이 모습을 드러냈다. 비단 양산을 펼쳐들자 순한 반달 눈매를 가진 명화의 얼굴이 다시 감추어졌다.

구한말, 장옷이나 쓰개치마로 얼굴을 가리던 여인들은 양산이 도입되자 너도 나도 신문물을 애용하기 시작했다. 그러다 어느 순간 양산은 얼굴가림용이 아닌, 여인을 돋보이게 해주는 치장도구로 역할이 바뀌게 되었다. 화려한 양산 아래 곱게 분칠한 얼굴을 가감 없이 드러내놓고 다니는 신풍습이 유행하게 된 것이다. 그러나 명화는 여전히 구풍습을 답습했다.

"기다려주어 고맙네."

"아이고. 그게 지 놈 할 일인걸요."

허씨는 명화가 인력거에 오르자 바로 출발했다. 허씨의 눈은 멸치처럼 쭉 째진 데다가 얄팍하여 음험해 보였다. 그러나 조금이라도 웃는 낯을 지어 보이면 눈두덩의 살로 인해 그 날카로움이 상쇄되었다. 그는 자신의 그런 얼굴을 누구보다도 잘 알고 있었기에 의미 없는 예예, 를 연발하며 하회탈 같은 눈웃음을 자주 만들어 보이곤 했다.

명화를 태운 허씨는 게다짝을 끌며 뉘엿하게 기우는 태양과 함께 진고개로 넘어갔다. 인력거는 곧 하사정 앞에서 멈추었다. 알알이 켜져 있는 알전구의 불빛과 고풍스러운 한옥 지붕의 자태는 길을 가던 이들이 멈추고 돌아볼 만큼 시선을 끌었다. 명화는 허씨에게 약조했던 웃돈을 건네곤 조용히 내렸다. 그는 명화가 하사정 안으로 들어가는 것을 지켜보고서도 한참 뒤에야 인력거를 움직였다. 담벼락 너머로 여인들의 웃음소리와 청아한 풍금소리가 끊어질 듯 이어졌다. 술과 고기 냄새까지 한데 어우러져 마음이 해이해질 법도 하건만 돌아서는 허씨의 눈초리엔 바짝 날이 서 있었다.

*

새하얀 양복을 입은 사내는 남대문 정거장의 수많은 인파 중

군계일학으로 돋보였다. 이는 7대 3으로 곱게 빗어 넘긴 가르마 때문도 아니요, 유리알처럼 투명한 사내의 피부 때문도 아니었다. 오직 그만이 수많은 사람들 중 시종일관 웃는 상을 유지하고 있었다. 중절모 아래 드러난 미스터 리의 낯은 여독으로 인해 지칠 법한데도 미소를 잃지 않았다.

"제가 모시겠습니다요."

인력거꾼 하나가 날다람쥐처럼 달려와 그의 손에 들린 궤짝을 휙 낚아챘다. 경을 칠 행동인데도 미스터 리는 웃음으로 응수했다. 인력거에 오른 그는 허리춤에 찬 회중시계를 들여다보았다. 시계의 뒷면엔 [Mr. lee]라는 영문이 돋을새김되어 있었다.

"조선은 오랜만이라 어디를 들러야 할지 모르겠군."

"진고개의 명물 경성 브라운으로 모실깝쇼?"

"처음 듣는 상호명이군. 뭐 하는 곳이요?"

"카페입니다. 그곳 여급이 가배 내리는 솜씨가 일품이라더구먼요. 가배라는 시커먼 음료가 아편마냥 중독성이 있어서 한 번도 안 마신 사람은 있어도 한 번만 마신 사람은 없다고 하더이다. 나리는 마셔보셨는가요?"

"나야 물처럼 마시는 사람이지. 허면 그리로 가봄세."

비만 오면 진흙투성이가 된다 하여 이름이 붙여진 남촌의 진고개는 일본인들 사이에서 경성의 혼마치로 통했다. 일본인들이 그곳에 터를 잡기 시작하면서 문화시설과 관공서가 우후죽순 들어섰고 현재에 이르러 금융과 경제의 중심지로 당당히 자리매김하게 되었다.

인력거꾼은 진고개를 오르는 와중 연신 주위를 두리번거렸다. 올 때마다 느끼는 거지만 과연 이곳이 조선이 맞나 싶었다. 지나가는 이들은 하나같이 양장 아니면 기모노 차림이었다.

인력거는 목조상점이 일렬로 늘어선 골목에 다다르자 서서히 속도를 줄여나갔다. 삼색등이 돌아가는 이발소와 양장점, 종로은방, 당구 게임을 즐기는 한양구락부, 드라이클리닝 세탁소, 신문물 잡화점, 경성 브라운이 나란히 줄지어 있는 이곳은 가히 진고개 최고의 번화가였다.

"나리. 날개가 달린 저건 뭡니까?"

인력거꾼은 신문물 잡화점 안에 진열된 물건 하나를 가리켰다.

"던풍궈라 하네. 주인이 저것을 사들이는 순간 일꾼들은 부채질로부터 해방된다 할 수 있지."

"그럼 그 옆에 있는 커다란 저건 정체가 뭡니까?"

"냉당궈라는 것이네."

"서양에선 솜이불 넣어두는 장을 그리 부르는가 보구먼요."

미스터 리는 그저 웃어 보였다. 인력거가 경성 브라운 앞에 당도하자 그는 치러야 할 삯에 1전을 더 보태어 주었다. 인력거꾼은 머리가 땅에 닿도록 고개를 조아린 후 훌훌 자리를 떴다.

경성 브라운에 들어서기 전 미스터 리는 통유리 창으로 비치는 자신의 옷매무새를 가다듬었다. 양복 깃을 세우던 그의 손동작이 느려지는가 싶더니 어느 순간 정지했다.

"아니, 저 여인은..."

흰 블라우스에 검정 치마를 입은 여급이 통유리를 가득 메우고 있었다. 미스터 리는 떨리는 손으로 창을 천천히 쓸어내렸다. 허리춤에 독일제 에이프런을 두른 여급은 움직일 때마다 잔머리가 가냘프게 휘날렸다. 넋이 나간 채로 서 있던 미스터 리는 갑자기 자신의 볼때기를 힘껏 비틀었다. 통증이 번져 오르자 외려 그의 입가엔 미소가 피어났다.

"꿈이 아니야... 어찌 세월이 흘렀는데 당신의 고혹미는 더 빛을 발하는 건지..."

"쯧쯧..."

혀 차는 소리에 미스터 리는 산통이 깨졌다. 웬 소년이 그의 구두를 뚫어져라 살피고 있었다.

"에나멜 구두는 더럼을 잘 타기 때문에 제때 관리를 해주어야 합니다."

소년의 한쪽 어깨엔 구두 통이 들려 있었다. 왜소한 골격에 낡아빠진 넝마를 걸친 구두닦이의 얼굴은 숯 검댕과 누런 코로 범벅이었다. 그러나 눈빛만은 형형한 총기가 돌았다.

"구두에 윤을 낸 뒤 카페에 들어가면 더욱 눈길을 받지 않겠습니까?"

"호오, 일리 있는 말이로구나."

소년은 카페 바로 옆 모퉁이를 가리켰다. 그곳엔 나무 의자 두 개와 소년의 구두닦이 도구들이 각을 잡고 나열되어 있었다.

"쬐끄만 것이 장사를 제법 하는구나. 그럼 광택 좀 내 보거라."

미스터 리는 소년의 맞은편 의자에 앉았다. 너덜한 무명 천 조각에 동백기름을 묻힌 소년은 구두를 닦아나갔다.

"이름이 어떻게 되느냐."

"개똥이라 합니다."

"개똥이라…"

"예쁜 이름이면 귀신이 샘내서 빨리 데리고 간다 하여 어머니께서 지어주셨지요."

"우리 개똥이 장수하겠구나."

"헌데 아까 혼자서 중얼거리시던데…"

"아아… 저 여인과 처음 만난 날을 회상하고 있었지."

"음… 홍설 아씨와 구면이군요."

"오, 이름이 홍설이구나. 또 아는 게 있느냐?"

미스터 리의 얼굴이 개똥이에게 닿을 만큼 가까워졌다.

"칫. 매일 저를 잡아먹지 못해 안달이지요."

"에이, 그럴 리가… 오해도 풀 겸 내 이야길 한번 들어보겠느냐?"

개똥이는 뾰로통한 표정을 풀지 않았으나 미스터 리는 아랑곳않고 4년 전 역사적인 첫 만남을 풀어놓았다.

일본인들 모두가 이 계절을 손꼽아 기다렸다. 사쿠라(벚꽃)가 바람결을 따라 흩날리기 시작하면 그들은 무리를 지어 하나미(봄나들이)를 떠났다. 겨우내 추위를 견뎌온 일본인들의 얼굴은 연둣빛 새싹처럼 들떠 있었다. 미스터 리는 한들한들 떨어지는 꽃비 사이를 홀로 걷고 있었다. 자의로 온 동경이었지만 마음이 왜 이리 싱숭생숭한 것인지 알 수 없었다.

'결국 여행도 공허함을 달래주진 못하는구나. 인간은 어찌하여 외로움을 타는 것인지.'

그는 그날따라 근원적인 질문을 던지지 않을 수 없었다. 자신을 제외한 모두가 함박웃음을 짓고 있었다. 그 웃음소리는 마치 미스터 리에게 넌 이 꽃길을 걸을 자격이 없다고 소리치는 것만 같았다.

"도와주십시오!"

그때였다. 무성한 일본어 사이로 외마디 조선말이 튀어나온 것은. 저 멀리서 한복을 곱게 차려입은 조선인 처자가 바닥에 주저앉아 흐느끼고 있었다. 그 앞으로 지저분한 몰골의 걸인이 비단으로 수놓은 가방을 가슴팍에 껴안은 채 달아나고 있었다. 미스터 리는 바로 걸인을 쫓았다.

상대는 생각보다 쉽게 잡혔다. 옆구리를 발로 찬 뒤 등을 팔꿈치로 찍어 내리자 널브러졌다. 걸인에게 가방을 빼앗은 미스터 리는 곧장 여인에게로 향했다.

"다친 덴 없으시오?"

얼굴을 두 손으로 가린 채 울고 있는 여인에게 다가갈수록 미스터 리는 왠지 모르게 조바심이 났다. 길게 땋은 여인의 머리에서 청포 향이 은은히 풍겨왔다. 순간 그는 머리가 아득해지면서 가슴이 요동쳤다. 참으로 이상한 일이었다. 조금 전만 해도 성가신 꽃잎에 지나지 않았던 사쿠라가 아름답게 보였다.

꽃 이파리 하나가 허공에서 빙그르르 도는가 싶더니 여인의 머리 위로 사뿐히 착지했다. 미스터 리는 자신도 모르게 꽃잎을 향해 팔을 뻗었다. 순간 여인이 화들짝 놀라며 고개를 들었다. 눈이 마주치는 순간 미스터 리는 머릿속이 백짓장처럼 하얘졌다. 약관을 훌쩍 넘긴 나이에 그는 깨달았다. 내 여인 삼고 싶은 상은 바로 이런 얼굴이란 것을.

눈물을 머금은 여인의 눈빛은 언뜻 보기엔 유약해 보였지만 그 속에는 단단한 결의 같은 것이 깃들어 있었다. 단아하면서도 범접할 수 없는 분위기를 자아내는 여인이었다.

"혼자 다닐 땐 각별히 조심해야 하오."

"감사합니다. 이 은혜는 잊지 않겠습니다."

목례를 하는 여인의 입꼬리가 살짝 올라가자 미스터 리는 정신이 혼미해져 잠시 할 말을 잃었다. 그 때문에 이름을 물어보려 했을 때는 이미 저만치나 멀어진 뒤였다. 미스터 리는 흩날리는 꽃비를 헤치고 그녀를 좇았다. 그러나 꽃놀이를 나온 무리 틈에 가려 보이지 않았다.

다음 날 미스터 리는 다시 그 장소에 나타났다. 일말의 기대를 안고서 해가 질 때까지 서성였다. 그러나 다음 날도, 그다음 날도 여인은 나타나지 않았다. 여인의 그림자 닮은 것조차 보이지 않았다.

"나는 조선에 돌아와서도 마음을 잡을 수 없었단다. 그래서 또 훌쩍 떠났지. 서양의 이곳저곳을 돌아다니면 잊힐 거라 생각했지만 날이 가면 갈수록 그날만 또렷이 각인되더구나. 노자가 떨어져 어쩔 수 없이 귀국을 했는데 이 무슨 운명의 장난인 것인지,

진고개 한복판에서 동경의 여인을 조우할 줄이야... 개똥아, 이것이 인연이 아니면 무어라고 하겠느냐!"

개똥이는 딴 데를 보며 듣는 둥 마는 둥 했으나 미스터 리의 열의는 꺼질 줄을 몰랐다.

"개똥아. 동경의 여인이 날 기억할 성싶으냐?"

"4년 전이면 까먹고도 남을 세월인데요."

"에이. 그래도 어찌 날 잊겠느냐? 공중회전 뒷발차기로 걸인을 쓰러뜨려 가방을 찾아준 은인을 잊는다는 건 말도 안 되지. 아마 모르긴 몰라도 그때 나의 활약을 곁눈질로 지켜보았을 거다. 이 몸은 어렸을 때부터 각종 무술을..."

"아재가 허풍이 심하네."

"뭐... 뭐라?"

미스터 리는 바람 빠진 풍선 같은 얼굴이 되어 말을 더듬었다.

"아, 다 닦았단 말입니다. 다른 쪽 올려주십시오. 나으리."

개똥이의 헤실헤실한 눈웃음에 미스터 리는 마음이 풀어져 화제를 바꾸었다.

"개똥이 너는 신발 닦는 직업을 가졌으면서 왜 맨발인 것이냐?"

"저 신었는데요?"

개똥이는 다리를 들어 자신의 발바닥을 보여주었다.

"이 굳은살이 제 신발입니다. 이놈보다 편한 것은 이 세상 어디에도 없다구요."

미스터 리는 개똥이란 소년이 마음에 들었다. 눈치도 빠르고 영민한 것이 하염없이 말을 걸고 농을 치고 싶게 만드는 구석이 있었다. 구두닦이가 끝나자 미스터 리는 값도 묻지 않고서 자신이 갖고 있는 돈을 몽땅 개똥이 손에 쥐여주었다.

"아이고, 세상에나. 복 받으실 겁니다. 나으리."

개똥이는 허리를 숙이며 마음을 표시했다.

"복을 받을지 안 받을진 이제부터 알 수 있으렷다."

미스터 리는 호기로운 표정으로 경성 브라운의 문을 밀었다. 그의 등장을 반기듯 머리 위로 종이 짤랑 울렸다.

정오의 햇살을 받은 경성 브라운엔 다양한 인종들이 자국의 언어를 쉴 새 없이 부리고 있었다. 흰 식탁보를 깐 테이블과 가죽 소파 자리 열댓 개는 이미 만석이었다. 한 끼 식사 값을 훌쩍 넘는 가배 값이 무색할 만큼 진고개 한복판에 자리한 카페는 호황을 누리고 있었다.

"한 잔 주시오."

바에 착석한 미스터 리의 음성은 잔뜩 들떴다. 그러나 홍설은 형식적인 고개인사를 해 보이곤 자리를 떴다. 미스터 리는 내상을 입었지만 실망하기엔 아직 이르다고 생각했다. 홍설이 맷돌에 원두를 넣고 돌리는 것을 잠자코 지켜보던 그는 무심함을 가장하여 입을 열었다.

"몇 년 전 동경에서 한 여인의 가방을 찾아준 적이 있었는데..."

순간 맷돌이 핑그르르 소리를 내며 헛돌았다. 손잡이를 놓친 홍설은 그때서야 커다란 눈망울로 미스터 리의 얼굴을 응시했다.

"이렇게 만나 뵙게 될 줄이야... 그간 무고하셨습니까..."

말과 달리 홍설의 낯빛은 조금도 반가워하는 기색이 아니었다. 오히려 경계의 고삐를 조이고 있었다.

"날... 알아보겠소?"

미스터 리는 자신의 감정에 취해 홍설의 기분을 눈치채지 못했다.

"어찌 은인을 못 알아보겠습니까."

"이것도 인연인데 우리 통성명이나 하십시다."

"보잘것없는 이름은 알아서 뭐 하시려구요."

"부르기 전에는 꽃이 될 수 없으니까."

홍설은 나오려는 미소를 지그시 누르며 입을 열었다.

"홍설이라 합니다."

"과연... 당신의 용모와 어울리는 이름이오!"

기쁨에 사무친 미스터 리는 잠시 말을 멈췄다.

"사실 이름이란 거추장스러운 것이지. 나의 것인데도 불구하고 내가 부를 수 없으며 때로는 본연의 모습을 가리기도 하니 말이오. 그게 뭐라고 나라는 사람을 규정하는 것인지. 그냥 나는 편하게 미스터 리, 라고 불러주시오."

"그리하지요."

미스터 리는 자신의 이름을 캐묻지 않는 홍설에게 서운함과 동시에 안도감을 느꼈다.

"조선엔 언제 온 거요?"

"그 일이 있은 후 얼마 지나지 않아 동경을 떴습니다."

"호오, 나와 비슷한 시기에 떠났구려. 운이 좋았더라면 같은 관부연락선에 탈 수도 있었을 텐데."

미스터 리는 일본을 떠나는 마지막 날까지도 홍설에 대한 미련을 버리지 못했다. 그리하여 승선한 뒤에도 배 안을 샅샅이 뒤지며 여인들의 얼굴을 확인하다 결국 뱃멀미로 한참을 고생해야 했다.

옛 생각에 잠긴 그는 갑자기 신물이 올라올 것 같아 물을 벌컥 들이켰다.

"경성에 있는 카페 중 경성 브라운이 으뜸이라고 소문이 자자하더이다. 그게 다 여급이 내리는 가배 때문이라던데."

"소문은 과장되기 마련이지요."

홍설은 주전자의 물줄기를 일정한 양으로 흘려보내며 대답했다. 물줄기는 끊어질 듯 말 듯하면서도 계속해서 가늘게 이어지고 있었다. 드리퍼를 통과한 물줄기는 어느 순간 까만 방울로 추출되어 잔 밑으로 점점이 떨어졌다. 미스터 리는 그 모습을 뚫어져라 보았다. 실로 조선에서 보기 드문 광경이었다.

"서양 사람만 드리퍼를 잘 다루는 게 아니었군. 우리도 곧 가배 강국이 되겠소이다."

홍설이 완성된 가배 잔을 내밀자 미스터 리는 고개를 저었다.

"겨울엔 아이스지."

"그런 말은 난생처음 듣습니다."

"혹시 아오? 훗날 얼어 죽어도 아이스를 고집하는 이들이 나올지."

홍설은 소리 없이 웃으며 얼음이 수북이 담긴 잔을 내밀었다.

차가운 가배를 한 모금 들이켠 미스터 리는 이내 감탄사를 내질렀다.

"오, 이건 서양에서 마시던 아메리카노의 맛과 진배없지 않는가!"

"아메리카노가 무엇입니까?"

미스터 리가 막 설명을 하려는데 새로운 손님이 옆자리로 들어섰다.

"어서 오십시오. 경부님."

홍설은 와타루에게 머리를 조아렸다.

"뜨겁게 내려주시오."

머리가 희끗한 와타루는 조선말을 자연스레 구사했다.

뜨거운 김이 올라오는 가배 잔이 앞에 놓이자 와타루는 천천히 입가로 가져갔다. 마치 딱딱한 각설탕을 녹여 먹기라도 하듯 그는 오랫동안 입속에서 가배를 머금었다.

"첫맛과 끝 맛이 이리도 다르다니, 가배란 참으로 오묘한 음료로다."

와타루는 기분 좋은 긴장감을 선사하는 손님 중 하나였다. 다도문화가 몸에 배인 일본인이 많다고는 하나 그처럼 가배 앞에서 예의를 차리는 손님은 드물었다.

홍설은 문득 사위가 조용해졌음을 깨달았다. 와타루의 옆자리로 눈길을 돌리자 빈 잔만이 덩그러니 놓여 있었다.

"조금 전 자리를 뜬 사내는 이곳에 자주 오는가?"

"첫 방문이었습니다..."

와타루가 그 후로 말이 없자 홍설은 다시 입을 열었다.

"혹시 그분을 아십니까?"

"조선 최고 권력자를 조부로 둔 이를 어찌 모를 수 있겠는가."

알 듯 모를 듯한 말을 남긴 와타루는 가배를 끝까지 마신 뒤 카페를 떠났다.

와타루는 곧 뒷골목으로 향했다. 배를 움켜쥔 그의 입에서 연한 갈색 토사물이 흘러나왔다. 가배를 마실 때는 얼굴 하나 찡그리지 않던 그가 연방 헛구역질을 해댔다.

"리혜영이 돌아왔군…"

와타루는 자신의 관할인 남대문 서로 향했다. 걷던 중 무의식적으로 손이 가슴 언저리로 갔다. 그는 자신의 손버릇을 의식하고는 바로 떼어냈다. 과거 총상을 입었던 자리는 이제 부상의 흔적조차 남아 있지 않았다. 그럼에도 상처가 아문 자리를 만지는 습관은 쉬이 고쳐지지 않았다.

고개를 들자 한 여인의 얼굴이 저녁노을 사이로 붉게 일렁였다. 상처를 어루만져 주던 사찌코의 손길도 생생히 되살아났다. 그는 헛헛해진 마음을 떨쳐내기 위해 일부러 걸음에 속도를 내기 시작했다.

*

나루장터는 물건을 비싼 값에 팔려는 이와 한 푼이라도 깎아서 사려는 이들 사이에서 일어나는 흥정다툼으로 떠내려갈 듯 시끄러웠다. 모두가 각양각색의 생김새를 하고 있었지만 이곳에 온 목적은 한결같았다. 손해 보지 않을 것. 아침부터 북새통을 이루는 나루장터는 조선에서 가장 활력이 넘치는 장소였다.

허름한 두루마기를 걸친 방물장수가 빈자리에 거적때기를 펼치고는 봇짐을 풀었다. 장신구 냄새를 귀신같이 맡은 아녀자들이 곧 구름 떼처럼 몰렸다.

"이거 넉 장 하면 얼마에 주실 거유?"

손등이 두툼한 아낙네 하나가 실크 손수건을 목에 대며 흥정을 해왔다.

"그게... 그러니까 어디 보자..."

"쯧쯧. 저번에도 그러더니만 또 계산을 못 하는 거유?"

어눌한 방물장수를 보며 아낙네는 혀를 찼다. 또 다른 아낙네가 가격을 물어 왔지만 장수는 도통 열의가 없어 보였다. 그러나 손에 든 나무토막을 칼로 조금씩 파내는 일만은 멈추지 않았다.

갑자기 주위가 조용해지는가 싶더니 앞코가 뾰족한 고무신 한 쌍이 사뿐사뿐 거적으로 다가왔다. 신발의 주인을 알아차린 방물장수의 낯빛에 바로 화색이 돌았다.

"내 얼마나 기다렸는지 아시오?"

명화는 쭈그리고 앉아 건성으로 방물을 매만졌다.

"무슨 중요한 일이라도...?"

"아무래도 이 길은 내 길이 아닌 것 같소."

"석 달은 버티기로 하지 않으셨습니까."

"석 달은커녕 일주일도 못 넘기겠소. 온 김에 용돈이나 주고 가시오."

명화는 그의 손에 들린 것을 유심히 살폈다. 작달막한 나무토막이 점점 사람의 형체를 갖추어가고 있었다.

"이 호박 노리개는 얼마유?"

저편에서 또 가격을 물어 오자 방물장수는 귀찮다는 듯 손을 훠훠 저었다.

"오늘 장사는 여기서 접을 거니까 다들 돌아가쇼."

아낙네들은 기막힌 표정을 지으며 장신구를 내려놓았다.

"명화라는 저 여인은 대체 눈에 뭐가 씌인 건지."

"하여간 착해서 탈이라니까..."

"착한 게 아니라 어리석은 거지. 저런 한심한 놈한테 낚여가지고서리..."

"궁녀 출신이라 콧대가 높은 줄 알았더니만 것도 아닌가벼."

"아, 오늘 장사 접는다니까!"

아낙네들이 대놓고 흉을 보자 방물장수는 소리를 빽 질렀다. 퇴박을 들은 아낙네들은 썰물처럼 빠져나갔다.

"뭘 만드십니까."

"잘 깎은 것 같소?"

"제법 사람 형태가 납니다."

"나도 내가 왜 이걸 만들고 있는지 모르겠소."

"네?"

모호한 대답과 달리 방물장수의 입가에는 흐뭇한 미소가 걸렸다.

"얼마 전 진고개를 지나가는데 구두닦이 소년이 내 바짓가랑이를 붙잡으며 매달리는 게 아니겠소. 허나 일본 놈들이 활개를 치고 다니는 그곳에서 마냥 앉아 있을 순 없는 노릇."

지금과는 달리 검정 양복을 차려입고 머리에는 잔뜩 힘을 준 채 말쑥한 모습으로 진고개를 올랐을 그의 모습이 명화는 절로 그려졌다.

"냉정하게 뿌리치고 가려는데 서양 여자아이가 엄마 손을 잡고 가는 걸 그 소년이 물끄러미 보더이다. 여자아이는 솜을 넣어 만든 토끼 인형을 가지고 있었는데 어째서인지 하루 종일 그 장면이 머릿속을 떠나질 않더군."

"의외로군요. 아이를 좋아하는지 몰랐습니다."

"누군가의 아버지가 되긴 포기한 인생이지만, 아이들이 좋아하는 것을 만들 순 있지."

그 말에 명화의 눈동자가 둘 곳을 잃고 흔들렸다. 그러나 그것을 보지 못한 방물장수는 계속 말을 이어나갔다.

"그 후 박가 놈의 행방을 알 수가 없소."

박가라는 고유명사의 호출에 명화의 눈동자가 다시 요한에게로 고정되었다.

"저도 틈나는 대로 수소문해 보았지만 알아내지 못했습니다."

"헌데 경성 브라운이 언제 생겨났는지 아시오?"

느닷없는 질문에 명화는 들고 있던 옥비녀를 내려놓았다.

"요한 씨가 옥살이하던 해에 생긴 걸로 알고 있습니다."

"가본 적 있소?"

"종종 들리긴 합니다..."

"여급과도 친분이 있소?"

"안면은 튼 사입니다. 무슨 일이라도 있으십니까?"

"아무것도 아니오."

그의 미간에 드리워진 내 천 자를 본 명화는 더 이상 묻지 않았다. 그녀는 본론을 꺼냈다.

"닷새 뒤면 물건이 들어오는 날로 알고 있습니다. 일정은 변함 없습니까."

방물장수는 사방을 살피고는 고개를 끄덕였다.

"국화가 그려진 기모노를 입은 여인이 자그마한 원통형 가방을 들고 오기로 했소."

"화장품이 든 것처럼 위장하겠다는 거군요. 허나..."

"계속 말하시오."

"요한 씨가 그런 가방을 들고 이동한다면 단박에 눈에 띌 것입니다."

"허나 어쩌겠소. 얼른 군중 속에 몸을 숨긴 다음 연기처럼 증발하는 수밖에."

"제 도움이 필요하시면..."

요한은 고개를 저었다.

"마음만 받겠소. 명화 씨를 이런 일에 끼어들게 할 순 없지."

정말로 저를 위해섭니까. 아니면 저는 그 정도밖에 안 되는 사람입니까. 말을 주워 삼킨 명화는 약간의 돈을 내놓았다.

"이번엔 자금을 넉넉히 마련하지 못했습니다."

"이것도 과분하오. 내 소중히 쓰리다."

명화는 치맛자락을 부여잡으며 일어섰다. 그리곤 일부러 목청을 높였다.

"술 마시는 데 진탕 써버리지 마십시오."

요한은 좀 전과 달리 헤벌쭉거리는 표정으로 돈을 세어나갔다. 방금 전까지 미간에 껴 있던 주름은 흔적조차 찾아볼 수 없었다.

특별한 손님

명화는 고명을 소담스레 올린 냉면을 소반에 받치고서 장지문 앞에 섰다. 기다리고 있던 최 대감이 곧바로 나와 그녀를 맞았다. 하사정의 전구 알에 비친 최 대감의 머리는 오늘따라 유독 벗겨져 보였다. 중앙부는 아예 민머리였으며 측면에는 힘없는 잔털 가닥이 간신히 자리 잡고 있었는데 오늘은 그마저도 없어 보였다.

"이것은 내가 좋아하는 꾸미 아니더냐?"

최 대감이 너털웃음을 짓자 인중의 수염이 양쪽으로 우스꽝스럽게 벌어졌다. 그는 조금이라도 젊어 보이기 위해 얼마 남지 않은 수염가닥을 길러 끝을 말아 올리고 다녔다. 딴에는 독일 황제 카이저의 수염을 따라 한 것이지만 보는 이들에겐 말려 올라간 돼지 꼬랑지 같을 따름이었다.

"그래, 생각은 해봤느냐?"

식사를 하기 앞서 최 대감은 명화의 의견부터 타진했다.

"이 계집은 그 누구에게도 얽매이지 않는 지금의 삶이 좋습니다."

"아, 마누라가 오늘내일하고 있대두?"

3년 전, 최 대감은 명화에게 자신의 첩으로 들어올 것을 제안했었다. 그때도 냉면을 앞에 두고 마누라가 오늘내일하고 있다는, 오늘과 같은 이야기를 했었다. 부인은 누운 상태로 3년째 자리를 보전 중이었다.

"거 참, 눈 딱 감고 오면 되는 걸, 웬 고집도."

"죄송합니다."

"내가 황제보다 못할 게 뭐라고?"

최 대감은 냉면 가닥을 후루룩 빨아 당기며 볼멘소리를 냈다.

한일병합 이후 궁녀들의 삶 역시 타격을 입었다. 그녀들은 하루아침에 일거리를 잃고서 거리로 내몰렸다. 실업자가 된 명화는 당장 입에 풀칠할 방도를 찾아야 했다. 궁녀 출신의 여인들이 의기투합하여 세운 하사정은 곧 입소문을 탔다. 경성 최고의 요릿집으로 명성을 떨치게 된 데에는 그녀들의 실력도 한몫했지만 절박한 심정이 모였기에 가능했다.

기생의 삶은 궁녀와 달리 자유로웠지만 여러 사내들의 비위를 맞추어야 했기 때문에 여간 고역스러운 게 아니었다. 뜨는 해를 보며 잠자리에 누울 때마다 명화는 나라를 지키지 못한 무능한 왕과 망국을 탓했다. 그러던 중 최 대감을 가까이에서 모시게 되었다. 비록 늙긴 했으나 유순하면서도 유쾌한 구석이 있는 사내였다.

망국의 왕을 모시나, 친일파 영감을 모시나 무엇이 별반 다를

까. 최 대감의 첩으로 들어가면 밤낮이 바뀐 고된 생활에서 벗어날 수 있을 것이었다. 그때까지만 해도 명화는 그의 부인의 생사와 상관없이 첩으로 들어가려고 마음을 굳힌 상태였다. 그러니까, 첩으로 들어오란 말을 세 번째로 들었던 날 밤에 벌어진 술자리가 아니었더라면 지금쯤 자신은 최 대감의 안채에 눌러앉아 하인이 차려주는 밥상을 받고 있을지도 몰랐다.

"야들야들한 메밀이 톡 쏘는 동치미 국물과 어우러져 아주 끝내주는구먼."

"역시 평안도 출신이 만드는 냉면은 달라."

"황제 수라상 만들던 나인 솜씨가 어디 가겠어?"

그날도 명화가 만든 평양냉면을 모두가 극찬했다. 그러나 얼굴이 까무잡잡한 사내만은 묵묵부답이었다. 그는 평양냉면에도, 산해진미에도 손을 대지 않았다. 거친 나물 몇 개만 집어 먹고서 젓가락을 내려놓을 뿐이었다. 한 입만 먹어보지 그러나? 박가라 불리는 사내가 권했지만 요지부동이었다. 삼삼한 국물 맛이라도 보게. 됐네. 어차피 배 속에 들어가면 똥 덩어리밖에 더 되는가. 에끼, 이 사람아 그럼 숨은 왜 쉬나? 두 사람은 둘도 없는 죽마고우처럼 보였다. 분위기를 띄울 줄 아는 박가는 시종일관 유쾌한 말로 좌중을 휘어잡았다. 명화는 차라리 벙어리 같은 사내 옆에 앉아서 다행이라고 생각했다. 어쩌면 그때부터 요한의 묵직함에 끌렸는지도 몰랐다.

며칠 뒤 진고개가 발칵 뒤집어졌다. 누군가 남대문 서에 폭파 사건이 일어날 거라고 순사에게 귀띔한 것이 발단이었다. 경찰은 대대적인 소탕작전에 나서기 위해 검문수색을 강화하는 한편 시도 때도 없이 가게들을 들쑤시고 다녔다. 명화는 그즈음 요한을 진고개에서 우연히 보았다. 먼발치에서 헌병에게 끌려가는 모습을 보았을 뿐인데 그날 밤 잠을 이룰 수 없었다. 어쩌다 수면을 취하게 되면 요한이 꿈자리를 어지럽혔다.

박가는 그 이후로도 종종 하사정에 나타났다. 그는 날이 갈수록 살이 차오르고 행색이 기름져갔다. 거나하게 술이 오르던 날 그의 입에서 취중진담이 쏟아졌다. 함께 온 순사의 어수룩한 질문이 계기였다.

—요한이란 놈은 자네가 뒤통수쳤다는 것을 지금쯤 옥중에서 알아차렸을까?

—흥. 두 번이나 당했으니 모르면 천치 바보라고 봐야지.

—허면 과거에도 그런 적이 있었단 말인가?

박가는 햇수를 헤아리듯 천천히 손가락을 구부렸다.

—그게 그러니까 동경에서였어. 내가 밀고를 해서 동지들이 모두 붙잡혔는데 요한이 그놈만 운 좋게 숙소에서 뛰어내려 탈출을 했었단 말이지.

듣고 있던 순사가 웃음을 터뜨렸다.

—푸헛, 자네도 한때는 독립군이었나 보구먼.

—그럼. 허나 지금은 당신과 이렇게 말동무를 하고 있으니, 인생이란 이처럼 한 치 앞을 알 수 없어서 재밌는 거 아니겠는가.

박가는 잠시 말을 끊었다.

—난 언젠가 요한이 그놈을 조선에서 만나리라 예상하고 있었네. 그래서 처음부터 변절한 내 모습을 철저히 감추었지.

—헌데 말일세. 그놈이 언제 보복할지 모르는데 두렵지도 않은가?

갑자기 박가는 너털웃음을 터뜨렸다.

—이 세상이 내 중심으로 돌아가고 있는데, 대저 무얼 거리낀단 말인가?

명화가 음식을 만들어 옥으로 가져간 것은 그 무렵부터였다. 처음엔 절편을 구워 갔다. 그러다 점점 가짓수를 늘려나갔고, 식혜 같은 마실 거리를 곁들여 가기도 했다. 그러나 차입된 사식은 항상 되돌아왔다.

그가 출옥하던 날 명화는 두부를 들고 갔다. 요한은 처음으로 그녀의 음식을 사양하지 않았다. 그는 그 자리에서 두부 한 모를 다 씹어 먹었다. 명화는 어찌하여 보는 이의 목이 더 메이는 것인지 알 수 없었다. 그렇게 최 대감의 첩 자리를 고사하고 요한의 옥바라지를 하는 동안 3년이란 세월이 흘렀다.

"오늘 한 말에 부담 가지지 말게. 어차피 냉면 맛이나 보려고 온 거니."

명화는 냉면 국물을 마시는 최 대감을 보자 어째서인지 그날처럼 목이 메어 왔다. 지금 느끼는 이 감정이, 늙은 영감이 자신에게 써주는 마음 씀씀이 때문인지 아니면 자신의 운명에 대한 연민 때문인지 알 수 없었다.

*

동경의 후미진 곳에 형성된 움막촌은 자국에서도 포기한 걸인들과 가난한 조선인들이 모여 살았다. 조금만 해가 기울어도 웬만한 이들은 그곳에 얼씬도 하지 않았다. 워낙 사건 사고가 많아 이따금 일본경찰들이 잠복을 하기도 했다.

쓰러져가는 한 움막에서 희미한 온기가 새어 나왔다. 별다른 살림살이는 없었다. 다만 부서진 광주리 안에 값비싼 의복들이 차곡히 개켜져 있었다. 한복과 서양 원피스, 그리고 기모노까지 각 나라별로 정리된 의복들은 주변의 풍경과 동화되지 못한 채 홀로 이질감을 뿜어냈다.

두어 평이 될까 말까 한 그곳에는 젊은 여인과 작은 사내아이가 마주 앉아 옥수수를 먹고 있었다. 아이는 쉬지 않고 옥수수를 먹었다. 그러다 몇 알 떨어뜨리면 여인은 그것을 주워 먹는 식이었다. 아이를 바라보는 여인의 눈은 이 세상 모든 것을 다 가진 것처럼 행복해 보였다.

이목구비가 닮은 그들의 얼굴은 움막에 사는 이들치고 깔끔한 편이었다. 군데군데 기운 한복을 입긴 했지만 때에 절어 변색된 곳은 없었다. 이는 여인의 마지막 자존심이었다. 아이를 키우며 먹고살기가 힘들어 소매치기로 삶을 연명하고 있지만 어디 가서 하층민 소리를 듣고 싶진 않았던 것이다.

"아고고 나 죽네."

움막 입구에서 불청객의 기척이 들려오자 여인은 자동반사적으로 일어섰다.

"예가 어디라고 온 거요!"

여인은 아이의 눈치를 보며 작게, 그러나 힘주어 내뱉었다.

"여기 피 나는 거 보고도 그런 말이 나오요?"

걸인은 피딱지가 앉은 광대를 문지르며 앓는 소리를 냈다.

"예전에 멈춰서 피딱지 앉은 상판대기는 왜 쓸데없이 눌리고 있소?"

"이봐. 그 기생오라비 같은 새끼한테 얻어맞아서 속까지 골병든 거 여기 안 보여? 아무리 생각해봐도 내가 밑지는 장사 같아서 말이야."

걸인은 움막 한가운데 대 자로 드러누워 버렸다. 여인은 속이 빈 비단 지갑을 가져와 그의 눈앞에서 탈탈 털어 보였다.

"먼지 한 톨 없는 거 안 보여?"

"그 지갑 때깔 하나 좋네. 팔면 약값은 나오겠어."

여인은 코웃음을 치며 그의 면상에다 지갑을 떨구었다.

"냉큼 꺼지쇼."

걸인은 지갑을 챙기며 주섬주섬 일어섰다. 그리고는 움막을 나가려는데 아이와 눈이 마주쳤다. 걸인은 눈을 부라렸지만 아이는 조금도 주눅 들지 않고 그 눈동자를 받아치며 옥수수를 뜯어

먹었다.

“애새끼가 어른을 보면 고개를 수그려야지. 버르장머리하고는… 먹어보란 소리도 없고 말이야.”

그러나 아이는 한층 더 강하게 걸인을 쏘아보았다.

“이 녀석이… 눈깔 안 깔아?”

“아, 꼬리가 왜 이렇게 길어?”

보다 못한 여인이 꽥 소리를 질렀다.

“이놈의 어린 새끼가… 다음에도 그러면 혼꾸녕 날 줄 알아.”

여인은 걸인을 움막 밖으로 밀어내며 따라 나갔다.

“앞으로 이렇게 불쑥 찾아오면 재미없소.”

“이봐, 홍자. 재미는 만들어가기 나름이라구.”

걸인은 여인에게 바짝 다가가더니 코를 킁킁거렸다.

“청포물이 그새 빠졌네.”

여인은 질겁하며 몸을 뒤로 뺐다. 걸인은 음흉한 웃음을 날리고는 사라졌다. 날이 서 있던 여인의 표정은 뒤에서 들리는 아이의 울음소리에 바로 허물어졌다. 움막은 양초가 꺼진 탓에 아무것도 보이지 않았다.

“동이야…”

여인은 양초 심지에 불을 붙이며 아이의 이름을 불렀다.

“아악!”

홍설은 소리를 지르며 상체를 일으켰다. 동이는 없었다. 움막도 없었다. 대신 구들방의 살림살이가 망막 안으로 들어왔다. 홍설은 자신이 홍자가 아니라는 것을 알아차리는 데 꽤나 긴 시간이 걸렸다.

'대체 몇 번째 꾸는 악몽인지...'

홍설은 감정을 털어내듯 빠르게 이부자리를 정리했다.

"아악!"

구들방을 나오던 홍설의 입에서 조금 전과 같은 비명이 흘러나왔다. 그녀 앞에는 동이와 꼭 같은 체구의 개똥이가 서 있었다.

"밥 좀 주세요. 배고파서 잠도 못 잤다구요."

"이놈아. 여기가 어디라고 들어와? 그리고 밥 맡겨놨어?"

홍설은 평소보다 더 신경질을 냈다.

"헌데 동이가 누구예요? 자면서 자꾸 동이를 부르던데."

"이 녀석이 이제 거짓말까지. 아, 얼른 나가래도?"

개똥이는 혼잣말을 구시렁거리며 나갔다. 괜히 애꿎은 돌멩이에 화풀이를 하고 있는데 브라운 여사가 말을 걸어 왔다.

"개똥이 하이."

"마님. 안녕하세요. 일찍 오셨구먼요."

개똥이의 표정이 곧바로 풀어졌다.

"마님 소리는 언제 들어도 민망한데."

"마님이 이상하면 마나님은 어떤가요."

그때였다.

"사람 잡아먹는 도깨비다. 사람 죽이는 파란 도깨비가 나타났다!"

지나가던 동네 아이가 브라운 여사를 향해 손가락질을 했다.

브라운 여사는 달아나는 소년을 향해 웃음을 지어 보일 뿐 아무 반응도 하지 않았다. 사실, 금발에 파란 눈동자를 한 벽안의 여인이 조선에서 기이한 취급을 받는 것은 하루 이틀 일이 아니었다. 오히려 열을 내는 건 개똥이였다.

"야, 비겁하게 도망가지 말고 일로 나와! 내가 도깨비 아니라고 했지? 진짜 나랑 한판 붙어볼래?"

개똥이는 감자주먹까지 쥐어 보이며 성질을 냈다. 브라운 여사는 그런 개똥이의 머리를 천천히 쓰다듬었다. 구두닦이 소년은 절로 어깨가 으쓱해졌다.

브라운 여사는 개똥이에게 있어서 하늘에서 내려온 동아줄과도 같았다. 진고개 상인들 모두가 외관을 해친다는 이유로 가게 앞에서 구두 닦는 것을 반대했지만 딱 한 사람 그녀만은 예외였던 것이다. 게다가 아침마다 요깃거리를 나눠주는 선심마저 베풀고 있었으니 개똥이가 이러는 것도 무리가 아니었다.

"오셨습니까."

대화 소리를 엿들은 홍설이 카페 문을 열며 브라운 여사를 맞았다.

"오늘은 원두향이 유독 고소한걸."

브라운 여사는 홍설에게 모든 업무를 위임하고 있었지만 아침에는 가게를 나오는 편이었다. 주문이 밀려드는 시간에는 손님들의 빈 잔에 가배를 채워주는 등 보조 역할을 맞추고 있었다.

"날이 점점 더워지는데 구들방은 지낼 만하니?"

"제겐 아방궁이나 다름없는걸요."

잡다한 것을 쌓아두던 헛간은 홍설이 여급으로 일하게 되면서 그녀의 안식처로 변모하게 되었다. 살림살이를 넣고 구들을 까니 이제 제법 모양새가 났다.

"마님 덕분에 오늘도 요기를 합니다요. 감사히 잘 먹겠습니다."

누룽지 냄새를 맡은 개똥이가 인사와 함께 자신의 몫을 챙겨 사라졌다.

"모자라면 더 먹으러 오렴. 우리도 어서 들자."

브라운 여사와 홍설은 나란히 수저를 들었다. 브라운 여사는 오늘도 자신의 나라를 입에 올렸다.

"무작정 독일을 떠날 때만 해도 조선에 정착하게 될지 상상도 못 했는데 말이야. 참 사람 일이란 한 치 앞도 알 수 없어. 그치?"

홍설은 천천히 고개를 끄덕였다. 지금과 같은 삶이 펼쳐질 거라곤 과거의 자신 역시 상상하지 못했다.

"무슨 생각해?"

홍설은 어색하게 웃었다.

"아무것도 아닙니다. 참, 어제 손님들 이야기를 엿들었는데 세계 대전이 막바지에 이르렀다더군요. 일본이 승전국 중 하나이니 조선은 앞으로도 암담하겠지요."

"조선만큼이나 독일 상황도 좋지 않아. 지금쯤 연합군의 총공세로 인해 거리마다 시체가 쌓여 있겠지. 독일군은 자신들의 패배만이 평화로운 종결을 보장해줄 거라고 믿고 있어."

브라운 여사는 조선에 몸담은 지 오래되었지만 아직도 고국을 그리워했다. 그러나 간다 한들 반기는 것은 폐허뿐일 것이었다.

식사를 마친 홍설은 카페 뒤편에 있는 아궁이로 향했다. 불쏘시개를 넣자 곧 불이 붙었다. 새벽의 한기가 잡히자 비로소 과거의 기억들이 스멀스멀 수증기처럼 휘발됐다. 그러나 아직도 꿈의 편린들은 손끝에 그대로 들러붙어 있었다. 그녀는 부지깽이를 힘주어 휘휘 저었지만 그것들은 좀처럼 떨어질 줄을 몰랐다.

*

하사정 별채는 한밤중인데도 등잔불이 꺼지지 않았다. 그 아래로 붓 한 자루가 지칠 새도 없이 움직였다. 명화는 이따금 떠오르는 시상을 붓끝으로 표현하기를 즐겼다.

"아씨, 손님 오셨습니다."

하사정의 대소사를 맡고 있는 배씨 할멈의 목소리가 별채 밖에서 들려왔다.

'긴한 밤에 날 찾아올 자가 있는가.'

거절의 말을 고르고 있는데 장지문이 드르륵 열렸다. 민영달의 얼굴을 본 명화의 붓이 그대로 굳었다.

"그간 잘 지냈는가."

"어찌 이곳을..."

평범한 촌부처럼 변복을 하고 온 민영달은 별채 안을 휘익 둘러보다 그녀의 글씨에서 눈길이 멈췄다.

"글이 좋구먼."

"소일거리로 끼적이는 것에 불과합니다."

명화는 문방사우를 치우고는 방석과 개다리소반으로 그 자리를 덮었다. 별채는 곧 작설차 향으로 가득 찼다.

궁에서 나온 이후 그녀는 모든 이들과의 교류가 일체 끊겼다. 그렇기에 민영달 대신의 방문은 그야말로 아닌 밤중에 홍두깨였다.

"가끔씩 자네가 메밀로 말아 내오던 국수가 생각나더군. 참 맛있었는데 말이야."

민영달이 음식으로 서문을 열자 명화는 궁에서 국수를 삶던 그 시절이 자연스레 떠올랐다. 메밀은 끈기가 적어 뜨거운 국물에 말면 젓가락질을 하기 적절치 않았다. 때문에 주로 차가운 국물에 이용되었는데 이것이 바로 냉면의 시작이었다. 남부의 온면과는 또 다른 매력이 있는 북부의 냉면은 곧 인기를 끌었다. 하여 주막에서도 따뜻한 잔치 국수와 차가운 평양냉면을 함께 내놓게 된 것이었다.

명화는 짜고 매운 것을 드시지 못하는 황제를 위해 기존의 평양냉면과는 달리 편육, 배, 잣 같은 꾸미로 메밀 위를 채워 올렸다. 늦가을에 수확한 구수한 메밀과 새콤한 동치미 국물, 그리고 배의 달달한 맛으로 어우러진 냉면은 고종의 입맛을 사로잡기 충분했다. 겨울 무는 단단하고 달아서 추운 날에 동치미를 담기에 적격이었다.

황제는 소주방 나인이었던 명화를 불러 무엇으로 육수를 내었는지, 이 고명은 어찌 넣을 생각을 했는지 물어보곤 했다. 밤참으로 냉면을 즐겼던 황제는 두 사람 몫을 시키기도 했는데 그런 날은 이회영 선생 같은 귀빈이 방문하는 날이었다. 황제는 빈객과 심도 깊은 대화를 나눌 적에도 명화를 곁에 두는 것을 개의치 않았다.

"폐하께선 아직도 평양냉면 맛을 잊지 못하고 계신다네. 언제 한번 덕수궁에 걸음할 수 있겠는가?"

민영달은 자신이 온 이유를 단도직입적으로 밝혔다. 명화가 답이 없자 그는 다시 입을 열었다.

"바로 이 자리에서 결정하란 말은 아니네."

"죄송합니다…"

명화가 고개를 숙이자 민영달은 속으로 한숨을 쉬었다. 예상 못 한 바는 아니었지만 이렇게 단칼에 무 자르듯 거절할 줄은 몰랐던 것이다. 그는 허탈감을 감추며 마지막으로 명화를 설득했다.

"근래 들어 폐하의 불면증이 더욱 깊어지셨네. 아침에 까치 소리가 들려야 겨우 눈을 붙이시는 형국이지. 그래도 자네가 있을 땐 옆에서 살뜰한 말동무가 되어 드리지 않았는가."

명화는 황제가 을미사변 이전에도 야행성이었단 사실을 떠올렸다. 그때도 조선은 바람 앞 촛불 같은 신세였지만 왕의 곁엔 밤을 지새울 수 있는 든든한 동반자인 부인이 있었다. 또한 어느 나라와 손을 잡고 어느 나라를 견제할 것인지를 고를 수 있는 낭만이 있었다. 그러나 이제 왕의 곁엔 아무도 없고 어떤 나라를 끌어들일 것인지에 대한 선택의 여지도 남아 있지 않았다.

저잣거리로 내몰린 이후 왕을 원망해온 명화였지만, 망국을 짊

어지고 나아가야 하는 황제의 고단한 운명을 생각하니 동정과 연민이 생겨나지 않을 수 없었다.

"아직도 밤에 가배를 드십니까?"

"그렇네."

"낮에만 드시도록 말씀드리는 게 어떻겠습니까. 최고의 보약은 잠이라지 않습니까."

"가배 마시는 낙으로 사는 황제께 내 어찌 그런 간언을 하겠나."

그 또한 틀린 말은 아니었다. 황제는 조선의 앞날처럼 어둡고 기나긴 밤을 맨정신으로 지샐 수 없었으리라.

"얼마 전 황제께서 진고개에 있는 경성 브라운 이야길 하시더군. 그 가배를 한 번만 맛볼 수 있으면 원이 없겠다고 말이야."

명화의 눈동자가 흔들리자 민영달은 그것을 놓치지 않았다.

"창살 없는 옥에 갇혀 먹고 싶은 것과 보고 싶은 것을 누릴 수 없는 폐하의 처지가 얼마나 보는 이의 마음을 미어지게 하는지 아는가. 만약 자네가 그 심정을 조금이라도 헤아릴 줄 안다면 카페 여급이라도 설득해 봄이 어떻겠나. 냉면 대신 가배라는 음료로라도 황제의 적적함을 달래드려야 하지 않겠는가 말일세."

명화는 순간 머릿속이 복잡해졌다. 민 대신은 자신이 경성 브라운에 드나드는 것은 물론 홍설과 스스럼없는 사이라는 것까지도 알고 있었다. 그렇지 않고서야 저런 부탁을 할 수 없었다.

민영달의 몸가짐은 예를 갖추고 있었으나 뭐라 콕 집어 말하기 어려운 위압감이 서려 있었다. 명화는 민 대신이 떠난 뒤에도 한

참 동안이나 장지문을 닫지 못한 채 덩그러니 서 있었다.

*

사과 한 알이 방물을 깔아놓은 거적을 향해 떼굴떼굴 굴러왔다. 방물장수는 바로 그것을 주워들었다.

"고맙습니다."

두루마기로 머리를 가린 여인이 사과를 받고는 수줍게 마음을 전했다. 시끌벅적한 나루장터에서 그 목소리는 참으로 비현실적이었다. 이어 동경에서의 그날이 자연스레 떠올랐다.

'그때도 사과 때문에 고맙단 인사를 듣지 않았던가. 그 여인이 정녕 경성 브라운의 여급이란 말인가...?'

회상에 젖은 요한의 눈동자가 4년 전 그날로 돌아갔다.

동지들과 동경에 도착한 요한은 돈부터 변통하기로 했다. 길을 가던 중 그의 발치로 사과 한 알이 떼구르르 굴러왔다. 저 멀리서 서양 의복을 입은 여인이 이편을 힐끔거리며 어쩔 줄 몰라 하고 있었다. 꽤 떨어진 거리에 있었지만 요한은 여인의 당혹스러운 감정을 어렵지 않게 짐작할 수 있었다. 바구니를 들고 초조하게 서 있는 여인의 모습은 마치 무채색 들판에 홀로 피어난 한 떨기의 청초한 꽃 같았다. 길 가던 동지들 역시 이름 모를 여인이 뿜어내는 분위기에 압도당해 넋이 나가 있었다.

"혹시 이 사과의 주인이오?"

요한은 침착하게 여인에게 다가갔다. 여인은 요한에게 눈길을 주지 않고서 시선을 아래로 내리깔았다. 그리고 말이 아닌 고갯짓으로 자신의 것임을 표했다. 덕분에 요한은 좀 더 용기 내어 여인을 볼 수 있었다.

여인의 낯은 방금 자신이 건넨 사과처럼 말갛고 발그스레한 빛을 띠고 있었다. 언뜻 보면 그저 아름다운 이목구비를 가진 여인 정도로 정의될 수 있었으나 그 너머에는 형언하기 어려운 매력이 발산되고 있었다. 대체 눈을 뗄 수 없게 만드는 이것의 정체는 뭘까? 분명 여태껏 봐온 여인들과는 달랐다.

'옷 속에서 날개가 발견되어 하늘로 승천한다 해도 전혀 이상하지 않을 것 같군. 마치 옛이야기 속에나 존재하는 천상의 선녀 모습이지 않는가!'

그때였다.

"아리가또 고자이마스."

여인의 입에서 들릴 듯 말 듯 일본어가 흘러나왔다. 순간 요한은 얼굴이 홧홧하게 달아올랐다. 수치심으로 점철된 감정을 추슬렀을 때 이미 여인은 멀어진 뒤였다. 그러나 끝까지 눈을 뗄 수 없었다. 여인이 어느 행인 곁을 지나치자 그 행인은 바로 뒤를 돌아보았다. 여인의 모습에 취해 그런 건가 싶었지만 돌아봄과 동시에 자신의 몸뚱이를 더듬었다. 이어 바닥에서 무언가를 주웠다. 순식간에 벌어진 일이라 요한은 상황 파악이 되지 않았다. 그러나 어째서인지 나쁜 쪽으로 해석하고 싶지 않았다.

"가까이에서 보니 어떻던가?"

"일본 여자더군."

동지들은 그 말에 실망한 기색이 역력했다.

"에이고, 김샜네."

누군가 한숨을 짓자 누군가는 너털웃음을 터뜨렸다.

"허허. 조선 여인네면 어쩔 거여? 예서 자유연애라도 할 건가?"

"살림 차리고 동경에 말뚝 박지. 까짓것."

박가가 뜬구름을 잡았다.

"이 사람이 못 하는 말이 없누."

"아니, 원래 아름다운 것에 눈길이 가는 건 본능 아닌가?"

"허긴, 저 여인 보고 눈 안 돌아가면 사내새끼도 아닐 거여."

"잡소리 그만하고 변통이나 하러 가세."

그날 저녁 일본경찰이 숙소를 급습했다. 창가에 있던 요한은 가까스로 뛰어내렸다. 혼자만 탈출한 것이 다행인지 불행인지 알 수 없었다. 동지들 중 한 명이라도 고문을 이기지 못하고 이곳에 온 목적을 발설한다면 사형을 면하기 어려울 것이었다. 이때는 동지들을 의심할 겨를조차 없었다. 그저 운이 나빴다고만 생각했다.

그랬기에 요한은 조선에서 박가를 만났을 때 진정으로 반가워했다. 모두가 죽은 줄 알았던 그에게 동지와의 재회는 크나큰 위안이었다. 위기에서 탈출한 무용담을 떠들어대는 박가의 허풍마저도 귀엽게 느껴졌다. 자신을 죽이러 온 저승사자라는 걸 알게 된 것은 그와 기분 좋게 술을 나누고 헤어진 뒤였다. 그러나 이미 순사는 코앞까지 와서 포승줄을 들이밀고 있었다.

감옥에서 보낸 시간은 생각보다 나쁘지 않았다. 규칙적인 생활 덕에 과거를 되돌아보고 재정비할 수 있었다. 모든 것을 자포자기한 채 목숨을 끊으려 했던 동경에서의 지난날을 회상하다 잠이 들면 어김없이 그날이 꿈에 출몰하곤 했다.

꿈속에서 요한은 현해탄을 바라보고 있었다. 혼자만 살아남았단 죄책감이 그의 어깨를 짓눌렀다. 비가 음험하게 내리고 바람이 전신을 할퀴어댔다. 주머니에 손을 넣자 승선권이 구깃하게 잡혔다. 반대편 주머니엔 칼이 들어 있었다. 요한은 자신의 이중성에 냉소가 나왔다. 이윽고 결심이 선 그는 하나를 집었다. 그때 달려오던 누군가가 빛의 속도로 그것을 낚아챘다.

"잠시만 빌리겠습니다."

웬 여인이 자신의 목을 향해 칼을 겨누었다. 입술에선 피가 흘렀으며 두 눈은 뜨고 있기 어려울 정도로 부어올라 있었다. 코, 광대, 턱 어느 하나 성한 게 없을 정도로 구타당한 흔적이 엿보였다. 입고 있는 조선 의복은 험하게 찢겨져 있었다.

"당장 내려놓으시오."

요한의 외침이 핏줄기 같은 비에 섞여 들었다.

"아니오, 전 살아야 할 이유가 없습니다."

아리가또 고자이마스. 순간 그 음성이 떠올랐다. 요한은 다시금 여인의 얼굴을 살폈다. 비록 몰골이 형편없긴 했으나 바로 천상계의 여인이었다.

"홍자 넌 잡아라..."

일본 경찰의 외침이 가까워지자 칼을 든 여인의 손이 떨렸다. 요한은 그 손을 단박에 내리쳤다. 바닥에 떨어진 칼자루가 요란하게 뒹굴었다. 망연자실해하는 여인에게 요한이 한 보 가까이 다가갔다.

"이걸 들고 떠나시오."

그는 구겨진 승선권을 여인의 손에 강제로 쥐여주었다. 여인의 오른손과 그의 왼손이 순간적으로 불에 데인 듯 포개졌다. 정박해 있던 관부연락선이 곧 떠날 듯 뱃고동을 뿌우— 불어댔다.

"이걸 왜 제게..."

"죽어야 할 사람은 나니까."

여인은 꿈쩍 않고 요한을 바라보기만 했다. 가까이에서 바라본 여인의 얼굴은 처참할 정도로 망가져 있었다.

"아, 어서 가래도?"

요한은 급한 마음에 여인의 손을 붙잡고 냅다 뛰기 시작했다. 폭우가 두 사람을 따라다니며 거칠게 퍼부어댔다. 뒤로는 경찰이 거리를 좁혀 왔고 앞으로는 관부연락선이 몸을 들썩였다.

"조선으로 가서 모든 걸 잊고 새롭게 시작하는 거요."

요한의 손에 붙들려 있던 여인의 손이 스르륵 빠져나갔다. 관부연락선에 몸을 실은 여인이 점점 멀어졌다. 점만큼 작아진 여인의 얼굴에서 설핏 미소를 본 것 같기도 했다. 손에서 손으로 전해지던 온기. 나의 마지막 감각으로 기억될 사람. 관부연락선이 출항하자 요한은 조금의 망설임도 없이 현해탄에 몸을 던졌다.

꿈에서 깨면 바다보다 더 차가운 감방에서 하얀 서리가 만들어지고 있었다. 사람의 마음이란 얼마나 간사한 것인지. 모든 것을 내려놓고 몸을 던진 바다에서 요한은 극렬한 생존 욕구를 느꼈다.

'다른 사람의 생명을 구해준 내가 왜 죽어야 하는가. 아직 내겐 못다 한 일이 있지 않는가...'

짜디짠 바닷물이 온갖 구멍으로 밀려오자 죽은 동지들이 못 이룬 거사를 이루어야겠단 욕망으로 온몸이 들끓었다.

그렇게 조선으로 왔지만 기쁨도 잠시, 믿었던 동지에게 발등을 찍혀 옥살이를 하게 되었다. 그러나 위기의 또 다른 이름은 기회였다. 요한은 옥에 갇혀 있는 동안 박가에게 어떻게 복수할지만을 생각했다.

자유의 몸이 되던 날 곧바로 계획을 실행에 옮겼다. 박가가 경성행 기차를 탄다는 정보를 입수하고서 남대문 정거장에 들어섰을 때만 해도 일을 성사시킬 수 있으리라 확신했다. 아니, 박가의 옆 좌석에서 앉은 이가 4년 전에 만난 여인이라는 것을 알아차렸을 때만 해도 놀라움에 동요는 일었을지언정 흔들림은 없었다. 반가운 마음이 들긴 했으나 목표물을 제거한 뒤 대면해도 늦지 않을 거라 생각했다. 여인은 그사이에 화장과 머리 모양, 옷 입은 차림새까지 모든 것이 서양 복식으로 바뀌어 있었다. 그러나 기모노를 입었던 동경에서처럼 천상계의 분위기만은 그대로였다.

헌데 갑자기 자고 있던 박가의 품속에서 총을 훔쳐가는 게 아닌가. 순간 요한은 지난날 먼발치에서 그녀와 행인이 스쳐 지나갔을 때 일어났던 일을 떠올렸다. 또한 시모노세키항에서 자신의 칼을 번개처럼 낚아채던 일도.

박가를 처치하려는 요한의 계획은 이러한 변수로 인해 뒤죽박죽되고 말았다. 게다가 이 여인이 적군인지 아군인지조차 판가름할 수 없었다.

"다리가 불편하여 그런데 자리 좀 양보해줄 수 있겠소?"

요한은 일부러 위압감이 묻어 나오는 저음으로 물었었다. 자신의 생뚱맞은 요구에 여인은 기다렸단 듯 자리를 떴다. 동경에서도 계집의 수줍음이란 외피를 두르고 있었으나 속살엔 은폐란 단어를 감추고 있지 않았던가. 그 후 구타당한 모습으로 현해탄에서 마주쳤던 여인. 홍자 잡아라... 일본경찰의 외침이 귓전에 울리는 듯했다.

"손님은 죄다 놓치고 뭔 생각에 잠긴겨?"

엿장수가 혀를 끌끌 찼다. 요한은 그때서야 돌아서는 아낙네들이 시야에 들어왔다.

"그날 박가의 총에 맞지 않은 게 그 여인 덕분인지도 모르겠군."

"총? 대체 뭔 소린지. 참으로 알 수 없는 방물장수라니까."

엿장수는 정신 차리란 듯 가위질을 가까이에서 두어 번 해 보이곤 자리로 돌아갔다.

"현해탄에 이어 또 한 번 날 살린 셈인가."

요한은 거적의 방물을 정돈하다 말고 피식 웃음을 흘렸다. 나루장터의 소란함은 어느새 기우는 해와 함께 저물고 있었다.

*

"전차가 지나가는 길목에 이렇게 차를 세우면 어쩌잔 거야?"

박가는 사거리 중앙에 떡하니 세워진 다임러 리무진의 창틀을 곤봉으로 툭툭 쳤다. 그는 헌병 보조원이란 새로운 일에 자부심을 가지고 임하는 중이었다. 그러나 창 너머 운전자는 무엇을 찾는 것인지 상체를 구부린 상태로 대꾸도 없었다. 자격지심이 인 박가는 곤봉에 감정을 실어 차체를 퍽퍽 두들겼다.

"하아… 분명 여기 두었는데…"

미스터 리는 혼잣말을 하며 상체를 일으켰다. 일본에서 구입한 센베이가 어디로 굴러간 것인지 도통 보이질 않았다. 침착히 찾아보면 될 일이지만 밖에서 두들겨대는 곤봉 소리 때문에 집중이 되지 않았다.

"이것 봐. 내리란 말 안 들려?"

말이 떨어지기가 무섭게 차창이 내려갔다. 미스터 리는 영문을 모르겠다는 듯 눈을 끔벅거리며 얼굴을 내밀었다.

"무슨 일이오?"

대거리를 하려던 박가는 미스터 리를 보는 순간 태도가 바뀌었다.

"아니… 혹시…"

"내게 무슨 볼일이라도 있소?"

"그... 그분의 손자 되시는 분 아니십니까? 존함이 뭐였더라..."

"사람 잘못 보셨소."

미스터 리는 황급히 차창을 올렸다. 다임러 리무진은 광속으로 그 자리를 빠져나갔다. 마치 꽁무니가 빠져라 도망가는 도둑 같은 모양새였다.

다임러 리무진은 진고개에 다다라서야 속도를 늦추었다. 경성 브라운 앞에 차를 세운 미스터 리는 십년감수한 표정이었다. 그는 다시 차 내부를 뒤졌다. 아까와 달리 단박에 센베이를 찾았다. 차에서 내린 그의 얼굴은 아무 일도 없다는 듯 평소와 같아 보였다.

"오늘도 파리가 미끄러질 만큼 어디 한번 닦아보거라."

나무 의자에 걸터앉은 그는 개똥이 앞으로 발을 척 내밀었다.

"하이고 나으리, 또 찾아주셨군요. 허면 오늘도 성심성의껏 닦아보겠습니다."

개똥이를 지켜보던 미스터 리는 이내 홍설에게로 시선이 돌아갔다. 통유리 너머 실려 오는 가배 향이 그의 마음을 한층 더 들뜨게 했다.

"또 여급 아씨 보러 왔습니까?"

"에끼. 녀석도. 허긴 장사를 하려면 눈치가 빨라야지. 헌데 넌 이 근방에 사느냐?"

"북촌에 삽니다."

미스터 리는 곧 자신의 질문을 후회했다. 북촌은 이곳 남촌과는 같은 경성이라고 생각하기 어려울 정도로 다르다는 것을 그는 누구보다도 잘 알고 있었다.

"집에 가면 여섯 동생들이 저를 반갑게 맞아주지요."

"호오, 네가 장남이로구나."

"어머니는 동생들 때문에 항상 바쁘세요. 그래서 제가 가장 노릇을 하고 있지요."

미스터 리는 구두에 윤을 내는 개똥이를 물끄러미 바라보았다. 부의 크기가 다를 뿐 운명에 얽매여 사는 것은 자신과 다를 바가 없었다. 현실을 웃음으로 무마하는 소년. 이면의 슬픔을 저 깊이 감추어 놓은 채. 그 누구에게도 초라한 마음을 들키지 않기 위하여.

"왜 그러십니까?"

개똥이는 자신을 빤히 보는 미스터 리를 의식하고는 고개를 들었다.

"우린 퍽 닮은 듯하구나."

"에이, 하늘과 땅이 어찌 같을 수 있습니까?"

"밝게 웃는 모습 말이다."

"그런 거라면..."

개똥이는 미스터 리를 따라 같은 결의 웃음을 지었다.

"나리, 다 됐습니다."

"이야! 파리가 구두에 앉았다간 바로 엉덩방아를 찧겠구나."

미스터 리는 이번에도 삯을 두둑이 건넸다. 흰 양복 주머니에서 센베이를 꺼내는 것 또한 잊지 않았다.

"팁이다."

"에? 이 주전부리 이름이 팁입니까?"

미스터 리는 아무 말 없이 웃으며 일어섰다.

"딱 봐도 물 건너온 게 보통 물건이 아닌 것 같은디... 나리는 얼굴만큼이나 인품도 최고구먼요!"

개똥이는 연신 허리를 굽히며 감사를 표했다.

미스터 리가 종소리를 짤랑거리며 카페 안으로 들어서자 홍설은 하던 일을 멈추고 얼음부터 준비했다.

"걸어오시는데 구두밖에 보이지 않습니다."

"흠... 그건 곤란한데. 얼굴이 파묻힌단 얘기 아니오?"

미스터 리의 농에 홍설의 입꼬리가 살짝 올라갔다.

"저 녀석, 귀엽지 않소?"

바에 착석한 미스터 리는 통유리 너머 개똥이를 가리켰다. 홍설의 낯빛이 바로 싸늘해졌다.

"전 아이를 좋아하지 않습니다."

"의외로군."

그가 양복 주머니에서 초콜릿을 꺼내자 홍설의 눈이 조금 전 개똥이가 그러했듯 곧바로 휘둥그레졌다.

"이것은 먹기만 하면 살이 붙고 얼굴이 모던해진다는 미국의 근대식량 아닙니까."

"거기선 이 까만 식량을 칼로리 폭탄이라고 부른다오. 몸이 따뜻해지고 혈액순환도 잘된다지. 약소한 선물이지만 받아주시오."

"이 귀한 것을 받아도 될지…"

그 뒤로 센베이가 딸려 나왔으나 홍설은 그것에는 눈길을 주지 않았다.

"초콜릿에만 관심 있는 걸 보니 센베이는 먹어본 모양이오."

순간 홍설의 눈빛이 흔들렸다. 그녀는 위기를 모면하기 위해 화제를 돌렸다.

"조금만 기다리십시오. 목구멍이 깜짝 놀라도록 시원 쌉싸름한 가배를 올려 보이겠습니다."

미스터 리는 홍설이 가배를 만드는 모습을 또 한 번 유심히 관찰했다. 맷돌로 갈아낸 원두가루를 한지 씌운 드리퍼 위에 올린 뒤 뜨거운 물줄기를 흘려보내는 제조방식은 서양과 차이가 없어 보였다.

얼음이 잔뜩 올라간 가배를 받은 미스터 리는 한 모금 음미하더니 역시나 감탄사를 내질렀다.

"어찌 조금의 오차도 없이 한결같은 맛을 낼 수가 있소?"

"운이 좋았나 보지요."

"가배는 조금만 다르게 제조하여도 맛의 편차가 크기 때문에 서양에서는 까다로운 음료로 통한다오."

홍설은 그에게 받은 초콜릿 하나를 입에 넣었다. 목구멍이 달아오르며 침샘이 솟아올랐다. 무엇으로 만들었기에 이런 맛을 구현해낼 수 있는가. 홍설은 두 번째 껍질을 까다 말고 문득 미스터 리가 어떻게 전쟁 통에 서양을 다녀온 건지 궁금해졌다.

"서방은 쑥대밭이라 들었는데 여행 중 별일 없으셨습니까."

"전쟁터도 결국 사람 사는 곳 아니겠소. 안전한 곳만 골라 다녔다오."

미스터 리는 얼음을 와드득 씹다 말고 다시 입을 열었다.

"이번 여행 때 기이한 경험을 했소. 서양학자의 말에 따르면 날짜변경선이란 것이 태평양 한가운데를 지나는데 그것을 기준으로 시차가 발생한다더군. 지구가 24시간에 한 바퀴를 돌기 때문이라는 이야길 듣고도 난 좀처럼 믿을 수 없었소. 지금 내가 밟고 있는 이 땅이 이렇게 미동도 없는데 돌고 있다니, 말이 되는 소리오?"

"잘못된 학설 아닙니까?"

"나도 그리 생각했는데 믿을 수 없는 경험을 했단 것 아니겠소. 아라사는 땅덩이가 워낙 광활한지라 블라디보스토크와 모스크바의 시차가 무려 7시간이나 나더란 말이지. 심지어는 12시가 넘어가자 날짜마저 바뀌더군. 지나간 어제를 또 한 번 살아갈 수 있단 것을 경험해놓고도 믿을 수가 없었소."

홍설은 그가 여행 도중 날짜를 착각한 게 아닐까 생각해보았다.

"미국에서도 똑같은 일이 벌어지는 걸 보고 나서야 지구가 돌고 있다는 사실을 인정하게 되었소."

"저로선 받아들이기 힘든 학설이군요."

"그들 말에 의하면 지구가 천천히 돌고 있기 때문에 알아차리지 못 하는 거라더군."

홍설은 이해가 가지 않았으나 대강 고개를 끄덕였다.

"우리도 서양처럼 하루빨리 시계가 보편화되었으면 좋겠소. 그러면 여러모로 참 편리할 터인데. 해의 방향에 의존하여 새참을 먹을 필요도, 비가 오면 배꼽시계에 의지하여 끼니때를 짐작할 필요도 없겠지. 통행금지 시간에 맞춰 울리는 보신각 종소리에 귀 기울여야 하는 번거로움도 없어질 테고."

말을 마친 그는 가방에서 책 한 권을 꺼냈다. 홍설은 아라사어로 쓰인 그것이 톨스토이의 소설이란 것을 단박에 알아차렸다. 손님들 손에 들려진 걸 종종 본 덕분이었다.

"이건 내가 나에게 한 선물이라오."

"우와, 대체 몇 개 국어를 하시는 겁니까?"

"홍설 씨도 삼 개 국어는 하지 않소? 일본어도 유창하거니와 영어도 곧잘 하는 것 같던데."

"저 같은 일천한 실력과 비교가 되겠습니까."

홍설은 자신이 까막눈을 면한 지 얼마 되지 않았단 사실을 밝힌다면 그가 뭐라고 할지 궁금해졌다. 아마 농담으로 치부하며 웃어 넘길 것이었다.

"삼 개 국어를 하면 뭣하겠소. 이렇게 빈둥거리는 실업자 신세인데."

"직업을 못 가지는 것이 아니라 안 가지는 것 아닙니까?"

"왜 그리 생각하시오?"

"주요 관직은 일본인 차지이고 조선인에겐 허드렛일만 주어지니 어떤 직업도 성에 차지 않겠지요."

머뭇거리는 미스터 리에게 홍설은 이때다 싶어 마음속에 담아 둔 질문을 던졌다.

"혹시 와타루 경부를 아십니까."

와그작 얼음을 씹던 소리가 일순간 정지했다.

"홍설 씨도 와타루 그자와는 거리를 두는 게 좋을 거요."

"저도 처음엔 그리 생각했지만 가배에 대한 그의 순수한 마음을 알고 난 뒤부터는 색안경을 벗게 되었습니다. 그이는 경부라는 자신의 권위를 단 한 번도 악용한 적이 없는 사람입니다."

미스터 리는 피식 웃었다.

"조선인의 시각으로 와타루의 행동을 해석해선 곤란하오. 일본인에겐 '온'과 '기리'라는 게 있소. '온', 즉 은혜를 입으면 그것을 채무라고 생각하여 반드시 갚아야 한다고 생각하는데 그게 바로 '기리'요. 천황에게 갚아야 하는 절대적 은혜 같은 건 '기무'라고 하지. 자신의 배를 갈라 할복하는 사무라이의 행위는 수치심, 즉 사회적 시선을 중시하는 일본인의 사고방식에서 기인한 거요. 죽음만이 자신의 명예를 회복하는 길이라고 믿지. 허나 조선인이 볼 땐 그저 미치광이 짓일 뿐이오. 조선인들은 은혜를 입으면 언젠간 보답하겠단 마음을 가지고 말지만 일본인이란 족속은 애당초 온과 기리에 얽매이지 않기 위해 타인에게 피해주는 것을 극도로 꺼린단 말이오. 허니 일본 경찰의 예의 바름을 곧이곧대로 받아들여선 안 되오."

"곧이곧대로 받아들이면 안 되는 것과 아무 이유 없이 피하는 것은 다른 문제 아닙니까."

"일본 것들은 일단 피하고 보는 게 상책 아니오? 그보다 내겐 언제 기리를 갚을 생각이오?"

역으로 질문이 날아오자 홍설은 속으로 깜짝 놀랐다.

'드디어 동경에서의 그날이 도마 위로 오른 것인가.'

"은혜를 잊지 않는 것에서 끝낼 게 아니라, 은혜를 갚아야 하지 않겠소? 가방을 찾아준 것에 대한 보답을 언제 할 생각이오?"

"원하는 게… 무엇입니까."

"말하면 들어주겠소?"

그의 표정은 너무도 진지했다. 어떤 무리한 부탁으로 옭아매려는 것일까. 온갖 생각이 홍설의 머릿속으로 날아들었다.

"쉬는 날 밥 한 끼 사주시오. 대신, 내가 먹고 싶은 걸로."

홍설의 머릿속에 꼬여 있던 실타래가 무색하게 풀어졌다. 긴장이 풀어지자 헛웃음마저 튀어나왔다.

"그리하지요. 모레가 휴무이니 그날 대접하도록 하겠습니다."

"쇠뿔도 단김에 빼라고 시간도 지금 정하는 게 어떻겠소?"

"정오 괜찮으십니까."

"좋소. 그럼 우리의 데이트는…"

"거참 성미도 급하군."

불쑥 튀어 오른 저음이 미스터 리의 말을 끊어먹었다. 언제 온 것인지 검정 양복을 빼입은 요한이 도둑고양이처럼 옆자리를 꿰차고 앉아 있었다. 홍설은 말없이 목례를 올렸다. 기차에서 봤던 날처럼 머리를 뒤로 넘겨 이목구비가 훤하게 드러나 있었다.

"한 잔 주시오."

홍설이 가배를 제조하는 동안 미스터 리는 톨스토이의 책을 펼쳐 들곤 그 속으로 얼굴을 파묻었다. 요한은 두 사람을 번갈아 보다 입을 열었다.

"가배는 언제부터 배운 거요?"

홍설은 대답 대신 완성된 가배를 건넸다. 요한은 향을 깊게 들이 맡을 뿐, 입가에 가져가지 않았다. 그리곤 다시 물었다.

"묵비권을 행사하는 건가?"

"It's noisy."

미스터 리가 톨스토이 책을 소리 나게 탁, 덮었다. 요한 역시 지지 않고 턱, 가배 잔을 내려놓았다.

"독서에 집중을 할 수가 없군."

그러나 요한은 아랑곳하지 않고 계속해서 홍설에게 물었다.

"그날 왜 그리 황급히 사라지셨소. 기차 자리를 양보해주어 고맙단 말이라도 하려 했는데."

"어... 잠시, 두 사람... 초면 아니었소?"

끼어든 미스터 리의 음성에 실망의 기색이 묻어났다.

"한 잔의 가배를 만들기 위해선 상당한 손재주가 필요할 것 같은데..."

요한의 말이 끝나기가 무섭게 미스터 리가 책을 주섬주섬 챙기며 일어섰다.

"난 이만 가보겠소. 형씨도 이쯤에서 퇴장하는 게 신상에 이로울 거요."

아닌 게 아니라 통유리 너머로 와타루를 태운 인력거가 진고개로 올라오는 모습이 보였다.

"쪽바리 늙은이가 가배라니, 가당키나 한가."

요한은 혼잣말을 구시렁거리며 미스터 리 뒤를 이어 자리를 떴다. 기차에서 봤을 때와 달리 두 다리가 힘차게 움직였다.

"뜨겁게 부탁하네."

요한이 앉았던 자리는 곧 와타루로 채워졌다. 홍설은 아무 일도 없었단 듯 공손히 인사를 올렸다.

"얼마 전 카페가 휴무인지도 모르고 헛걸음을 했었는데, 그날 남대문 정거장이 꽤나 시끄러웠다더군."

"드잡이라도 일어났던 모양이지요."

"조선인들끼리 싸움이 벌어졌거든."

그날은 홍설이 휴무를 맞아 유성온천을 다녀온 날이었다. 기차에서 옆자리 사내의 총을 훔친 날이기도 했다. 어쩌면 그날 싸움의 원인은 자신 때문인지도 몰랐다. 홍설은 평소처럼 맷돌을 돌려나갔지만 좀처럼 집중을 할 수가 없었다.

"서양인들은 참 비상하기도 하지. 어떻게 밑에 구멍을 뚫어 액체를 추출할 생각을 했는지."

와타루는 드리퍼 밑으로 떨어지는 추출액을 신기한 듯 쳐다보았다.

"추출한 액체만을 마시고 싶다는 간절한 바람이 위대한 발명으로 이어진 것이겠지요."

"흠… 놋 주전자를 돌릴 때 특별한 요령이라도 있는가?"

"주전자와 팔이 하나가 된 것처럼 하되, 시계 방향으로 돌리는 것이 좋습니다."

홍설은 원두 한 줌을 한지에 곱게 싼 뒤 그것을 와타루에게 건넸다.

"지난날 헛걸음에 대한 보상이라 생각해주십시오."

"아니네. 자네에게 빚질 수는 없지."

와타루는 그것을 도로 밀었으나 홍설은 끝내 받지 않았다.

경성 브라운에서 나온 와타루는 곧장 뒷골목으로 향했다. 그는 한참이나 걸은 뒤에야 속엣것을 토해냈다. 전보다 게워낸 양이 많지 않다는 것은 익숙해지고 있단 증거였다. 주머니에 손을 넣자 한지에 싸인 원두 알맹이들이 잡혔다.

"사찌코!"

원두 향 때문이었을까. 그의 입에서 잊고 있었던 고유명사가 불쑥 튀어나왔다.

사찌코는 총성이 난무하는 전쟁터에서 알게 된 간호부였다. 자신의 가슴을 관통했던 총알을 조심스레 뽑아내어 환부를 치료해주던 그녀는 혈색 없는 얼굴에 희미한 미소를 가진 여인이었다.

전쟁이 소강상태에 접어들었을 무렵 그는 사찌코와 전장을 몰래 빠져나가곤 했다. 인근의 조용한 카페에서 몸을 숨기고 있던 그 시간은 마치 가뭄 속에 내려진 단비와도 같았다. 와타루의 앞에는 전통차가, 그리고 사찌코 앞에는 가배가 놓여졌다. 아무 말 없이 서로를 마주 보기만 해도 온 전신이 행복이란 감정으로 벅

차오르던 시절이었다.

사찌코는 가배를 마시지 못하는 그를 위해 원두를 선물한 적이 있었다.

—언젠가 우리가 같은 향을 나누었으면 좋겠습니다. 가랑비에 옷 젖듯, 가배에 익숙해지는 날이 오기를 고대하겠습니다.

와타루는 홍설이 준 원두를 꺼내 한참 동안 바라보았다. 버리려고 꺼낸 것이었지만 결국엔 주머니 속으로 다시 들어갔다. 유유히 떠나는 그의 코트 깃 사이로 원두 향이 연하게 출렁였다.

봄비는 꿈결처럼

옥인정 19번지 저택의 솟을대문 사이로 사내 하나가 어슬렁 걸어 나왔다. 해지고 남루한 옷 속으로 언뜻 보이는 뱃가죽과 다리통은 무쇠같이 단단해 보였다. 눈동자 아래로 흰자가 드러나는 삼백안인 훈길은 지금처럼 무표정일 때면 한없이 사나워 보였다. 고샅까지 나온 그는 새하얀 양복을 입은 미스터 리가 저만치서 걸어오는 것을 보고는 다시 저택 안으로 잽싸게 자취를 감췄다.

훈길은 옥인정 19번지에 거주하는 솔거 노비, 아니 머슴이었다. 갑오개혁 때 노비제가 철폐되었지만 유명무실한 개혁일 뿐 무일푼에다가 문맹이 대부분인 노비들은 주인집에 예속되어 생계를 유지했다. 노비에서 머슴이란 호칭만 바뀌었지, 별반 달라진 게 없는 삶이었다. 그는 도련님의 귀가시간을 짐작하여 일부러 나와 본 것이었다.

옥인정에 세워진 저택은 전형적인 조선 정승의 기와집 형태로 한눈에 담기 어려울 정도로 큰 규모를 자랑했다. 100칸이 넘는 방 중에서도 정중앙에 자리한 사랑채는 가장 넓고 호화로웠다. 이 대감의 사랑채에서 밖을 내다보면 사시사철 색이 변하는 남촌의 자연풍광을 한눈에 감상할 수 있었다. 그다음으로 잘 꾸며진 방은 그에게 하나밖에 없는 손자의 보금자리인 작은 사랑채였다. 확 트인 대청마루를 끼고 있는 데다 다락과 골방, 벽장 같은 부속공간을 갖추고 있어 실로 이 대감의 사랑채 못지않았다.

"대감마님. 도련님 귀가하십니다."

훈길의 말에 이 대감이 앞마당으로 나왔다. 그는 고풍스러운 저택과 어울리지 않게 서양식 의복 차림이었는데 머리칼 역시 서양인처럼 짧았다. 환갑이란 나이에 걸맞지 않게 얼굴엔 주름이 거의 없었으며 아직도 검은 머리칼이 무성했다. 그런 외양에 비해 걸음걸이는 늘그막에 고생을 덤터기로 한 늙은이처럼 구부정했다. 바깥바람을 쐬자 그의 왼쪽 어깻죽지로 통증이 확 번져 올랐다. 그러나 이 대감은 아픔을 참고 솟을대문 앞에서 손자를 기다렸다.

드높게 세워진 솟을대문은 근방의 저택들 중에서도 단연 압도적인 높이를 자랑했다. 솟을대문은 곧 부의 척도였다. 무게가 육중한 만큼 개폐 시 생기는 마찰음은 고막을 긁을 정도로 시끄러웠다. 실제로 새벽에 이 대감 집 솟을대문이 열리면 다른 집 일꾼들이 그 소리를 듣고 기상하기도 했다.

"아니... 조부께서 어인 일로 나와 계십니까."

콧노래를 흥얼대던 미스터 리는 솟을대문 너머에 있는 조부를 보곤 화들짝 놀랐다. 혹시 일꾼을 부리던 중인가 싶어 좌우로 늘어선 행랑채를 살펴보았지만 개미 한 마리 보이지 않았다.

"동경으로 떠날 날짜는 정하였느냐."

미스터 리는 비로소 조부의 속내를 알아차렸다. 꽃샘추위가 물러간 지가 한참인 데도 여직 떠날 기색이 안 보이니 안달이 나신 것이리라. 지금도 지청구를 늘어놓고 싶지만 사이가 틀어질까 봐 참고 있다는 것이 여실히 느껴졌다. 서양을 돌아보고 오겠다 했을 때도 극구 반대했던 조부가 아니던가.

"학업엔 때가 있는 법이거늘, 네가 무지렁뱅이들과 어울리며 젊음을 탕진하는 것 같아 심히 염려되는구나."

누가 봐도 이번엔 미스터 리가 물러설 차례였다. 그간 이런저런 핑계를 대며 학업에서 손을 뗀 건 부정할 수 없는 사실이었다. 그러나 그 여인을 생각하면 차마 조선을 떠날 수 없었다. 돌고 돌아 온 이 운명을 어찌 역행하리오. 그러나 조부에게 이런 속마음을 내보일 수도 없었다.

"젊음은 돈 주고도 살 수 없는 것이 아니더냐."

미스터 리는 일단 물러서기로 했다.

"조부의 깊은 뜻을 받들어 빠른 시일 내에 짐을 꾸리도록 하겠습니다."

미스터 리는 목례를 올리고는 작은 사랑채로 향했다. 저만치에서 보고 있던 훈길이 그때서야 달려왔다.

"아이고 도련님. 오셨습니까."

"몸이 찌뿌둥하여 목간을 해야겠다."

"곧 목간통에 물을 한가득 채워놓겠습니다."

미스터 리는 서고 앞에서 멈춰 섰다. 그의 사랑채 중 한 면은 책으로 빽빽하게 채워져 있었다. 데카메론, 돈키호테, 파우스트 같은 대문호의 세계문학전집이 주를 이루었는데 대부분 일본어판이었다. 간혹 러시아어나 영어가 섞여 있기도 했다.

평소처럼 책을 꺼내 펼쳐 들었으나 그의 눈에 활자가 들어올 리 없었다. 아무리 머리를 굴려 보아도 조선에 머물 명분이 없었다.

'외따로이 떨어진 변두리에 거처를 마련해놓으면 들키지 않을 수도 있지 않을까.'

그러나 이내 그는 탐탁지 않은 표정으로 고개를 저었다. 눈 가리고 아웅 식은 마음에 들지 않았다.

"아…!"

누워 있던 그가 단박에 자세를 고쳐 앉았다. 동경에서 만났던 당숙이 떠올랐던 것이다. 카페를 차렸다기에 가배를 팔아줄 겸 갔었던 미스터 리는 그곳에서 애를 먹는 당숙의 모습을 보았었다. 손님들에 비해 일손이 턱없이 모자란 탓이었다. 당숙의 가게라면 홍설이 현재 몸담고 있는 경성 브라운보다 보수도 훨씬 낫지 않을까. 그는 당장 당숙에게 전보를 치기로 결심했다. 사랑채 문을 열자 대기하고 있던 훈길이 머리를 꾸벅였다.

"목간 물을 준비하였습니다. 헌데 그 짧은 시간 동안 독서를 하고 계셨구먼요."

"나야 독서가 일상 아니더냐."

미스터 리는 민망함을 감추며 웃었다.

"책이란 것이 참으로 재밌긴 한가 봅니다."

"어떤 시대로도 갈 수 있고 어떤 사람이라도 될 수 있으니. 왜, 너도 이참에 글을 배워볼 테냐?"

훈길은 삼백안을 끔벅거렸다.

"노비가 문서를 남길 것도 아닌데 문자는 배워 뭣합니까."

"그래도 알아두면 편하지 않겠느냐."

"소인 무식하여 제 이름 석 자 외우는 것도 몇 달이 걸렸습니다요."

미스터 리는 소리 없이 웃으며 신발을 고쳐 신었다.

"내 잠시 어디 좀 다녀오마."

"예...?"

"조부는 잠자리에 드셨을 테니 별 문제 없을 거다."

"그럼 목간 물은..."

"나 대신 등목이나 하거라. 나도 네 비밀을 지켜주마."

미스터 리는 한쪽 눈을 찡긋하고는 날랜 동작으로 담을 넘었다.

*

명화는 경성 브라운을 들어가려다 말고 멈칫했다. 가게 앞 구두닦이 통에 들어 있는 나무 인형이 낯이 익었다. 구두닦이 소년은 잠시 자리를 뜬 것인지 보이지 않았다.

'요한 씨에게 이런 면이 있었을 줄이야. 헌데 왜 카페 여급에 대해 물어본 걸까. 혹시 구두닦이 소년도 경성 브라운을 가던 길에 본 게 아니었을까.'

명화는 잡생각을 떨치기 위해 힘주어 문을 밀었다.

경성 브라운의 종이 짤랑 울리자 홍설이 명랑하게 눈인사를 보냈다. 명화 역시 같은 인사를 보냈다.

"그동안 통 보이질 않으셔서 남정네라도 생기셨나 했습니다."

"귀찮게 구는 기둥서방이 하나 있긴 하지요."

"혹시 그 기둥서방이…"

명화는 홍설이 말을 끝맺기도 전에 고개를 끄덕였다.

"네. 방물장수입니다."

마침 일본인 손님이 연거푸 들어오는 바람에 홍설과 명화의 대화는 중단되었다. 홍설은 유창한 일본어로 무리 없이 주문을 받아냈다. 명화는 그 모습을 보고 있자니 오늘 준비해 온 말을 과연 해도 될 것인가 싶었다. 그러나 고민하지 않기로 했다. 자신은 민 대신이 시키는 대로만 하면 되었다. 그것은 황제에게 냉면을 올리는 것보다 백배는 쉬운 일이었다.

"일본어를 유창하게 잘하십니다."

한산해진 틈을 타 명화는 다시 말을 붙였다.

"일본에서 오래 살았거든요."

"조선으로 돌아오게 된 연유가 있습니까."

"일본에 질려서요."

홍설이 한마디로 잘라 답하자 명화는 잠시 당황했다. 그러나 곧 화제를 전환했다.

"가배는 일본에서 배우신 겁니까? 실력이 참으로 출중하십니다."

"아무리 제 실력이 출중하다 한들 명화 씨의 타고난 손맛을 따라가겠습니까? 하사정 손님들 대부분이 평양냉면을 맛보기 위해 온다고 들었습니다."

"과거 주방 나인 시절 황제의 수라상에 냉면을 올렸던 덕분이지요."

"아... 궁녀셨군요."

홍설은 명화의 행동거지가 기생치고 품위가 있었던 이유를 비로소 알 것 같았다.

"황제께선 한겨울에 뜨끈한 아랫목에서 먹는 냉면을 좋아하셨습니다. 밤참으로 자주 찾곤 하셨지요."

명화는 자신의 이력을 공개한 것이 마음에 걸렸지만 민 대신의 말을 전하기에 더없이 좋은 기회라고 여겨졌다.

"얼마 전 황제의 측근을 만났는데, 폐하께서 경성 브라운의 명성을 익히 알고 계신다 하더군요."

"그게 참말입니까?"

홍설의 벌어진 입이 다물어질 줄을 몰랐다.

"여급이 내리는 가배를 꼭 한 번 마셔보고 싶다는 말씀도 덧붙였다 하더이다."

"진정 몸 둘 바를 모르겠군요."

"만약 폐하께 가배를 손수 내어드릴 수 있는 기회가 주어진다면... 어찌하시겠습니까?"

"저야 영광이지요. 허나 아무나 궁을 드나들 수 없잖습니까."

"그 점은 염려 마십시오. 제가 다리를 놓아드릴 수 있습니다."

명화는 속으로 쾌재를 불렀다.

홍설은 홍설대로 마음이 들떴다. 덕수궁은 금단의 영역이 아닌가? 비록 망국이긴 하나 황제의 거처에 발을 들일 수 있다는 것이, 그리고 직접 알현할 수 있다는 것이 믿어지지 않았다.

"무슨 이야길 그렇게 재밌게 하나요?"

브라운 여사가 슬그머니 다가오자 명화는 단박에 입을 다물었다.

"혹시... 내가 대화에 방해를 한 건가요?"

"아, 아닙니다. 이제 막 일어나려던 참이었습니다."

명화가 어색하게 퇴장하자 브라운 여사는 은근한 표정으로 홍설에게 다가갔다.

"무슨 얘길 한 거야?"

홍설은 가볍게 웃으며 고개를 저었다.

"아무것도 아닙니다."

"칫, 비밀이란 거지? 그럼 내일 휴무엔 뭐 할 거야? 이건 말해줄 거지?"

"아직 정하지 않았는데요."

"이번엔 온천 안 가?"

홍설은 미스터 리와 데이트란 것을 하기로 했다는 말을 할까

하다가 관두었다. 어째 갈수록 비밀이 점점 늘어나고 있었다.

*

정오가 되자 경성 브라운의 문이 살포시 열리며 홍설이 나왔다. 개나리 색이 감도는 블라우스에 하늘하늘한 스커트를 입은 그녀가 걸을 때마다 뒤축 높은 구두에서 또각거리는 소리가 났다. 이 소리에 고개를 돌린 개똥이의 눈이 휘둥그레졌다.

"캬아. 오늘 무슨 날입니까?"

"쬐그만 게 별 상관을 다하는구나."

무심결에 구두 통에 시선을 던진 홍설은 나무 인형을 보곤 인상을 찡그렸다.

"이게 뭐야? 너 설마... 도둑질?"

"무슨 말이에요? 선물 받은 거예요."

개똥이는 억울하단 듯 받아쳤다.

"누가 네게 이걸 준단 말이냐?"

"검정 양복 나리요."

"뭐?"

"미간에 주름이 잘 지는 그 나리 말입니다."

홍설은 말문이 막혔다.

"구두를 못 맡겨서 미안하다며 선물로 주셨다구요."

아마 미스터 리와의 대화에 끼어든 날이 아니었을까. 그 이전에도 자신을 미행하느라 카페를 여러 차례 다녀갔을 것이고 그

때마다 구두닦이 소년이 눈에 밟혔으리라. 하지만 그렇다고 저런 것까지? 홍설은 쉽게 납득이 가지 않았다.

"이것은 일본 과자가 아니냐."

이번엔 구두 통 안의 센베이가 홍설의 눈에 들어왔다.

"이보세요. 아씨가 우리 엄마도 아니면서 왜 이렇게 참견이에요? 좀 그만할 수 없어요?"

개똥이는 소리를 꽥 질러놓곤 귀를 막았다. 이제 한바탕 꾸지람을 듣겠다 싶었으나 아무 말도 들려오지 않았다. 흘끗 홍설을 보니 그녀는 넋이 나간 듯 가만있었다. 그러고 보니 눈이 슬퍼 보이는 듯도 하였다. 개똥이는 생각지도 못한 홍설의 모습에 어떻게 반응해야 할지 알 수 없었다. 그렇게 어리둥절하고 있는데 마침 뒤에서 구원의 목소리가 들렸다.

"개똥아."

"나리!"

미스터 리의 등장에 홍설은 곧바로 감정을 추슬렀다.

"개똥아, 네 눈은 괜찮으냐?"

미스터 리는 실눈을 뜨고 있었다.

"나리, 왜 그러십니까. 안질이라도 걸리셨습니까?"

"이렇게 빛나는 여인을 옆에 두고도 눈이 부시지 않단 말이냐?"

"조금만 더 늦었으면 약조는 파기될 뻔했습니다."

홍설은 일부러 홱 돌아섰다. 미스터 리는 그녀를 놓칠세라 개똥이에게 손 인사를 해 보인 후 얼른 뒤를 좇았다.

"내가 자주 가는 스테이크 요리 전문점으로 안내하고 싶은데 조금만 보폭을 줄여서 걷는 게 어떻겠소."

그러나 홍설은 보폭을 줄이지 않았다. 미스터 리는 그럼에도 마냥 싱글벙글이었다. 자신이 그토록 그리워하던 여인과 재회했다는 사실이, 하여 지금 이 경성 거리를 함께 걷고 있다는 사실이 꿈만 같았다. 아마 자신은 오늘 이 조선 팔도에서 가장 운이 좋고 행복한 사내일 것이었다.

스테이크 요리 전문점은 홍설에게 신선한 충격이었다. 손님들 모두가 반쯤 익힌 날고기를 아무렇지 않게 먹고 있었다.

"스테이크를 처음 접한 건 10년 전 미국에서였소. 날고기를 먹어 해치우는 것도 모자라 데치지도 않은 생야채까지 우걱우걱 씹어대는 서양인들의 모습이 미개하게 느껴졌었지. 조선에서는 가축에게나 생여물을 주잖소. 헌데 며칠을 그렇게 먹다 보니 곧 날것에 적응이 되더이다. 조선으로 돌아와 바짝 익힌 소고기를 먹자니 질기다고 느껴질 정도였지. 문화라는 것이 이리도 무섭소이다."

홍설은 그가 덜어준 핏물 배인 날고기를 입에 넣었다. 과연 덜 익힌 육질이 부드럽게 씹혔다. 왜 이때까지 이렇게 먹지 않았을까 싶을 만큼 거부감이 없는 맛이었다. 미스터 리는 포크로 스테이크를 집으며 다시 입을 열었다.

"유럽에서 식사를 했을 때가 생각나는군. 내가 조선인이라서 수저 옆에 쟁기를 놓은 거냐고 웨이터에게 따져 물었었지."

"웨이터는 쟁기가 포크의 다른 이름인 줄 알았겠군요."

홍설의 입가에 웃음기가 묻어났다.

"여행길에선 주로 무엇을 하셨습니까."

"그 나라의 유적지와 카페를 돌아보았소. 각 나라마다 내세우는 문화도, 예술도 천차만별이더이다. 물론 가배의 맛도."

"유럽의 가배는 미국의 그것과 많이 다릅니까?"

"유럽에선 한약재의 농축액처럼 가배를 진하게 마시는데 반해 미국에선 물에 연하게 타서 두고두고 마신다오. 그것을 아메리카노라고 부르지. 전에 못했던 설명을 오늘에서야 하게 되는구려. 이 지구상에서 최초로 가배를 마셨던 이들이 누군지 아시오?"

"그야 미국인 아닙니까?"

홍설은 세계의 대세인 미국이 원조이지 않을까 막연하게 추측해보았다.

"바로 이슬람인들이었소. 기독교를 믿었던 유럽인들은 가배를 이교도들의 음료, 즉 사탄의 음료라고 비하했지만 곧 그 맛에 중독되었지."

홍설은 이슬람교가 기독교와는 또 다른 종교라는 것을 어렴풋이 알고 있었다. 서당 개 삼년이면 풍월을 읊는다고, 카페에서 일하는 동안 주워들은 이야기로 인해 학식이 풍부해져 이제는 그 누구와 어떤 대화를 하여도 대략적인 흐름을 파악할 수 있었다.

"이번 여행 때 동유럽의 카페에서 생긴 일인데, 갑자기 낯선 사내가 내게 말을 거는 게 아니겠소? 최근까지 이탈리아 전선에서 뛰었던 의용병이라며 대뜸 자기소개를 하더군."

홍설은 세계대전에 참전한 군인을 그가 실제로 만났다는 사실이 놀랍기만 했다.

"전쟁의 참혹함에 대해 침을 튀기며 설명하더니 반드시 기록으로 남길 거라는 말을 덧붙였소. 이름이... 헤... 뭐였더라... 그래, 헤밍웨이라 했소."

"전쟁을 경험하고 그것을 기록으로 남긴다... 매력적인 인생이로군요."

"글쎄. 난 평화가 좋다오."

"평화가 좋다고 하기엔 동경에서 보여주신 주먹 솜씨가 보통이 아니던데요."

"평화를 좋아하기 때문에 역설적으로 주먹 솜씨가 뛰어나야 하는 것이지."

미스터 리는 이어 물었다.

"동경에서도 여급으로 있었소?"

홍설은 고개를 저었다.

"허면 어쩌다 여급이 된 거요?"

"운이 좋았지요."

자신의 승선권을 내게 건네준 사람. 모든 걸 잊고 조선에서 새롭게 시작하라고 말한 사람. 나를 대신하여 고인이 된 사람. 그는 알았을까. 자신이 현해탄에 뛰어들었을 때 짜디짠 눈물이 바다 속으로 떨어졌다는 사실을.

"우리의 공통점이 하나 더 늘었구려."

"예?"

회상에 젖은 홍설의 얼굴이 단박에 현실로 돌아왔다.

"가배를 좋아하고, 덜 익은 고기를 좋아한다는 공통점 말이오."

'이 자는 상대가 미소를 잃지 않게 하는 재주가 있구나.'

홍설은 입가에 번지는 웃음만큼이나 마음 한구석이 무거워졌다.

"홍설 씨는 좋아하는 이성상이 어떻게 되오?"

"친일파만 아니면 됩니다."

"케켁..."

미스터 리는 갑자기 목에 사레가 들렸는지 연신 헛기침을 했다. 홍설은 못 본 척 태연하게 접시를 비워나갔다.

식사가 끝나고 홍설이 셈을 치르자 미스터 리는 상당히 멋쩍어했다.

"이제야 기리를 갚게 되었는데 왜 그러십니까."

"여인에게 밥을 얻어먹는 기분이란 게 이런 거구려."

"제가 웬만한 사내보다 잘 버니 부담 가지지 마십시오. 물론 미스터 리에겐 하찮은 돈이겠지만요."

"백수에게 못 하는 말이 없구려."

이런저런 이야기를 나누며 소리가 이끄는 대로 걷다 보니 어느새 나루장터였다. 장터는 곳곳에서 피어나는 음식 냄새와 흥정 소리로 오가는 이의 혼을 쏙 빼놓고 있었다.

"훗날 가배가 대중화된다면 장터에서도 원두를 사고팔게 되지 않겠소? 팥이나 녹두처럼 말이오. 그때쯤 홍설 씨는…"

미스터 리는 한참 뒤에야 자신이 혼자서 떠들고 있단 사실을 깨달았다. 뒤를 돌아보니 홍설은 방물장수 주변을 배회하며 그를 훔쳐보고 있었다. 미스터 리는 허름한 두루마기를 걸친 방물장수의 얼굴이 낯이 익었다. 방물장수는 긴 칼을 찬 헌병과 이야기를 나누고 있었다. 고성이 오가지 않는 걸로 보아 물건을 사러 온 손님인 듯했다.

"네놈은 항상 감시할 필요가 있단 말이지."

"이제 마음잡고 장사 좀 하려는 거 안 보이요?"

"칫, 그걸 어찌 믿누."

"다음에 처자 생기면 함께 오쇼. 내 기념으로 하나 드릴 테니."

"내 팔자에 계집은 무신."

"이 호박 장신구 어떻소? 가지고 다니면 여자가 붙는다는데."

"그딴 말을 내 믿을 것 같아?"

말은 그렇게 하면서도 헌병은 호박 장신구에서 눈을 떼지 못했다.

홍설은 지나다니는 사람들의 틈바구니에 몸을 숨긴 채 그 장면을 지켜보았다. 기차에서 만났던 때와는 완전히 다른 모습이었다. 카페에 불쑥 나타났던 날과도 달랐다. 옷차림부터 행동거지까지 같은 사람이라고 믿기 어려울 정도였다. 왜 저런 삶을 사는 것일까. 기둥서방은 또 무엇이며? 요한과 이야기를 주고받던 헌병은 호박 장신구를 손에 넣더니 값을 치렀다. 인사까지 주고받는 모습이 퍽이나 다정해 보였다. 둘은 어떤 사이일까. 홍설은 호기심이 일었다.

"짜잔."

둥그렇고 기름진 음식이 홍설의 호기심을 가로막았다. 언제 왔는지 미스터 리가 큼지막한 청나라표 호떡을 들고 서 있었다. 홍설은 그를 따라 호떡을 한입 베어 물었다. 고소하고 달달한 맛이 입안 가득 퍼졌다.

"한참을 찾았소."

"죄송합니다."

홍설은 호떡 하나를 다 먹을 때까지 그를 따라 나루장터를 말없이 걸었다.

"여길 건너면 북촌이오."

장터를 빠져나온 두 사람 앞에는 청계천이 기다랗게 펼쳐져 있었다.

"가보겠소?"

조선에 온 이후 남촌에 정착했던 홍설은 북촌을 가본 적이 없었다.

"볕이 좋으니 걸어보지요."

그러나 홍설은 청계천을 건너 북촌 땅을 밟는 순간 바로 그 말을 후회했다. 북촌의 살풍경은 그 어떤 기시감마저 자아냈다.

움막들은 중앙에 기둥을 세우고 그 위에 짚으로 엮어 간신히 비바람을 피할 수 있게 만든 구조였다. 오염된 하천과 땅에선 끊임없이 악취가 올라왔다. 홍설은 질끈 눈을 감았다.

"허생전에 나오는 주인공은 비가 오면 발이 푹푹 빠지는 동네에서 바람 불면 날아갈 것 같은 초가를 짓고 산다오. 그 동리가 바로 우리가 거주하는 진고개요. 경술국치 이후 일본인들이 남촌에 터를 잡고 살기 시작하면서 눈부신 발전을 하게 된 거지. 한편 오르는 집값을 이기지 못한 이들과 일자리를 찾아 경성부로 올라온 농민들이 북촌으로 모여들면서 지금과 같은 움막이 우후죽순 들어서게 된 거요."

홍설은 '북촌의 하늘은 어둡고 남촌의 하늘은 밝다'는 풍문이 왜 생겨났는지를 그날에서야 제대로 알게 되었다.

저 멀리서 무언가 부수는 소리가 들렸다. 집들이 흙먼지를 일으키며 무너지고 있었다.

"총독부에서 강제 철거 명령을 내렸나 보군."

홍설의 시선이 아직 허물어지지 않은 한 움막집에 머물렀다. 누런 코를 흘리는 아이들이 그곳에서 끝도 없이 기어 나오고 있었다. 넝마를 걸친 아이들은 돌멩이가 섞인 잡초를 뽑아 달게 삼켰다. 가장 마지막으로 움막을 나온 아이는 네 발로 기어 나왔다. 길가에 싸놓은 똥을 입가로 가져갔지만 아무도 말리는 이가 없었다. 잇몸으로 그것을 으깨던 아이는 별안간 울음을 터뜨렸다. 그 소리에 움막에서 한 여인이 나왔다. 초췌해 보이는 여인은 아이를 안아 달랬으나 울음은 쉬이 그쳐지지 않았다.

"여기부터 밀어버려!"

울음소리를 듣고 온 것인지 헌병 보조원 복장을 한 사내가 명령을 내렸다. 인부들이 즉각 이동했다. 놀란 여인은 보조원 사내를 향해 쓰러지듯 무릎을 꿇었다.

"이곳에서조차 쫓아내면 우리 같은 이들은 어디에 몸을 누이란 말입니까. 제발..."

헌병 보조원의 군홧발이 번쩍 허공으로 들리는가 싶더니 여인의 굽은 등을 내리찍었다. 여인의 읍소와 함께 안고 있던 아이가 나가 떨어졌다. 내동댕이쳐진 아이는 숨이 넘어갈 듯 울음을 터뜨렸다.

"어무니, 어무니!"

낯익은 음성이 등 뒤로 들려왔다. 미스터 리와 홍설은 동시에 고개를 돌렸다. 멀리서 개똥이가 구두 통을 집어던지며 달려오고 있었다. 가족과 상봉한 개똥이는 서로를 부둥켜안고 서럽게 울었다. 미스터 리는 차마 그 장면을 볼 수 없어 고개를 돌렸다. 홍설만이 회피하지 않은 채 그들을 표정 없이 바라보았다. 그것은 지난날 자신의 모습이었다.

"얼른 밀어버리라니까!"

홍설은 헌병보조원의 얼굴이 낯이 익다는 사실을 깨달았다. 바로 기차에서 코를 골던 박가였다.

"이만 돌아갑시다."

그의 말에 홍설은 기다렸단 듯 돌아섰다.

'조금만 더 지체했더라면 박가가 날 알아봤을지도 몰라...'

홍설은 상상만으로도 식은땀이 흘렀다.

두 사람은 말없이 북촌을 빠져나왔다. 미스터 리는 속으로 자신의 비겁함을 탓하고 있었다.

'얼마 전 내 차를 곤봉으로 두드린 놈만 아니었어도 한 소리 하는 건데. 그자는 어찌 내 얼굴만 보고도 내가 누군지 알아차린단 말인가.'

그는 계속해서 개똥이가 눈에 밟혔다. 그러나 이런 마음과 달리 입에선 반대의 말이 나왔다.

"가난은 나라님도 구제 못 하는 것이지. 어딜 가든 도처에 널려 있는 게 가난이잖소."

홍설은 아무 대꾸가 없었다.

"세상에서 가장 어리석은 자들이 어떤 자들인지 아시오?"

홍설은 가던 길을 멈추고 그를 바라보았다.

"어떤 자들입니까."

"바로 망해버린 나라를 위해 애쓰는 자들이오."

"그게 무슨 말씀입니까?"

"독립운동을 하려면 나라를 말아먹은 왕이 선두에 서야지, 왜 민초들이 나선단 말이오?"

홍설의 입에서 쉰 웃음이 새어 나왔다. 자신이 곧 알현하게 될 황제가 이 말을 듣는다면 어떤 표정을 지을 것인지 궁금해졌다.

두 사람이 경성 브라운에 당도했을 때는 이미 해가 서산으로 기울어 땅거미가 어둑하니 져 있었다.

"한 잔만 내려줄 수 있소?"

홍설은 그를 안으로 들였다. 바를 두고 마주 앉은 두 사람은 한참동안 말이 없었다. 잔 안에 든 얼음이 이따금 미끄덩 소리를 내며 녹아내렸다.

미스터 리는 자리에서 일어나 진열대 위의 지구의를 가져왔다. 그리곤 그것을 한 바퀴 돌린 뒤 검지로 멈춰 세웠다.

"이렇게 손가락이 가리키는 곳이 바로 중이고 중국이오. 이리 돌리면 미국이 중국이고 저리 돌리면 조선이 중국이니 오늘날 정한 중화가 어딨겠소?"

"그건... 박규수 선생이 김옥균에게 했던 말 아닙니까?"

미스터 리는 고개를 끄덕였다.

"손자 사랑이 지극했던 박지원은 박규수에게 지구의를 선물로 주었소. 헌데 박규수의 사랑방에서 이 지구의를 본 김옥균이 영감을 받아 갑신정변을 일으켰지."

"일본의 도움을 받아 일으킨 삼일천하가 바로 이 지구의 때문이었다니, 놀랍군요. 김옥균은 그 후 일본에서 살해되지 않았습니까."

"홍종우라는 자가 고종의 명을 받들어 김옥균을 무참히 도륙했소. 우스운 건 그 후 이승만을 처단하란 황제의 명은 홍종우가 거역했다는 거요. 만민공동회에서 들었던 이승만의 연설이 마음을 움직였던 것인지 곤장 백 대를 때리는 시늉만 내고는 끝냈다더군."

"이승만이란 사내는 인생을 두 번 사는 기분이겠군요."

"두 번 사는 것처럼 살지 안 살지는 두고 볼 일 아니겠소."

미스터 리는 다시 중국을 입에 올렸다.

"우리가 그렇게나 떠받들던 중국은 오늘날 어떤 모습을 하고 있소? 아편 전쟁으로 인해 만신창이가 된 청나라는 결국 반식민지 상태로 멸망하고 말았소. 신해혁명이 일어나면서 중화민국이 수립되고 쑨원이 임시 대총통으로 오르나 싶었지만 위안스카이의 야심 때문에 공화정을 세우려던 노력은 말짱 도루묵이 되고 말았지. 그가 죽은 지금 각개 군벌들이 나서서 설쳐대는 통에 하루도 조용한 날이 없소. 한심한 것은 옆 나라만이 아니오. 왜구라고 얕보아온 일본이 동아시아의 강대국으로 성장하는 동안 우리 조선은 무얼 했소?"

홍설은 그가 무슨 말을 하려고 이렇게 열변을 토하는 건가 싶었다.

"일본이 미울지언정 그들의 개화를 받아들이고 배워야 한다는 말에 동의하시오?"

홍설은 기계적으로 고개를 끄덕였다.

"일본은 페리 제독의 흑선으로 인해 강제개항을 했고, 그 덕에 조선보다 일찍 가배 문화를 받아들였소. 일본에서 가배는 부유층의 전유물이 아니오. 다도 문화만큼이나 민중들의 생활 속에 깊게 자리하고 있지."

미스터 리는 잠시 침묵을 지켰다.

"홍설 씨의 가배는 그 어느 나라와 비교해도 뒤처지지 않을 만큼 훌륭하오. 헌데 우물 안 개구리처럼 조선에만 있을 생각이오?

좀 더 큰물에서 놀고 싶지 않소?"

비로소 홍설은 그의 속내를 짐작했다.

"내 당숙이 동경에서 가배 전문점을 운영하고 있는데 마침 일손이 모자라 사람을 구하고 있소. 그곳을 발판 삼아 도약하시오. 보수도 경성 브라운보다 나을 거요. 동경에서 살아본 적이 있으니 그리 낯설지도 않을 터."

'조선을 버리고 동경으로 가라니. 과연 나의 과거를 모르는 이가 할 수 있는 호기로운 제안이구나.'

홍설은 속마음과 달리 놀란 표정을 지어 보였다.

"듣는 것만으로도 가슴이 벅차오르는 제안이라 몸 둘 바를 모르겠군요. 만약 동경에서 가배를 배운다면 새로운 길이 열리겠지요. 살아생전 또 그런 기회가 올까 싶습니다만... 저는 이 가게를 벗어날 수 없습니다. 그건 제 권한 밖의 일이기 때문입니다."

미스터 리는 예상치 못한 반응에 잠시 할 말을 잃었다. 그러나 그의 집념은 거기서 멈추지 않았다.

"브라운 여사에게 잘 말하여 단기간이라도 다녀오는 게 어떻소? 분명 홍설 씨에게 도움이 될 거요."

홍설이 아무 말도 하지 않자 그는 별안간 너털웃음을 터뜨렸다.

"하하하. 하긴 자신의 본명도 말하지 않는 사내가 대뜸 동경행을 제안하니 못 미더울 수밖에. 암, 이는 지극히 합리적인 의심이오."

웃음기를 거둔 그는 놀랍도록 진중한 낯빛을 지어 보였다.

“나란 인간은 태어나는 순간부터 부와 권세라는 병풍에 둘러 싸여 있었소. 난… 그저 이 행운을 홍설 씨와 나누고 싶을 뿐이오. 나라는 사람의 이름은… 내 것임에도 남이 불러주어야만 효력이 발생하는… 나의 이름은, 리혜영이오.”

리혜영. 홍설은 그의 이름을 속으로 나지막이 불렀다.

“4년 전 벚꽃이 흩날리던 날 우린 처음 동경에서 만났지. 그대에겐 하고 많은 날들 중 하루였을지 모르겠지만 내겐 역사적인 날이었소. 그날 이후 한시도 그대를 잊어본 적이 없으니까.”

그는 잠시 말을 끊었다.

“난 이 달이 지나면 동경으로 돌아가야 하오. 허나… 발길이 떨어지지 않소.”

홍설은 오만가지 감정이 날아들어 차마 얼굴을 들 수가 없었다.

“홍설 씨가 마음만 먹는다면 브라운 여사를 설득할 수 있지 않겠소. 난 홍설 씨가 더 큰물에서 자유로이 노니길 바라오.”

미스터 리는 당숙의 주소지가 쓰인 종이를 두고서 일어섰다.

“동경에서도 몸조심하십시오.”

“기다리고… 있겠소.”

그는 얼음이 수북이 쌓인 잔을 뒤로 한 채 일어섰다.

구들방으로 들어간 홍설은 등잔의 심지에 불을 붙였다. 어둠이 잠겨 있던 자리는 곧 빛으로 채워졌다. 경대 서랍장을 열자 옥가락지 하나가 나왔다. 약지에 그것을 끼우자 그 사이로 벚꽃들이 화르륵 쏟아져 내렸다. 손가락 마디마디로 지난날의 절망과 울분이 맥박처럼 뛰었다. 돈도, 지갑도 사라졌지만 이것만은 아직도 남아 있었다.

"너의 주인을 만났지만 돌려줄 길이 점점 요원해지기만 하는구나."

홍설은 옥가락지를 빼냈다. 매섭게 쏟아지던 벚꽃 이파리들이 반지를 따라 서랍장 속으로 자취를 감추었다.

*

기차가 짐승처럼 울부짖으며 도착을 알렸다. 화통에서 시커먼 연기가 새어나오자 홍설은 개찰구로 걸음을 옮겼다.

딱히 목적이 있어서 온 것은 아니었다. 휴무인 만큼 온천이든 어디든 떠나야지 싶어 남대문 정거장에 와본 것이었다. 반대편에서 기모노를 입은 여인이 사뿐히 걸어 나오는 모습이 눈에 띄었다. 손에는 화장품이나 노리개가 들어갈 법한 앙증맞은 크기의 원통형 가방이 들려 있었다. 홍설은 본능적으로 구미가 당겼다. 이미 그녀의 발은 기모노 여인을 좇고 있었다.

승객들이 떼를 지어 몰려나오자 홍설은 이때다 싶어 바짝 다가갔다. 재빠르게 손을 놀린 그녀는 임무를 마치곤 소리 없이 사라졌다. 잠시 뒤 외마디 비명소리가 남대문 정거장 한복판을 뒤흔들었다. 기모노 여인은 황망한 눈동자로 주변 사람들을 훑었지만 가방은 보이지 않았다.

홍설은 누군가 자신의 뒤를 밟고 있단 것을 직감적으로 느꼈다. 순사 같은 위협적인 발걸음이 아닌, 도둑고양이처럼 은밀한 발걸음이었다.

큰길가로 나오자 도둑고양이의 걸음도 덩달아 빨라졌다. 오늘따라 거리는 우마차와 전차가 혼재해 도무지 속도가 나지 않았다. 이러다간 뒤에서 목덜미가 잡힐지도 몰랐다. 홍설은 골목으로 들어가 몸을 숨겼다. 숨죽이며 한참 동안 동향을 살폈지만 별 낌새가 없었다. 따돌린 것인가. 아니면 상대가 포기한 것인가. 홍설은 옷매무새를 다듬은 뒤 골목이 끝나는 곳까지 조심스레 걸어 나왔다.

"손이 빠른 줄은 알았지만, 과연 놀랍소."

기다리고 있던 검은 그림자가 훅 덮쳐오자 홍설은 머리끝이 쭈뼛 섰다. 좁은 골목에서 요한을 마주친 홍설은 놀랄 정도로 가슴이 뛰었다.

'걸린 게 처음도 아닌데 왜 이리 진정이 안 되는 거지...'

그녀는 속으로 하나 둘 셋을 외친 뒤 골목을 되돌아 뛰기 시작했다. 검은 그림자도 덩달아 내달렸다.

"발이 빠른 걸 보니 한두 번 도망쳐본 솜씨가 아니군 그래."

"무슨 말인지 모르겠군요."

"내가 알기로 동경에서..."

요한은 아차 싶어 말을 끊었다.

"동경이요...?"

홍설의 발이 방향을 잃고 주춤거렸다.

"동경...에서 온 그 가방이 탐이 났나 본데 그 가방 주인은 나란 말이요."

요한은 순발력을 발휘해 뒷말을 바꾸었다. 그리고는 홍설의 속도가 줄어든 때를 틈타 가방을 낚아챘다.

"물건이 예뻐 보여... 조금 장난을 쳤을 뿐입니다."

홍설은 궁색하게 변명을 늘어놓았다.

"그러기엔 기차에서 훔친 물건은 예쁨과 거리가 멀었는데 말이지."

"무, 무슨 말을 하는 건지..."

홍설이 말을 더듬자 요한은 그녀를 놀리기라도 하듯 더 크게 웃음을 터뜨렸다.

"뭐가 웃깁니까? 그 가방을 들고 있는 요한 씨 모습이 더 웃깁니다."

"이 가방에 무엇이 들어 있는지 아시오?"

"대단한 거라도 들었습니까?"

"무엇을 상상하든 그 이상이오."

"혹시... 여인들이 좋아할 만한 겁니까."

홍설은 명화를 염두하고서 물었다. 그러나 요한은 슬며시 웃기만 할 뿐 답을 하지 않았다.

"명화 씨의 기둥서방이 맞군요."

"반은 맞고 반은 틀렸소."

"무슨 답이 그렇습니까."

"숨기는 걸로 치자면 그쪽도 나보다 덜하진 않을 텐데."
"제가 뭘 숨긴다고..."
홍설은 말을 얼버무리며 요한을 흘겨보았다. 거적 같은 두루마기를 걸치고 봉두난발을 했을 때와 달리 검정 양복을 차려입고서 머리칼을 뒤로 넘긴 그의 모습에서 어쩐지 눈길을 뗄 수 없었다.

그때 마주 오던 사내 둘이가 홍설과 요한을 보곤 인상을 팍 썼다.
"흉측하도다. 사내새끼가 계집 가방을 들어주다니..."
"저러고 거리를 활보하다니 남자 망신은 다 시키는군."
요한은 미간을 한껏 모았지만 대거리를 하지 않고 꾸욱 참았다. 홍설은 과장되게 웃음을 터뜨렸다.
"그 가방, 제가 들어드릴까요?"
"고양이에게 생선을 맡기지."
후두둑. 요한이 가장 먼저 그 소리를 알아차렸다. 빗방울이 잎사귀를 두드리는 것으로 시작된 소리는 이어 세찬 빗줄기가 되어 온 만물을 적셨다. 몸집이 불어난 청계천은 빠른 속도로 콸콸 흘렀다. 홍설은 머리 위로 손 우산을 하며 주위를 돌아보았다. 비를 피할 만한 곳이 딱히 보이지 않았다.
"피할 수 없다면 즐기란 말이 있지 않소."
요한은 온몸으로 비를 맞으며 걸었다. 진정으로 비를 좋아하는 자만이 취할 수 있는 태도였다. 홍설은 요한을 따라 잠시 걸어보았다. 그러나 즐기는 마음이 들기는커녕 차가운 비가 두서없이 성겨들자 불쾌감만 커졌다. 이마와 귓가에 찰싹 달라붙은 머리카락은 거머리처럼 느껴졌다.

"비가 내리는 그 자체를 즐기려고 노력해보시오."

"저는 그게 잘 되지 않습니다…"

요한은 문득 4년 전 그날이 떠올랐다. 그는 사실 홍설에게 물어보고 싶은 게 많았다. 내게 고의적으로 사과를 떨어뜨렸었냐고. 시모노세키항에선 왜 그런 모습으로 나타났었냐고. 이렇게 잘 살 거면서 왜 그때 죽으려 했냐고.

"비가 그칠 때까지 나무 밑에서 쉬었다 가십시다."

홍설은 요한을 따라 청계천의 나무 그늘 아래로 들어갔다.

웅덩이를 본 그는 갑자기 장난기가 발동했다. 눈을 요리조리 굴리던 요한은 웅덩이에 고인 물을 손으로 퍼내어 홍설에게 날려 보냈다. 순식간에 홍설의 원피스가 흙탕물을 뒤집어써 시커멓게 변했다.

"뭐하는 겁니까?"

"모르겠으면, 한번 더 느껴보겠소?"

요한은 이번엔 발까지 동원하여 물을 튕겨댔다. 홍설은 참을 수 없단 듯 소매를 걷었다. 그리곤 구두를 벗어 웅덩이의 물을 한아름 받아 그것을 요한의 머리에 그대로 쏟아부었다. 몸에 동작이 익기 시작하자 손놀림은 더욱 빨라졌다. 빗물을 흠뻑 뒤집어쓴 요한은 역정을 내기는커녕 호탕하게 웃어젖혔다.

"입고 온 옷이 흙색이었던가?"

"물에 빠진 생쥐가 할 소린 아니죠."

한참이나 상대에게 빗물 세례를 퍼붓던 두 사람은 어느 순간 기진맥진하여 그대로 주저앉았다. 그리고는 서로의 꼴이 우스워 킥킥대며 웃어댔다. 그렇게 웃어젖히는 동안에도 만물을 깨우는 봄비는 끊임없이 쏟아졌다.

'이렇게 스스럼없이 마음의 빗장을 푼 게 얼마 만인지… 이토록 누군가의 앞에서 무장 해제된 적이 있었던가?'

홍설은 저도 모르게 실소가 나왔다.

"이름이… 홍설이라 하였소?"

"제 이름을 어떻게…"

"그쪽도 내 이름을 알고 있지 않소?"

"그건 단골이라서…"

홍설은 자신이 답해놓곤 피식 웃음이 나왔다.

"만약에 말입니다…"

홍설은 말을 꺼내기에 앞서 뜸을 들였다.

"바다에 빠져 죽으려는 사람의 주머니에서… 승선권이 나왔다면 그건 무엇을 의미하는 걸까요?"

순간 요한의 눈빛이 갈 곳을 잃었다.

"죽음을 각오한 사람도… 그렇게나 죽음을 두려워한다는 방증 아니겠소."

"그럴 수 있겠군요… 왜 모든 건 지나고 나면 후회가 되는지… 그때 잘 떠지지 않는 눈에 힘을 주어 그 사람의 얼굴을 제대로 봐두었을 것을, 빗소리와 파도 소리에 파묻힌 은인의 목소리를 골라내어 새겨두었을 것을…”

홍설은 요한의 눈매가 가느다랗게 흔들리는 것을 알아차리지 못한 채 다시 입을 열었다.

“요한 씨도… 그렇습니까?”

“뭐가 말이오?”

“살아온 지난날이 후회되고 그럽니까?”

“나라고 뭐가 다르겠소.”

“저는 그분이 살아계셨다면… 그분 뜻에 따라 살아갔을 겁니다…”

멍하게 있던 홍설은 별안간 주위를 두리번거리더니 자리에서 일어섰다.

“제가 감상에 젖어 쓸데없는 말을 했군요. 중간에 제지해주지 않구선…”

“하하. 들어줘도 욕을 먹는군.”

“참, 구두닦이 소년에게 인형은 왜 만들어 줍니까?”

“인간은 자신이 가질 수 없는 것에 집착하는 법이지.”

“네?”

“개똥이라는 아이, 참말로 귀엽지 않소?”

요한의 입에서 미소가 배어 나왔다. 쓸쓸함을 켜켜이 쌓아 올린 미소였다. 대의를 위해 자신의 삶을 놓아버린 자만이 지을 수 있는 미소. 홍설은 그 미소의 의미를 완전히 알진 못했지만 왠지 보고 있기가 버거워 고개를 돌려버렸다.

“봄비 한번 요란하게 내리는군.”

요한은 물기를 털고 자리에서 일어섰다. 그리곤 몇 발자국 걸어가더니 땅에 심어져 있는 무언가를 쑤욱 뽑아 왔다.

"우산으로 쓰시오."

그가 홍설에게 건넨 것은 사람의 얼굴보다 큰 호박잎이었다.

"저녁엔 데쳐 드시고."

요한은 받지 않으려는 홍설의 손에 그것을 강제로 쥐여주었다. 순간 요한의 오른손이 그녀의 오른손을 스치고 지나갔다.

'저이는 오른손잡이구나…'

그날 이후 상대가 어느 손을 쓰느냐를 관찰하는 것은 홍설에게 일종의 버릇이 되어버렸다. 자신이 유일하게 기억하는 것은 은인이 왼손잡이란 거였다. 단도를 왼손으로 내리치곤 그 손으로 나의 오른손을 잡았던 사람. 빗속을 뚫으며 했던 유언 같은 말. 조선으로 가서 모든 걸 잊고 새롭게 시작하는 거요.

"살펴 가시오."

요한의 인사말에 홍설은 정신이 돌아왔다.

"개똥이가 그 나무 인형을 참으로 좋아하더이다."

홍설은 그 말을 뒤로하고는 부끄러운 듯 빗속으로 뛰어들었다.

*

강아, 너는 한 방향으로만 흐르는구나. 결코 뒤돌아보는 법이 없누나.

요한은 섬진강의 물줄기를 동무 삼아 쉼 없이 걷고 또 걸었다.

어렸을 적에는 자신의 곁에 머물렀다 사라지기를 반복하는 바다가 좋았다. 쉽게 다가와서 부서지고는 언제 그랬냐는 듯 멀어지는 파도가 좋았다. 그러나 어느 순간 오로지 묵묵히 한 길로만 가는 강에게 마음이 갔다. 어쩌면 동경에서 그 일을 겪은 후부턴지도 몰랐다.

오랜만에 찾은 고향 산천은 아무 일도 없었다는 듯 마지막 보았을 때의 모습을 그대로 간직하고 있었다. 그러나 요한이 살던 집터만은 흔적도 없이 사라져 있었다. 집도, 부모 형제도 모두 가고 없지만 그가 태어난 곳이 고부라는 것만은 변함이 없었다.

동리를 한 바퀴 돌아본 그는 뒷동산으로 올랐다. 산기슭엔 작은 무덤 두 개가 무성히 자란 풀에 가려져 있었다. 요한은 무덤의 가장자리에 술을 조금씩 뿌렸다. 보는 이가 없어서 편하게 왼손으로 술병을 잡았다.

"여어, 동무들. 잘 지냈는가."

혼잣말을 뇌던 그의 미간에 주름이 잡혔다.

"이보게들. 그때 기억나는가? 돈을 변통하러 가던 길에 만났던 여인 말일세..."

그는 잠시 말을 잇지 못했다.

"죽기 전... 내 딱 한 번만 감정에 사치를 부려도 되겠는가?"

목구멍을 관통한 술기운이 슬픔을 간신히 내리눌렀다.

"어차피 난 그 여인에게 죽은 사람이네... 그러니 내 목숨이 끊어지기 전까지만... 조용히 외사랑을 하다 가고 싶네..."

그의 눈가가 저녁노을처럼 붉어졌다.

"항상 죽음을 생각하며 사네. 한시도 자네들을 잊은 적이 없어..."

묵념을 마친 요한은 남은 술을 입안으로 털어 넣었다. 산을 내려오는 그의 얼굴엔 알 듯 모를 듯한 홍조가 돋아나 있었다.

*

자정이 되자 명화를 태운 인력거가 경성 브라운 앞에 당도했다. 목까지 올라오는 원피스의 단추를 마지막으로 점검한 홍설은 한 손에 보퉁이를 들고서 가게를 나섰다. 홍설이 인력거에 올라타자 허씨가 허리를 굽신거렸다.

"덕수궁까지 안전하게 모시겠습니다."

홍설은 남대문 정거장에서 허씨를 몇 번 본 적이 있었다. 하회탈 같은 웃음하며, 발에 꿰차고 있는 게다짝까지 영 못 미더운 것투성이었다. 그것은 지금도 마찬가지였다.

"제 전용 인력거꾼입니다. 오랜 세월 인연을 맺어왔기에 믿을 수 있는 분이지요."

홍설의 마음을 읽었는지 명화가 부연했다. 두 여인이 오르자 허씨는 게다짝 소리를 최대한 줄여가며 인력거를 몰기 시작했다.

"얼마 전 요한 씨가 원통형 가방을 들고 가는 것을 보았습니다."

홍설은 명화의 놀란 표정에도 아랑곳 않고 계속 말을 이어나갔다.

"그 안에 무엇이 들었습니까?"

"무엇이 들었을 것 같습니까?"

"명화 씨에게 줄 선물이 있을지도 모르지요."

명화는 피식 웃으며 고개를 저었다.

"아마도 가방의 주인에게 가장 어울리는 물건이 들었을 겁니다."

"방물장수에게 말입니까? 아님 검정 양복의 요한 씨에게 말입니까?"

"그가 어떤 옷을 입건 본질은 변하지 않지요."

순간 홍설의 낯빛이 납처럼 굳었다. 어째서인지 그 안에 무엇이 들었는지 알 것 같았다. 자신이 기차에서 박가에게 훔쳤던 총. 그것이 들어가기에 가방의 크기는 꼭 알맞았다.

잠시 뒤 인력거가 멈추자 명화는 휘장을 슬쩍 걷어 올렸다. 새벽안개를 품은 덕수궁의 윤곽이 흐릿하게 형체를 드러내고 있었다. 중앙엔 대한문의 수문장이 정자세로 문 앞을 지키고 있었다.

"저는 여기서 대기하고 있겠습니다."

"네?"

당연히 동행하리라 여겼던 홍설은 의아한 표정으로 되물었다.

"함께 가는 거 아니었습니까?"

"머릿수가 많아지면 그만큼 의심을 살 터이니 여기서 기다리겠습니다."

홍설은 더 이상의 입씨름은 무의미하다 여겨 홀로 내렸다.

수문장은 홍설의 보자기를 풀어 안에 든 것을 일일이 확인하였다. 어떤 목적으로 궁에 온 것인지 다 알고 있을 테지만 형식적인 절차를 거친 후에야 홍설을 들여보내 주었다.

덕수궁으로 들어선 홍설은 큰길을 따라 걸었다. 초행길이었지만 큰길로만 가면 어떻게든 찾아갈 수 있을 것이었다. 저 멀리 정관헌으로 추측되는 서양식 정자가 보였다. 동서양 조합을 이루고 있는 독특한 건물 양식인지라 단연 돋보였다. 발코니 사이사이로 별무더기 같은 전구알들이 달려 있었다. 그 아래로 사내 하나가 뒷짐을 지고 서 있었다. 금실과 붉은 실이 수놓아진 황색 곤룡포 위로 파르라니 깎인 머리칼은 매우 짧아 보였다. 과연 단발령을 실시하고 가장 먼저 실천해 보인 황제다웠다. 황제 옆으론 대신 복장을 한 사내가 허리를 조아리고 서 있었다.

"오늘은 가배를 마시며 가볍게 담소를 나눈다고 생각하십시오."

"대화보다는 가배에 의의를 두란 말이군."

"그럼 소신은 내려가 있겠습니다."

"민 대신이 애 많이 썼네."

"천부당만부당한 말씀입니다."

머리를 숙인 민영달은 뒷걸음으로 물러나 정관헌의 돌계단을 내려갔다. 그리고는 대기하고 있던 홍설을 엄중한 눈길로 바라보았다.

"경청할 것, 그리고 경거망동하지 말지어다."

홍설은 민 대신이란 자가 황제의 오른팔임을 어렵지 않게 짐작했다.

홍설이 돌계단을 하나씩 밟으며 올라서자 황제의 기다란 그림자가 천천히 방향을 바꾸었다. 세월의 풍파에 닳아 주름조차 뻔한 노인이지 않을까 생각했지만 실제로 황제의 용안을 대면한 홍설은 놀라지 않을 수 없었다.

인자해 보이는 낯빛 안에는 그 어떤 특유의 고집이 뚝심 있게 자리하고 있었다. 달빛 아래 비치는 불그스름한 혈색 또한 결코 아직은 노쇠하지 않았음을 증명하고 있었다. 젊은 날엔 아버지의 손아귀에서, 늘그막엔 민씨의 치마폭에서 휘둘렸던 왕. 우유부단하기 그지없는 왕. 카페에서 들었던 뜬소문이 한꺼번에 증발하는 순간이었다.

"달빛이 눈부신 밤에 귀한 이를 맞이하게 되는구나. 이름이 어찌 되는가."

"홍설이라 합니다."

홍설은 보퉁이를 풀어 드리퍼 등속을 꺼냈다. 곧바로 황제의 눈동자가 아이처럼 반짝였다. 홍설은 드리퍼에 삼베를 덧씌운 뒤 준비해 온 원두가루를 올렸다. 보온병의 물을 천천히 흘려보내고 있는데 펑 하는 소리와 함께 어디선가 빛이 터졌다. 황제의 손에 들린 작은 물건에서 방출된 빛이었다. 과거에 사람의 영혼을 가둔다 하여 사용을 금기시했던 카메라였다.

홍설은 오얏꽃 문양이 새겨진 황제의 차 숟가락 옆에 가배 잔을 놓았다. 그러나 황제는 멀뚱히 보기만 할 뿐 그것을 들지 않았다. 홍설은 순간 깨닫는 바가 있어 빈 잔에다 가배를 소량 덜어 자신이 시음해 보였다. 고종은 그때서야 잔을 들었다.

홍설은 뭔가 모를 애잔함을 느꼈다. 왕이 과연 북촌의 실상에 대해 알고 있을지 그런 것 따위는 이제 궁금하지 않았다. 그러니까 모두 저마다 삶의 무게가 있는 것이다.

"알갱이가 씹히지 않으니 과연 잡미가 적고 뒷맛이 깔끔하구나."

황제는 탄복한 낯빛이었다.

"단팥을 넣어 드시면 달달한 맛이 더해집니다."

홍설은 종지에 든 단팥을 오얏꽃 문양의 수저로 떠서 각 잔에다 소량 덜었다. 그리곤 역시나 먼저 시음해 보였다. 그 후 고종이 따라 들었다.

"이제껏 단맛, 쓴맛, 짠맛, 죽음의 맛까지 살면서 모든 가배를 맛보았다고 생각했는데 이런 맛은 처음이로다."

황제는 아래에 있는 민영달을 불러들였다.

"짐의 충성스런 민 대신이니라."

황제 앞에 선 민영달은 아까와는 달리 눈길이 유순했다.

"어찌 짐만 이 맛을 즐길 수 있으랴."

황제의 권유에 민 대신은 기꺼이 잔을 들었다. 그는 깊게 한 모금을 들이킨 뒤 평을 내놓았다.

"깊고 묵직한 단맛이 오래도록 입속을 맴도는 것이 과연 기존의 가배와는 다른 듯하옵니다."

황제는 지그시 웃음을 지으며 홍설에게로 시선을 돌렸다.

"열흘 뒤 다시 올 수 있겠느냐."

"그때는 더욱 맛있는 가배를 올려 보이겠습니다."

홍설이 대한문 밖으로 나오자 기다리고 있던 명화의 낯이 잔뜩 상기되었다. 오히려 덕수궁을 밟은 홍설의 낯빛은 차분히 가라앉아 있었다.

"황제를 알현한 소회가 어떠십니까."

"오얏꽃 문양이 새겨진 찻잔 수저가 참으로 곱더군요. 그래서인지 그 수저로 뜬 단팥이 참으로 달달하게 느껴졌습니다."

"오얏꽃 문양은 왕실을 상징합니다. 이제 얼마 남지 않은 궁중식기지요."

명화는 딴말을 늘어놓는 홍설에게 다시 물어볼 수가 없었다. 모르긴 몰라도 첫 만남이었던 만큼 특별한 이야기는 오가지 않은 모양이었다. 아마도 의심 많은 폐하께서 가능한 한 말을 아끼셨으리라는 짐작만 들 뿐이었다.

인력거는 경성 브라운 앞에서 멈추었다. 홍설을 내려준 인력거는 다시 달빛을 길동무 삼아 부지런히 이동했다. 잠시 후 낮보다 밤에 더 밝다는 하사정에 당도했다.

"오늘 감사했습니다."

허씨가 떠나자 명화는 비로소 맥이 탁 풀렸다. 어찌 되었든 무사히 귀가한 것이었다.

"저짝에 손님이 찾아왔는데유."

배씨 할멈은 명화를 보자마자 소식을 전했다. 배씨 할멈의 손가락을 따라가니 검정 양복을 입은 요한이 별채 기둥에 어깨를 기대고 서 있었다. 다시금 명화의 얼굴이 파리해졌다.

개다리소반을 놓고 마주 앉은 두 사람은 한동안 아무 말이 없었다. 작설차 향만이 두 사람 사이를 집요하게 파고들 뿐이었다. 결국 명화가 먼저 입을 열었다.

"다 알고 오신 걸 테니 요점만 말하지요. 홍설 씨의 행차는 민 대신의 부탁이었습니다."

그러나 요한은 여전히 침묵으로 응했다.

"황제를 알현한 소회를 물었더니 오얏꽃 문양의 수저가 곱다는 말만 늘어놓더군요. 도통 속을 알 수가…"

"가배는 위장일 수도 있소."

"네?"

"민 대신 같은 자가 그냥 움직일 리 없으니. 여급에 대한 뒷조사는 진작에 마쳤을 터."

명화의 낯빛에 작은 파문이 일었다.

"덕수궁까지 무엇을 타고 갔소?"

"허씨의 인력거를 타고 갔습니다."

요한은 그의 생김이 믿음직스럽지 못하다는 것을, 그러나 의외로 속이 진국이라는 것도 알고 있었다. 자신이 옥살이를 하던 동안 명화는 허씨의 인력거를 곧잘 탔었는데 두 사람에 대한 그 어떤 소문도 나지 않았단 게 증거였다. 그러나 형무소가 아닌 덕수궁이라면 이야기가 달라질 수도 있었다.

'민 대신이라면 허씨 뒷조사까지도 하지 않았을까…'

그러나 요한은 조심하는 게 좋을 것 같아 반대의 말을 꺼냈다.

"앞으로 인력거에서 홍설 씨와 대화하는 것을 웬만하면 삼가도록 하시오."

요한은 허씨에 이어 허여멀건한 사내 하나가 떠올랐다. 곧바로 그의 미간에 주름이 졌다.

"와타루와 어깨동무라도 할 것 같은 작자가 꽁지가 빠지게 도망을 치다니. 거 참 요상한 사람 같으니라고는."

"흰 양복을 입은 사내 말씀입니까?"

"그자를... 아시오?"

요한의 눈꼬리가 치켜올라 갔다.

"진고개를 오가며 몇 번 본 적이 있습니다. 얼굴이 희어서 그런지 흰색이 퍽이나 어울리더군요."

"흥, 흰색은 누가 입어도 어울리는 색 아니오? 우리가 왜 백의민족이겠소?"

요한은 자신이 필요 이상으로 골을 냈음을 깨달았다.

두둑. 밖에서 기왓장을 두들기는 빗소리가 가느다랗게 들려왔다. 요한은 즉각 몸을 일으켰다.

"이만 가보리다."

"들고 가시지요."

명화는 그가 거절할 걸 알면서도 대나무 살 우산을 내밀었다. 예상대로 요한은 손을 휘휘 내젓고는 빗속으로 뛰어들었다. 처마 아래 선 명화는 뒤늦게 생각났단 듯 입을 뗐다.

"홍설 씨가 원통형 가방을 봤다고 하더군요."

"무엇이 들어 있나 묻지 않았소?"

"저 역시 모르는데 어찌 답하겠습니까."

요한은 말없이 웃으며 돌아섰다. 봄비를 맞으며 해갈을 하는 나무처럼 그는 빗속으로 기꺼이 걸어 들어갔다.

성가신 비를 피하기 위해 걸음을 재촉하는 보통 이들과 달리 요한은 빗줄기가 끊길까 봐 부지런히 걷는 사람이었다. 그랬기에 명화는 우산을 거절한 것이 서운치 않았다. 다만 마음 한구석이 개운치 않았다.

*

홍설은 시들어버린 호박잎을 물끄러미 바라보았다. 기름에 지져서 먹지 않고 곱게 말려둔 것이 다음 날 일어나 보니 완전히 말라버려 있었다. 버리자니 왠지 마음이 저어하여 이러지도 저러지도 못한 채 보고 있는 중이었다.

'생각해보면 봉두난발에 거적때기를 걸쳤을 때도 정돈되지 않은 매력이 있었어... 거친 야수성이 발현된다고나 할까...'

"웬 호박잎이니?"

홍설은 속마음을 들키기라도 한 듯 화들짝 놀라 일어섰다.

"아... 그러니까... 어제 우산 대신 쓰고 왔습니다."

"쓰임을 다했으니 아궁이에 넣고 오마."

홍설은 브라운 여사의 행동을 제지하고 싶었지만 딱히 할 말이 떠오르지 않았다.

"참, 며칠 전에 흰 양복을 빼입은 사내와 낯익은 아가씨가 함께 길을 걷고 있더라?"

홍설은 브라운 여사의 시선을 애써 피했다.

"데이트를 했으면 자랑을 해야지!"

홍설이 고개를 내젓자 브라운 여사는 뜻밖이란 듯 어깨를 들어올렸다.

"그이는 샤이 보이잖아!"

"아니, 글쎄 제게 뭐라고 한 줄 아십니까? 자신이 동경으로 떠날 예정인데 함께 가자며, 거기서 일하면 경성 브라운보다 돈도 더 벌 수 있을 거라고 저를 홀리기까지 했습니다."

홍설은 곧 자신의 경솔함을 후회했다. 이러면 그에 대한 죄책감이 덜어질 거라 생각했을까. 그러나 이미 엎질러진 물이었다.

"그래서 오케이 했어?"

"네?"

"구미가 당기는 제안이잖아."

"여사님. 진짜 서운합니다."

"농담, 농담이야."

브라운 여사가 깔깔거리자 홍설의 입가에 덩달아 어색한 미소가 걸렸다.

"오늘 서빙고 가는 날이구나. 누가 갈까?"

"제가 얼른 다녀오지요."

밖으로 나온 홍설은 저도 모르게 모퉁이 쪽으로 시선을 돌렸다. 개똥이가 보이지 않았다. 그러나 몇 걸음 걷다 보니 곧 모습이 드러났다. 개똥이는 양장점에서 색동옷을 입어보는 중이었다. 개똥이를 향해 함박웃음을 짓고 있는 요한의 모습이 경대에 비쳤다. 장소 때문인지 검정 양복을 차려입은 요한은 돈깨나 있는 신흥부자처럼 보였다. 그러고 보니 색동옷을 입은 개똥이와 요한이 부자지간처럼 보이기도 했다. 홍설은 왠지 모르게 안도감이 들었다. 그날 북촌에서 미스터 리와 쌍으로 개똥이를 외면했던 것이 계속 마음에 걸렸던 터였다.

"팔은 곧 길어질 터이니 이걸로 하렴. 소매만 접어 다니면 되겠구나."

양장점으로 들어온 홍설은 두 남자의 대화에 능청스럽게 끼어들었다. 양장점 주인은 홍설의 얼굴을 살피더니 감탄사를 내질렀다.

"캬! 아들이 훤하게 생긴 이유가 부모를 반반씩 닮아 그런 것이었구먼요. 참으로 잘난 아들을 두셨소."

홍설은 뜨악한 표정으로 요한을 보았다. 그와 달리 요한은 태연한 표정으로 셈을 치르고 있었다. 개똥이는 그런 홍설과 요한을 멀뚱한 눈길로 번갈아 보았다. 그렇게 세 사람은 가족 행세를 하며 어색하게 양장점을 빠져나왔다.

"왜 아무도 부정을 안 하세요?"

밖으로 나오자마자 개똥이는 참고 있던 질문을 내뱉었다.

"말도 안 되는 소리에 답할 것 없지 않느냐."

홍설은 일부러 냉랭하게 답했다. 요한은 여전히 묵묵부답이었다.

"그럼 바빠서 이만."

홍설이 돌아서려는데 개똥이의 맨발이 눈에 밟혔다. 색동옷에 맨발은 어울리는 조합이 아니었다. 요한이 한마디도 하지 않은 것 역시 마음에 걸렸다. 그러나 이미 두 남자는 저만치 멀어진 뒤였다.

요한은 홍설의 멀어지는 뒤통수를 보며 보일 듯 말 듯 미소를 지었다.

홍설이 그날 이후 고뿔에 걸렸는지, 단지 그것만 확인하기 위해 진고개에 와본 것이었다. 그는 집을 나서기 전 몇 차례나 머리를 매만졌고, 평소보다 곱절로 복장에 신경을 썼다. 그렇게 경성 브라운 앞에서 홍설을 훔쳐보다 개똥이에게 딱 걸리고 말았다. 요한은 엉겁결에 개똥이를 양장점으로 데리고 갔다. 그러다 예정에도 없던 옷 선물을 하게 된 것이었다.

색동옷을 입은 개똥이는 요한에게 연신 감사 인사를 했다.

"제가 할 수 있는 일이라곤 구두를 닦는 것뿐입니다. 잠시 앉으시지요."

"구두는 다음에 닦으마. 그보다도 옷을 장만했으니 신발도 사야 하지 않겠느냐."

"아이고. 저는 맨발이 편합니다요."

개똥이는 손을 휘휘 내저었다. 요한은 그 와중에도 경성 브라운의 내부를 들여다보았다. 홍설이 없는 걸 알면서도 습관처럼 눈이 갔다. 그때 창 너머의 브라운 여사와 눈이 마주쳤다. 바로 외면하려는데 가게 문이 벌컥 열렸다.

"시원한 가배 한잔하고 가세요."

파란 눈을 가진 외국인의 친절함에 요한은 끌리듯이 가게 안으로 발을 들였다.

"설이가 만드는 가배보다 맛은 덜할 테지만 드셔보세요."

"감사히 마시겠습니다."

'독심술이라도 따로 배우는 건가.'

요한은 엉거주춤 바에 착석했다. 여전히 가배는 썼지만 예전보단 거부감이 덜했다. 어느덧 미각이 적응이 된 것이었다.

"뭐 하나 여쭤봐도 되겠습니까."

"얼마든지요."

"어쩌다 홍설 씨가... 여기서 일하게 되었습니까."

브라운 여사는 대답하기에 앞서 잠시 허공을 보았다.

"설이를 처음 보았을 때 그 절박했던 눈빛... 그 눈빛을 본 사람이라면 함께 일하지 않을 수 없었을 거예요."

이어 브라운 여사는 덧붙였다.

"가슴 깊이 숨겨둔 사연이 가늠조차 되지 않더라구요."

"네?"

"겉으로 볼 땐 냉랭해 보이죠. 허나 속은 참으로 따뜻한 아이랍니다. 가게 앞에 개똥이의 자리를 마련해주자고 한 것도, 식사를 챙겨주자고 한 것도 모두 설이였으니까요."

'허나 정작 개똥이를 대하는 걸 보면 쌀쌀맞기 그지없지 않은가. 왜 마음에도 없는 행동을 하는 것일까. 과거에 어떤 상처가

있었기에?'

요한은 조용히 가배를 들이켜며 이런저런 추측을 해보았다.

어느덧 태양이 붉은 기를 흘리며 서녘으로 넘어갔다. 하늘이 생기를 잃자 손님들이 하나둘 일어났다. 가게에 남은 건 요한뿐이었다.

"설이는 보고 가야죠."

브라운 여사의 말이 그의 엉덩이를 좀처럼 떼지 못하게 만들었다. 마침 짤랑거리는 종소리가 경성 브라운의 공기를 반갑게 갈랐다.

"여름이라 그런지 얼음 값이 많이 올랐습니다."

요한은 자신이 기다리던 여인의 목소리에 저도 모르게 몸이 경직되었다. 홍설은 홍설대로 바에 앉아 있는 그의 뒷모습을 보곤 놀란 눈치였다.

"여기까지 왔는데 그냥 가면 섭하잖아."

가방을 멘 브라운 여사가 홍설의 어깨를 톡톡 두드렸다.

"좋은 시간 보내. 뒷정리 부탁할게."

"살펴... 가십시오."

홍설은 얼빠진 표정으로 브라운 여사를 배웅했다.

"한 잔 더 드시겠습니까?"

바 안으로 들어온 홍설이 요한의 빈 잔을 보고 물었다.

"경성 최고의 가배를 황제만 맛볼 순 없지."

"벌써 귀에 들어가셨다니. 명화 씨와는 조금의 흉금도 없는 사인가 보군요."

"폐하께선 강녕하시더이까?"

요한은 혹여 자신이 쓸데없는 말을 늘어놓을까 봐 바로 황제 이야기를 꺼냈다.

"짐작했던 것보다 거동이 자유로우셨고 혈색 또한 좋아 보이셨습니다."

"특이점은 없었소?"

"제가 시음하기 전까지 황제께선 가배를 입에 대지 않으시더군요. 가배를 통해 단맛, 쓴맛, 짠맛, 죽음의 맛까지 느껴보셨을 터이니 이해 못 할 것도 아니었습니다."

"단맛은 손탁 여사가 최초로 올린 가배를 뜻하겠지."

"쓴맛은 을미사변을 일컫는 것인지요."

"부인까지 잃었으니 아마 눈물까지 더해져 짜고도 썼을 거요."

홍설은 한 가지 남은 죽음의 맛은 묻지 않았다. 이곳에 하루종일 있다 보면 알고 싶지 않아도 저절로 알게 되는 것들이 있었다.

천한 신분이었지만 고종의 총애를 받아 권세를 누리게 된 김홍륙은 어느 날 팽당했단 느낌을 받고는 황제의 가배에 독을 넣었다. 평소의 맛과 다름을 깨달은 고종은 바로 뱉어 화를 면했지만 순종은 치아가 다 빠지고 혈변을 보는 등 고통이 뒤따랐다. 황제에게 가배는 애증의 음료일 터였다.

"황제께선 지금쯤 영친왕 결혼식 때문에 속으로 분주하실 거요."

"의친왕이 형이라 먼저 할 줄 알았는데 황족들은 그런 것을 따지지 않나 보군요."

"의친왕의 고집을 꺾으실 수 없었던 게지. 같은 배에서 나온 자식이 아니라 그런지 의친왕과 영친왕은 생김새도, 기질도 판이하게 다르다오."

"의친왕은 주색잡기에 능하여 처첩과 자식의 수가 헤아릴 수 없다고 들었습니다만."

"의친왕은 자유의지가 거세당하는 것을 조금도 참지 못하는 성미요. 미국유학 당시 안창호란 독립운동가에게 자금을 내놓는가 하면, 젊은 혈기를 누르지 못해 의병봉기를 독려하는 등 황제의 가슴을 몇 번이나 쓸어내리게 했지. 아버지 된 입장에서 문제아였다고나 할까."

"그에 반해 영친왕은 순둥인가 보군요."

"그래서 총독의 심기를 단 한 번도 거스른 적이 없소. 이번에도 일본이 짝지어준 여인과 한평생을 불만 없이 살다 갈 거요."

"주색잡기에 빠져 있는 의친왕을 꼭 욕할 것만은 못 되는군요..."

"어쩌면 일부러 그런 모습을 연출하는 것인지도 모르지."

요한 씨처럼 말입니까. 홍설은 그러나 그 말이 입 밖으로 나오지 않았다.

"나는 홍설 씨가 황제를 알현하는 것을 신중히 생각해보았으면 하오."

"그게 무슨 말씀입니까."

"덕수궁에서 일어나는 행위는 정치적으로 해석될 소지가 있소."

"저는 그저 발이 묶여 있는 손님에게 가배를 올리러 가는 것뿐입니다."

"그 손님이 황제라는 게 문제지."

"이상하군요. 요한 씨라면 누구보다도 덕수궁행을 반길 줄 알았는데."

"당신이..."

가시밭길을 걷길 바라지 않으니까. 요한은 못다 한 말을 가슴에 묻으며 일어섰다. 그리곤 일부러 농을 던졌다.

"궁중 식기라도 훔치면 큰일이니까."

"뭐라구요?"

홍설이 버럭 소리를 질렀다.

"이만 가보겠소."

홍설은 탕아가 사라진 뒤에도 그가 머물렀던 자리를 한참이나 바라보았다.

"알 수 없는 사람이라니까..."

*

"운을 띄우기엔 너무 이른 게 아닌가 싶구나."

"허나 폐하, 우리에게 주어진 시간이 얼마 없다는 점을 유념해 주십시오."

"그걸 짐이 모르는 바 아니나 신중을 기해야…"

"폐하. 꼬리가 길면 밟힐 수도 있습니다."

"좋다… 허면 오늘 이야길 꺼내보도록 하지."

"소인의 뜻을 헤아려주시니 황공하옵나이다."

예를 표한 민 대신은 뒷걸음으로 멀어져 갔다.

고종은 정관헌 가장자리에 둔 축음기의 음량을 올렸다. 이따금 밤낮을 잊은 매미 소리가 서양 가락 사이로 섞여들었다.

민 대신과 눈인사를 한 뒤 정관헌으로 오른 홍설은 황제에게 예를 갖춰 인사를 올렸다. 고종은 더없는 웃음으로 그녀를 맞이했다.

"가배의 고소한 향이 여름밤 정취와 어우러져 더욱 달달하게 느껴지는구나. 짐은 지금 이 순간을 그 무엇과도 바꾸고 싶지 않다."

홍설은 자신을 짐이라 부르는 이 손님과 대면하면 할수록 거리감이 좁혀지는 것을 느꼈다. 어떠한 손님이라도 자주 접하다 보면 익숙해지듯 황제 역시 그러했다. 자신을 날카롭게 주시하고 있는 민 대신도 이제는 별로 신경 쓰이지 않았다.

"곧 영친왕의 결혼식이 있을 거란 이야길 들었습니다."

홍설이 입을 열자 황제는 마시던 가배 잔을 내려놓았다.

"황태자는 11살에 유학이란 명분으로 일본에 끌려가 부모와 생이별을 해야 했다. 일본은 방학 때 조선으로 보내주겠다 약조를 하였지만 어기는 게 다반사였지. 이번에 갑작스레 귀국을 시킨다기에 필히 뭔가 의도가 있을 거라 짐작은 했다만 메이지 천황의 조카딸과 정략결혼이라니... 정혼 상대가 있는 이에게 어찌 이다지도 제멋대로일 수 있는가. 영친왕의 삶도 아비를 닮아 기구하기 그지없다."

고종은 이어 덧붙였다.

"불행 중 다행인 것은 영친왕이 이방자라는 일본 여인을 마음에 들어 하는 눈치란 것이다. 첫 만남에서 서로에게 적극적인 호감을 표했다 하더군."

"그보다 큰 복이 어디 있겠습니까. 두 분의 앞날에 축복만이 가득할 것입니다."

"문제는 바로 그들의 신혼여행이야. 일본이 왜 신혼 여행지를 프랑스로 정했는지 아느냐? 바로 영친왕 부부의 모습을 파리강화회의에 드러냄으로써 한일융화가 잘되고 있단 걸 보여주기 위해서다. 일본의 의도가 이다지도 괘씸한데 짐이 어찌 넋 놓고 볼 수만 있겠느냐. 이번 파리강화회의에 의친왕과 하란사를 부부로 위장시켜 보내기로 결정한 건 바로 이 때문이지."

빈 잔에 가배를 채우던 홍설의 표정이 점점 굳어갔다. 말실수를 하신 것인가 싶어 황제의 용안을 올려다보았지만 조금도 당황한 기색이 없어 보였다. 민 대신이 이 상황을 수습하기 위해 움직일 거라 예상했지만 그는 망부석처럼 자리를 지키고 있을 따름이었다.

"미국의 윌슨 대통령이 발표한 민족자결주의로 인해 현재 세계 약소국들은 들떠 있는 상태다. 지금이야말로 한일병탄의 부당함을 세계만방에 알릴 수 있는 절호의 기회 아니겠느냐. 일본이 말도 안 되는 선전을 하기 전에 짐이 보기 좋게 선수 칠 것이다."

홍설의 망막에는 더 이상 아무것도 잡히지 않았다. 오얏꽃 문양의 수저도 저만치 눈 밖에 나 있었다.

인력거에 오른 홍설은 아무 말도 하지 않았다. 홍설의 숨소리가 고르지 않은 것을 눈치챈 명화는 무슨 말이든 붙여보려 했으나 차마 입이 떼어지지 않았다. 인력거에서 함부로 대화하지 말라던 요한의 충고를 의도치 않게 따르고 있는 꼴이었다.

"밤마실은 이쯤에서 끝낼까 합니다. 그간 좋은 경험하게 해주어 감사합니다."

인력거가 경성 브라운에 당도하자 홍설은 마음속에 담아둔 말을 한꺼번에 쏟아냈다.

"갑자기 그 무슨..."

명화의 새된 음성이 가느다랗게 떨렸다.

"이만하면 황제께서 가배 맛을 충분히 음미하신 줄로 압니다."

"허나 또 찾으시면..."

"그땐 평양냉면의 삼삼한 맛으로 황제의 미각을 위로해주면 되겠지요."

홍설은 억지웃음을 지으며 인력거에서 내렸다. 처음부터 명화가 자신을 수단으로 썼다는 느낌을 지울 수 없었다.

사실 세상 돌아가는 이야기는 카페에서 들리는 풍문으로 충분히 학습되어 있었다. 조선이 어떻게 흘러가고 있는지 알고 있었지만 그저 한 귀로 흘리며 살아왔을 따름이었다. 헌데 한순간의 유혹에 혹한 나머지 역사의 한복판으로 뛰어드는 우를 범하고 말았다. 덕수궁에서 벌어지는 모든 일은 정치적인 행위로 간주될 수 있다던 요한의 충고가 새삼스레 떠올랐다.

"허씨, 하사정으로 가세."

"예예."

인력거를 끄는 허씨의 얼굴이 지금 이 순간 경직되어 있다는 것을 그 누구도 알 수 없었다.

홍설은 인력거가 사라지는 것을 확인한 뒤 다시 밖으로 나왔다. 카페를 들어오기 전 개똥이를 보았기 때문이었다. 모퉁이에서 구두를 닦고 있는 개똥이의 색동옷은 이미 검정 때가 묻어 군데군데 더럼이 타 있었다.

"자정이 넘었는데 여태 이러고 있단 말이냐?"

"오늘이 마지막인 걸 아는지 손님들이 구두를 앞다투어 맡기시는 거 있죠."

"마지막이라니?"

"엄마가 오늘 밤엔 북촌을 떠야 한다고 했거든요."

"허면 어디로 가는 거냐?"

"저도 모르죠. 이거 닦고 나면 문 앞에 둘 테니 내일 아침에 손님들이 찾으시면 좀 전해주세요."

"넌 정말 제멋대로구나."

"네?"

어리둥절해하는 개똥이의 얼굴을 뒤로한 채 홍설은 문을 쾅

닫아버렸다. 북받쳐 오른 감정을 들킬 순 없었다.

'그렇게 예고 없이 떠나버리면 남겨진 사람은 어떡하라고.'

붉어진 눈시울이 바닥에 점점이 떨어져 지문을 남겼다.

"이제 오니?"

브라운 여사의 음성이 희미하게 들렸다. 당연히 아무도 없을 거라 생각한 홍설은 황급히 눈물을 닦아냈다.

그러고 보니 등잔불 하나가 바 위로 일렁이고 있었다.

"어디 아파?"

"아닙니다..."

"어딜 다녀오는 길이니?"

"..."

"실은... 기다렸어. 네가 스스로 말해주기를. 그런데 이제는 못 참을 것 같아서."

두 사람은 등잔불을 앞에 두고 마주앉았다.

"황제에게 최초로 가배를 올린 손탁 여사에 대해 들어본 적 있니?"

"손님들 이야기를 엿들어 대강 알고 있습니다."

"아관파천 당시 식사는 물론 모든 수발을 맡길 만큼 황제는 손탁 여사를 총애했어. 그녀는 고종으로부터 정동 400여 평 대지를 선물 받았는데 그 자리에 호텔을 세웠지. 1층은 정동구락부란 카페로 운영되었는데 독립협회 회원들은 물론 이토 히로부미도 머물렀을 정도로 사교의 장이었어. 당시 뜻이 맞았던 이완용과 민영환은 매일같이 정동구락부에 모여 시간을 보냈지. 그 둘이 나중에 어떻게 된 줄 알아?"

"민영환은 자결했고 이완용은 변절했지요..."

홍설은 그 말을 내뱉고 나자 가슴이 덜컥 내려앉았다. 비로소 자신이 얼마나 위험천만한 곳에 발을 들였는지 알 것 같았다.

"황제 곁에 있었던 이들의 말로는 이처럼 극단적이었어."

"전 이제... 어떡하면 좋을까요?"

"선택의 여지가 없지 않겠어?"

"네?"

"미스터 리를 따라 동경으로 가."

"그건..."

"내키지 않는다는 거 알아. 나 역시 널 보내고 싶지 않아. 하지만 최악보다는 차악이 낫잖니. 내가 보니 그 샤이 보이는 네게 해악을 끼칠 사내는 결코 아니야."

"허면 가게는..."

"내가 고생 좀 하겠다만 그게 대수니? 동경에서 잠시만 숨을 고르고 있으렴. 정세가 잠잠해지면 전보를 보내마."

브라운 여사는 아무 말도 하지 못한 채 머뭇대는 홍설의 손을 잡았다.

"조선이란 물설고 말 설은 곳에서 내가 마음 붙이고 살게 된 건 다 네 덕분이었어. 항상 네게 빚을 지고 사는 기분이었지."

"그런 말씀 마세요. 저야말로 여사님 덕에 인간다운 삶을 영위하게 되었는걸요."

"설아... 행동은 빠를수록 좋은 거 알지? 날이 밝자마자 떠나렴.”

“그럼 염치 불고하고 마지막으로… 부탁 하나만 드려도 될까요?”

“말해보렴.”

“개똥이가… 이제 여기서 구두를 못 닦을지도 몰라요… 저 대신… 잘 좀 보살펴주세요…”

홍설은 다시금 슬픔이 밀려왔다. 브라운 여사는 그런 그녀의 등을 토닥였다.

“걱정마… 네 몫까지 최선을 다하마.”

“그리고… 요한이란 사내가 찾아오면 제 거처를 알려주세요.”

브라운 여사는 고개를 끄덕였다.

브라운 여사가 가게를 떠나자 홍설은 비로소 자신에게 부닥친 현실이 실감 났다. 간소하게 짐을 꾸린 뒤 구들방에 누웠지만 잠이 오지 않았다. 어둠 속에서 요한의 모습이 설핏 떠올랐다. 인사라도 하고 가야 할 텐데. 그러나 어디서 만날 수 있을까.

아들이 훤하게 생긴 이유가 부모를 반반씩 닮아서 그런 것이었구먼. 그 말은 아무리 곱씹어도 질리지가 않았다. 부부처럼 보였다니… 웃음은 곧 다른 감정으로 치환되어 눈가로 옮겨졌다. 동이에게 요한 같은 아버지가 있었더라면… 그랬더라면 동이는 죽지 않았을 것이다… 눈가가 베갯잇을 뜨겁게 적셨다.

홍설은 얼마 못 잔 채로 새벽을 맞이했다. 그녀는 어느 때보다도 공을 들여 얼굴에 분을 바르고 입술을 칠했다. 있는 의복 중 가장 값이 나가는 것을 골라 입었다. 아무도 동경에서 나를 알아보지 못하리라. 어떻게 그들이 '홍설'을 알아볼 수 있겠는가.

짐 가방을 들고 밖으로 나온 홍설은 잠시 멈칫했다. 개똥이가 가게 모퉁이에서 새우등을 한 채 잠들어 있었다. 개똥이의 맨발 옆에는 손님들이 맡긴 구두들이 일렬로 늘어서 있었다. 갑자기 홍설의 마음이 분주해졌다. 동경으로 떠나기 전 해야 할 일이 생긴 것이다. 그녀는 빠른 걸음으로 나루장터로 향했다. 때마침 신발 장수 하나가 새벽 장을 열고 있었다.

"발등이 얄쌍한 것이 이게 딱이겠구려."

신발장수는 홍설의 차림새를 살피더니 좌판에 늘어놓은 것 중 가장 비싼 구두를 내밀었다.

"이 고무신은 얼맙니까."

홍설은 눈앞에 있는 작달막한 고무신을 가리켰다. 개똥이의 발에 꼭 들어맞을 크기였다. 값을 지불한 홍설은 나루장터를 떠나기 전 방물장수의 자리를 눈으로 확인했다. 예상대로 텅 비어 있었다.

진고개에 다다른 홍설은 가게 주변을 두리번거렸다. 모퉁이에서 자고 있던 개똥이가 보이지 않았다. 그 사이 떠난 것일까. 반대 손으로 짐 가방을 바꿔 쥔 홍설은 서둘러 북촌으로 향했다. 벌써부터 이마에 땀이 맺혔다.

북촌은 안 보던 사이 판이하게 달라져 있었다. 대부분의 움막들을 허물어버린 탓에 버려진 땅처럼 보였다. 모두 어디로 떠난 것인지 사람 하나 보이지 않았다. 마른 땅덩이에선 더운 아지랑이만 속절없이 피어올랐다.

—어림 없는 소리. 시간을 어겼는데 내 보내줄 성싶으냐?

이것은 박가의 목소리였다. 홍설은 숨을 죽인 채 소리가 들리는 움막 뒤로 몸을 숨겼다. 이어 또 다른 목소리가 들려왔다.

—나으리. 지 년이 자식을 잘못 키운 탓입니다. 제발 한 번만 눈감아 주십시오.

퍽퍽, 군홧발로 사람을 짓밟는 소리가 들렸다. 그에 따라오던 신음소리가 갑자기 멈추었다.

—이 새끼가? 이거 못 놔?

—우리 엄마 때리지 마세요!

—좋다. 네놈부터 밟아주지.

—같은 조선인끼리 진짜 너무한 거 아닙니까?

—뭐라?

—개똥아!

여인이 개똥이의 입을 막는 모습이 홍설의 눈에 선연히 그려졌다. 그녀는 고무신을 쥔 손을 내려다보았다. 지금이라도 이것을 버리고 남촌으로 간다면 기차를 탈 수 있을 것이었다. 그러나 발이 땅에 붙은 것마냥 떨어지지 않았다.

—아저씨 사실은 조선인이잖아요. 어색한 일본말 하는 거 얼마나 웃긴지 알아요?

정적이 흘렀다. 그 잠시의 순간이 백 년처럼 느껴졌다.

—난 너 같은 조센징이...

칼집에서 칼을 꺼내는 소리가 날카롭게 울렸다. 홍설은 저도 모르게 입을 틀어막았다.

—아니란 말이다...

풀썩, 뭔가 구르는 소리가 들렸다. 이어 여인의 통곡이 터져 나왔다. 박가는 우는 여인의 머리채를 잡고서 어디론가 향했다.

홍설이 움막으로 들어서자 불쾌한 적막이 온몸을 휘감았다. 바닥에 버려진 듯 누워 있는 개똥이의 모습이 어둠 속에서 희미하게 드러났다. 어깨 위로 얼굴이 보이지 않았다.

툭, 짐 가방이 떨어졌다. 고무신도 함께 나뒹굴었다. 마지막으로 홍설이 쓰러졌다.

저 멀리서 사내 하나가 헐레벌떡 뛰어오고 있었다. 요한은 오늘이 개똥이가 떠나는 날이란 걸 알고 있었다. 청계천을 건너 북촌으로 온 요한은 앞서 걸어가는 박가를 발견하곤 속도를 낮췄다. 주위에 이상한 기운이 맴돌았다. 요한은 저도 모르게 움막 앞에서 걸음을 멈추었다. 자신의 발치에 걸리는 것을 내려다본 요한은 그대로 몸이 굳어버렸다. 목이 잘린 개똥이의 얼굴이 나뒹굴고 있었다.

"너를 이렇게 만든 놈을... 내 절대 용서하지 않으마..."

요한은 움막 안에 쓰러진 홍설을 발견하곤 가까이 다가갔다. 다행히 외상은 없어 보였다. 눈을 감긴 했지만 호흡도 일정 간격을 유지하고 있었다.

밖으로 나온 요한의 눈동자가 증오로 타올랐다.

"박가 네놈이 서 있는 지금 그곳이 무덤이 될 것이다."

앞서 홀로 걸어가던 박가가 걸음을 멈추었다.

"이것 참 질긴 인연이군."

그러나 의식을 잃은 홍설의 귀엔 그 어느 소리도 들리지 않았다. 그녀의 의식 저편은 동경의 후미진 움막 촌에 닿아 있었다.

*

"아직도 맞은 데가 쓰라리구먼..."

여인은 움막 밖에서 나는 소리에 조용히 일어섰다. 아이는 이제 막 눈을 붙인 상태였다.

"또 왜 온 거요."

여인은 움막 입구에서 작은 목소리로 역정을 냈다.

"그날은 참 기가 막혔단 말이야... 우리가 이렇게 손발이 잘 맞을 줄이야!"

걸인은 여인이 막아서는데도 기어이 움막 안으로 들어왔다.

"허튼 소리 그만하고 나가시오."

"역시 옷이 날개야. 나도 홍자 네가 다시 보였을 정도니까 말이야. 헌데 여기선 영 별로구먼."

"뭔 개수작이야?"

여인이 눈꼬리를 치켜뜨자 걸인의 태도가 싸늘하게 바뀌었다.

"왜 이번 새끼는 그냥 보내줬어?"

걸인을 쏘아보던 여인의 눈에 일순 힘이 빠졌다.

"친일파처럼 보이는 새끼 돈은 훔쳐도 되고, 독립군처럼 보이는 새끼 돈은 안 된다?"

여인은 그의 시선을 피해 자고 있는 동이를 바라보았다.

"조선에서 버림받은 년이 뭔 애국질이냐고?"

"알아들었으니 이만 가시오."

"아니, 이번 주 벌이를 못 했는데 어떻게 빈손으로 가란 말이야?"

"그럼 지나간 일을 어쩌란 말이오."

"돈이 없으면 몸으로라도 때워야 할 거 아냐?"

걸인의 음성이 뭉근해졌다.

"나도 알고 보면 괜찮은 놈이야. 지체 높은 놈이나 나 같은 놈이나 다를 게 있는 줄 아나? 어차피 사내새끼 까보면 다 거기서 거기지."

걸인이 음흉한 미소를 지으며 다가왔다. 여인이 뒤로 내빼자 걸인은 이해할 수 없단 듯 고개를 갸우뚱거렸다.

"어렸을 때 애새끼까지 깠으면서, 이제 와서 고고한 척은."

"아이의 아버지가 그렇게 일찍 세상을..."

"후일담은 흥미 없으니까 그만 떠들고."

여인은 이 사내가 끝까지 자신의 뜻을 굽히지 않으리란 걸 깨달았다.

"좋소. 그럼 밖에서 기다리시오."

"애새끼 깰까 봐?"

"동이 이불만 덮어주고 나가겠소."

"오호, 그럼 대자연의 품에서 하는 건가? 허긴 추워도 몸이 데워질 테니까 그것도 나쁘지 않겠는데. 흐흥."

걸인은 콧노래를 흥얼거리며 밖으로 나갔다. 여인은 자고 있는 동이의 머리를 쓰다듬은 후 그 아래 놓인 돌베개를 치마 안으로 집어넣었다.

여인은 앞장서는 걸인을 따라갔다. 이제 그만 걸어도 되지 않나 싶었지만 걸인은 멈추질 않았다.

"대체 얼마나 가야 하오?"

"바로 저기네. 딱 봐도 명당이지."

돌무더기가 쌓여 있는 야트막한 동산엔 성인 한 명이 겨우 몸을 누일 만한 편평한 바위가 자리하고 있었다.

사내의 우악스러운 몸뚱이에 눌려 여인은 저항 한 번 해보지 못한 채 그대로 눕혀졌다. 여인의 얼굴을 혀로 핥던 걸인은 목을 타고 아래로 내려오기 시작했다. 저고리를 풀어헤쳐 가슴이 드러나자 여인은 치마 안에 숨겨 온 돌베개를 손으로 더듬었다. 걸인의 숨소리가 점점 거칠어지자 돌베개를 공중으로 치켜들었다. 그리고는 사내의 정수리에 있는 힘껏 내리쳤다.

둔중한 소리와 함께 사내가 비명을 질렀다. 여인은 선혈이 묻은 돌베개와 사내의 찢어진 머리를 번갈아 보았다. 고통스러워 몸을 뒹굴던 사내는 갑자기 맹렬한 기세로 여인에게 달려들었다.

"이년이!"

걸인은 여인의 뺨을 내리쳤다. 그리곤 어디랄 것도 없이 보이는 대로 쥐어패기 시작했다. 얼굴이 부어오르고 핏줄이 터졌다.

살이 찢기고 옷이 갈겨졌다.

"다시는 네년 얼굴로 아무것도 못 하게 상판대기를 갈아주지."

사내는 여인이 던졌던 돌베개를 집어 들었다. 하늘 높이 올린 그의 손에서 광기가 뿜어져 나왔다. 돌베개를 내리치려던 그때 사내의 입에서 비명이 흘러나왔다. 여인이 바닥에 있던 돌멩이로 사내의 눈을 가격한 것이었다.

"아악..."

힘을 잃은 돌베개가 모로 굴렀다. 사내는 눈을 부여잡으며 주저앉았다. 여인은 그 틈을 타 자리에서 벗어났다. 사내는 고통에 피눈물을 흘리면서도 여인의 치마 끝을 움켜쥐었다. 여인은 다시 한 번 돌멩이로 사내의 손을 내리찍었다. 치마가 찢어지며 사내의 손가락에서 피가 뿜어져 나왔다. 털썩, 사내가 그대로 고꾸라졌다.

여인은 만신창이가 된 몸으로 왔던 길을 내달렸다. 방금 전에 일어난 일은 잊어버리면 그만이었다. 한겨울에 흉측한 악몽을 꾸었다고 생각하면 될 일이었다. 중요한 건 꿈이 아닌 현실이었다. 여인은 고통을 느낄 새도 없이 동이가 있는 곳으로 달려갔다.

움막 안으로 들어온 여인은 이상한 예감에 사로잡혔다. 누군가 어둠으로 덮인 이 공간을 매섭게 할퀴고 지나간 것만 같았다. 초를 켜자 동이를 덮은 비단 이불이 제일 먼저 눈에 들어왔다. 어쩐지 그 이불이 아까와 달라 보였다.

떨리는 손으로 이불을 들춘 여인은 외마디 비명과 함께 바닥에 주저앉았다. 눈물 버짐이 피어 있는 동이의 목이 무참히 베어져 있었다. 엄마를 찾으며 애타게 울었을 아이의 모습이, 그 울음소리가 성가시다며 잔인하게 갈라버렸을 일본 경찰의 모습이 그려졌다. 그때 움막 밖으로 일본말이 들려왔다.

"장성 하나가 시체로 발견됐다. 범인은 이 근방에 있을 테니 샅샅이 뒤져."

슬픔은 순식간에 공포로 바뀌었다. 여인은 무작정 움막 밖으로 뛰쳐나갔다. 행선지 같은 건 없었다. 그녀 앞으로 캄캄한 어둠이 끊임없이 펼쳐졌다. 마치 자신의 앞날을 보는 것만 같았다.

언제부터 동경에 살게 되었는지 알 수 없었다. 동경에서 살게 되면서 조선말을 까먹게 된 건지, 어머니가 자신을 버리고 달아난 후로 그리 된 건지, 아니면 처음부터 조선이란 곳을 밟아본 적이 없었는지도 알 수 없었다.

자식을 버린 어머니 같은 사람만은 되지 말자고 다짐했건만... 먼저 떠난 지아비를 원망하지 않고 혼자서 보란 듯이 키워내리라 마음먹었는데. 헌데 지금 자기 몸 하나 건사하자고 죽은 자식을 뒤로한 채 사력을 다해 도망치고 있었다. 대체 나는 왜 도망치는 것인가. 나 같은 게 살아서 뭣 한단 말인가. 이제 내 곁엔 아무도 없는데.

여인의 눈앞으로 시모노세키항이 펼쳐졌다. 현해탄이 얼른 뛰어내리라고 손짓하는 것만 같았다. 순간 지나가는 사내 주머니 위로 솟아난 단도 손잡이가 눈에 띄었다. 그래, 바로 그어버리자. 저것이 단숨에 내 명줄을 끊어줄 것이다.

"당장 내려놓으시오."

이번에도 여인은 눈보다 손이 빨랐으나 단도의 주인은 바로 그녀를 제지했다.

"당신이... 죽으려는 내 심정을 알기나 합니까..."

번개가 두 사람을 맹렬히 훑으며 지나갔다. 어두운 밤, 죽으려는 자와 말리는 자의 광기 어린 눈빛이 찰나의 섬광에 드러났다. 추적추적 비까지 쏟아지기 시작했다. 굳은 피딱지가 빗물에 번지며 환부를 들쑤셨으나 여인은 아픔을 느낄 새도 없었다.

"홍자 년 잡아라..."

일본 경찰들이 턱 끝까지 추격해 오고 있었다. 여인의 동공이 오갈 데 없이 흔들리자 사내는 그 틈을 타 단도를 바닥으로 내리쳤다. 그리고는 주머니에서 무언가 꺼내 여인의 오른손에 강제로 쥐여주었다.

"조선으로 가서 모든 걸 잊고 새롭게 시작하는 거요."

어떻게 사내의 손을 잡고 관부연락선까지 뛰었는지에 대한 기억은 선명하지 않다. 그러나 그가 마지막으로 했던 말만은 뇌리에 고스란히 남았다. 모든 걸 잊고... 새롭게 시작하면 된다고.

차가운 감각에 눈을 떴다. 식은땀인지 눈물인지 모를 것에 홍설은 정신이 들었다. 아이가 죽은 것도, 죽은 곳이 움막인 것도 꿈과 현실은 별반 다르지 않았다. 홍자의 삶에서 멀어졌다고 생각했는데, 홍설의 삶은 새로울 거라 생각했는데 달라진 건 없었다. 여전히 아이를 잃은 비참한 어미는 거리에 넘쳐났다. 이제는 일본인이 아닌 조선인의 칼에 목숨을 잃어가고 있었다.

홍설은 인기척을 느끼곤 신경을 곤두세웠다. 움막 밖에서 낯익은 음성이 들려왔다. 이따금 칼날끼리 부딪치는 소리가 쨍하게 울렸다.

—네놈을 의심하지 않았던 나를 옥에서 저주했다.

—아니, 진정하고 잠시 내 이야길 들어보게.

홍설은 보지 않아도 두 사람이 누군지 알 것 같았다.

—변절자의 변명 따윈 듣지 않겠네.

—이보게. 요한.

—한때는 동지라고 그래도 널 동정했었지.

—나도 그러니까 처음부터 이런 건 아니었네. 내막을 다 설명하겠으니 들어보게.

—변명은 기차에서 만났던 날 할 수 있었다. 허나 넌 갱생할 기회를 놓쳤지.

칼 한 자루가 요란하게 바닥으로 뒹굴었다.

—죽은 동지들의 이름으로 널 처단한다.

요한의 묵직한 기합 소리에 이어 외마디 비명이 들렸다.

움막 안으로 들어온 요한의 검정 양복이 핏빛으로 번들거렸다. 칼에서 핏물이 떨어지자 홍설은 저도 모르게 뒤로 물러섰다. 요한은 칼을 세워놓곤 자신의 피 묻은 손을 바지에 문질렀다. 그리곤 죽은 개똥이 앞으로 가 무릎을 꿇었다.

'조금만 빨리 왔더라면 변고를 막을 수 있었을 텐데… 네 녀석

덕에 아버지도 되어보고 가족도 꾸려봤었지...'

요한은 슬픔을 애써 누르며 입을 열었다.

"우리, 개똥이가 마지막 가는 길 편히 갈 수 있도록 집을 만들어줍시다..."

요한은 손으로 흙을 파기 시작했다. 홍설도 말없이 도왔다. 어둠 속에서 무덤은 점차 형태를 갖추어나갔다. 요한은 마지막으로 홍설이 가져온 고무신을 무덤 위에 올렸다. 슬퍼하던 홍설의 눈빛이 돌연 흔들렸다.

"왼손...잡이십니까?"

요한이 멋쩍은 듯 머리를 긁적였다.

"뭐 가끔 왼손을 쓰기도 하오."

홍설이 말을 잇지 못하자 요한은 서둘러 덧붙였다.

"왼손잡이 처음 보시오? 차고 널린 게..."

"과거에... 동경에 머무른 적이 있는지요."

"그건 왜 물으시오?"

요한은 침착하려 애썼다.

"어째서인지... 요한 씨가 낯설지 않습니다."

이실직고할 순간이 온 것인가. 그러나 요한은 입이 떼어지지 않았다.

"요한 씨가 제 도벽을 눈감아주고 있는 것 같아서... 혹시 나란 존재를 알고 있는 게 아닐까, 그런 생각을 한 적이 있습니다."

"전혀. 난 기차에서 홍설 씨를 처음 보았소."

"저번에 동경이란 단어가 나오자 멈칫하셨지요. 그때부터 줄곤... 마음에 걸렸습니다."

오랜 침묵이 두 사람을 갈랐다. 결국 요한은 결심한 듯 입을 열었다.

"우린... 동경에서 두 번이나 마주쳤었지."

"네...?"

"처음엔 당신이 일본인인 줄 알았소."

홍설의 낯빛이 창백하게 질렸다.

"헌데... 왜 이제껏 숨기신 겁니까?"

"홍자와 홍설의 간극을 내 굳이 벌릴 필요가 없다고 생각했으니까."

"당신이 그 이름을 어찌..."

"현해탄에서 우린 다시 마주쳤지."

"당신이... 절 구하고서 바다에 빠진 그분이란 말입니까?"

홍설의 갈라진 음성에 물기가 섞였다.

"당시 난 죽음과 삶의 경계가 없었소. 동지들은 모두 끌려가고 나만이 탈출에 성공했기에 죄책감으로 괴로워했지. 동지였던 박가가 밀고자일 줄이야 상상도 못 했고."

홍설은 요한이 박가를 증오하면서도 한편으론 친근하게 대했던 이유를 비로소 알 것 같았다.

"결국 난 죽기로 결심했소. 바로 그때 당신을 만난 거요. 그렇게 홍설 씨를 구한 뒤 바다에 빠지고 나니 이런 모순도 없단 생각이 들더군. 한 생명을 살린 사람이 자신의 생명을 끝낸다? 이 얼마나 역설적이요."

"저는 당신이 죽은 줄 알고..."

홍설은 말을 잇지 못한 채 요한의 품에 와락 안겼다. 갑작스런 상황에 요한이 당황할 틈도 없이 홍설은 입을 열었다.

"제게 마지막으로 건넸던 말 기억하십니까? 모든 걸 잊고 새롭게 시작하라고... 그 말이 아니었더라면 지금의 저는 없었을 겁니다..."

요한은 코끝이 찡해졌다. 어떤 인생을 살았기에 나같이 못나빠진 사내에게 고맙단 인사를 하며 흐느끼는 것인가. 브라운 여사가 말한, 깊이를 가늠할 수 없는 사연은 대저 무엇인가. 요한은 착잡한 마음을 가눌 수가 없었다.

"감사 인사는 내가 해야 하오. 홍설 씨를 만나지 못했더라면 그날부로 물고기 밥이 되었을 테니."

두 사람은 포개어졌던 몸을 떼어내고서 서로를 바라보았다. 요한은 시모노세키항에서 그랬듯 손을 내밀었다. 관부연락선을 향해 뛰어가자고 내밀었던 왼손. 홍설은 오른손을 내밀어 화답했다.

"어디 멀리 떠나는 길이었소?"

그는 홍설의 짐 가방을 눈으로 가리켰다.

"네. 허나 이젠 떠나지 않을 겁니다."

"어째서?"

"은인의 뜻에 따라 살 거라고 제가 말했던 것 기억하십니까."

"나와 함께 한다면 에덴동산 밖으로 추방될 것이오."

"아담과 하와는 함께 쫓겨났습니다."

“허나 나로 인해 당신이 쫓겨나는 것을 원치 않소.”

“이것은 제 의집니다.”

“나는... 홍설 씨가 가시밭길을 걷길 바라지 않소.”

그러나 홍설은 물러서지 않았다.

“요한 씨 덕에 저는 분에 넘치는 인생을 살고 있습니다. 언제 죽어도 여한이 없는 삶이지요. 하여 앞으로 남은 생은 요한 씨를 도우며 살고 싶은 겁니다. 또한 이번에 개똥이의 죽음으로 깨달은 게 있습니다. 잃어버린 나라를 찾지 못하면 일본은 조선인의 생사여탈권을 쥐고서 언제까지나 무력을 휘두를 것이란 걸요. 우리 대에서 해결하지 않으면 앞으로 변절자까지 늘어나 고통은 배가 될 겁니다.”

요한은 두 손 두 발 다 들었단 듯 고개를 내저었다.

“하와가 내민 선악과를 아담이 왜 거부하지 못했는지 알 것 같군.”

홍설의 낯빛이 그때서야 밝아졌다.

“하지만 이 길은 위험천만하오. 삼대가 무너질 정도니까.”

“그렇다면 다행이군요. 무너질 삼대가 없거든요.”

말은 그리했지만 홍설은 밀려오는 두려움을 삼켰다. 그리고 아무렇지 않게 웃어 보였다.

두 사람의 머리 위로 굵다란 장대비가 툭, 떨어졌다. 얼키설키한 움막 틈으로 빗물이 새어들기 시작했다. 빗소리는 점점 거세졌다. 마주 본 얼굴에 빗물이 번져나갔다. 누가 먼저랄 것도 없이 서로에게 한 보 가까이 다가갔다. 지난날의 절망과 아픔이 두 남녀를 타고 씻겨 내려갔다. 숨소리도 가까워질 만큼 얼굴이 가닿았다.

"아무리 과거를 덮어주고 싶다 해도 어떻게 이때까지 모른 척할 수 있습니까?"

"새로운 인생을 살겠다고 다짐해놓고 어떻게 이때까지 손버릇을 안 고칠 수가 있소?"

홍설은 웃음이 튀어나왔다. 이내 두 사람은 같은 표정으로 웃음을 터뜨렸다. 웃음소리에 놀란 움막이 형태를 잃고서 흐물거렸다. 깜깜한 어둠 속에서 여름 장마가 끝 간 데 없이 쏟아졌다.

태초의 그곳에 사랑이 있었다.

장마가 지나간 자리

순백의 양복 차림을 한 사내가 시모노세키항으로 들어섰다. 손에는 경성에서 온 전보가 들려 있었다. 그는 사흘 전부터 이곳에서 목을 빼고 홍설을 기다렸다. 관부연락선에서 내리는 이들을 하나하나 살펴보는 것이 하루 일과였다. 그러나 오늘도 역시 허탕이었다.

처음엔 거품을 내며 부서지는 파도의 포말만 보아도 마음이 출렁거렸으나 이제는 아무런 동요도 일지 않았다. 배가 출항한 뒤에도 좀처럼 자리를 뜨지 못한 그는 해 질 녘이 되어서야 걸음을 옮겼다. 이대로 하숙집으로 돌아가기가 아쉬워 이리저리 발길 닿는 대로 걸었다.

막다른 길로 접어들자 자신이 머무는 동네와는 전혀 다른 풍경이 펼쳐졌다. 어디선가 둔탁한 파열음이 일정하게 들려왔다. 소리의 진원지를 쫓아가니 석수장이가 바위를 쪼개고 있었다. 뒷모습에서조차 얼마나 혼신을 다하고 있는지가 느껴질 정도였다. 누추해 보이는 집 마당엔 온갖 모양의 바위들이 널려 있었다. 석수장이는 정확한 타격점을 알고 있었다. 자기 몸집만 한 바위도 정을 대고 힘주어 탁탁 내리치면 반으로 갈라졌다. 바위가 쪼개지는 동안 돌 파편이 사방으로 튀었지만 고개를 돌리는 법이 없었다.

"손재주가 참으로 좋으십니다."

미스터 리는 잠시 쉬어갈 겸 바위에 걸터앉았다.

"어릴 적부터 돌로 하는 놀이를 즐겨 했던 탓이지."

석수장이는 그를 쳐다보지도 않은 채 같은 일본말로 응수했다.

"일본도 땅따먹기나 과녁 맞추기 같은 것들을 하는가 보군요."

그 말에 석수장이가 미스터 리를 향해 고개를 들었다.

"조선인이오?"

미스터 리는 아차 싶었으나 이내 웃어 보였다. 두 사람은 그때부터 조선말로 대화를 나누었다.

"감시를 피하여 숨어들다 보니 일본까지 오게 됐소. 역설적이게도 이곳이 조선보다 안전하거든."

석수장이의 팔다리는 성한 곳 하나 없이 상처투성이였다. 얼핏 드러난 허리께에는 상흔이 길쭉하게 패어 있었다.

"이 모든 게 돌 때문이오."

석수장이는 잠시 정에서 손을 놓았다.

"을사늑약 이후 원태우란 사내가 이토를 처단하겠다는 각오로 돌 던지기 연습을 했소. 별것 아닌 것처럼 보여도 자기 무게보다 더 나가는 돌을 목표점에 정확히 던지기란 실로 어려운 일이지. 때마침 이토가 안양 정거장을 지난다는 정보를 접하곤 자신의 동네에서 거사를 행하기로 결심하였소."

"그래서... 성공하였습니까?"

미스터 리는 곧 자신의 부박함을 탓했다. 이토를 죽인 자는 안중근 의사 아닌가.

"안양 철로는 서리재 고개 가운데를 파서 만들어놓았기 때문에 조금만 올라가면 기차가 지나가는 것을 볼 수 있다오. 비탈진 고개에서 기차를 기다리던 그는 힘껏 돌을 던졌지. 육중한 바윗덩이는 정확히 과녁에 명중했고 차창 유리 파편이 박힌 이토는 그 자리에서 뇌진탕으로 쓰러져버렸소."

"그래서요?"

사실 여부를 떠나 흥미진진해진 미스터 리는 그를 향해 몸을 바짝 기울였다.

"허나 동승했던 주치의가 이토를 살려냈지. 4년 뒤 안중근 의사께서 거사를 결심한 배경에는 원태우란 자의 영향이 조금은 있었다고 봐야 하지 않겠소."

"소인, 눈이 어두워 원태우 지사님을 몰라뵀습니다."

바위에서 내려온 미스터 리는 예를 갖춰 절을 올렸다.

"역사는 실패한 자를 기억해주지 않으니까."

원태우가 웃으며 그의 어깨를 두드렸다.

"이재명 열사도 처음엔 이토를 표적으로 삼았다더군. 헌데 안중근 의사가 성공했기 때문에 이완용으로 바꾼 거라 들었소."

순간 미스터 리의 눈동자가 둘 곳을 잃고 흔들렸다.

"왜... 그러시오?"

원 지사가 걱정스런 눈빛으로 다가오자 그는 뒤로 벌러덩 나

자빠지기까지 했다.

미스터 리는 전속력을 다해 줄행랑을 치기 시작했다. 호흡이 가빠지고 심장이 조여오는 고통이 밀려왔지만 멈출 수 없었다.

전차에 올라탄 그는 가쁜 숨을 몰아쉬었다. 고개를 드니 원 지사가 옆에서 자신을 쏘아보고 있었다. 그 옆에도, 또 그 옆에도 수십 명의 원 지사가 자신을 노려보았다. 천하의 매국노. 더러운 피. 욕설과 함께 돌팔매질이 날아왔다. 미스터 리는 가슴을 움켜쥐었다. 숨이 쉬어지지 않았다. 전차에서 굴러 떨어진 그는 동경 거리 한복판에서 있는 힘껏 비명을 내질렀다. 그러나 억겁의 원죄는 조금도 밖으로 새어 나오지 않았다.

*

정관헌의 축음기를 매만지던 황제는 저만치서 걸어오는 홍설을 발견하곤 헛것을 보기라도 한 것마냥 눈을 비볐다. 다시는 오지 않을 것처럼 단호히 돌아섰던 게 엊그제 같건만 그녀의 걸음걸이는 전과 달리 당차고도 긴해 보였다. 돌계단 아래 있던 민영달이 입을 열었다.

“긍정적으로 보셔도 좋을 듯합니다. 폐하.”

“무엇이 저 여급의 마음을 움직였을꼬?”

“오늘 한번 지켜보시지요.”

무성한 초록 잎사귀를 헤치고 홍설이 다가오자 황제는 고무된 표정으로 그녀를 맞이했다.

"그간 옥체 보전하셨습니까."

"향이 좋구나."

"늦게 찾아뵈어 죄송합니다."

"허나 이렇게 와주었지 않느냐."

"이 자리에 다시 오기까지 무수히 고민하였습니다. 하여, 이제부터 하나 마나 한 이야기는 하지 않으려 합니다. 부디 제 말에 노여워 마시고 충성심을 헤아려주십시오."

황제가 가까이에서 본 홍설의 낯빛은 이전과 확연히 달라 보였다. 형형하면서도 날이 서 있었다. 황제는 어찌 되었건 간에 하늘이 자신을 돕고 있다고 생각했다. 그는 홍설이 가배를 내리는 모습을 지켜보며 무슨 말로 첫 운을 띄울지 고민했다.

"권력의 정점에 서게 되면 어떤 자를 탄압하게 되는 줄 아느냐?"

"그릇된 목소리를 내는 자들 아닙니까."

고종은 고개를 저었다.

"내 권력을 약하게 만드는 자들을 정적으로 규정하여 처단하게 된다. 그런 권력의 생리를 짐 역시 피하지 못했지. 왕권이 줄어드는 것을 감내하면서까지 그들과 손을 잡을 용기가 없었으니까. 백정마저 자신의 목소리를 당당히 내던 만민공동회는 짐에겐 두려움 그 자체였어."

"동학민을 진압했던 이유도 같은 이치겠군요."

"무엄하도다."

민영달 대신의 호통이 날아오자 고종은 손을 들어 제지했다. 황제는 자신의 권위에 대항하는 홍설의 모습이 기특하게 느껴졌다. 이제껏 그 누구도 자신에게 그런 말을 직접적으로 하는 자는 없었던 것이다.

"청을 끌어들이면 일본 군대도 주둔할 것임을 예상 못 한 바는 아니었다. 허나 갑신정변 때 일본이 청에게 꼬리를 내렸듯 이번에도 상대가 되지 않을 거라 생각한 것이 패착이었지. 일본이 십 년 동안 그토록 무섭게 성장하리라곤 깨닫지 못한 게 짐의 과오였다."

"아직도 무엇이 과오인지 폐하께선 모르고 계시는 것 같습니다. 일본의 성장을 알아차리지 못한 것이 과오가 아니라 동학군이 아닌 일본군을 지지한 것을 과오라 하셔야 하는 것 아닙니까?"

황제는 그에 대해 할 말이 있다는 듯 가배 잔을 내려놓았다.

"먹물을 휘갈겨대는 독립협회보다 낫과 곡괭이 든 동학란이야말로 왕권에 더욱 치명적이었어. 그랬기에 외세의 힘을 빌려 동학란을 진압했던 것이다. 왕에게 권력이란 목숨과도 같은 것. 권력이 내쳐진다는 것은 목이 내쳐진다는 것 아니더냐. 실로 짐은 죽음이 두려웠다. 프랑스혁명 때 왕이 단두대에서 목이 잘렸던 것처럼 짐도 동학민들에 의해 참수당하게 될까 봐 잠을 이룰 수 없었다... 허나 그때 간과하고 있던 사실이 있었으니 바로 나라를 잃으면 권력도 소용없단 것이었지..."

황제의 낯빛에 분노와 자책이 한꺼번에 스쳐 지나갔다.

"을사늑약이 체결되자 유생들은 짐더러 앞장서서 자결하라고 상소를 올려대더구나. 짐에게 죽음을 종용하는 저들을 이해할 수 없었다. 대체 죽는다 하여 무엇이 달라진단 말인가. 허나 망국에 이른 오늘날에서야 그 깊은 뜻을 헤아리게 되었으니... 그건 바로 살고 싶지 않은 용기를 갖추란 말이었다..."

"폐하!"

민영달 대신이 비통하게 외쳤다.

"죽음을 불사할 만큼의 결단을 내리란 뜻이었음을... 이제는 모르지 않는다."

홍설은 순간 경거망동한 자신이 부끄러워졌다. 그러나 망부석처럼 듣고만 있을 거였으면 이 자리에 나오지도 않았을 터였다.

"오늘은 다들 일찍 물러가거라. 혼자 있고 싶구나."

홀로 남은 고종은 정관헌에 우두커니 서서 상념에 잠겼다.

조선을 도탄에 빠뜨린 왕... 끝내 망국으로 몰고 간 왕... 아버지에게 휘둘리고 마누라에게 휘둘린 왕... 아무 치적도 없이 과오만 있는 왕... 황제는 자신에 대한 평가를 모르지 않았다. 그런 말을 듣는 것이 과거에는 자신의 살을 파먹는 것처럼 괴로웠으나 이젠 그렇지 않았다. 죽기를 각오한 순간부터 그 어떤 말에도 얽매이지 않게 된 것이었다. '어떻게 사느냐'만큼 중요한 것이 바로 '어떻게 죽느냐'라면...

'살아생전 마지막 모습이 백성들에게 영원한 현재로 기억된다면, 이번 일은 반드시 목숨 걸고 해내리라.'

고희에 접어든 황제는 동터 오는 하늘을 바라보았다. 가을을 알리는 새벽의 내음은 쾌청하기 그지없었다. 황제는 이 내음을 가슴 깊이 새기려는 듯 길게 숨을 들이마셨다.

*

초가을에 들어선 나루 장터는 갓 수확한 과일과 곡식들로 달달한 냄새를 뿜어냈다. 홍설은 호떡집의 후끈한 열기를 지나 장신구를 널어놓은 거적때기 앞에서 걸음을 멈추었다. 엿장수의 가위질을 구경 중이던 방물장수는 손님을 보지도 않은 채 입에 붙은 그 말을 뱉었다.

"장사 접을 거니 딴 데 가 사쇼."

"이렇게 장사를 하면 이문을 보십니까."

반가운 음성에 방물장수는 바로 고개를 돌렸다. 그리곤 때에 전 두루마기를 탁탁 털며 일어섰다.

"잠시 내 자리 좀 봐줄 수 있겠소?"

요한은 엿장수에게 넌지시 물었다. 늙은 엿장수는 홍설을 힐끔 보더니 대답 대신 호박엿 두 개를 쥐여주었다. 엿 하나를 입속에 넣은 요한은 남은 하나를 홍설에게 건넸다.

"찹쌀을 고아 내서 맛있다오."

"잘 먹겠습니다."

두 사람은 호박엿을 우물거리며 장터 중앙을 천천히 가로질렀다. 요한은 절로 웃음이 나왔지만 그것을 고인 침과 함께 삼켰다. 홍설은 홍설대로 붐비는 사람들 속에서 요한과 함께하는 이 여정이 설레기만 했다.

“고종은 알현하고 왔소?”

“물론이지요.”

홍설은 자신의 활약을 과장되게 늘어놓았다. 요한은 뜻밖이란 표정이었다.

“원래 그렇게 애국심이 투철했소?”

홍설은 슬며시 웃음을 지었다.

“항상 남 탓만 하며 살아왔지요. 남의 탓, 나라 탓… 허나 그러면 바뀌지 않더군요. 내 탓을 해야 부조리를 바꿀 수 있는 힘이 생긴단 걸 알게 되었습니다.”

“사람이 이렇게나 바뀌다니 탈 나는 거 아니오?”

“명의가 옆에 있는데 뭐가 문젭니까.”

홍설은 요한의 곁에 붙어서 팔짱을 슬쩍 꼈다. 엉겁결에 옆구리가 밀착된 요한은 눈동자가 커다래졌다. 그가 비어져 나오는 웃음을 참지 않자 홍설도 미소를 숨기지 않았다.

“홍설 씬 고향이 어디오?”

“잘 모르겠습니다…”

“내 괜한 질문을 했구려.”

“개의치 마십시오. 요한 씬 고향이 어딥니까.”

“난 고부 사람이요.”

“고부는 동학농민운동의 최초 발상지 아닙니까.”

“맞소. 당시 동리의 실개천은 검붉은 색을 띠고 있었지. 실개천이 흐르는 소리는 마치 억울하게 죽은 동학민들의 비명소리 같았소. 이승을 떠도는 영혼들의 한 맺힌 절규... 그 소리가 오늘날의 나를 만들었다고 생각하오. 어머니는 자식이 아버지처럼 살지 않길 바랐지만 이 혼탁한 세상은 나를 흙만 만지며 살게 내버려 두지 않더이다."

두 사람 사이에 침묵이 흘렀다.

"안중근 의사 아버지인 안태훈 선생도 민보군을 꾸렸단 사실을 아시오?"

"동학군과 맞섰다는 이야기를 들은 적이 있습니다."

"역설적이게도 그 때문에 적으로 만난 김구 선생과 인연을 맺을 수 있었소. 당시 김구, 아니 소년 김창수를 만난 안 선생은 생각이 달라졌지. 우리는 같은 배를 타야 할 동지지, 결코 총과 칼을 겨눌 대상이 아니란 것을."

"묘한 인연이로군요."

"김구 선생은 안 선생을 만나 운 좋게 목숨을 부지했지만 대부분의 동학군들은 처절하게 짓밟혀 죽어나갔소. 허술한 농기구가 무기의 전부였던 그들은 일본군과 조선관군, 그리고 민보군과도 싸워야 했지."

그러고는 잠시 대화가 끊겼다. 홍설은 걸음을 멈췄다.

"실은 드릴 것이 있어 왔습니다."

홍설은 팔짱을 빼곤 주위를 둘러본 후 가방에서 조심스레 그것을 꺼냈다. 모습을 드러낸 물건은 다름 아닌 총이었다.

"주인의 품으로 돌아가야 진가를 발휘할 수 있겠단 생각에..."

“이것의 주인은... 박가 아니오?”

“박가를 처치했으니 이것의 주인이 될 자격이 있지요.”

두루마기 속으로 총을 집어넣은 요한은 한동안 말이 없었다.

“내 곁에 남기로 한 것을... 진정 후회하지 않을 자신 있소?”

“저는 살아온 인생 중 지금이 가장 행복합니다.”

요한의 입가에 미소가 진하게 걸렸다.

“한 바퀴 더 돌겠소?”

“이제 그만 방물장수의 본분에 충실하시지요.”

“나만 아쉬운가 보구려.”

“신변을 보호해드리는 겁니다.”

“당신도 몸조심하시오.”

“제 은인이... 당신이어서 진정 좋습니다.”

홍설은 그 말을 남기고는 총총 떠났다. 요한은 그녀가 떠난 뒤에도 한참 동안을 멍하게 서 있었다. 제 은인이... 당신이어서 진정 좋습니다. 그녀의 음성이 가을 하늘에 메아리 되어 실려 왔다.

아직도 자신의 옆구리와 팔에는 홍설에게 닿았던 감촉이 생생히 남아 있었다. 단풍을 실은 바람이 심술궂게 불어왔지만 그녀의 온기와 체취는 고스란히 머물러 있었다.

“팔과 옆구리만 물에 안 닿게 씻을 순 없을까?”

요한의 혼잣말 사이로 엿장수의 가위질 소리가 신명나게 추임새를 넣어주고 있었다.

*

"소신, 문안 인사 드리러 왔습니다."

이완용은 황제를 향해 예를 갖추어 인사를 올렸다. 당직을 서는 대신들은 이른 아침, 침소에서 나오는 황제가 아닌 침소에 들려는 황제를 알현 후 퇴청하곤 했다. 황제가 야행성인 탓이었다.

"잠시 들라."

이완용이 정관헌의 돌계단을 오르자 가배의 잔향이 연하게 맡아졌다. 얼마 전 여급이 덕수궁을 출입한단 정보를 입수한 이완용은 그 길로 총독부에 달려가 고해바쳤다. 즉시 조치를 취할 줄 알았던 하세가와는 외려 그에게 눈 감고 못 본 척할 것을 종용했다. 그런 취미라도 있어야 딴생각을 품지 않는다는 총독의 말은 일리가 있어 보였으나 이완용은 그 음료가 가배라는 것이 왠지 께름칙했다.

고종은 결코 왕이 될 수 없는 씨였다. 억센 운발로 열두 살에 왕이 되었지만 스무 살이 지나도록 흥선대원군의 섭정이 계속된 탓에 정계에서 밀려나 있었다. 흥선대원군은 고르고 골라 배경 없는 민자영을 중전으로 택했지만 그것은 장고 끝에 둔 악수였다. 민씨가 끼어들면서 부자간에 치열한 기싸움이 벌어졌고 그 결과 대원군은 실각하고 민씨 천하가 도래했다. 그러나 그 존재감으로 인해 결국 일본의 손에 시해당하고 말았다.

그 이후 국권침탈이 가속화되면서 현재에 이르기까지 이완용이 고종과 함께해 온 세월은 사십여 년에 이르렀다. 조정에서 온갖 풍파를 겪는 동안 황제에게 미운 정 고운 정이 다 들어버린 그는 비록 대척점에 서 있을지언정 끈끈한 동지애 같은 것을 느끼고 있었다. 황제 역시 같은 마음일 것이었다.

"영친왕 결혼식은 차질 없이 준비되어 가고 있는가."

"길한 날로 고르고 있는 중이오니 조금만 기다려주십시오."

일본과 조선이 융화되었음을 프랑스에서 자연스럽게 연출해 보일 것. 고종이 자신에게 그 역할을 맡겼을 때 그는 책임감과 동시에 또 한 번 동지애를 느꼈다. 역시 믿고 맡길 이는 자신뿐인 것이다. 실제로 그가 맡은 임무는 막중한 것이었다. 먼 여정 길에 가려야 할 음식이며, 각국의 재상들에게 바칠 선물이며 신경 쓸 게 한두 가지가 아니었다. 그러나 정작 이완용의 어깨가 무거운 이유는 따로 있었다.

"폐하, 내년에 있을 파리강화회의에 보낼 비준은..."

그 말에 고종의 웃음기가 단박에 사라졌다.

"팔이 잘리는 한이 있어도 그것만은 절대로 동의할 수 없다지 않았느냐. 황태자 부부를 파리에 보내는 것만으로도 그 뜻을 충분히 전했다고 생각하는바, 더 이상 언급 말라."

황제의 음성이 노기를 띠었다. 경험에 비춰 보았을 때 한 발짝 물러설 차례였다. 이완용은 문득 총독부와 황제, 양쪽 눈치를 모두 봐야 하는 자신의 처지에 염증을 느꼈다.

이완용은 떫은 표정으로 인력거에 올랐다. 조선민족은 독립을 원하지 않는다는 문서에 옥쇄 찍는 일을 왜 이리도 거부한단 말인가. 마지막 자존심이라도 세우려는 것인가. 허나 언제까지 현실을 부정하려는가. 황제의 고집을 모르는 바 아니었지만 이번엔 좀 오래간다 싶었다.

“아니, 저 흉물은 무엇이냐.”

옥인정에 도착한 이완용은 집 앞에 세워진 커다란 고철덩어리를 의뭉스러운 눈길로 훑어 내렸다. 바퀴가 네 개 달린 저것이 떡하니 버티고 있다는 말은… 이완용은 왼쪽 폐에 통증이 이는 것을 느끼며 솟을대문을 쾅쾅 쳤다. 곧 문이 열리며 훈길이 그를 맞이했다.

“도련님께서… 도, 돌아오셨습니다.”

훈길의 뒤에 서 있는 손자의 얼굴을 본 이완용은 통증이 온몸에 화악 퍼져 말조차 나오지 않았다.

“그러잖아도 조부를 기다리고 있었습니다.”

“대체… 왜 돌아온 것이냐…”

감정을 이기지 못한 이완용의 목소리가 떨려 나왔다. 탄생부터 기쁨과 행복 그 자체였던 손자는 언제부터인가 골칫덩이가 되어 자신의 속을 후벼 파고 있었다.

“긴말 않겠다. 다시 동경으로 떠나거라.”

“가지 않겠습니다. 아니, 갈 수 없습니다.”

맹랑한 손자의 말에 그는 잠시 할 말을 잃었다.

“대저 네가 원하는 삶이 무엇이냐.”

“그건… 아직 잘 모르겠습니다.”

이완용은 혀를 끌끌 찼다.

“네 애비 애미가 하늘에서 이 꼴을 내려다본다면 얼마나 상심하겠느냐. 화마에서 너를 구한 내가 죄인이다…"

순간 화마라는 단어가 미스터 리의 가슴에 화살처럼 날아와 박혔다.

"그러게 그때 왜 절 구하셨습니까? 불 속에 타 죽어버리게 그냥 두었으면 제가 이 따위 이 꼴로 살지 않아도 되었을 것 아닙니까."

이완용은 자신의 귀를 의심했다. 이제껏 단 한 번도 대거리를 한 적이 없었던 손자가 쌍심지를 켜며 달려들고 있었다. 그의 입에서 불호령이 떨어지기도 전에 각혈이 먼저 튀어 올랐다. 마주 선 미스터 리의 의복이 순식간에 피로 번졌다.

"대감마님!"

훈길이 달려와 이완용을 부축했다. 여종이 물수건을 가지러 가는 등 일꾼들이 일사분란하게 움직였다. 미스터 리는 그런 그들을 보며 이루 말할 수 없는 무력감을 느꼈다. 그는 밖으로 나와 자동차에 몸을 실었다. 그러나 어디로 가야 할지 알 수 없었다. 불길에 데인 것처럼 온몸이 열패감으로 달아올랐다.

그날의 방화는 모든 것을 앗아 갔다. 불씨는 아궁이나 장작 더미에서 시작된 게 아니었다. 조부에 대한 백성들의 증오와 울분이 순식간에 옥인정 19번지를 삼켜버린 것이었다. 그러나 정작 당사자는 집을 비운 상태였다. 그의 처와 피붙이, 그리고 사위, 며느리, 손자, 손녀들까지 모두가 뜨거운 불길 속에서 신음하며 타들어갔다. 소식을 듣고 뒤늦게 달려온 이완용은 가산을 태우고 있는 거대한 화마 속으로 들어갔다. 갓난이의 울음소리가 그를 끌어당겼다. 불붙은 나무 기둥 하나가 무너지며 그의 앞으로 불길이 와락 치솟았다. 바짓자락에 불이 붙었지만 이완용은 계속 전진했다. 화염 구덩이를 헤치고 나왔을 때 그의 품에는 팔뚝보다 작은 손자가 안겨 있었다. 정신을 잃은 손자를 내려다보는 이완용의 눈에서 검은 눈물이 흘러내렸다.

그리고 지금 미스터 리의 눈에서 조부의 각혈보다 더 검붉은 눈물이 흘러내리고 있었다.

*

"아이고 성님."

경성 브라운 문을 밀려던 와타루는 낯익은 음성에 뒤를 돌아보았다. 신철이 싱글벙글한 낯을 한 채 서 있었다.

"여기서 다 만나는구먼요. 흐흐. 성님과 함께라면 술이 아닌 가배도 나쁘지 않을 것 같습니다."

신철은 와타루가 저지할 틈도 없이 가게 문을 활짝 밀어젖혔다.

"자네, 가배를 마셔본 적이 있는가?"

"까짓것 오늘부터 마셔보지요."

홍설은 바에 착석한 두 손님에게 가벼이 목례를 했다. 그러면서 와타루 옆의 사내를 슬쩍 훑었다. 장칼을 지닌 것으로 보아 같은 업에 몸담고 있음을 짐작할 수 있었다.

"참으로 인연이란 건 알다가도 모르는 거 아니겠습니까? 신문에서만 보던 일로 전쟁의 영웅을 제가 뫼시게 될 줄 어디 상상이나 했겠냔 말입니다."

신철은 러일전쟁 당시 신문 일면에 와타루의 이름과 얼굴이 대문짝만 하게 실렸던 것을 기억하고 있었다. 일본 전역은 물론 조선에서 일어로 발간되는 신문을 받아 보는 이들 중 그를 모르는 이가 없을 정도로 와타루는 지면에 자주 올랐었다.

"저는 그 기사 대목을 아직도 토씨 하나 빠지지 않고 기억합니다요. 발틱 함대를 각개격파한 일로(日露) 전쟁의 영웅, 와타루! 그 기개와 용맹함에 몸을 움츠린 로서아 군인들은 포로의 몸으로..."

"그만하지."

와타루는 탐탁지 않은 표정으로 홍설을 흘끗 살폈다.

"로서아 군인들이 성님 이름만 들어도 벌벌 떨었다던데 진짭니까?"

"죄다 헛소리네."

"에이, 그렇게 빼지만 마시고 화려한 무용담 좀 들려주십시오. 전장이 눈앞에서 펼쳐지는 것처럼 실감나게 듣고 싶단 말입니다."

"과거지사 부질없네."

이번에도 들려줄 폼이 아닌지라 신철은 단념하는 수밖에 없었다. 사실 그는 와타루가 왜 군복을 벗고 조선에서 경찰을 하고 있는지가 궁금했다. 그러나 그 질문만큼은 감히 할 엄두가 나지 않았다. 와타루 경부의 역린일지도 모른다는 생각이 들어서였다.

"헌데 남촌엔 웬일인가?"

"고등계 형사가 하는 일이 뻔하지요."

"순찰을 강화하란 지시가 떨어졌나 보군."

"엊그제 북촌에서 조선인 헌병 보조원 하나가 죽었대서 이 빼이를 치고 있는 것 아닙니까. 아주 살벌하게 칼질을 당했더구먼요."

"수사 중이니 곧 범인이 드러나겠지."

"허긴 조선인 하나 죽은 게 뭐 대숩니까. 이러다 곧 덮겠지요."

홍설은 두 사람에게 가배 잔을 내밀었다. 신철은 입에 들어가기가 무섭게 그것을 퉤 뱉어냈다.

"아이고. 성님. 이걸 왜 돈 주고 마시는 거요?"

와타루는 마시는 모습으로 답을 대신했다.

"사실은 요 사이 성님에게 좀 서운했습니다."

"천하의 신철이 서운함도 느끼는군."

홍설은 순간 모골이 송연해졌다. 이자가 바로 '일본의 충직한 사냥개 1호'라는 별명을 가진 악질 형사 신철이란 말인가.

"큰 건 하나 물어준다고 할 땐 언제고 왜 여태 소식이 없는 겁니까? 거 참 기다리다가 목 부러지겠습니다."

"나는 확실한 정보만 취급하지 않는가. 대어를 낚기 위해선 지루함도 인내할 줄 알아야 하는 법. 조금만 더 진득히 기다려보게."

"그럼 성님만 믿고 있겠습니다. 참, 그리고 여급 자네."

홍설은 도둑질하다 들킨 사람마냥 화들짝 놀랐다.

"이태왕에게 가배를 올리러 다닌단 소문이 사실인가?"

홍설은 거리에 목이 효시된 죄인마냥 고개를 조아렸다.

"일제 치하가 된 지가 언젠데 아직도 자신을 짐이라 칭한다니. 성님, 참말로 웃기지 않습니까?"

"이태왕처럼 겉과 속이 다른 인물도 없지. 앞에선 사람 좋은 웃음을 지어놓곤 뒤에선 몰래 특사를 파견하질 않나. 그렇게 화를 자초하였으니 결국 강제 퇴위당한 것이겠지."

"헌데 안중근이 이토 통감을 죽이는 바람에 일한합방이 당겨졌단 말이 사실입니까?"

와타루는 잠시 말이 없었다.

"이토를 죽인 게 강경파 자객이 아닌 일개 조선인이란 것이 밝혀졌을 때 일본 정부는 아연실색했다네. 그 정도로 이토는 조선에 대해 온건파였어. 그런 그의 죽음은 쓰러져가는 조선에 결정타를 날렸지. 목숨 내놓고 살인을 저지르는 조선인들을 보면 그저 안타까울 따름이야. 대일본 제국의 보호 아래 살아가면 될 것을…"

"헌데 성님, 이 시점에서 이런 말 하기 걸쩍지근합니다만 가배는 영 체질에 안 맞습니다요. 딴 데 가서 탁주나 한잔하는 게 어떻겠습니까."

와타루는 미련 없이 셈을 치르고 일어섰다. 홍설은 그가 왠지 자신을 의식하고 있다는 생각이 들었다.

"오늘은 피곤하여 한잔하기 어려울 듯하네. 다음에 기막힌 정보를 안줏거리로 물어올 테니 그때 마시도록 하세."

와타루는 밖으로 나오자 바로 말을 바꾸었다. 바짓가랑이라도 붙잡을 것 같던 신철은 이내 고개를 순순히 끄덕거렸다. 어차피 낚을 정보도 없으니 술자리는 무의미하다고 여긴 듯했다.

"허면 다음번엔 선술집에서 따끈한 정보 기대하겠습니다. 성님, 살펴 가십시오."

신철을 돌려보낸 와타루는 뒷골목으로 향했다. 먹은 것을 게워내려는데 저 멀리 금발 머리에 푸른 눈동자를 가진 여인이 건물 모퉁이를 돌아 나오고 있었다. 와타루는 구토를 참고서 브라운 여사가 오길 기다렸다. 그녀가 곁을 스치려는 찰나 조용히 입을 열었다.

"가배 맛이 변했더이다."

"이런, 바로 시정하도록 하지요."

일본인 경부가 대뜸 말을 걸어 왔지만 브라운 여사는 당황하지 않고 웃음으로 응수했다.

"더 좋아졌단 뜻이오."

브라운 여사의 벽안이 갈피를 잡을 수 없단 듯 와타루를 다시 보았다.

"이태왕도 칭찬일색이니 참으로 대단한 여급을 두셨소이다."

브라운 여사는 뒤통수를 맞은 느낌이었다.

홍설이 왜 동경행을 관두었는지에 대해선 애초부터 물어보지 않았었다. 시작부터 급조되지 않았던가. 그곳에 가기 싫은 이유는 차고 넘칠 것이었다. 어찌되었든 그 이후로 무탈한 날들의 연속이었기에 브라운 여사는 그 사건을 아주 잊어버렸다. 이따금 홍설이 근심 어린 표정을 지을 때면 개똥이가 보고 싶어서 그런 것이려니 했다. 개똥이의 행방을 찾아보기도 했지만 소식은 쉬이 닿지 않았다. 그러다 어느 순간 개똥이 이야기는 아예 입에 올리지 않게 되었다. 그것은 두 사람 사이에 생겨난 암묵적인 불문율이었다.

'이태왕에게 가다니, 설이는 대체 무슨 생각인 거야?'

브라운 여사는 지끈거리는 관자놀이를 꾸욱 누르며 발길을 옮겼다.

*

경성 브라운 입구에 선 요한은 모퉁이에 놓인 누룽지 그릇을 보곤 걸음을 멈추었다. 아이 하나가 비참하게 목숨을 잃었지만 세상은 아무 일도 없단 듯 바쁘게 돌아가고 있었다. 진고개를 오가는 이들 중 개똥이의 빈자리를 궁금해하는 이들이 몇이나 될 것인가.

안으로 들어선 요한은 상심에 젖은 홍설의 눈빛을 읽곤 입술을 깨물었다.

"좋은 곳으로 갔을 거요."

바에 착석한 요한은 일부러 밝은 어조로 말했다. 홍설 역시 그를 따라 밝은 모습으로 고개를 끄덕였다.

"참, 얼마 전 와타루 경부가 왔다 갔습니다. 모르긴 몰라도 러일전쟁 때 대단한 활약을 했나 보더군요."
"한때 호외에 빠지지 않고 등장했소."
"그날 신철 형사와 동행했었는데 둘 사이가 퍽이나 친근해 보였습니다."
"그 앞잡이 개자식 말이로군. 역시 초록은 동색인 게지."
"1909년 안중근 의사가 이토를 저격했기 때문에 조선의 한일병탄이 앞당겨졌다는 말도 하더군요."
요한의 눈초리가 단박에 치켜올라 갔다.
"이토가 계속 살았다 한들 무엇이 달라졌겠소? 안중근 의사가 온건파의 우두머리를 죽였다고는 하나 나는 그게 오판이었다고 생각하지 않소. 그들은 조선을 접근하는 방식에 차이가 있었을 뿐 결국 강경파나 온건파나 모두 한통속이오."
"역시 헌병이 감시할 만큼 대단한 열변가로군요."
"그건 또 어찌 알았소?"
홍설은 웃음이 새어 나왔다.
"글피에 뭐하십니까."
"글피라..."
"그날이 제 휴뭅니다. 한강에 나룻배 타러 가지 않겠습니까."
요한이 대답을 내놓기도 전에 홍설이 다시 입을 열었다.
"주전부리는 제가 준비하지요. 요한 씨는 튼튼한 팔만 준비해 오시면 됩니다."
요한은 갑자기 웃음을 터뜨렸다.
"왜 웃으십니까."

"내 말을 들을 생각은 없는 거요?"

"들은 거나 다름없으니까요."

"이다지도 일방적인 여인이..."

"싫으면 없던 일로 하지요."

"일방적인 여인을 대단히 좋아하오."

"그럼 그날 아침 가게로 오십시오."

"손님 잔이 비었는데."

불쑥 등장한 브라운 여사에 두 사람은 깜짝 놀랐다. 브라운 여사가 빈 잔에 가배를 채우려 하자 요한은 손사래를 치며 일어섰다.

"그러지 않아도 가보려던 참이었습니다."

그는 급하게 값을 치르고는 퇴장했다. 브라운 여사는 홍설이 자신과 눈을 마주치지 않기 위해 맷돌을 돌리고 있다는 사실을 알아차렸다. 저이 때문인가. 그래서 눌러앉기로 결심한 것인가.

브라운 여사는 홍설과의 첫 만남이 아직도 엊그제 일만 같았다. 꾀죄죄한 차림의 홍설은 어울리지 않게 옥가락지를 가지고 있었다. 이 값어치만큼 가배를 주세요. 누가 보아도 훔친 것이었다. 홍설은 영양실조가 의심될 만큼 앙상한 몰골이었다. 브라운 여사는 값을 받지 않는 대신 그 대가로 일을 시켰다. 그렇게 오늘날까지 인연이 이어지게 된 것이었다. 이제는 홍설의 외면도 내면도 그때와 같지 않았다.

'훌쩍 커버린 네게 피붙이도 아닌 나의 충고가 무슨 소용이 있겠니. 다만... 나는 네가 염려되는구나...'

할 말을 잔뜩 준비해 왔던 브라운 여사는 아무 말 없이 뒤돌아섰다.

*

하사정 뜰을 거닐던 명화는 별채의 문틈 사이로 전보가 껴 있는 것을 보고는 주위를 두리번거렸다. 그러나 아무도 보이지 않았다. 명화는 놀란 가슴을 진정시키며 그것을 집었다. 별채 문을 닫고서 잠금 고리까지 끼운 후에야 전보를 펼쳤다. 발신인에 우당이란 호가 쓰여 있었다. 몇 자 적혀 있지 않은 전보였지만 우당 이회영 선생은 명화의 안부를 따뜻하게 묻고 있었다.

명화는 상기된 낯빛이 되어 하사정을 나왔다. 금방이라도 선생이 모습을 드러낼 것만 같았다. 그러나 제 갈 길을 가는 행인들 중 그리운 얼굴은 보이지 않았다.

"우당 선생께서 아무도 모르게 전해주라 하셨습니다."

등 뒤에서 낯익은 음성이 게다짝과 함께 들려왔다. 순간 명화는 자신의 귀를 의심했다.

"자네가... 이회영 선생을 아는가?"

"오늘에서야 말씀드리는 점 유감스럽게 생각합니다. 저는 민대신의 명을 받아 인력거꾼이 된 허씨입니다."

차분하게 말을 이어나가는 허씨는 마치 다른 사람 같았다. 예예, 거리며 하회탈처럼 가볍게 웃던 얼굴은 조금도 찾아볼 수 없었다.

"허면 대체 언제부터..."

"우당 선생께선 덕수궁의 안과 밖을 이어줄 적임자로, 궁녀 출신이자 냉면이란 명분이 받쳐주는 명화 아씨가 제격이라고 생각하셨습니다. 그때부터 제가 아씨를 살폈지요."

명화는 놀란 나머지 그대로 굳어버렸다. 민 대신의 치밀함보다도 이회영 선생이 자신을 천거했단 사실 때문이었다.

'황제 옆에서 수라상을 차리던 과거 나의 모습에서 뭔가 믿음직한 구석이라도 발견했던 것일까. 이 못난 계집이 당신의 제안을 일언지하에 거절했단 말을 듣고선 어떤 표정을 지으셨을지...'

명화는 이회영 선생이 앞에 있기라도 한 듯 얼굴이 홧홧해졌다.

"헌데 민 대신께선 명화 아씨가 아닌 홍설 아씨를 애초부터 눈여겨보고 있었습니다. 황제와 접촉할 만한 명분을 가지고 있으면서도 총독부의 의심을 사지 않을 만큼 평면적인 인물... 친일 경력이 없지만 독립운동 이력 역시 없는 인물... 궁녀가 아닌 여급이긴 하지만 가배와 황제의 궁합이 괜찮다고 판단하셨던 게지요."

명화는 머리가 복잡해져 아무 말도 나오지 않았다.

"홍설 아씨의 과거를 알 수 없다는 점이 마음에 걸리긴 했으나 쭉 지켜본바 무탈하게 느껴졌습니다. 진취적인 성향도 한몫했지요."

"정확히 보셨군요. 홍설 씨와 저는... 기질부터가 다릅니다."

"두 사람이 머리를 맞댄다면 서로의 단점을 보완해줄 수 있을 겁니다."

그러나 명화는 말이 없었다.

"아씨는 자신이 비겁하다고 생각하십니까?"

명화는 대답을 내놓지 못한 채 입술을 들썩였다.

"용기가 없는 것과 비겁한 것은 다릅니다."

허씨는 인력거의 휘장을 걷었다.

"타시지요."

"어디로 갑니까?"

"경성 브라운입니다. 이동하면서 이유는 설명하겠습니다."

명화가 인력거에 오르자 허씨의 게다짝이 바로 질질 끄는 소리를 냈다.

"실은 얼마 전 이회영 선생께서 비밀리에 조선에 들어와 황제 폐하를 알현하고 가셨습니다."

"그게 참말입니까?"

명화의 음성이 저도 모르게 높아졌다. 모든 가산을 정리하여 만주로 떠나신 이후 선생에 대한 그 어떤 소식도 듣지 못한 터였다. 건강은 하신지, 살아는 계신지 이제껏 깜깜무소식이었다.

"선생께선 강녕하시더이까?"

"그게... 풍토병을 앓은 것인지 낯빛이 좋지 못했습니다."

조선에서 남 부러울 것 없이 살던 선생이 어찌 이런 세월에 태어나 이역 땅에서 고생하시는 것인가. 명화는 암담함을 감출 길이 없었다.

"현재 만주에서 신흥무관학교를 증축 중이라 하시더군요."

"허면 이번에 조선에 오신 이유가..."

"맞습니다. '소낙비'를 실행할 때가 온 거지요."

명화의 낯빛이 돌덩이처럼 굳어버렸다.

"아씨도 아시다시피 과거에도 몇 번이나 폐하께서 추진하려 했습니다. 허나 일본군의 경비가 삼엄하여 물거품이 되고 말았지요. 헌데 이번에 이회영 선생께서 다녀가신 뒤 폐하께서 승산이 있다 판단하시어 다시 밀어붙이기로 결정하신 모양입니다. 드디어 '때'가 도래한 것이지요."

명화는 온몸이 감전된 듯 부르르 떨렸다. 내가 '소낙비'에 가담하게 된다고? 그녀는 고개를 저었다. 그러나 이회영 선생이 눈앞에 아른거리자 이내 치마폭에 얼굴을 묻었다.

허씨는 진고개에 다다르자 인력거의 속도를 줄였다. 그리고는 소맷부리에서 무언가를 조심스레 꺼냈다.

"이건 민 대신이 보낸 전보입니다. 여급 아씨와 함께 보라고 하셨습니다."

명화는 떨리는 손으로 그것을 받았다. 그리곤 떼어지지 않는 입을 간신히 열었다.

"혹여... 둘 중 한 사람이라도 '소낙비'에 가담하기를 거부한다면요?"

"민 대신과 이회영 선생 중 한 분은 사람 보는 눈이 없으신 거겠지요."

허씨는 빈 인력거를 끌고 유유히 사라졌다. 명화는 핏기 없는 얼굴로 걸음을 옮겼다. 골목으로 몸을 숨긴 그녀는 경성 브라운에 들어서기 전 먼저 전보를 살펴보았다. 역시나 예상했던 그 내용이 암호로 축약되어 있었다. 명화는 눈앞이 깜깜해졌다. 출구 없는 암흑세계에 갇힌 것만 같았다. 그러나 빛 한 줌 내리쬐지 않는 어둠 속에도 그 생각만은 머리를 떠나질 않았다.

'지고 싶지 않아… 이회영 선생을 위해서라도. 그이에게 부끄럽지 않기 위해서라도…'

*

다임러 리무진이 가솔린 냄새를 풍기며 경성 브라운 앞에 당도하자 손님들의 눈길이 일제히 그리로 쏠렸다. 홍설은 차에서 내리는 미스터 리를 보자 가슴이 선득해졌다. 드디어 자신을 기다리다 못해 조선으로 돌아온 것이다.

홍설은 마치 어제 만났던 사람마냥 미스터 리를 태연하게 맞았다.

그러나 그의 심사는 단단히 뒤틀려 있었다. 홍설은 바에 착석한 그의 앞으로 얼음이 가득 담긴 가배를 내밀었다.

"홍설 씨가 내게 전보를 보낸 게 여름 아니었소? 헌데 지금 바깥에 단풍 든 것 좀 보시오."

그의 말대로 통유리 너머 비친 남산은 날이 갈수록 진하게 물들고 있었다. 홍설은 이실직고해야 하는 순간이 왔음을 깨달았다.

"과거에 우리는… 같은 관부연락선을 타고 조선으로 왔었지요…"

"아니, 그게 무슨 말이오? 내 거기서도 홍설 씨를 볼 수 있을까 싶어 1등실을 몇 번이나 샅샅이 둘러봤지만 닮은 사람조차 없었소."

"미스터 리께선 3등실에 있는 걸인들을 보곤 바로 갑판으로 나가 구역질을 하시더군요."

미스터 리는 속엣것이 올라오던 그날처럼 얼굴이 사색이 되었다. 홍설은 고이 보관하고 있던 옥가락지를 내밀었다.

"이게 어찌…"

미스터 리는 충격에 휩싸여 말을 잇지 못했다. 당시 그는 지갑을 잃어버린 탓에 조선으로 돌아갈 날이 지체되고 있었다. 돈이야 있다가도 없는 것이니 개의치 않았으나 어머니의 하나뿐인 유품, 옥가락지가 지갑에 들어 있었기에 상실감이 컸었다.

"주인을 돌려주려고 지금까지 제 손에 있었나 봅니다."

홍설은 옥가락지 옆으로 돈다발을 내밀었다. 그것은 당시 미스터 리의 지갑에 들어 있던 액수와 일치했다.

"설마 동경에서… 지갑을 훔치려고 내게 접근했던 거요?"

홍설은 고개를 끄덕였다.

"꽃비를 맞으며 울고 있던 저의 모습은 연출된 가짜였습니다. 일백 번 사죄해도 모자라겠으나 부디 용서해주십시오."

"대체 왜? 왜 그런거요?"

"그게 제 생존방식이었습니다. 저는 그곳에서 걸인이었으니까요."

"그럴 리 없소!"

미스터 리는 자리를 박차고 일어섰다.

'공기 중에 떠돌던 청포향이 아직도 뇌리에 생생히 남아 있는데 그 모든 게 연출된 가짜였다니, 허면 이제껏 내가 고이 키워온 연모라는 감정은 대체 뭐가 되는가? 이 모든 걸 송두리째 부정하라고?'

미스터 리는 갑자기 털썩 앉더니 실성한 사람처럼 웃어댔다. 홍설은 그 웃음을 견디기가 어려웠다. 차라리 욕이라도 실컷 퍼부어 주었으면 했다.

"마크 트웨인을 아시오?"

"미국의 작가 아닙니까."

"그의 대표작이 『왕자와 거지』요. 왕자와 거지가 우연히 만나는데 둘은 생김새가 비슷하여 서로를 보며 깜짝 놀라지. 장난기가 발동한 왕자는 옷을 바꿔 입자는 제안을 하게 되는데 그때부터 두 사람의 인생은 엇갈리기 시작하오. 왕자는 여전히 품격 있는 말투와 행동을 하지만 거지 차림이기에 무시당하는 반면, 거지는 왕자의 복장을 하는 순간 부랑자였을 때의 행동을 유지하고 있음에도 불구하고 모두가 우대해주지."

그는 얼음이 녹은 가배를 한 모금 마시고는 말을 이었다.

"껍데기만 바뀌었을 뿐인데 그들을 대하는 사람들의 태도는 이다지도 달랐던 거요. 헌데 내가 그들과 하등 다를 바 없는 인간이었을 줄이야... 만약 누더기 차림의 홍설 씨가 그날 부당한 일을 당하고 있었더라면 내 과연 나섰을지 장담할 수 없소. 나는 그날 양갓집 규수 홍설 씨에게 끌렸던 거요. 이름이란 껍데기에 얽매이지 말자고 그렇게나 외쳐놓곤, 실은 인간의 외피에 그토록이나 끌려다니는 인간이 바로 나였다니. 허허..."

홍설은 외려 자신을 탓하는 사내 앞에서 아무 말도 할 수 없었다.

"하나만 묻겠소. 어쩌다 조선에서 여급을 하게 된 거요?"

홍설은 드리퍼를 내밀었다.

"드리퍼에서 추출된 한 잔의 가배 속에는 우주 삼라만상이 깃들어 있지요. 그것을 훔쳐야겠다고 생각했습니다. 허나 브라운 여사님의 은혜 덕에 드리퍼를 훔치지 않고도 매일 만질 수 있는 사람이 되었습니다."

"나만 기구한 사연을 가진 줄 알았더니... 그쪽도 만만치 않구려."

"모든 걸 다 가지신 미스터 리께서 사연이랄 게 있습니까."

"원치 않게 다 가졌기 때문에 기구해질 수도 있소."

"인생에 명암이 없으신 분인 줄 알았는데 의외군요."

"빛이 강할수록 그림자도 진한 법 아니겠소."

"..."

"헌데 개똥이가 보이지 않던데 어찌 된 거요?"

"북촌의 움막들이 강제 철거되었으니 일터 또한 옮겼겠지요. 저 또한 못 본 지 꽤 되었습니다."

홍설은 떨리는 음성을 감추기 위해 목에 힘을 주었다.

"어디선가 잘 살고 있길 바라야겠군."

미스터 리의 낯빛이 아쉬움으로 물들었다. 그때 종이 짤랑 울리며 명화가 들어섰다. 미스터 리는 물러날 때임을 깨닫고는 자리에서 일어섰다. 홍설은 그런 그를 향해 옥가락지와 돈다발을 내밀었다. 미스터 리는 잠시 망설이더니 그것을 받아 들었다.

"난 홍설 씨를 용서하고 말 자격도 없는 사람이오. 또한 과거는 과거일 뿐, 누가 뭐라 해도 작금의 홍설 씨는 경성에서 제일로 잘나가는 여급이오."

"살펴 가십시오."

홍설은 목이 메어 오는 것을 가까스로 참았다.

미스터 리는 자동차에 몸을 실었다. 차가 출발하자 인력거 하나가 그 뒤를 따라붙었지만 홍설은 그것을 보지 못한 채 명화를 맞이했다.

두 여인은 말도 없이 가배만 마셨다. 실로 오랜만의 만남이었다. 홍설은 명화가 찾아온 이유를 나름 짐작해보았다.

'뒤도 안 보고 인력거에서 내렸던 내가 다시 황제를 뵈러 갔으니, 궁금해서 찾아온 것일까.'

"폐하께선 무고하시던가요."

홍설은 자신의 예상이 옳았음을 확인하며 빙긋이 웃었다.

"혈색이 좋아 보이셨습니다. 허나 제가 무례하게 굴어 기분이 퍽이나 상하셨을 겁니다."

"아니오. 직언하는 홍설 씨를 외려 신뢰하게 되었을 겁니다."

"이번엔 제가 물어도 되겠습니까."

명화는 고개를 끄덕였다.

“찰스 다윈을 아십니까.”

“진화론 운운하는 자 말입니까?”

“맞습니다. 그자가 갈라파고스 제도에 있었던 시기는 고작 5주였다고 하더군요. 헌데 그 5주로 인해 평생 진화론자로 살게 되었다 합니다.”

“갑자기 그 이야긴 왜 하시는 겁니까.”

“전 요 며칠을 갈라파고스에서 보내다 온 느낌입니다.”

명화는 두 눈을 빼끔거렸다. 홍설에게 그간 무슨 일이 있었던 것일까. 황제를 다시 알현하게 된 계기가 이와 연관이 있을까. 질문은 속에서 가지를 뻗어나갔다.

“최근에 혹시 북촌에 가보셨습니까.”

명화는 홍설의 질문에 다시 정신을 가다듬었다.

“일본식 가옥이 한창 들어서고 있더군요.”

“북촌이 발전하면 어떨 것 같습니까.”

“북촌과 남촌의 하늘이 같은 조도로 밝아지면 좋은 것 아닙니까.”

“그럼 어둠은 어디에 머물러야 합니까.”

명화는 한 대 얻어맞은 느낌이었다. 이제껏 자신이 알던 홍설이 아니었다. 그녀는 민 대신의 사람 보는 눈이 예사롭지 않음을 다시금 느꼈다.

“제가 그간 홍설 씨를 오해하고 있었던 것 같습니다. 하여, 오늘 여기 온 목적을 가감 없이 털어놓아도 될 것 같군요.”

명화는 허씨가 민 대신의 수족이었단 사실부터 자신과 이회영 선생의 인연까지 자초지종을 늘어놓았다.

이야기를 들은 홍설은 민 대신의 용의주도함에 혀를 내둘렀다.

'민 대신이 나를 낙점하고 있었을 줄이야…'

명화는 소맷부리에서 둘둘 말린 전보를 꺼냈다. 홍설은 그것을 받아 바 밑에서 조심스레 펼쳐 들었다.

—덕화야. 동생이 북경에서 오십만 오리를 잡고 있다.

홍설은 그 짧은 문장을 한참 동안 붙들고 보았다.

"덕화가 누굽니까?"

"독일 은행의 이름입니다."

"은행이요?"

"이회영 선생의 친동생, 이시영 선생께서 현재 북경에 터를 잡고 계십니다. 그리하여 그곳으로 정한 듯합니다."

"대체 무슨 말인지…"

"폐하께서 다시 '소낙비'를 추진하실 모양입니다."

"'소낙비'요?"

"망명의 암호명입니다."

홍설은 순간 들고 있던 전보를 떨구었다. 그런 홍설에게 명화는 차근히 말을 이어갔다.

"제가 소주방 나인이었던 시절에도 황제께선 망명을 시도하셨습니다. 그땐 이상설 중심으로 세워진 대한광복군정부에서 추진했었지요. 당시 점찍어놓은 망명지는 블라디보스토크였습니다."

"헌데 왜... 실패했습니까."

"삼엄한 감시도 문제였지만 자금이 발목을 잡았습니다. 당시 황제께선 덕화은행에 황실의 내탕금 100만 마르크를 예치해뒀습니다. 문제는 개인계좌가 아닌지라 인출에 어려움이 있단 것이었습니다. 헌데 황제의 내탕금을 눈치챈 총독부가 인출해 가고 말았지요. 하지만 저는 이 전보를 받고서 아직 잔금이 남아 있다는 확신을 가지게 되었습니다."

"어떻게요?"

"독립을 하든 망명을 하든 자금이 있어야 뭐라도 추진할 수 있습니다. 제 추측이 맞다면 오십만 오리는 독일 화폐 50만 마르크를 뜻할 겁니다. 당시 주한독일공사 폰 잘던은 폐하의 오른팔이셨습니다. 아마 그분께서 독일 외교부에 말을 잘하여 일본 정부를 속인 게 아닌가 싶습니다."

"그러니까 일본 정부에게 100만 마르크의 절반만 예치되어 있다고 속이고, 나머지 50만 마르크는 그대로 둘 것을 독일 외교부에 부탁했다 이 말입니까?"

"역시나 머리 회전이 빠르시군요."

그러나 홍설은 명화의 칭찬이 들리지 않았다. 이 모든 말들이 도무지 믿어지지 않아서였다.

"현재 독일과 일본이 대치 상태에 있기 때문에 조선에 이런 행운이 생긴 것 같습니다. 아마 이 돈이면 북경에 행궁을 마련할 수 있음은 물론 재정적으로 곤궁함을 겪는 일도 없을 겁니다."

홍설은 명화의 말을 천천히 되새겼다. 황제가 서슴지 않고 '죽음'을 입에 올렸던 이유를 비로소 알 것 같았다.

"일단 이 전보를 본 것은 우리 둘뿐입니다. 지시가 내려올 때까지 조바심 내지 말고 추이를 지켜보도록 하지요."

홍설은 고개를 끄덕였다.

"헌데 궁금하군요. 갈라파고스의 시기에 무슨 일이 있었는지..."

홍설은 엷게 웃음을 띠었다.

"너무 많은 일이 한꺼번에 일어났습니다... 소중한 사람이 떠나갔고... 죽은 줄로만 알았던 사람과 해후하게 되었지요. 하여, 그 산 사람 곁에서 목숨이 다할 때까지 함께하기로 맹세했습니다."

"그 사람은... 어떤 사람입니까..."

명화의 음성이 떨려 나왔다.

"의로운 사람이지요."

"혹시 아까 나간 그 사내가..."

"미스터 리도 의로운 사내지요."

명화는 맥이 탁 풀렸다. 요 며칠 요한이 하사정에 발길이 뜸했던 것이 이 때문이었나. 대체 두 사람은 어떤 인연으로 맺어진 사이란 말인가.

"미스터 리는 대체 뭐하는 작자길래 집채만 한 차를 몰고 다닌답니까."

명화는 괜히 미스터 리를 힐난했다.

"너무 나쁘게만 보지 마십시오. 조선에서 교육을 받아도 얻을 수 있는 직업이 고작해야 보통학교 교사나 관청 서기, 그리고 토

지조사국 기수 따위 아닙니까. 그게 싫어서 한량을 자처하는 것뿐입니다."

"생존을 목표로 살아야 하는 이들이 대부분이거늘 호사스럽기 그지없는 삶을 누리는 모습이 좋아 보이진 않습니다."

홍설은 말없이 고개를 끄덕였다. 미스터 리를 보는 대다수의 시선이 아마 그러할 것이었다.

"앞으로 손님을 상대할 시 대화에 각별히 주의해주십시오."

명화는 당부의 말을 끝으로 일어섰다. 전에 없던 홍설의 배웅에도 그녀의 마음은 조금도 누그러지지 않았다.

*

인력거 하나가 더딘 속도로 남산의 골짜기를 향해 들어갔다. 깊숙한 곳까지 다다라서야 허씨는 게다짝을 멈추었다.

"리혜영이 돌아왔습니다."

"가장 경계해야 할 자가 돌아왔군."

인력거 안엔 변복을 한 민 대신이 앉아 있었다.

"우리의 계획을 수포로 돌아가게 할 수도 있는 유력한 용의자인 만큼 예의주시하여 지켜봐야 할 것이다."

"명심하겠습니다. 헌데..."

"말하게."

"경성 브라운의 여급을 믿어도 될는지..."

"운이 좋았네."

"네?"

"시점이 적절했어. 한번 믿어봄세."

허씨는 무슨 말인지 알 수 없었으나 고개를 조아렸다.

"무슨 일이 있더라도 기필코… 이번엔 '소낙비'를 실행해야 할 것이다."

민 대신의 단호한 음성이 남산의 바람자락을 따라 홑씨처럼 퍼져나갔다.

*

"여름이라 살얼음을 많이 띄웠습니다."

"역시 평양냉면은 명화 네가 조선 최고로구나."

최 대감은 성치 않은 이로 냉면의 가닥을 끊어내며 엄지를 치켜들었다.

"그간 어찌 지내셨습니까."

"며칠 전 이 대감이 하도 불러내어 옥인정에 놀러 갔었지. 하나밖에 없는 손자 놈이 이제는 귓등으로도 지 말을 안 듣는다고 푸념을 하는데 들어준다고 진이 다 빠졌어. 아니, 대가리가 커졌는데 말을 안 듣는 게 당연하지, 언제까지 지 말을 들을 줄 알았나? 혜영이라고, 손자 놈 나이가 아마 명화 너랑 비슷할 거다. 헌데 할애비 말에 굽실거리길 바라다니, 이 대감도 은근 고지식한 데가 있다니까."

명화는 최 대감이 이완용과 막역한 사이란 걸 알고 있었다. 예전부터 그게 마음에 걸렸지만 자신이 제지할 수도 없는 노릇이었다.

“무자식이 상팔자라며 나를 부러운 눈빛으로 쳐다보는데 거참 세상 오래 살고 볼 일이야.”

“앞으로 이 대감과는 밖에서 만나십시오. 그 집에 자객이 들끓는다는 걸 뻔히 아시면서 왜 호랑이 소굴로 들어가십니까.”

“에이, 그럼 너무 야박하지 않느냐. 나마저 옥인정에 발길을 끊으면 이 대감이 내색은 안 해도 심히 서운해할 거다.”

“그러다 개죽음이라도 당하면 어쩌시려고 그럽니까.”

그 말에 최 대감은 파안대소했다.

“여태껏 들은 중 가장 듣기 좋은 말이로구나. 지금 날 걱정해준 것이냐?”

말을 이으려던 명화는 바로 입을 다물었다.

“내 죽을 날도 얼마 남지 않았는데 언제까지 버틸 참이냐.”

명화는 고개를 저었다.

“아직 이리도 정정하신데 무슨 말씀을 그리하십니까. 또한 부인께서 살아계신 이상, 당치도 않습니다.”

부인이란 단어가 언급되자 최 대감은 김이 샌 듯 한숨을 쉬었다.

“그래, 명화 네 말이 옳다. 아직은 때가 아닌 게지. 우리 마누라가 하루 종일 누워 있긴 하지만 보통 기가 센 여인네가 아니라 그런지 명줄도 질겨...”

젊었을 적 마누라의 등쌀에 못 이겨 쩔쩔맸을 최 대감의 모습이 명화의 눈앞에 훤하게 그려졌다. 최 대감은 부인 이야기에 욕정이 사라진 것인지 상 옆으로 펼쳐진 이부자리를 힐끔 보고는 그대로 일어나 가버렸다.

*

"짧게 깎아주시오."

진고개의 이발소 안으로 까무잡잡한 얼굴의 사내가 들어섰다. 일본인 이발사는 익숙한 솜씨로 가윗날과 칼날을 말가죽에 쓱쓱 갈아냈다. 가윗날이 머리칼을 막 스치려는데 눈송이처럼 하얀 얼굴을 한 사내가 들어섰다. 이발사는 그를 요한의 옆자리로 안내했다.

"오랜만이오."

요한이 거울 속 미스터 리를 들여다보며 아는 체를 했다.

"어쩐지 오늘 오기 싫더라니."

미스터 리는 말은 그렇게 하면서도 반가운 표정이 역력했다.

"한동안 안 보이던데 어디 다녀오셨소?"

"내 취미가 방랑인지라."

"부러운 취미구려."

"형씨는 왜 이발소가 삼색등으로 표시되어 있는지 아시오?"

뜬금없는 질문에 요한은 꿀 먹은 벙어리가 되었다.

"옛날에는 서양 이발사가 외과 의사를 겸했다오. 청색은 정맥, 홍색은 동맥, 백색은 붕대를 뜻하지."

"서양 물 좀 마셨기로서니 못 하는 거짓부렁이가 없군."

거울 속 요한과 눈이 마주친 미스터 리는 웃으며 말을 이었다.

"황제께서 시범을 보이겠다며 상투를 자를 땐 온갖 욕을 다 하더니만 머릿니 없어진다는 말에 이제는 너도 나도 머릴 잘라대니 앞으로 이발소가 망하는 일은 없겠소이다."

"한 번도 이발하지 않은 이는 있어도 한 번만 이발한 이는 없다는 말도 있잖소."

"양복도 한몫했지. 서양문물에 거부감이 심했지만 시간이 흐르면서 양장이 편하다는 것을 깨닫게 되었고 옷차림에 따라 머리 매무새도 자연히 서양을 닮아가게 되었으니."

"갑오개혁 당시 머리를 자르느니 목을 자르겠다고 난리였는데. 허허."

"우리 생각보다 말이 통하는구려."

두 사내는 거울 속 상대를 바라보며 시원스레 웃었다.

"그 이후 조선에 참으로 많은 일이 일어났소. 민비가 시해당한 뒤 왕이란 작자는 러시아 공사관에 일 년이나 숨어 있었지."

웃고 있던 요한의 표정이 굳어졌지만 미스터 리는 계속 말을 이어나갔다.

"잘나신 황제께서 그 많은 궁을 제쳐두고 왜 좁디좁은 덕수궁에 계신 줄 아시오? 덕수궁에서 러시아 공사관까지 지하 땅굴을 파 놨다더이다."

"소문은 소문일 뿐이오."

요한은 이쯤에서 대화를 끊었으면 했다. 그러나 미스터 리는 그에게 질문까지 퍼부었다.

“아관파천이 누구의 각본인지 아시오?”

“친러파 대신들이잖소.”

“이완용이 주도했단 사실도 아시오?”

“친일 전엔 친러였나 보군.”

“아관파천 당시 이완용은 목숨을 걸고 황제를 피신시켰소. 헌데 보답은커녕 독립협회 회장이었던 그의 권력이 커지는 것이 두려워 내쳐버리는 만행을 저질렀지. 김홍륙 같은 천민을 총애하다 독이 든 가배를 마시고 죽을 위기를 모면한 것은 그만큼 고종이 사람 보는 눈이 없단 증거 아니겠소?”

요한의 눈꼬리가 치켜올라 갔다.

“황제를 욕보이는 말은 그만하시오.”

그러나 미스터 리는 멈추지 않았다.

“황제가 독립협회를 해체시키지 않았더라면 이완용이 친일파로 변절하는 작금의 사태도 없었을 거요.”

요한은 그 말에 코웃음을 쳤다.

“그래서 지금 이완용이 잘했다는 거요? 현재 그는 누구도 부정할 수 없는 만고의 역적이 되어버렸소. 한일합방 이후 아주 맛이 가버렸지. 대한제국민을 헌병 보조원으로 고용하여 의병을 진압하자는 주장만 봐도 그렇소. 대체 어떤 사고방식을 가져야 조선인이 조선인을 감시하는 제도를 만들 수 있단 말이오?”

“일본 헌병이 진압하면 일본인에 대한 적개심만 쌓일 뿐이니, 민심도 수습하고 일자리도 창출할 겸 조선인을 고용하자는 건데 뭐가 잘못됐소?"

"같은 민족끼리 칼을 겨누고 밀고하게 만드는 정책을 펼쳐 일자리를 창출한다? 지금 이걸 두둔하는 거요?"

"먹고사는 것보다 중한 게 어딨소?"

"자네는 작금의 시대에 불만이 없어 보이는구려."

"만민공동회 사람들을 잡아다 고문하고 죽이던 대한제국 시절이나 지금이나 다를 것도 없지."

요한은 더 이상 참지 못해 자리를 박차고 일어섰다. 둥근 솔에 감자 전분을 묻히던 이발사가 깜짝 놀라 고개를 들었다. 두 손님의 싸움에도 그저 묵묵히 이발 준비를 해오던 그는 어쩔 줄 몰라 했다.

"다음에 오겠소."

요한은 빠른 걸음으로 그곳을 빠져나왔다. 그리곤 머리를 절레절레 흔들었다.

"저리도 벽창호 같은 사내일 줄이야..."

1898년 10월 28일 일부 대신들이 참가한 가운데 관민공동회가 열렸다. 그날 입헌군주정이 튀어나왔다. 헌법으로 황권을 제한하자는 논의에 고종과 수구 세력이 즉각 행동했다. 군부대신 민병석과 탁지부대신 민영기가 자금 이천 원을 들여 독립협회 파괴를 선동했고 (1898년 12월 24일 고종 실록) 그해 12월 15일 독립협회는 폭력적으로 해산됐다. 만 3년이 못 되는 개혁의 기회는 사라졌다. 순식간에 세상은 보부상 무리와 최악의 패거리가 구성한 반개혁적 정부가 장악했다.

(1899년 1월 23일 윤치호 일기)

추풍낙엽을 따라 흘러가듯이

달조차 모습을 감출 만큼 희뿌연 밤이었다. 고종은 덕수궁 안을 홀로 몇 시간째 걷고 있었다. 녹아내린 진눈깨비 때문에 걸을 때마다 밑창이 질척였다. 겨울밤이 깊어가건만 불면증은 좀처럼 사그라질 줄을 몰랐다.

때론 이 모든 것이 실감나지 않았다. 천자의 나라로 떠받들던 청나라가 멸망하여 선통제가 자신처럼 자금성에 갇혀 있단 사실이 낭설 같게만 느껴졌다. 고종은 어린 나이에 황제에 올라 허수아비 역할에 머물러야 했던 중국의 마지막 황제에게 동병상련마저 느끼고 있었다.

조선에 올 적마다 고압적인 태도로 갖가지 요구사항을 들이밀던 위안스카이가 떠올랐다. 조선주재청국공사였던 그는 작달막한 체구에 아이 같은 눈을 가지고 있었으나 입에서 나오는 말은 영악하기 짝이 없었다. 그는 마지막까지 청나라를 지키려 했던 이홍장의 기대주였다.

신해혁명 이후 중화민국이 수립되자 대총통에 오른 위안스카이는 혁명정부 쑨원에게 내걸었던 민주화 조건을 깡그리 뒤집은 채 왕조 체제를 부활시켰다. 그의 생명줄은 자신의 권모술수를 비웃기라도 하듯 황제의 자리에 오른 지 1년도 되지 않아 끊어졌다. 그는 무엇과 싸웠고 무엇을 얻었나. 모두가 그를 비난할 때도 고종은 차마 그럴 수 없었다. 최고의 자리에 올랐을 때 절대 권력을 꿈꾸지 않는 이가 얼마나 될 것인가. 권력이라는 것은 인간을 이토록 혼탁하게 만드는 것인가. 아니면 원래 인간의 본성은 그렇게 생겨먹은 것인가.

살아 있는 며느리의 장례를 치르던 아버지가 광인처럼 느껴지던 시절이 있었다. 스무 살이 넘었는데도 권력을 내주지 않은 아버지를 증오했던 마음은 나중에 하나의 관습으로 자리 잡았다. 그러나 망국의 과정을 거치며, 그런 아버지를 조금이나마 이해할 수 있게 되었다. 왜 그런 괴물이 되어버렸는지도.

'대원군께서 살아계셨더라면 못난 아들에게 어떤 조언을 해주셨을 것인가.'

고종은 갑자기 헛웃음이 나왔다. 살면서 아버지를 그리워하는 날이 올 줄은 몰랐던 것이다.

열세 살, 혼례를 치르던 날이 수면 위로 떠올랐다. 당시 그는 한 살 연상의 민자영을 거들떠보지도 않았었다. 궁인 이 씨에게서 낳은 완화군에게 흠뻑 빠져 있었기 때문이기도 했지만 자신보다 명민한 그녀가 마뜩잖게 느껴졌던 게 더 컸다. 그러나 결국 현실적으로 자신이 마음을 주고 기대어야 할 사람은 중전이었다. 민자영은 어느새 자신에겐 없어선 안 될 분신 같은 존재가 되었다. 그녀를 빼놓고는 어떤 대소사도 결정할 수 없었다. 마냥 좋았기 때문에 의견에 일치를 보고 마음을 합한 것은 아니었다. 자신의 자리를 넘보는 아버지를 내치기 위해, 더 나아가 외세로부터, 그리고 반발하는 대신들과 백성들로부터 권력을 공고히 하기 위해...

그러나 날카로운 통찰력을 가진 중전도 자식으로부터 자유로울 수 없었다. 첫 아들이 항문이 막힌 채로 태어나 바로 사망하고, 이어 둘째 딸이 일 년도 채우지 못해 세상을 뜨자 궁 안에서 굿판을 벌이기 시작했다. 그렇게 태어난 아들 순종을 위한 굿은 어느덧 일상이 되어버렸다. 무당의 입김이 왕과 버금갈 만큼 세지자 그는 차츰 불안해지기 시작했다. 그러나 순종 이후 태어난 넷째도, 다섯째도 사망해버리자 중전의 질주를 막을 명분이 사라졌다. 그녀는 홀로 남은 순종을 위해 못 할 것이 없는 어미가 되었다. 백성들의 혈세는 무당의 손아귀로 고스란히 들어갔고 민씨 척족의 부정부패는 날이 갈수록 도를 넘었다. 그러나 그에게는 폐단을 막을 힘이 없었다.

다시 과거로 돌아간다면 우리 세 사람이 심기일전할 수 있을까. 일치단결하여 백성들이 바라 마지않는 결과를 만들어낼 수 있을까. 허나 이런 질문들이 다 무슨 소용인가. 시간은 거꾸로 흐를 수 없고 어제의 태양은 결코 오늘과 같을 수 없지 않는가.

고종은 적룡포의 뒷자락을 끌며 함녕전으로 들어섰다. 시름을 잊기 위해서라도 눈을 붙여야 했다. 쓸쓸한 그림자 한 줌이 그의 뒤를 보위하며 따라 나섰다.

*

브라운 여사가 가게에 도착했을 때 아궁이 가에선 기름 냄새가 희미하게 올라왔다. 휴무인지라 홍설이 일찍이 음식을 해서 나간 모양이었다. 얼굴이 까무잡잡한 사내를 만나러 간 것일까. 브라운 여사는 가배를 내리며 생각에 잠겼다.

얼마나 지났을까. 종이 서너 번 울리더니 홍설이 시무룩한 얼굴로 들어섰다. 그녀는 브라운 여사 옆에 앉더니 보퉁이를 천천히 끌렀다. 찬합 안에는 삶은 계란과 꿀을 묻힌 가래떡이 들어 있었다.

"이야, 맛있겠는데?"

"식사 안 하셨죠? 어서 드세요."

"넌?"

"전 입맛이 없어서..."

브라운 여사는 궁금한 게 많았지만 묻지 않기로 했다. 가래떡을 한입 맛보려는데 대뜸 홍설이 물었다.

"저 오늘 그냥 일해도 될까요?"

"그럼. 다른 날로 휴무를 잡으면 되지."

홍설은 통유리 너머를 힐끔거리다 이내 고개를 돌렸다. 마음을 쓰지 말자고 되뇔수록 요한에 대한 원망은 커져만 갔다.

'이런 식으로 퇴짜를 놓다니... 내가 그것밖에 안 되는 사람이었나?'

홍설이 나루장터를 세 바퀴나 도는 동안에도 요한은 나타나지 않았다. 마음 같아서는 당장에라도 명화를 찾아가 그의 거처를 묻고 싶었다.

"설아. 난 이만 가봐도 될까?"

브라운 여사는 홍설의 얼굴빛을 살피며 물었다.

"그럼요."

홍설은 일부러 씩씩하게 답했다.

"나중에 시간이 되면 잠시 들르마."

브라운 여사가 나간 후 얼마 지나지 않아 첫 손님이 들어섰다. 바로 친일파 형사 신철이었다.

"와타루 경부가 가장 마지막으로 온 게 언제인가?"

신철은 무엇이 급한지 홍설의 인사를 싹둑 잘라먹었다.

"유감스럽게도... 잘 기억이 나지 않습니다."

그러고 보니 와타루 경부를 본 지 수일이 지나 있었다. 그간 여러 사건이 있었던지라 홍설은 그의 존재를 한동안 잊고 있었다.

"출장이 이렇게 길어질 리가 없는데. 허 참."

신철은 혼잣말을 중얼거리며 밖으로 나갔다. 홍설은 그때서야 가슴을 쓸어내렸다.

신철은 경성 브라운 앞에 세워져 있는 커다란 자동차를 보곤 눈을 떼지 못했다. 이렇게나 가까이에서 보긴 처음이었다. 반들반들하게 윤이 나는 자동차를 살피던 그는 운전대에 얼굴을 파묻은 채 잠든 미스터 리를 보곤 혀를 끌끌 찼다.

"자동차를 보아하니 저놈이 이완용 손자로구먼. 허연 양복을 걸친 꼬락서니가 딱 봐도 변절자의 핏줄이렷다. 헌데… 난 언제쯤 이런 걸 타볼 수 있으려나?"

신철은 한참이나 자동차 주위를 맴돌다 떠났다. 이윽고 미스터 리가 움직였다.

"오셨습니까."

홍설은 미스터 리에게 요한의 안부를 물어볼까 싶었지만 예의가 아닌 것 같아 참기로 했다.

"진고개에 별일 없었소?"

"전혀요. 그건 왜 물으십니까?"

"거리에 사람이 워낙 없어서 물어본 거요."

오는 길에 헌병들이 쫙 깔려 있더란 이야기를 하려다 미스터 리는 입을 다물었다. 괜히 불안감을 고조시키고 싶지 않았다. 얼음이 담긴 가배 잔을 받은 그는 화제를 돌렸다.

"저잣거리를 나가니 죄다 영친왕 결혼식 이야기더군. 볼모 인생이라 불쌍하다는 둥 일본 여인과 결혼해서 측은하다는 둥 하나같이 동정일색이야. 대체 누가 누굴 걱정하는 건지 원."

"백성들이 황족 걱정을 할 수도 있지, 그게 뭐 어떻습니까."

"이왕가는 일본 황족과 동등한 대우를 받고 있소. 궁정비 역시 같은 액수로 지급되고 있지. 황족이 하루살이 백성을 걱정해야 이치에 맞는 것 아니오?"

홍설은 심각해 보이는 그를 향해 빙긋 웃었다.

"모든 이들의 인생에 명암이 있다 하시던 이전과는 상반되는 말씀을 하시는군요."

"예외도 있는 법이오. 특히 고종은."

"어째서요?"

"고종이 개화에 앞장선 진보적 인물일지는 모르나 정치적으론 보수적인 입장을 유지하지 않았소? 미국을 찬양하면서도 그 나라의 정치제도를 도입하지 않았다는 건 자신의 권력 유지에만 급급했단 증거요."

"허나 역대 왕들도 다 그러지 않았습니까. 왕권을 강화하여 나라의 기강을 세우는 게 잘못된 겁니까."

"호랑이 담배 피우던 시절과 비교하면 곤란하오. 고종은 입헌군주제나 공화제의 장점을 알고 있었지만 자신의 권력을 위해 전제군주제를 놓지 않았소. 동학농민운동이 터졌을 때 청나라 군대를 불러들인 것만 봐도 알 수 있지. 임오군란 때 그렇게 혼쭐이 났으면서 또 다른 나라 군대를 불러들인 건 결국 조선의 안위보다 자신의 안위를 더 위했단 증거 아니겠소."

"제 말은... 황제께서 나름 중립외교를 펼치며 청나라 혹은 러시아와 손을 잡았던 노력도 인정해주잔 겁니다. 조선의 국운이 기울어진 것이 어찌 왕 한 사람의 잘못 때문이겠습니까? 제국주의가 몰아치는 나라 밖의 사정과 역대 왕들이 매듭짓지 못한 국내의 문제까지 맞물려 망국에 이른 것 아니겠습니까?"

"원래 그렇게 고종을 옹호했소?"

미스터 리는 의심쩍은 눈빛으로 홍설을 보았다. 그녀는 바로 시선을 피했다.

"동학농민의 봉기를 동학란이라고 명한 자, 다른 나라의 총칼을 백성에게 들이댄 자, 청일전쟁의 계기를 제공해 조선을 쑥대밭으로 만든 자, 민비가 시해되자 궁녀가 타고 다니는 가마에 몸을 숨겨 남의 나라 공사관으로 피신한 자, 을사늑약 체결 뒤 조선을 망국으로 만든 자, 구한말을 끝내고 일제강점기를 연 자... 그의 과오를 말하자면 백 가지도 넘게 말할 수 있소."

"하긴, 황제를 뵌 적 없으니 고정관념을 깨기 쉽지 않겠지요."

"방금... 뭐라 하였소?"

홍설은 아차 했지만 이미 늦은 뒤였다.

"덕수궁에 가배를 내리러 다닌다는 소문이 사실이었구려..."

홍설이 일언반구도 없자 미스터 리는 허탈감에 빠진 표정으로 물었다.

"동경행이 무산된 것도 설마 고종 때문이오?"

"..."

"백성들이 왜 을사오적을 욕하는 줄 아시오?"

"나라를 판 장본인들이잖습니까."

"진짜로 을사오적들이 나라를 팔았다고 생각하시오?"

"그럼 누가 팔았습니까?"

"이 나라의 주권이 누구에게 있소?"

홍설은 순간 멈칫했다.

"백성들이 을사오적을 욕하는 이유는 왕을 욕할 수 없기 때문이오. 왕을 부정하는 건 자기 자신을 부정하는 행위나 다름없기 때문이지. 홍설 씨가 고종을 힐난하지 못하는 것 역시 실은 그 때문 아니오? 자신을 욕하기 싫으니까."

이번에는 홍설도 참지 않았다.

"미스터 리는 왜 자꾸 왕에게만 비난의 화살을 날리십니까? 그렇게 하면 을사오적의 죄가 줄어들기라도 한답니까?"

"그럼, 누가 왕이 되었건 한일합방을 막을 수 없었단 홍설 씨의 견해를 인정해줄 테니 누가 을사오적 자리에 있었건 을사늑약을 막을 순 없었단 내 견해도 인정해주시오."

"당치도 않습니다."

홍설은 그렇게 내지르면서도 그의 말 어느 부분에 꼬투리를 잡아 반박을 해야 할지 알 수 없었다.

"을사늑약 체결 당시 고종은 이토 히로부미에게 대신들의 의견을 수렴하여 결정하겠다고 했소. 그러자 이토는 전제군주제의 조선에서 어찌 대신들의 의견을 물으려 하냐고 반박하였소. 과거 독립협회 회원들이 그렇게나 입헌군주제를 부르짖었지만 전제군주제를 고집한 고종은 결국 자가당착에 빠지고 말았던 거요."

"아무리 그렇다 하여도 을사오적을 두둔할 수는 없습니다."

그러나 미스터 리는 조금도 물러서지 않았다.

"고종은 죽음으로써 명예를 지키자는 한규설의 읍소 대신 을사조약 초안을 수정하자는 이완용의 손을 들어주었소. 문제는 이후 고종의 태도요. 막상 이토를 만날 날이 다가오자 인후통을 핑계 대며 차일피일 미루기만 했소. 아무리 조항을 수정했다 한들 왕이 나서긴 모양이 빠진다고 생각했겠지. 결국 기다리다 못한 이토는 여덟 명의 대신들만 모아놓은 채 중명전에서 을사조약에 대한 투표를 실시했소. 다섯 명이 찬성했고, 세 명은 반대를 하면서 을사오적이 탄생했소..."

미스터 리는 잠시 숨을 고른 뒤 말을 이어나갔다.

"반대했다가 찬성으로 돌아선 민영기, 이하영 두 사람 역시 을사오적처럼 작위와 은사금이 수여되었지만 사람들은 여전히 을사오적만을 공격하지. 유일하게 끝까지 반대했던 한규설 대신은 골방에 갇힌 채 본직을 박탈당하는 수모를 겪어야 했소. 과연 홍설 씨가 그날 그 자리에 있었더라면 한규설 대신처럼 끝까지 지조를 지킬 수 있었을 것 같소? 자리가 인간의 모든 것을 결정한다 해도 과언이 아니오. 이완용, 이근택, 이지용, 권중현, 박제순이 아니었더라도 나라를 팔았을 을사오적들은 얼마든지 존재했을 거란 말이오."

"그만하시지요. 왜 자꾸 그들을 미화하려 하십니까? 그렇게 하면 을사오적의 죄가 줄어들기라도 한답니까? 이제는 더 이상 팔 것이 없어 안달 난 그들의 꼬락서니를 보고 있노라면 아주 가관입니다. 허나 황제 폐하께선 오늘도 창살 없는 궁에 갇혀..."

"홍설 씨야말로 제발 정신 차리시오. 자신의 손에 오물을 묻히지 않고 오적들에게 뒤집어씌운 을사육적, 나라를 팔아먹은 진짜 장본인 이명복을 두둔하지 말란 말이오!"

고종 이름 석 자를 외치는 미스터 리의 목에 핏줄이 도드라졌다. 홍설의 속눈썹이 노여움으로 바르르 떨렸다.

"당장 나가주십시오."

"내 무례했다면 사과하겠소. 허나..."

"나가달라지 않습니까!"

홍설이 그처럼 야멸차게 소리 지른 적은 없었다.

쫓겨난 그는 다임러 리무진에 오른 뒤에도 한참을 그대로 있었다. 그는 자신이 객관적이지 못하다는 것을 알고 있었다. 그러나 피는 물보다 진한 법이었다. 백성들이 고종을 비난하지 못하듯 그 역시 자신의 뿌리를 비난할 수 없었다.

다임러 리무진은 거칠게 선회하는가 싶더니 이내 사나운 승냥이처럼 질주하기 시작했다. 분노가 끓어오르는 만큼 가속도가 붙은 자동차는 끝 간 데 없이 내달렸다. 경성 거리를 휘젓고 다니던 다임러 리무진은 남대문 정거장에서 멈추었다.

곰방대를 든 성마른 노인들도, 삼삼오오 모인 젊은 남녀도 어디론가 떠나고 있었다. 미스터 리는 바삐 움직이는 그들을 물끄러미 보았다.

'어딜 그렇게 가는 것일까. 일제가 동물원으로 바꾼 창경원을 보러?'

그러고 보니 남대문 정거장을 오가는 조선인들은 하나같이 약속이라도 한 듯 들뜬 표정이었다.

'모두가 저렇게 들떠 있다니. 어째서...? 즐거움 이면에 침울함이라도 감추고 있는 것일까?'

조선 침탈을 위해 철로를 놓은 일본을 증오하면서도 기차에 몸을 싣는 사람들. 조선인과 일본인을 차별하는 총독부를 욕하면서도 코끼리와 사자를 보기 위해 창경원으로 가는 사람들. 가면을 쓰고 살아가다 무의식이 고개를 들면 자기검열에 빠져 허우적거리는 조선인들...

'이 시대를 살아가는 이들의 숙명... 저들의 가면을 왜 이제껏 나는 알아차리지 못했던가?'

미스터 리는 주먹으로 클랙슨을 쾅쾅 쳤다. 주변에 있던 이들이 깜짝 놀라 차에 눈길을 주었지만 소음은 멎지 않고 언제까지고 이어졌다.

이토가 물러나고 전제군주에게 대신들이 몰려왔다. 머뭇대는 고종에게 농상공부대신 권중현이 말했다. '황실의 안녕과 존엄에 손상이 없도록 한다'는 내용이 없으니 넣도록 하자.

고종이 말했다. 참으로 좋다. 하지만 대신들이 일제히 의당 조약은 '불가'라는 두 글자로 물리치겠다고 했다.

대답은 뜻밖이었다. 비록 그러하나 방금 전 이미 짐의 뜻을 말하였으니 모양 좋게 조처하라.

조약은 황실 존엄 유지 조항을 넣고 통과됐다.

(1905년 12월 16일 고종 실록)

*

얼마나 시간이 흘렀는지 알 수 없었다. 하루가 지났는지 이틀이 지났는지도 알 수 없었다. 죽음을 연습하는 사람처럼 요한은 먹지도 않고 내리 이틀 잠만 청했다. 어느 순간 의식이 또렷해져 왔지만 차마 눈을 뜰 수 없었다. 변변한 세간 하나 없는 방에 산송장처럼 누워 있는 자신의 모습이 망막 속에 선연히 보였다.

"노 저어본 적 있소?"

"갑자기 노는 왜?"

"내일 노 저을 일이 있어 그런데 좀 가르쳐주시오."

"가르칠 게 뭐 있나. 이 정도면 배가 저절로 나가겠구먼."

엿장수가 가위 끝으로 요한의 팔뚝을 툭 쳤다. 그 말에 신바람이 난 요한은 팔에 불끈 힘을 주며 호기롭게 외쳤다.

"매일 오는 방물이 아니라네~ 두 개 사면 덤으로 하날 주니 골라, 골라."

요한이 손뼉을 치며 가락까지 흥겹게 뽑아내자 엿장수는 어이없단 듯 눈을 흘겼다.

"해가 서쪽에서 다 뜨겠구먼."

요한은 패물을 보러 온 아낙네들을 향해 손거울을 비춰주는 정성까지 내보였다. 그때 손거울 안으로 말쑥한 양복 차림을 한 사내들이 비쳤다. 그들의 말소리 역시 거울 속으로 들어왔다.

"일본군이 압록강 일대 수비를 강화하고 있다던데 뭔 일인가?"

"감시 중인 인물이 만주에서 오는 것 아니겠나."

"그러고 보니 김구라는 자가 온다는 소문을 들은 듯도 하군."

순간 엿장수의 가위질도, 아낙네의 흥정 소리도 더 이상 요한의 귀에 들어오지 않았다. 자리에 풀썩 주저앉은 그의 동공은 텅 비어 있었다.

“다섯 개 살 건데 호박 장신구 세 개 끼워줄 수 있소?”

“가던 길 가시오.”

그는 힘없이 대꾸했다.

“뭐라고요?”

방금까지 호객행위를 하던 요한이었기에 아낙네는 다시 물었다.

“모두 내 눈앞에서 사라지란 말이오!”

그는 돌연 불같이 성질을 냈다.

“구경하라 할 땐 언제고 갑자기 왜 저런데.”

“역시 회까닥 돈 게 틀림없어.”

“젊은 나이에 안됐구먼. 쯧쯧.”

아낙네들은 한마디씩 입을 대며 자리를 떴다. 빗방울이 투욱, 떨어지며 바닥을 적셨다. 곧 물길을 만들어낼 만큼 빗줄기가 거세졌다. 모두가 빠르게 몸을 놀렸지만 오직 그만이 움직이지 않았다. 비는 더 이상 그에게 기쁨이 되어주지 못했다. 빗줄기가 몸에 박힐 때마다 칼이 생살을 저미는 것 같은 고통스러움이 전해졌다.

눈을 뜨자 그날의 기억은 물러가고 한편에 접어둔 검정 양복이 시야에 들어왔다. 잊으려고 애썼던 홍설이 곧바로 수면 위로 떠올랐다. 얼마나 나를 기다렸을까. 얼마나 원망했을지. 그러나 이미 모든 게 끝나지 않았는가. 어쩌자고 마음을 주었는지. 어쩌자고 이렇게나 마음이 걷잡을 수 없이 커져버렸는지.

그는 이불장을 우악스럽게 열어젖혔다. 접혀 있던 이불이 바닥으로 떨어지며 그 속에 숨겨두었던 원통형 가방이 모습을 드러냈다. 어찌하여 먼 훗날의 일이라고만 생각했을까. 코앞에 닥친 죽음을 유보해온 자신에게 실소가 나왔다.

이 길을 걷고자 한 이후 그 어떤 것에도 초연하자고 마음먹지 않았던가. 허나 홍설과 가까워지면서 동지들의 무덤 앞에서 다졌던 결의는 점점 모래성처럼 허물어져 버렸다. 새롭게 자리한 감정이 자신의 가슴에 불을 지피자 그는 살아 있단 게 축복처럼 느껴졌다. 이렇게 하루를 이어가며 살고 싶어졌다.

밖으로 나온 요한은 주막으로 향했다. 빈속에 술을 들이켜자 불쾌한 기운이 혈관을 타고 전신으로 퍼져나갔다. 매서운 속도로 마시고 또 마셨다. 그는 결국 마지막 잔과 함께 풀썩 고꾸라졌다.

주막 초입에 서 있던 게다짝 한 쌍이 소리 없이 뒤로 돌아섰다.

*

자정이 넘은 시간, 인력거 하나가 진고개를 올라왔다. 가게 안에서 대기 중이던 홍설이 즉각 밖으로 나왔다.

"앞으로 저와 함께하시면 됩니다."

전과 달리 허씨의 얼굴에선 웃음기를 찾아볼 수 없었다.

"그간 몰라뵈어 죄송합니다."

"속인 놈이 죄인이지요."

홍설은 오늘따라 덕수궁으로 가는 이 길이 유난히 멀게 느껴졌다.

"앞으로 무슨 일이 생기거든 허씨에게 보고하도록 하라. 모든 일은 허씨와 의논 후 진행해야 할 것이다."

민영달은 돌계단을 오르려는 홍설에게 짧고도 긴한 당부의 말을 전했다. 낮은 어조엔 힘이 실려 있었다.

"전보는 잘 받았는가."

정관헌에서 마주한 고종의 낯빛은 평소보다 상기되어 있었다.

"폐하... 이번 안은 좀 더 신중을 기하셨으면 합니다."

홍설에게 가배 잔을 받아든 고종은 잠시 말이 없었다.

"이유가 무엇이냐?"

"아직 우리의 힘이 너무 빈약하다고 생각됩니다."

"우리의 힘이 빈약하지 않은 적이 있었더냐."

홍설은 반박할 말을 잃었다. 그러나 이내 생각해온 질문을 던졌다.

"황제께선 을사오적에 대해 어찌 생각하십니까."

고종은 피식 웃음을 지었다.

"을사조약 당시 자신의 의견을 피력하는 대신이 거의 없었다. 그만큼 험악하고 살벌한 분위기였는데 이완용이 수정안이라는 의견을 제기하면서 새로운 국면을 맞이하게 되었지. 이완용은 어느 순간에도 결코 감정적으로 대응하는 법이 없는 자다. 뜨거운 피를 가지지 않았기에 절대 충성을 기대할 순 없지만 그렇다고 결코 내쳐서도 안 되는 양날의 검 같은 인물…"

고종은 축음기의 음향을 높이며 말을 이어나갔다.

"나라가 망하면 왕은 필요 없어지지만 대신들은 여전히 쓰임새가 있지. 일제 치하의 친일파… 그들을 탓할 것도, 원망할 것도 없다."

홍설은 또 한 번 이상한 감정에 휩싸였다. 이는 미스터 리와 말다툼을 했을 때 느꼈던 감정과 같았다.

"오늘은 이쯤 물러가거라."

홍설은 가배 등속을 챙겨 아래로 내려갔다. 잠시 뒤 민 대신이 올라왔다. 멀어지는 홍설을 보며 고종이 입을 열었다.

"우리가 그자를 이용하여야 한다. 그자를 절대적 수단으로 삼아야 할 것이다."

황제의 속내를 읽은 민 대신이 고개를 들었다. 그가 바라본 황제의 낯빛은 더 이상 물러날 수 없는 절박함으로 가득 차 있었다.

*

미스터 리는 오늘도 조부와 부딪치는 것을 피하기 위해 아침 일찍이 채비를 하였다. 서둘러 솟을대문을 지나치던 그는 들어오는 빈객을 보지 못해 몸을 부딪쳤다.

"아니, 최 대감님 아니십니까?"

미스터 리의 입에서 사과가 아닌 인사말이 튀어 나왔다. 최 대감 역시 그를 보곤 반가워했다.

"이 얼마 만이냐. 그 사이 아주 몰라보게 컸구나."

"그간 무고하셨습니까."

"나야 늘 그냥 저냥이지. 듣자하니 네가 할애비 속을 그리도 썩인다며?"

미스터 리의 입가에 걸려 있던 웃음기가 곧 사라졌다.

"가끔은 져주는 지혜를 발휘해 보려무나."

최 대감은 껄껄 웃으며 그의 곁을 지나쳤다. 곧이어 조부의 말소리가 등 뒤로 들려왔다.

"간도 큰 양반이구먼. 여긴 왜 왔나."

"지나가는 길에 들렀네."

"예서 무슨 봉변을 당할 줄 알고."

"타고난 자신의 밥그릇 양을 다 채우면 죽을 때가 된 거라던데, 오늘 죽으면 내 밥그릇이 거기까지인 거겠지."

"마음에도 없는 소리 하는 건 여전하구먼."

"자네처럼 그렇게 따져가며 인생 살면 피곤하네. 이제부터라도 나처럼 좀 대충 살게. 그래야 하나뿐인 손자 놈이랑도 잘 지낼 것 아닌가."

이어 조부의 씁쓸한 웃음소리가 앞마당을 가로질렀다.

"마누라는 어떤가?"

"오늘내일 하고 있지 뭐."

"이러다 자네보다 마누라가 더 오래 사는 거 아닌가?"

"에끼 이 사람아, 말이 씨가 되네."

“하하. 병상의 마누라에게 오금 못 펴는 건 여전하구만. 그때 마음에 두고 있다는 계집과는 어떻게 되었나? 명화라 했던가?”

순간 미스터 리는 돌아서려던 발길을 멈추었다.

“마누라가 죽기 전엔 올 생각이 없다더군.”

“내 생각엔 늙어빠진 자네가 싫어서 일부러 돌려 말한 것 같으이.”

“어허, 이 사람이 날 뭘로 보고! 내가 아직도 얼마나 건재한데. 이것 참 확인시켜줄 수도 없고.”

미스터 리는 어제완 달리 집을 나서는 발걸음이 사뭇 가벼워졌다.

“갈 곳은 없지만 갈 데를 찾아야 하누나...”

그는 시원한 가배를 마시고 싶은 생각이 굴뚝같았지만 차마 진고개를 넘을 순 없었다. 이발소를 갈까 싶었지만 요한을 만날까 봐 겁이 났다. 어쩌다 이리 된 것인가. 자동차를 뒤로 한 그의 걸음은 무의식적으로 북촌을 향하고 있었다.

“허...”

달라진 북촌의 모습에 그는 할 말을 잃어버렸다. 오물과 폐수로 몸살을 앓던 곳이 맞나 싶을 정도로 깔끔하게 변모해 있었다. 서양식 건물이 드문드문 들어섰으며 한편에선 2층짜리 목조건물 공사가 한창 진행 중이었다. 북촌을 훑던 그의 눈길이 어느 한곳에서 멈췄다. 흙더미 사이로 작은 봉분 하나가 솟아 있었다. 그 위로 색 바랜 고무신 한 켤레가 뒹굴었다. 그는 호기심에 봉분 앞으로 다가갔다. 작은 십자가 옆엔 눈에 익은 나무 인형이 반쯤 파묻혀 있었다. 순간 기시감에 빠진 그의 눈동자가 그대로 정지했다.

*

'얼마 만에 들어오는 조선인가.'

김구는 고국강산을 팔도 유랑하듯 천천히 둘러보고 싶었지만 상황이 허락되지 않아 안타까웠다. 자신을 노리는 헌병들이 남대문 정거장에 쫙 깔려 있단 사실을 누구보다도 잘 알고 있는 그였다. 인력거 휘장 너머로 보이는 경성 거리는 그 사이 많이 바뀌어 적산가옥과 관공서들로 가득차 있었다. 그러나 그 아래 일개미처럼 움직이는 조선인들은 별반 달라진 게 없었다.

그를 태운 인력거는 허름한 초가 앞에서 멈추었다. 기다렸다는 듯 싸리문이 열리며 요한이 모습을 드러냈다.

"그간 잘 지내셨습니까."

"추운데 얼른 들어가세."

얼음골처럼 차갑던 요한의 방에는 오랜만에 훈기가 올라왔다. 요한과 김구는 희미한 등잔불을 두고서 마주 앉았다.

"내 젊을 적 이름은 김창수였네. 일본이 도입했던 호적제도에서 벗어나고자 나름의 저항을 한 게 바로 개명이었지. 백범은 우리나라에서 가장 천시해왔던 백정(白丁)과 평범한 사람이라는 범부(凡夫)의 첫 글자에서 따온 것이라네. 백정과 범부들이지만 애국심만큼은 모두가 나 정도 되길 바란다는 소망에서 붙였었지."

김구는 잠시 뜸을 들였다.

"열정이 앞서면 거사를 그르치는 우를 범할 수 있다고, 내 처음 만났을 때 했던 말 기억나는가?"

"때를 기다려야 한다고 말씀하셨지요."

"바로 그 '때'가 왔네."

요한은 순간 숨통이 조여드는 고통을 느꼈다.

"영친왕 일행이 결혼식을 올리기 위해 곧 떠난다는 사실을 자네도 알고 있을 걸세. 그 결혼식을 주관하는 자가 이완용이란 것도."

김구는 본론을 꺼내기에 앞서 잠시 숨을 골랐다.

"신혼여행지인 유럽까지 따라가 일본과 조선이 융화가 되었음을 대대적으로 알리는 게 그자의 동행 목적이니…"

"떠나기 전에 처단하란 말씀이시군요…"

"만약 성공한다면 일본 황족과의 결혼식이 파토 나는 일석이조의 효과까지 거둘 수 있을 터."

요한은 몸속의 피가 그대로 얼어붙는 것 같았다.

"물건은 잘 있는가."

드디어 그것과 대면해야 하는 시간이 왔구나. 요한은 그때서야 단 한 번도 가방을 열어보지 않았단 사실을 깨달았다. 그가 이불장에서 원통형 가방을 조심스레 꺼내자 김구는 익숙한 손놀림으로 안전장치를 풀었다.

"하나는 처단용, 하나는 자결용일세."

가방 속 폭탄을 정면으로 맞닥뜨린 요한은 그것을 숨이 멎도록 뚫어지게 바라보았다.

"이때까지 우리는 제대로 된 거사를 치른 적이 별로 없었지. 이동 과정에서 습기를 먹어 화력이 떨어지는가 하면 어떤 거사는 아예 폭탄이 터지지도 않았으니. 허나 이번 것은 다르네. 상해에서 헝가리 폭탄기술자에게 의뢰하여 특별히 제조한 것으로 성능은 이미 여러 차례 확인하였네."

그는 소맷부리에서 꾸깃하게 접은 한지를 꺼냈다.

得樹攀枝不足奇(득수반지부족기)

懸崖撤手丈夫兒(현애철수장부아)

가지를 잡고 나무를 오르는 것은 대단한 일이 아니다.

그러나 절벽에 매달려 잡은 손을 놓을 수 있다면 가히 대장부다.

"과거에 고능선 선생 밑에서 수학을 했었네. 소년 시절의 나는 우유부단하고 과단성이 없었지. 선생은 그것이 큰 결점이라 하시며 이와 같은 구절을 읊어주셨네. 이후 내가 치하포 사건을 일으켰을 때 이 글귀가 적지 않은 영향력을 끼쳤지. 마음을 다잡아야 할 때 도움이 될 걸세."

김구는 그 말을 끝으로 일어섰다.

"날도 늦었는데 하루 묵었다 가십시오."

"바람에 실려 온 먼지처럼 왔으니 그처럼 사라져야 하지 않겠나."

김구는 자신을 따라 일어선 요한의 어깨를 힘주어 잡았다.

"자네의 숭고한 거사가 조선의 앞날에 희망의 이정표가 되어줄 것을 믿어 의심치 않네."

김구는 마지막으로 그를 찬찬히 살폈다. 안경알 너머 비친 요한의 낯빛엔 온갖 감정이 물결치고 있었다. 김구는 문득 요한을 처음 만났던 날이 떠올랐다.

"세계대전이 일어나면서 최대 수혜국은 일본이 되었습니다. 일본은 조선을 발판 삼아 경제대국으로 더욱 성장했지요. 더는 보고 있을 수 없으니 제발 저에게 죽을 자리를 마련해주십시오."

무릎을 꿇은 사내의 얼굴은 열정과 집념으로 들끓고 있었다. 이 젊은이를 사지로 몰아야 하는 현실이 개탄스러웠지만 누군가는 조선인의 가슴에 꺼져가는 독립의 불씨를 지펴야 했다.

"이재명 열사가 거두지 못한 유종의 미를 제 손으로 거두고 싶습니다. 만고의 매국노 이완용의 숨통을 끊어놓을 수만 있다면 제 한 몸 바치는 데 주저하지 않을 겁니다."

김구는 때를 기다려 보자는 말로 그를 돌려보냈었다.

기백이 넘치던 그때와 달리 오늘 본 요한의 눈빛에는 묘한 균열이 일어나 있었다. 미래를 유보하고 싶어 하는 눈빛, 더불어 자신의 과거까지 외면하고 싶어 하는 눈빛이 역력했다.

"방물장수 노릇을 한 지 얼마나 되었는가."

"3년쯤 되었습니다."

"사람이 한 가면을 오랫동안 쓰고 있으면 그것이 자신의 거죽인 것처럼 느껴질 때가 있지. 그러나 자신의 몸속에 새겨진 신념이 어떠한 사연과 희로애락을 거쳐 형성되었는지를 안다면 결코 안주해선 안 되네. 자신의 사명을 결단코 잊어선 안 된단 말일세."

김구는 무거운 마음을 안고서 돌아섰다.

*

아침부터 하늘이 희끄무레했다. 안개가 자욱이 깔린 탓에 진고개는 대낮에도 인적이 드물었다. 경성 브라운 역시 손님이 평소보다 절반 이상 줄어 있었다. 미스터 리는 몇 분째 바에 앉아 가배만 말없이 홀짝였다. 7대 3으로 빗어 넘긴 머리칼에 포마드로 힘까지 주고 왔건만 얼음을 더 달라는 말이 차마 나오지 않았다. 홍설에게 쫓겨난 후 처음으로 용기 내어 행차한 카페였다.

"예전에 내가 들려준 『왕자와 거지』 이야기 기억하시오?"

고민 끝에 내뱉은 문장이었지만 예상대로 홍설은 아무 반응도 보이지 않았다.

"마크 트웨인은 당대에 쓴소리를 잘하기로 유명했소. 벨기에 국왕 레오폴드 2세에게도 거침없는 비판을 퍼부었지."

"조선의 왕처럼 무능했나 보군요."

"고종은 그에 비하면 성군이오."

홍설의 차가운 반응에도 감지덕지라는 듯 미스터 리의 표정이 환해졌다.

"유럽 틈바구니에 껴 있던 벨기에는 뒤늦게 식민지 쟁탈전에 뛰어들었소. 레오폴드 2세는 콩고 주민들의 노동력을 착취하고 물자를 수탈했는데 그 잔학함이란 이루 말할 수 없을 정도였지. 고무와 상아를 일정량 바치지 못할 시 손목이 잘렸소. 그다음 날도 채우지 못하면 팔이 잘렸고 마지막엔 목이 잘렸지. 콩고 주민들의 손이 담긴 바구니는 전리품이 되어 벨기에로 보내졌소."

"진짜… 그런 일이 있었습니까?"

홍설은 끓어오르는 열을 삭이기 위해 얼음물을 들이켰다.

"다섯 살짜리 딸의 잘린 손을 멍하게 보고 있는 콩고 남성의 사진이 한 선교사의 손에 들어오게 되면서 레오폴드 2세의 잔악무도함은 세상에 알려졌소. 허나 국왕이 뒷돈을 뿌리자 세계 언론들은 잠잠해졌지. 수백 년에 걸쳐 원주민을 학살, 강간, 착취한 스페인이나 영국 같은 국가들도 그 사건은 대서특필되어 좋을 게 없었던 거요."

"몇 년 전 레오폴드 2세의 추도식이 조선에서 열리지 않았습니까?"

"어찌 알았소."

"그때 이완용이 이재명 열사께 칼침을 맞았다 들었습니다. 그 자의 고질적인 폐병도 그때부터 시작되었다지요."

이완용은 그때부터 자세도 구부정해졌다. 그리고 항상 잔기침을 안고 살게 되었다. 미스터 리는 그런 조부의 모습을 애써 지우며 입을 열었다.

“당시 이재명 열사는 명동성당 앞에서 군밤장수로 분해 기다리고 있었소. 그러나 칼을 맞은 이완용은 조선 최초로 진행된 흉부외과 수술 덕에 용케 목숨을 건졌지. 이완용을 감싸고 돌던 인력거꾼만 안타깝게 죽고 말았소.”

홍설은 인상을 찌푸렸다.

“참 하늘도 무심하시지요. 파렴치한 매국노는 안 죽고 애꿎은 인력거꾼이 무슨 죄가 있다고… 참으로 통탄할 노릇입니다.”

“그자가 내 조부요.”

순간 무거운 정적이 두 사람을 할퀴며 지나갔다. 홍설은 넋이 나간 표정이었다.

‘조부가 보통 사람이 아닌 건 알고 있었지만 매국노의 대명사로 불리는 이완용일 줄이야…’

“어린 시절 집이 불에 타는 변고를 겪은 적이 있소. 당시 부모 형제들과 한 방에 모여 낮잠을 자고 있었지. 주위의 공기가 뜨거워지면서 화염이 번져 올랐지만 매캐한 연기에 취하여 꿈쩍도 할 수 없었소. 뒤늦게 달려온 조부는 자신의 옷가지가 불에 붙은 것도 모른 채 불구덩이에 있던 나를 들쳐 업고 나왔소. 내 부모 형제들은 한날한시에 한 줌의 재로 변해버렸지만 오직 나만이 살아남았지. 그 이후 세상 사람들이 아무리 조부를 욕해도 나는 그럴 수 없게 되었소.”

미스터 리의 낯빛은 이루 말할 수 없는 번뇌로 침잠되었다.

“태어나면서부터 이완용 손자라는 무기징역을 감내해야 하는 삶… 그 꼬리표로 인해 영원히 도망쳐야 하는 비겁자의 숙명… 그

삶의 무게를 느껴보지 않은 자는 모를 거요."

홍설은 미스터 리의 눈빛이 이전과 달라졌음을 깨달았다. 눈가 아래 까맣게 드리워진 그늘은 그사이 무수한 방황과 좌절이 있었음을 대변하고 있었다.

"맹자의 성선설은 그저 말뿐인 이론인가 싶어 허무함에 몸서리칠 때가 있소. 앞으로 일본이 조선을 통치하는 날이 얼마나 지속될지, 제국주의의 만행이 언제까지 계속될지 나도 알 수 없소. 허나 다행인 것은 이 모든 일에는 시작과 끝이 있단 거요. 모두가 서로를 삼키려고 혈안이 되어 있는 광기 서린 무대도 언젠가 막을 내릴 거요. 그 끝을 당기기 위해 내 이제라도 홍설 씨를 따라 의로운 삶을 살아보려 하오."

수면 아래 자맥질하고 있던 홍설의 눈동자가 단박에 뭍으로 올라왔다.

"실은... 개똥이를 보고 왔소."

홍설은 더럭 가슴이 내려앉았다.

"아무 말 마시오..."

미스터 리는 괴로운 듯 머리를 숙였다.

"나 때문이오. 나 같은 놈 때문에 그 어린 것이 피어나지도 못하고 한 줌의 흙이 되어버린 거요. 그래서 나는... 더욱 의로운 사람이 되고 싶은 거요..."

"그러다 훗날 조부와 정면으로 대립하게 될 수도 있습니다."

"조부의 뜻대로 산다면 이제껏 그래왔듯 앞으로도 탄탄대로의 삶이 보장될 것이오. 허나 내 자유의지대로 산다면 그 대가로 풍파를 겪을 수도 있겠지. 허나 나는 존엄한 인간이잖소. 하여, 후자가 되어볼 작정이오."

사위가 별안간 환해졌다. 안개가 물러가고 날이 갠 것이었다.

"얼음을 띄운 가배를 한 잔 더 올려 드리겠습니다."

미스터 리에게 다가간 홍설은 개인 날의 하늘처럼 맑게 웃어 보였다.

*

요한은 장독대에 든 냉수를 연거푸 마셨다. 숙취로 인해 머리가 지끈거렸지만 기어이 밖으로 나왔다. 매서운 바람이 몸속으로 성겨 들었지만 혼탁한 마음은 조금도 정화되지 않았다. 부표처럼 정처 없이 떠돌던 그는 어느새 청계천에 이르렀다. 천변에는 나이 지긋한 노인들이 주역을 펴놓고 앉아 있었다. 1월이면 새해신수를 보는 이들이 몰리는 탓에 어중이떠중이 점쟁이들까지 자리를 잡고 있었다. 요한은 머리가 훤히 벗겨진 노인 앞에 멈춰 섰다.

"신수 좀 봐주시오."

노인은 요한의 생김새를 스윽 훑었다.

"이름이 어떻게 되오."

요한은 입을 열지 않았다.

"이름도 없는 자가 신수를 봐달라니."

"꼭 이름이 있어야 합니까."

"허면 손금을 봐드리지. 어떤 손을 쓰시오?"

요한은 투박하게 옹이가 진 오른손을 내밀었다. 노인은 눈꼬리를 들었다 내렸다 하며 그의 손바닥을 한참 동안 들여다보았다.

"초년에 고생을 하나 말년에 재물을 긁어모으려고 그러는 것이니 조금만 참으시오."

"혹시… 여복 같은 것도 있습니까."

"그 따위 것을 봐서 뭐하려고 그러오?"

"예?"

"여복은 전혀 없는 팔자란 말이오. 대신 장수를 누릴 팔자요."

노인은 그의 오른손을 붙잡고서 장황하게 설명을 늘어놓기 시작했다.

"엄지와 검지 사이에 반원 모양으로 휘어지는 이게 바로 생명선이오. 뚜렷하고 긴 것을 보니 열정적인 데다 비겁한 걸 못 참는 성미겠소. 선생의 생명선은 아래로 올수록 여러 개로 갈라지고 있는데 이는 잡초처럼 강하고 질기단 뜻이오. 흔치 않은 손금이지."

요한은 문득 노인에게 손을 맡기고 있는 자신이 한심하게 느껴졌다. 이 노인은 자신이 언제 죽을지 알기는 할까. 더군다나 나는 종교인이지 않은가. 자괴감이 든 그는 서둘러 복채를 치르고 나왔다. 노인은 멀어지는 요한의 뒤꽁무니를 보며 혼잣말을 뇌까렸다.

"왼손으로 밥 먹으면 그게 오른손 아니겠는가…"

명화는 요한의 집에 사람이 없는 것을 확인하고서 왔던 길을 돌아나갔다. 장터에도 며칠째 모습을 보이지 않고 있었다. 그녀는 하사정으로 돌아가려다 청계천으로 방향을 돌렸다. 신수를 보기 위해 몰려든 인파들을 구경하는 것은 새해에만 볼 수 있는 좋은 눈요기였다. 천변을 걷던 명화의 시선이 한곳에서 멈추었다. 이곳에서 요한을 보리라곤, 그것도 그가 신수를 볼 거라곤 상상도 하지 못했다. 명화는 복채를 치른 뒤 떠나는 요한의 뒤를 밟았다. 요한은 곧 자신의 그림자를 밟는 익숙한 발걸음을 눈치챘다.

"그간 보이지 않아 걱정하였습니다..."

"허허. 걱정도 팔자요."

술 냄새가 명화의 콧잔등을 스치고 지나갔다. 거칠어진 그의 얼굴을 본 명화는 요한이 김구 선생을 만났음을 어렵지 않게 짐작할 수 있었다. 일찌감치 김구가 온다는 소문을 들었던 터였다.

"집으로 가십니까."

"한잔하러 갈 거요."

"술도 과하면 건강에 해롭습니다."

"당신이 뭔데 지적이요?"

뜻밖의 반응에 명화는 그대로 얼어붙었다.

"내가 진짜 당신 기둥서방이라도 되는 줄 아시오?"

"진짜 기둥서방이 아니면, 그런 말도 못 합니까..."

이미 여러 사내에게 더럽혀진 나 같은 건 그런 자격도 없는 겁니까. 명화는 쏟아져 나오는 말을 힘겹게 눌러 담았다. 요한은 곧 풀이 죽어 고개를 숙였다.

"내가 경솔했소. 죽을 목숨인데 술도 마음대로 못 마시나 싶어 그런 것이니 부디 용서해주시오."

요한의 음성은 떨리고 있었다. 명화는 그런 그를 차마 바라볼 수 없었다. 자신이 아는 요한은 항상 결단력 있고 거침없는 사내였다. 그런 그가 동요하고 있었다. 갈대처럼 흔들리고 있었다. 김구 선생에게 사형선고나 다름없는 말을 들었으니 마음의 갈피를 잡을 수가 없어 생전 보지도 않던 신수를 보고 왔으리라. 그러나 혼란만 가중될 뿐, 무엇으로 그의 마음을 달랠 수 있단 말인가. 무엇이 그의 마음을 추슬러줄 것인가.

그때 명화의 머릿속에 떠오르는 것이 있었다. 그녀는 잠시 주저했으나 이내 고개를 들었다.

"술이 아닌 다른 음료를... 드시러 가는 게 어떻겠습니까..."

*

"비가 와서 더 이상 손님도 없겠구나."

추적거리는 비가 온 대지를 적시고 있었다. 브라운 여사 말에 창밖을 보던 홍설은 사내 하나를 떠올렸다. 그때 거짓말처럼 요한이 바깥 풍경 속으로 걸어 들어왔다. 그는 혼자가 아니었다. 옆엔 낯익은 여인이 동행하고 있었다.

"뜨거운 가배로 두 잔 주십시오."

명화는 브라운 여사에게 주문을 하곤 홍설에게 눈길 한번 주지 않은 채 소파로 걸음을 옮겼다. 요한 역시 인사도 없이 명화 뒤를 따랐다.

홍설은 자신이 무슨 정신으로 가배를 내리고 있는지 알 수 없었다. 농락당하고 있단 생각만 확연히 들 뿐이었다.

"내가 다녀올까?"

브라운 여사는 완성된 가배 두 잔을 쟁반에 올리며 홍설의 눈치를 살폈다.

"아니요. 제가 가겠습니다."

홍설은 태연하게 그들에게로 걸어갔다. 홍설이 가배 잔을 내려놓는 동안에도 두 사람은 조금도 아는 체를 하지 않았다. 이러려고 나타난 것인가. 이런 모습을 내게 보여주려고? 홍설은 이를 악물며 돌아섰다. 그때 종소리가 짤랑 울렸다. 미스터 리가 우산 빗물을 털며 들어서자 홍설의 얼굴빛이 설핏 바뀌었다.

"전에 못 쓴 휴무를 오늘 써도 될까요."

홍설은 브라운 여사에게 다가가 들릴 듯 말 듯한 음성으로 물었다.

"반나절이 지나긴 했지만 네가 괜찮다면야."

"그럼 좀 나갔다 오겠습니다."

앞치마를 벗은 홍설은 외출복을 걸치곤 미스터 리에게로 다가갔다.

"저녁은 드셨습니까?"

"아직이오."

"실은 그때 함께 먹었던, 핏물 배인 소고기 맛을 잊을 수가 없더군요."

홍설은 목소리를 높였다.

"흠. 그 말을 들으니 갑자기 시장해지는데."

"같이 나가시겠습니까?"

"호오, 시간이 되는 거요? 마침 잘 왔구려."

미스터 리는 문을 열고서 우산을 펼쳐 들었다. 그리고 홍설 쪽으로 우산을 비스듬히 기울여주었다. 홍설은 그의 곁에 바짝 붙어 섰다. 멀어지는 그들의 뒷모습을 요한은 자리에서 가만히 응시했다. 자신과 달리 비를 맞지 않게 홍설을 보호해주는 미스터 리는 같은 남자가 보아도 퍽이나 믿음직스러워 보였다. 우산 속에서 몸을 보호하고 있는 홍설 역시 자신과 있을 때와 달리 퍽이나 안정되어 보였다.

명화는 그런 요한을 아까부터 말없이 보고 있었다. 맞은편에 앉은 자신에겐 눈길도 주지 않은 채 그 너머로 홍설의 뒤꽁무니만 좇고 있었다.

'당신은 여인을 모르는 사내가 아니라 나를 모르는 사내였군요. 그저 단순히 죽음이 버거웠던 게 아니었음을...'

명화는 밀려오는 슬픔을 힘겹게 내리눌렀다.

우산 속, 미스터 리의 옆에 붙어 걷던 홍설이 한쪽 팔을 밖으로 내밀었다. 차가운 빗줄기가 그대로 손바닥에 내리꽂혔다.

"왜 그러시오?"

"일부러 비를 맞아본 적 있습니까?"

"고뿔에 걸리려고 작정한 게 아니라면 그럴 수 없지."

홍설은 뻗은 팔을 이내 접었다. 미스터 리는 그녀에게로 우산을 조금 더 기울였다. 그럼에도 홍설은 그 호의가 조금도 달갑지 않았다.

식당에 도착한 이들은 전과 같은 메뉴로 주문했다. 핏물 배인 소고기가 눈앞에 놓였지만 홍설은 식욕이 동하지 않았다.

"소고기는 언제 먹어도 맛있구려."

"그러게요."

홍설은 미소를 짓기 위해 안간힘을 썼다.

"일전에 내가 진고개에 별일 없냐고 물었던 것, 기억하시오?"

홍설은 고개를 끄덕였다.

"실은 그날 거리마다 헌병들이 쫙 깔려 있었소. 알고 보니 김구 선생이 들어온다고 그 난리를 피운 거였더군. 조선에 점조직을 두고 있다 하더이다. 개개인이 각자 맡은 친일파를 소탕해 나가는 것이지."

"그렇군요."

미스터 리는 홍설이 건성으로 추임새를 넣고 있음을 깨달았다. 조금 전에 보인 웃음에서도 진정성은 느껴지지 않았다. 음식을 먹는 모양새도 이곳에 오자고 한 사람이라고 말하기 어려울 정도로 억지로 씹어 삼키고 있었다.

'몸은 이곳에 있지만 마음은 딴 곳에 가 있구려…'

그의 예상대로 홍설은 음식을 반 이상 남긴 채 포크를 내려놓았다.

돌아오는 길, 두 사람은 우산 속에서 아무 말도 하지 않았다.

경성 브라운은 여전히 환하게 불이 켜져 있었다. 브라운 여사는 홍설이 들어오자 소파 자리에 앉아 있는 두 사람을 눈짓으로 가리켰다.

"마무리 부탁할게."

홍설은 문 닫을 시간이 지났는데도 저들을 내보내지 않은 브라운 여사를 속으로 원망했다. 그러나 겉으론 웃으며 그녀를 배웅했다.

"합석해도 괜찮겠소?"

미스터 리의 물음에 요한은 고개를 끄덕였다. 요한의 옆자리에 미스터 리가 엉덩이를 붙이자 명화가 바에 혼자 있는 홍설에게 손을 들었다.

"더 차리지 않으셔도 되니 이리 오시지요."

나가달라는 말을 언제 할지 계산하고 있던 홍설은 명화의 부름에 잠시 당황했다.

그렇게 네 사람은 각양각색의 표정으로 한곳에 모였다. 분위기는 어색하기 짝이 없었다. 침묵을 깨뜨린 이는 명화였다.

"어딜 다녀오셨습니까."

"스테이크를 파는 식당에 다녀왔습니다."

홍설이 대답을 했다.

"항상 지나치기만 했는데 한번 가봐야겠군요."

"후회하지 않으실 겁니다. 육즙이 기가 막히거든요."

미스터 리는 아까와 달리 수다스러워진 홍설을 보자 마음이 착잡해졌다. 지금 보여주는 이 모습은 누구를 위함인가. 미스터 리는 옆에 앉은 요한을 흘끗 살폈다. 바로 저자 때문인가. 질투를 유발하기 위하여 날 이용한 것인가. 요한은 함께 있는 사람들에겐 관심이 없다는 듯 통유리 너머 떨어지는 빗방울만 보고 있었다. 미스터 리는 머리를 처박으며 하강하는 빗방울처럼 한없이 울고 싶어졌다.

"재밌는 이야기 없습니까?"

명화의 그 말에 이때까지 침묵하고 있던 요한이 입을 열었다.

"그럼, 비도 오고 하니 옛날이야기를 하나 하겠소."

요한은 모든 것을 내려놓은 듯한 무덤덤한 얼굴로 이야기를 시작했다.

"옛날에 겁 많고 무능한 사내가 하나 있었소. 나이가 차도록 변변찮은 일자리 하나 얻지 못해 동리 사람들에게 놀림을 당했지. 헌데 어느 날 일자리를 구했다고 동네방네 자랑을 하고 다니는 게 아니겠소. 물지게를 나르는 일이었는데 이웃들의 예상대로 그는 일주일도 채우지 못한 채 관두고 말았소. 왜 그만뒀냐고 누군가 묻자 사내는 자신이 진득하지 못해서 그렇단 말 대신 장차 더 큰일을 하기 위함이라고 큰소리쳤지."

요한이 웃음을 지었으나 아무도 그를 따라 웃지 않았다.

"이처럼 말과 행동이 표리부동했기 때문에 아무도 그 사내를 좋아하지 않았소. 당연히 그 나이 먹도록 제대로 된 사랑 한번 해보지 못했지. 사랑해야 할 땐 마음을 열지 못했고, 이별해야 할 땐 질척거렸으니까. 상대가 가까이 오면 이별할 것을 두려워하고, 자신이 마음을 닫으려고 하면 상대가 영영 오지 않을 것을 염려하는 우유부단하기 짝이 없는 사내…"

그의 눈에 슬픔이 고였다.

"사랑도… 혁명도… 아무것도 이루지 못한 사내의 이야기였소."

이야기가 끝났지만 아무도 입을 열지 않았다. 침묵이 계속되는 가운데 명화가 홀로 일어섰다.

"오늘 하사정에 귀빈이 오신다는 것을 깜박했습니다."

"비가 그쳤으니 나도 이만 가보리다."

미스터 리가 명화를 따라 엉거주춤 일어섰다.

"우리 아직 통성명도 못했잖소."

명화의 등 뒤로 미스터 리의 음성이 들려왔다. 두 사람은 경성브라운 입구에서 뒤늦은 인사를 나누었다.

"하사정의 명화라 합니다."

"손맛이 훌륭하단 말 많이 들었소. 난 리혜영이오."

순간 입술 끝에 머금고 있던 명화의 미소가 파르르 떨렸다. 이 자가 바로 최 대감이 말하던, 이완용의 손자란 말인가.

"늦었는데 내 바래다주겠소."

"아니오, 사양하겠습니다."

명화는 도망치듯 자리를 떴다. 겸연쩍어진 미스터 리는 씁쓸히

차에 탑승했다.

요한과 홍설은 그 이후로 아무 말도 하지 않았다. 요한은 통유리 너머 떨어지는 빗방울에 여전히 눈을 떼지 못하고 있었다. 홍설은 그런 그를 보며 식은 가배 잔을 만지작거렸다. 조금 전 그가 들려준 이야기가 아직도 귓전을 울렸다.

불현듯 미스터 리가 식당에서 했던 말이 떠올랐다. 그날 거리마다 헌병이 깔려 있었다고. 김구 선생이 운영하는 개개인의 점조직이 친일파를 소탕해나간다고. 일전에 자신이 슬쩍했던 원통형 가방엔 정말 무기가 들어 있는 것일까.

홍설은 뒤늦게 자신의 어리석음을 원망했다. 그가 처한 상황이 어떻다는 것은 전혀 고려하지 않은 채, 고작 자신과의 약조를 어겼단 이유로 미워하고 있었다.

'이렇게 한심한 여인이 또 어디 있을까.'

그때 요한의 기침 소리가 그녀의 의식을 깨웠다. 그는 어깨를 들썩이며 잔기침을 뱉고 있었다. 홍설은 백동화로를 가져와 앞에 놓았다. 불씨를 붙이고 다시 돌아서려는데 요한이 그녀의 손목을 붙잡았다.

"그날 약조를 지키지 못해 미안하오."

요한의 묵직한 음성이 일렁이는 불씨를 갈랐다. 홍설은 그의 손에 이끌려 옆자리에 앉았다.

"저야말로 제 생각만 하였습니다..."

요한의 손이 홍설의 손등을 천천히 덮었다. 그의 고뇌가 홍설의 살갗 아래에 그대로 스며들었다.

"내 이제 당신에게 줄 수 있는 건 슬픔뿐이요... 그러니 지금이라도 늦지 않았소."

홍설은 요한에게서 손을 떼어냈다.

"왜 자꾸... 절 밀어내십니까?"

"한 사람의 인생만 비극으로 끝나면 그걸로 족하오."

"사랑하는 사람의 인생이 비극으로 끝나면 남은 이의 인생은 희극일 것 같습니까?"

홍설은 북받치는 감정을 애써 누르며 말을 이었다.

"두 사람의 인생이 같은 곳을 보고 걷는다면 그 끝이 비극이어도 좋습니다. 마지막에 서로가 함께라면 그 어찌 비극이라 할 수 있겠습니까."

그러나 요한은 말이 없었다. 비통함만이 가득 찬 그의 얼굴을 향해 홍설이 다시 입을 열었다.

"이 길에 들어선 건 제 자신을 위해서이기도 합니다. 또 다른 개똥이가 나오지 않길 바라는..."

"나 또한 그 뜻을 모르지 않소. 허나 당신마저 가시밭길을 걸을 순 없소."

"사랑하는 여자 마음 하나 못 헤아리면서 큰일을 이루려 하시다니. 실망이군요. 더는 말하지 않겠습니다."

홍설이 냉정히 뒤돌아서자 순간 요한은 주변이 싸늘하게 얼어붙는 것 같았다. 그는 뒤늦게 깨닫는 바가 있어 따라 일어섰다.

"내 잠시 고집을 부렸소. 다시... 만회할 기회를 주시오..."

요한은 미동 하나 없는 홍설의 뒤로 다가가 살며시 안았다. 요한의 온기가 그대로 스며들자 홍설은 눈시울이 뜨거워졌다.

'당신이 진정 내 앞날을 위해서 그러는 것을 어찌 모르겠습니까... 허나 그렇기에 당신을 더욱 혼자 보낼 수 없습니다...'

"아까... 당신이 나를 밀어내는 순간."

그녀의 어깨 위로 요한의 음성이 내려앉았다.

"컴컴한 우주에 나 홀로 남겨진 것 같았소."

홍설은 차오르는 슬픔을 내리누르며 요한을 돌아보았다. 그에게만큼은 약한 모습을 보여선 안 되었다.

요한은 마주 선 홍설의 눈을 깊게 응시했다. 그녀의 젖은 눈 속에서 백동화로의 불씨가 광채를 띠며 활활 타오르고 있었다. 그 속에 아직도 주저하는 자신의 얼굴이 비쳤다.

"우리가 죽고 사라지더라도, 이 감정이 살아남게 된다면... 어찌 될까요?"

"사람은 가고 감정은 남는다?"

"누군가는 떠도는 우리의 사랑을 음미하겠지요?"

"허나 감정은 실체가 없으니 결국엔 기록으로 남겨야 하지 않겠소."

"글재주가 없어서... 요한 씨는요?"

"물어 뭐하겠소. 총칼만 만져본 자에게."

비로소 두 사람은 서로를 보고 웃음 지을 만큼의 여유가 생겼다. 진심을 조심스레 어루만지는 애틋한 웃음이었다. 홍설과 요한은 누가 먼저랄 것도 없이 서로에게 몸을 끌어당겼다. 체온이

전하는 위로는 그 어떤 말보다도 깊고 진솔했다. 그 어떤 언어도 따스한 포옹 앞에선 힘을 잃었다. 얼마나 지났을까. 불씨가 몸을 꺼트려 소멸해버렸다. 그러나 부둥켜안은 이들은 조금도 추운 줄을 몰랐다.

*

“소신, 황제 폐하께 문안인사 올리러 왔습니다.”

“가까이 들라.”

이완용은 탐탁지 않은 낯빛을 숨긴 채 정관헌으로 올라섰다. 바닥의 나뭇결 사이로 그의 시신경을 자극하는 냄새가 스멀스멀 올라왔다. 아직도 밤마다 가배 판을 벌이는 모양이었다.

“영친왕의 결혼식 택일은 하였는가.”

“이듬해 1월 22일 오전 10시, 동경에서 식을 올리기로 하였습니다. 전날 늦은 7시경 기차를 타고 떠날 예정입니다.”

“신혼여행 일정은 어찌 되는가.”

“결혼식을 치른 다음 날 출발하여 불란서에 보름 정도 머물 계획입니다.”

“짐이 자네에게 위임한 것은 그만큼 믿기 때문이니 사전에 부족함 없이 만발의 준비를 다하라.”

“맡은 바 최선을 다하겠습니다.”

“하 수상한 세월을 피할 수 있는 이는 아무도 없거늘, 어찌 이 모든 과오가 을사오적 때문이겠는가.”

이완용은 갑작스런 황제의 발언에 고개를 들었다.

"한때 문명화된 독립국을 만들고자 고군분투했던 자네의 노력을 짐이 잘 아는바, 독립문 현판의 수려한 글씨를 볼 때마다 자네가 변절자로 낙인찍힌 것이 시대의 잘못인 것 같아 그저 안타까울 따름이다."

"조선 자체의 힘만으로는 개혁을 성공시킬 수 없었거니와, 아시아의 대세로 떠오르고 있는 일본을 거스르는 것은 불가능하다고 판단하여 내린 결정이었습니다. 신이 역적으로 기록되는 것은 상관없으나 난세에 어려움을 겪는 폐하께 드릴 위로의 말씀을 찾지 못해 송구스러울 따름입니다."

고종은 이완용 곁으로 한 보 다가왔다. 이완용은 내심 당황스러웠다.

"자네도 가까이에서 보니 많이 늙었군. 곧 환갑인가?"

"한 줌의 흙으로 돌아갈 날이 머지않았습니다."

"우리가 함께한 세월도 십수 년에 이르는군. 자네가 처음에 어떤 사람이었는지, 어쩌다 오늘날 그 자리에 이르렀는지 짐은 그 과정을 모르지 않는다."

이완용은 황제가 무슨 말을 하려나 싶어 다시 고개를 슬쩍 들었다.

"만고의 역적이라는 굴레에서 벗어나고 싶다는 생각을 해본 적 있는가?"

어찌 대처를 해야 할지 몰라 식은땀을 흘리는 이완용과 달리 황제의 입가에는 여유가 피어났다.

“죽기 직전 매국노라는 낙인으로부터 벗어날 수 있는 기회가 온다면 어찌 하겠는가?”

이완용은 문득 고종이 낯설게 느껴졌다. 자신이 알던 사람이 아닌 것만 같았다.

“만약 자네가 해오던 행위와는 반대의 족적을 남기고 죽는다면?”

이완용이 할 말을 찾지 못하자 고종은 이어 덧붙였다.

“이완용이란 이름 석 자는 후대의 역사에 새롭게 기록되지 않겠는가.”

“소신은 이미 친일에 기울어진 몸이라 소생이 불가하옵니다.”

“아름답게 하직할 수 있는 시간은 아직 남아 있음이니라.”

이완용은 고종의 속내를 헤아릴 길이 없었다. 다만 분명한 건 오늘도 옥쇄 이야기를 꺼내긴 틀렸단 것이었다.

“졸음이 쏟아지니 이만 퇴청하라.”

돌아 나오는 이완용의 머릿속은 실타래가 엉킨 것마냥 혼란스러웠다. 그는 반평생 자신과 동고동락해온 황제를 어느 정도 안다고 자부하고 있었다. 고종은 얼핏 보면 우유부단한 성정으로 인해 물러 보였지만 그 안에는 집요한 구석이 있었다. 앞에선 온화한 낯빛으로 사람을 편안하게 해주지만 방심한 틈을 타 뒤통수치는 것이 주특기였다. 총독부에서도 그 점을 일찌감치 간파하여 끊임없이 감시해오고 있었다.

“만고의 역적이라는 굴레에서 벗어나고 싶다는 생각을 해본 적이 있냐고? 하직할 수 있는 시간은 아직 남아 있다? 허 참, 하직

하려면 폐하나 하시오. 저승 가는 길동무가 필요하신가. 대체 무슨 귀신 씻나락 까먹는 소리를 하시는 것인지…"

인력거 안에서 그는 혼잣말을 구시렁거렸다. 잠시 불길한 생각이 스쳐 지나갔지만 이내 고개를 저었다. 군사권마저 빼앗긴 이 빨 빠진 호랑이가 늘그막에 무엇을 할 수 있겠는가. 꿍꿍이를 꾸미는 것도 과거에나 가능한 일인 것이다.

"총알받이로 쓸 땐 언제고 이제 와서 무슨 소린가. 거참 노인네 노망이 들려면 곱게 들든지 말이야…"

"오셨습니까."

솟을대문을 열고 들어선 이완용은 인사를 하는 손자를 보곤 적지 않게 놀랐다. 그는 티 나지 않게 코를 킁킁거렸다. 흙냄새 같기도 하고 가배 향 같기도 한 것이 연하게 올라왔다. 어쩌면 둘 다 아닐 수도 있었다. 대체 손자 놈이 밖에서 무슨 짓을 하고 다니는 것인지 알 길이 없었다.

"따라 들어오거라."

미스터 리는 순간 자신이 잘못 들은 것인가 싶었다. 드디어 조부가 못 이기는 척 화해의 손길을 내미시는 것인가. 그는 기쁨을 숨기지 못한 채 사랑채로 따라 들어갔다.

"과거 유럽 사절단 시절 불란서의 가배 하우스를 내방한 적이 있었다."

꾸지람을 늘어놓을 줄 알았던 조부가 가배 이야기를 꺼내자 그는 어안이 벙벙해졌다.

"불란서에선 계층을 막론하고 가배를 마실 수 있었다. 조선과 달리 널리 보급된 탓에 싼 가격에 팔았기 때문이지. 그들은 가배의 힘을 빌려 옆자리의 모르는 이들과도 곧잘 말문을 트더구나. 그리고 그것은 긴 토론으로 이어졌다. 신분에 상관없이 갑론을박을 펼치는 모습은 조선에서 일어난 만민공동회의 꼬락서니와 꼭 닮아 있었지."

미스터 리는 조부가 들려주는 흥미진진한 이야기에 푹 빠졌다.

"미국독립혁명의 도화선이 되었던 사건이 무엇인 줄 아느냐."

"보스턴 차 사건이잖습니까."

"미국에서 가장 먼저 카페가 들어선 곳 또한 보스턴이다. 이는 무엇을 의미하겠느냐?"

보스턴 차 사건 이후 미국인들 사이에서 홍차 대신 가배를 마시는 것이 애국행위로 간주되었다는 것을 미스터 리는 알고 있었다.

"사람이 모이면 문화가 되고 문화가 되면 그 어떠한 사상이나 법률보다도 강력한 힘을 가지게 된다. 문화는 손마디의 옹이처럼 박혀 수백 년이 지나도 없앨 수 없게 되지. 일본이 조선 고유의 문화를 통제하는 것도 이와 같은 이유일 터. 문화가 이토록 무서운 것인데 중독성 강한 가배와 합쳐진다면 어찌 될 것 같으냐."

미스터 리는 조부가 한때 피 끓는 젊은이였단 사실을 다시금 상기했다. 마치 당대의 개화파가 부활한 것 같았다.

"가배에는 사람의 머리를 각성시키는 힘이 들어 있다. 또한 아무리 마셔도 취하지 않기 때문에 고성방가를 지르지 않고도 타인을 선동하고 설파할 수 있지. 미국이 독립을 하고 불란서가 혁명을 한 원동력의 저변에는 가배란 음료가 있었기 때문이 아니겠느냐."

이완용은 잠시 숨을 골랐다.

"비록 피어보지도 못하고 져버린 갑신정변이었지만 그것이 시사한 바는 컸다고 생각한다. 호된 진통 끝에 완성되는 혁명을 어찌 나쁘다고만 하겠느냐. 허나 작금의 조선에서 혁명이란 이미 유효기간이 지난 단어다. 일제 치하에서는 그에 걸맞은 모습으로 살아가야 할 터. 따라서 가배를 마시는 행위는 일체 근절되어야 한다. 카페를 들락거리는 것은 집회나 출판보다 더 위험한 일이 될 수도 있다는 말이다."

결국 이 이야길 하고 싶으셨던 것인가. 미스터 리의 낯빛이 생기를 잃었다.

"검은 물을 마시게 되면 생각 역시 검어질 수밖에 없을 터. 앞으로 가배를 마시고 싶으면 술을 마시거라. 카페를 출입할 바에 기방을 나가는 편이 차라리 낫느니라."

가배 없이 무슨 낙으로 살아가란 말씀이십니까. 그러나 그는 소리 내어 말하지 못했다. 더 이상 조부와 대립할 순 없었다. 지금 숙이고 들어가지 않으면 얼마나 관계가 악화될지 알 수 없었다. 조부가 먼저 내민 이 손을 잡아야만 했다.

"앞으로 검은 물을 파는 곳에 일절 발을 들여놓지 않겠습니다."

"믿어도 되겠느냐."

"지켜봐 주십시오."

미스터 리는 결의에 찬 표정을 지어 보였다. 이완용은 그런 손자를 보며 지긋이 웃었다. 이로써 살얼음판을 내딛는 것 같던 옥인정엔 화해의 기운이 스미게 되었다.

"몸은 괜찮으십니까."

"좋아질 일만 남은 듯하구나."

손자를 돌려보낸 이완용은 홀가분한 마음으로 비단보료 위에 몸을 뉘었다. 가배를 끊겠다는 확답을 받아냄과 동시에 관계도 회복하였으니 이보다 마음이 편할 수 없었다. 그러나 그는 한 가지 사실을 간과하고 있었다. 역설적이게도 손자에게 가배가 가진 힘을 가르쳐 주었단 것이었다.

다음 날 미스터 리는 조부가 출타하자마자 훈길을 자신의 사랑채로 불렀다. 훈길이 안으로 들어서자 그는 광목으로 지은 옷 한 벌을 내놓았다.

"나 때문에 네가 고생이 많은 것을 모르지 않는다. 하여 새해 선물을 준비해보았는데 마음에 들었으면 좋겠구나."

"아이고… 소인이 어찌 주제넘게 이것을 받겠습니까요…"

훈길은 그렇게 말하면서도 빳빳하게 풀 먹은 광목에서 눈을 떼지 못했다.

"이거면 올 한 해 따뜻하게 날 수 있을 게다."

"도련님께서 이렇게 챙겨주시니 몸 둘 바를 모르겠습니다. 그럼 감사히 잘 입겠습니다요…"

훈길은 감복한 나머지 머리가 땅에 닿을 만큼 깊숙이 조아렸다. 고개를 들려는 순간 문갑 아래 곱게 개켜진 흰 양복이 그의 시선에 닿았다. 소매 단에 달린 단추에는 독수리가 양각되어 있었다. 저리도 작은 단추 안에 어찌 새를 새겨 넣을 수 있는가. 옆에는 파리가 앉으면 미끄러질 정도로 반질반질 윤이 나는 흰 구두 한 켤레가 놓여 있었다. 발등 부분에 가로줄 금장이 박혀 있는 그것은 구석에 놓여 있는데도 한껏 위용을 드러내고 있었다. 댓돌이 아닌 방 안에 신발을 두는 도련님이 이해가 갈 성싶었다.

"지금 한번 입어 보거라."

"예?"

놀란 훈길은 바로 시선을 미스터 리에게로 옮겼다.

"쇠뿔도 단김에 빼라지 않느냐. 품이 맞는지 궁금하여 그런다."

훈길은 내키지 않았지만 시키는 대로 입고 있던 넝마를 훌훌 탈의했다. 씻지 않은 몸뚱이를 보여주는 것이 부끄럽긴 했으나 이제껏 노비로 살아온 그에게 항명이란 존재하지 않았다.

"맞춤옷마냥 치수가 딱 맞습니다요."

"다행이구나. 나와 체격이 비슷한 것 같아 고르기가 수월했다."

"기미년에는 이 한 몸 아스라지도록 더욱 열심히 일하겠습니다요."

벗어놓은 옷가지를 들고 나가려는 훈길의 어깨를 미스터 리가 뒤에서 붙잡았다.

"내 소각할 터이니 두고 가거라."

"제 것이니 제가 태우겠습니다."

"그러잖아도 오래된 고서적을 태울 참이었다."

미스터 리는 방 안에 있는 화로의 불씨를 가리켜 보였다. 훈길은 두 눈을 끔벅거린 후 벗어놓은 허물을 두고서 몸만 빠져나왔다.

*

정관헌을 둘러싼 전구에 싸락눈이 내려앉을 때마다 빛이 한 움큼씩 번졌다. 나팔 모양의 축음기에서 흘러나오는 현악기의 선율이 저 멀리 선을 그으며 미끄러졌다. 가배 잔 안으로는 눈송이 하나가 소리 없이 내려앉고 있었다.

"다가오는 21일 저녁 7시, 친일파 대신들을 동반한 영친왕 부부가 경부선을 타고 떠날 것이다."

황제는 이완용에게 들은 그대로 홍설에게 전했다.

"예상대로 야간에 움직일 모양이군요."

관부연락선을 타본 경험이 있는 홍설은 승객들이 주간보다 야간을 선호한단 사실을 잘 알고 있었다. 12시간 가까이 걸리는 여정이니만큼 지루함을 견디기에는 잠만큼 좋은 게 없기도 했다. 특히나 1등실은 휴게실과 식당까지 완비되어 있어 행장을 풀기에 부족함이 없었다.

"세간의 이목이 거기로 쏠리는 그날이야말로 짐이 움직이기에 적기 아니겠느냐."

홍설의 낯빛이 단박에 급물살을 탔다. 황제는 '소낙비'를 실행하겠다고 선언하고 있었다. 고종은 축음기의 소리를 한층 더 높인 후 입을 열었다.

"민영달 대신이 훈련시킨 의병들이 현재 산에서 은거 중이다. 21일 저녁 7시, 이들이 덕수궁을 철통 수비하면 짐은 그 길로 이곳을 탈출할 것이다. 제물포항엔 범선 하나가 대기 중일 것이다. 짐이 신속히 그곳까지 갈 수 있도록 특단의 강구책을 모색해 달라. 단 총독부가 눈치채지 못해야 할 것이다."

홍설의 머릿속이 복잡해졌다. 일단 덕수궁에서 제물포항까지의 거리가 만만치 않았다. 장거리 이동인만큼 아관파천 때 이용한 가마는 적절치 않을 것이었다. 그렇다고 날쌘 말을 타는 것은 노출의 위험이 따를 수 있었다. 아무리 황제가 변장한다 한들 발각되는 날엔 모든 게 물거품이 되고 말 것이었다.

"폐하. 아무리 생각해도 몸소 나서시는 것은 위험해 보입니다. 우선 밀사부터 보내심이..."

고종은 단호히 고개를 저었다.

"과거 짐은 옥체를 보전한다는 명목하에 밀사들을 보냈었다. 발각이 되는 날엔 모르쇠로 일관하였지. 그렇게 애꿎은 밀사들이 목숨을 잃는 동안 세월은 속수무책으로 지나가버렸어. 얼마 남지 않은 생을 더 이상 비겁하게 살고 싶지 않구나. 더 늙어 거동이 힘들어지기 전에 이제는 직접 나설 것이다. 짐 하나가 나서는 것은 일당백의 효과를 낼 수 있을 터. 현재 세계열강들은 일본이 치고 올라오는 것을 견제하고 있으며 윌슨의 민족자결주의에 자극받은 약소국들은 하나같이 고무된 상태이다. 이러한 시기에 짐이 중국의 심장부에 잠입하여 일본과 강제조약을 체결했음을 알림과 동시에 조선은 독립을 바란다는 선언문을 각국만방에 타전한다면… 이는 국제사회에 엄청난 반향을 몰고 올 것이다. 그리하면 조선은…”

황제는 말을 끊었다.

“머잖아, 기어이… 독립되고 말 것이다…”

간절함이 깃든 황제의 음성이 눈발과 함께 고요히 흩날렸다.

“가벼운 마음으로 머물다 떠나면 되는 것을… 인생은 한낱 소풍 같은 것이었거늘, 너무 많은 욕심을 부려 오백 년 왕조를 망쳐버리고 말았어…”

“폐하…”

“처음에는 냉면이 아닌 가배를 들어야 하는 게 맞는지 의심스럽기도 하였다. 허나 이제는 그것이 옳은 판단이었음을 알겠구나. 총독부에서도 가배라면 사족을 못 쓰는 짐의 성정을 알고는 이렇게 묵과해주고 있지 않느냐. 이는 무엇을 뜻하겠느냐. 이미 망명의 절반은 성공했단 뜻 아니겠느냐.”

홍설은 고종의 눈빛에 담긴 신뢰의 무게에 짓눌려 눈동자를 떨굴 수밖에 없었다.

“조만간 기별할 것이니 평소처럼 생활하되 의심을 살 만한 행동은 삼가, 입을 놀릴 때는 신중을 기해야 할 것이다.”

인력거에 오른 홍설은 휘장을 덮었다. 이미 주사위는 던져진 것이다. 그렇다면 이제 남은 건 단 하나, 어떻게 경성을 빠져나갈 것인가… 오직 그것만을 고심할 차례였다.

*

나루장터에 들어선 허씨는 인력거 없이 게다짝을 짝짝 끌며 방물장수에게 다가갔다. 요한이 먼저 아는 체를 했다.

"어찌 오늘은 빈손이구려."

"그만뒀습니다."

"부럽구려. 나도 당장 이 노릇 때려치우고 싶은데."

"가면을 벗는다는 게 생각보다 쉬운 일이 아니더군요."

요한의 미간 사이에 숨겨져 있던 세로 주름이 곧바로 모습을 드러냈다.

"실은 저는 민영달 대신의 수족으로 보내진 자입니다. 그동안 명화 아씨 주변을 살펴왔지요."

요한은 짐작한 바가 있었던지라 그리 놀라지 않았다.

"나에 대한 검증을 끝냈기 때문에 정체를 밝히는 건가."

허씨는 대답하지 않고 외려 역으로 질문을 해 왔다.

"나리께 한 가지 여쭤봐도 되겠습니까."

"얼마든지."

"미스터 리는 어떤 자입니까."

요한은 잠시 허공을 바라보았다.

"이 엄혹한 조선 땅에 그치처럼 순수한 이도 보기 드물 거요. 나야 타고나기를 가시밭길을 걸을 수밖에 없는 작자로 태어났지만 그자는 아니니까. 허면 이번엔 내가 묻지. 여급을 끌어들인 건 무엇을 위한 큰 그림이오?"

허씨는 요한의 귀에 자신의 손을 가져간 뒤 입을 가린 채 말을 전달했다. 망명이란 단어를 들은 요한은 번개가 두개골을 내리찍는 것 같은 충격에 휩싸였다.

"실은 옥에 갇혀 계실 때부터 나리에 대한 검증을 거치고 있었습니다. 황제를 보위하는 호위무사 역으로 나리만 한 적임자가 없을 거라 생각했지요. 헌데 김구 선생을 만나시는 걸 보고 단념하였습니다."

허씨의 눈앞에 이제껏 주시해온 여러 요한들이 떠올랐다. 사람들의 손가락질에도 속없는 사람처럼 헤헤거리던 방물장수, 기생의 돈을 흥청망청 쓰던 기둥서방, 그리고 얼마 전 주막에서 괴로워하던 본연의 모습까지 모두가 한 사람이 만들어낸 자아였다.

"나리는 참으로 팔색조의 매력을 갖추신 분이더군요."

"놀리는 건가."

"곡해하지 마시고 들어주십시오. 나리께선 남들이 가지 않는 길을 택하셨습니다. 이런 수상한 시대에 자신의 신념을 고수하며 산다는 건 결코 쉬운 일이 아니지요. 거사를 앞두고 괴로움에 몸부림치는 것은 마땅히 거쳐야 하는 성장통입니다. 아픔을 동반하지 않는 성장은 없습니다. 세상에 흔들리지 않고 피는 꽃은 없을 테니까요."

요한은 가슴 속에 맺힌 응어리가 풀어짐과 동시에 속에서 무언가 울컥 차오르는 것을 느꼈다. 허씨는 나약한 자아도 기꺼이 보듬어 함께 가야 한다고 말하고 있었다. 어쩌면 그건 요한 자신이 가장 듣고 싶었던 말인지도 몰랐다. 그러니까 자신을 의심하지 말라고.

“부디 하시는 모든 일, 마음먹은 대로 이루시길 바랍니다.”

“자네 앞날에도 행운이 함께하길 바라겠네.”

허씨는 허리 굽혀 인사하곤 물러났다. 요한은 복잡하던 머릿속이 비로소 정리되는 느낌이었다. 인생의 우선순위가 명료하게 정해진 것이다. 홍설, 그리고 황제, 나아가 조선을 위해 할 수 있는 일. 나만이 할 수 있는 일. 그렇다면 역시 그것밖에 없었다.

*

소등한 카페 안으로 명화와 허씨가 들어섰다. 홍설은 그들을 구들방으로 안내했다. 등잔불을 켜자 어둠이 걷히며 단출한 세간살이가 드러났다. 허씨의 손에는 서신이 들려 있었다. 그것을 등잔불 가까이 들이대자 소금물로 찍어낸 고종의 글자가 선연히 드러났다. 바로 ‘순’이란 글자였다.

“21일 당직이 박제순이란 뜻입니다.”

“그는 망설임 끝에 을사오적에 가담한 자이지 않습니까.”

“그래도 박제순 대신이라면 해볼 만하지요.”

명화는 홍설의 의구심을 한마디로 지워냈다. 허씨는 그런 두 여인을 번갈아 바라보았다.

“홍설 아씨께선 황제의 망명길에 동행해주십시오. 그리고 명화 아씨는 이곳에 남아 연락책을 맡아주십시오.”

역할이 주어진 두 여인은 고개를 끄덕이며 눈빛을 교환했다.

"무엇을 타고 빠져나가면 좋을지 생각해보셨습니까."

"가장 빠른 수단은 경성택시겠지요."

명화의 물음에 홍설이 답했다.

"저도 그 생각을 했습니다만, 일본인이 설립한 회사라는 점이 마음에 걸리더군요."

명화는 인력거만 타고 다녔던 지난날이 뒤늦게 후회되었다. 이럴 때 아는 운전수라도 있으면 얼마나 좋을까 싶었던 것이다.

홍설은 홍설 나름대로 생각에 잠겼다. 그러다 갑자기 소스라치게 놀란 표정으로 물었다.

"북경으로 떠나는 이가 저와 폐하, 둘뿐입니까?"

"그럴 리 있겠습니까. 당연히 허씨가 동행하겠지요."

그러나 허씨는 고개를 내저었다.

"저는 그날 의병들과 함께 궁을 점거하기로 하였습니다."

"하지만 호위무사가 한 명 정도는..."

명화가 믿을 수 없단 듯 허씨에게 되묻는 그때 카페 문 두드리는 소리가 그녀의 말을 잘랐다. 모두가 숨죽인 가운데 소리는 일정한 간격으로 계속 들려왔다.

"잠시만 소등하고 계십시오."

구들방에서 나온 홍설은 커튼을 살짝 걷었다. 통유리 너머 서 있는 이를 본 홍설의 낯빛이 긴장감에서 안도감으로 바뀌었다.

"이렇게 야심한 밤에 웬일이십니까."

말은 그렇게 했지만 홍설은 문을 반 틈만 연 채로 경계를 늦추지 않았다.

"당장 동사할 것만 같은데 잠시 들어가도 되겠소?"

미스터 리는 온몸을 덜덜 떨고 있었다. 가까이에서 살펴보니 양복 차림이 아니었다. 어두워서 잘 보이진 않았지만 평소와는 다른 복장이었다.

"죄송하지만 날이 밝으면 다시 오십시오."

"오밤중에 왔다고 문전박대하나 본데 긴히 전할 말이 있어 온 거요."

홍설이 망설이는 사이 그는 추위를 참지 못하고서 불쑥 들어섰다. 홍설은 그런 그를 제지하려 했지만 외려 역효과가 날 것 같아 관두었다. 사실 구들방만 들어가지 않는다면 문제될 것은 없었다. 어떻게 내보낼지 고민하고 있는데 구들방에서 부스럭거리는 소리가 들려왔다.

"우리 말고 누가 또 있소?"

그의 눈빛이 의문스럽게 변했다.

"가끔 쥐새끼가 돌아다닙니다."

말이 끝나기가 무섭게 구들방에서 명화가 나왔다. 허씨는 보이지 않았다. 자신이 문을 열러 갔을 때 아궁이가 있는 뒷문으로 진작에 빠져나간 듯했다.

"이 야심한 시간에 웬일이십니까."

명화는 마치 자신의 집에 들른 불청객 대하듯 그를 쏘아보았다.

"염치 불고하지만 잠시 들어가 몸 좀 녹여도 되겠소?"

그는 허락 받을 생각은 애초부터 없었다는 듯 바로 구들방으로 향했다. 홍설은 따지려는 명화를 손으로 제지했다. 등잔 불빛 아래로 누더기 같은 넝마를 걸친 미스터 리의 모습이 드러나자 두 여인은 놀라지 않을 수 없었다. 그는 오랜 시간 변색되어 제 색깔을 알아볼 수 없을 정도로 낡아빠진 옷을 걸치고 있었다. 옷감 사이사이마다 구멍이 숭숭 뚫려 있었으며 소맷부리는 다 해져서 이미 의복의 기능을 상실해 있었다. 미스터 리는 홍설의 간소한 살림살이에 그 나름대로 놀란 눈빛이었다. 홍설은 왜 이 모양 이 꼴이냐고 묻고 싶었지만 입에선 정작 다른 말이 튀어나왔다.

"긴히 전할 말씀이 무엇입니까."

그는 헛기침을 한 번 하더니 노인의 음성으로 목소리를 변조했다.

"총알받이로 쓸 땐 언제고 이제 와서 무슨 소린가. 거참 노인네 노망이 들려면 곱게 들든지 말이야…"

그는 다시 제 음성으로 돌아와 덧붙였다.

"황제를 알현한 조부께서 하신 말씀이오."

"매국노의 입에서 나올 법한 말이군요."

"내 조부를… 아시오?"

어안이 벙벙해진 미스터 리는 명화를 보다 홍설에게로 시선을 돌렸다. 홍설은 미스터 리보다 더 당황한 표정이었다. 결코 미스터 리의 치부를 발설한 자의 얼굴이 아니었다.

"내 조부를 어찌 알았소…?"

그의 질문에 명화는 고개를 저었다.

"그건 중요한 문제가 아닌 줄로 압니다. 다시 본론으로 돌아가지요. 대체 두 분 사이에 어떤 대화가 오갔던 겁니까."

미스터 리는 머쓱해진 얼굴로 입을 열었다.

"나도 알 수 없소... 다만 황제께서 심정이 복잡한 나머지 조부께 이런저런 말을 늘어놓았다고 유추할 순 있겠지... 하여 말인데 혹시 내가 도울 일이 없겠소?"

명화의 표정이 바로 일그러졌다. 그러나 홍설은 그와 달리 화색이 일었다.

"이분이 '소낙비'에 동참해주신다면 큰 힘이 될 것입니다."

"결코 있을 수 없는 일입니다."

두 여인의 시선이 팽팽하게 오갔다.

"저는 미스터 리를 잘 압니다."

"열 길 물속은 알아도 한 길 사람 속은 모른다는 속담 모르십니까? 대체 저자의 무엇을 보고 믿는단 말입니까."

"마음입니다."

"눈에 보이지 않는 형이상학적인 것을 무슨 수로 믿는단 말입니까?"

"또한 이분에겐 다임러 리무진이 있습니다."

매섭던 명화의 눈빛이 순간 흔들렸다.

"그 어떤 수단이 추격해 온다 할지라도 다임러 리무진을 따라올 수는 없을 겁니다."

"그만, 그만들 하시오."

미스터 리는 두 여인의 말씨름을 중단시키곤 이어 덧붙였다.

"아니, 어찌하여 내가 이런 차림을 하고 왔는지 물어보지는 않고 투닥거리기만 하시오?"

미스터 리의 중계에 두 여인은 잠시 화를 삭였다. 그는 싱긋 웃더니 말을 이어나갔다.

"예전부터 조부께선 가배라는 음료를 탐탁지 않게 여기셨소. 얼마 전엔 카페 출입 금지령까지 내리셨지. 허나 그렇다고 내 못 갈쏘냐. 냄새를 완전히 은폐하기 위해 우리 집 일꾼 녀석의 옷을 입고 온 거요."

명화는 미스터 리의 행색을 훑더니 자리에서 일어섰다.

"잠시만 실례하겠습니다."

명화는 홍설에게 눈짓으로 신호를 보냈다. 홍설은 혼자 남겨진 미스터 리를 흘끗 본 뒤 명화를 따라 밖으로 나갔다. 예상대로 뒤편 아궁이 가에 허씨가 기다리고 있었다. 허씨는 모든 걸 다 들은 듯 생각에 잠긴 표정이었다.

"허씨와 의논도 하지 않고 그런 말을 하면 어떡합니까."

"명화 씨도 조금 전에 호위무사가 있어야 한다고 하지 않았습니까?"

홍설은 명화의 질책을 외려 받아쳤다. 그러곤 다시 말을 이었다.

"망명의 성패를 좌우하는 건 바로 속도입니다. 조선을 벗어나기 위해선 일단 육로를 빠져나가야 합니다. 그렇지 않으면 수로로 나아갈 수도, 중국으로 건너갈 수도 없습니다. 우리에겐 황제를 지켜줄 호위무사와 동시에 육로에서 속도를 내어줄 이가 필요합니다. 우리를 알고 있으며, 자동차가 있고, 몸을 쓸 줄 아는 사내. 이보다 적격인 자가 어디 있겠습니까."

"허나 가장 중요한 것이 문제되고 있지 않습니까."

"핏줄이 대체 뭐가 중하단 말입니까."

"그자를… 믿어보기로 하지요."

허씨가 무겁게 입을 열자 명화의 낯이 하얗게 질렸다.

"미스터 리에 대한 검증은 마치셨습니까?"

"아니오, 허나…"

허씨는 이어 덧붙이는 말에 힘을 실었다.

"저자의 됨됨이를 믿어보기로 하지요."

허씨는 오랫동안 미스터 리를 지켜봐왔기에 황제의 호위무사로서 손색이 없단 사실을 알고 있었다. 더군다나 점찍어 두었던 요한이 후보에서 탈락되면서 미스터 리에 대해 진지하게 생각해보고 있던 터였다. 그러나 민 대신에게 미스터 리를 언급할 엄두가 나지 않았다. 피가 탁하다는 사실이 이토록 걸릴 수가 없었다. 그렇다고 '소낙비'가 얼마 남지 않은 이 시점에서 달리 방도가 있는 것도 아니었다. 그러던 중 이런 일이 생긴 것이었다. 문득 요한이 했던 말이 스치고 지나갔다. 이 엄혹한 조선 땅에 그치처럼 순수한 이는 보기 드물 거요.

"미스터 리와 대면하도록 하겠습니다."

명화는 허씨의 길을 터주는 와중에도 이게 최선인지 확신이 서지 않았다. 생각해보면 그는 황제의 호위무사로 더할 나위 없긴 하였다. 오늘 본 그의 누추한 차림새에서 진정성이 미약하게나마 느껴지기도 하였다. 그러나... 그가 이완용의 씨라는 사실이 끝까지 마음에 걸렸다.

미스터 리는 명화와 홍설이 웬 사내를 대동해 오자 퍽이나 놀란 눈치였다.

"민영달 대신의 수족 노릇을 하는 허씨라고 합니다."

이제껏 인력거꾼 행세를 하며 우리 곁을 맴돌았다는 말을 홍설이 전하자 미스터 리는 다시금 얼떨떨한 낯빛이 되었다. 그러나 이내 상황을 파악하고는 신중한 눈매로 돌아왔다.

"내 허씨에게 단도직입적으로 말하겠소. 독립이라는 종착지로 항해하는 그 배에 나도 꼭 승선하고 싶소이다."

"좋습니다."

"날... 태워주는 거요?"

곧바로 긍정의 대답을 들으리라곤 기대하지 않았던 미스터 리는 믿을 수 없단 듯 되물었다.

"제가 미스터 리의 뒤를 오랫동안 밟아왔단 사실을 아실지 모르겠군요. 거듭된 고민 끝에 내린 결정임을 알려드립니다. 오늘부로 미스터 리는 '소낙비'에 합류합니다."

허씨는 좌중을 한번 둘러본 후 미스터 리에게 시선을 고정시켰다.

"1월 21일 저녁 7시, 홍설 아씨와 폐하를 태워 제물포항으로 오십시오."

이어 홍설이 첨언했다.

"6시 30분에는 경성 브라운에 도착하셔야 합니다. 저를 먼저 태운 뒤 덕수궁으로 가면 동선이 꼬이지 않습니다."

미스터 리는 지금 이 상황이 꿈인지 현실인지 분간이 가지 않았다. 그러나 이내 마음을 차분히 가다듬고 입을 열었다.

"그날 다임러 리무진에 기름을 잔뜩 먹여두리다. 헌데 제물포항에 도착하면 그다음 행선지는 어디오?"

"북경입니다."

"하... 종착지가 중국의 수도였구려..."

미스터 리의 입에서 감탄사가 흘러나왔다. 허씨는 표정 하나 변하지 않은 채 그에게 물었다.

"그곳에서 홍설 씨와 폐하를 보위해주실 수 있겠습니까."

"내... 내가 말이오?"

"중국은 조부의 영향력이 미치지 않을 터이니 여러모로 떠나시는 게 미스터 리에게도 이로울 겁니다."

허씨는 그에 대해 자신이 아는 바를 가감 없이 드러냈다. 미스터 리는 다시금 허씨를 보았다. 게다짝을 끄는 특이한 행색 때문에 오래 전부터 허씨의 존재를 알고 있었다. 대의명분을 위해 자신을 숨긴 채 반평생을 살아야 하는 삶이란 대체 어떤 것인지. 그는 경외심마저 들었다.

"날 믿어준 만큼 결코 당신을 실망시키지 않겠소. 내 최선을 다해 보필하리다."

미스터 리는 황제를 까 내렸던 자신의 지난날을 진심으로 뉘우쳤다. 황제가 큰 그림을 그리고 있을 거라곤, 그런 그림을 그릴 수 있는 자일 거라곤 상상도 못 했던 것이다. 미스터 리는 잠시 뒤 다시 입을 열었다.

"헌데 노파심에서 묻는 것이오만 그날 황제께서 덕수궁을 무사히 빠져나올 방책은 세워두셨소?"

"그 점은 염려하지 않으셔도 됩니다."

허씨는 오랜만에 특유의 하회탈 같은 웃음을 지어 보였다. 자신의 마지막을 아는 자만이 지을 수 있는 미소였다.

"제가 퇴장하면 간격을 두어 나가도록 하십시오. 또한 앞으로 가급적이면 이곳에 출입하는 것은 삼가주십시오."

허씨는 당부의 말을 남기곤 사라졌다. 홍설은 그의 빈자리를 천천히 쓰다듬었다.

"휴무 날이면 기차를 타고 유성온천에 갔던 일도 이제는 추억이 되겠군요..."

홍설의 넋두리에 미스터 리는 고개를 끄덕였다. 명화 역시 비로소 떠나는 자의 심정이 헤아려졌다.

"북경과 조선은 가깝지 않습니까. 빠른 시일 안에 다시 조선 땅을 밟을 수 있을 겁니다."

명화는 자신이 건네는 위로가 진부하기 짝이 없다고 생각했지만 달리 다른 말이 떠오르지 않았다. 다행히도 홍설은 그 말에 기운을 차린 듯 엷은 웃음을 보였다.

"허면 저도 이만 가보겠습니다."

이번엔 명화가 일어섰다. 그녀는 내키지 않았지만 미스터 리에게도 눈인사를 보낸 후 새벽안개 속으로 사라졌다. 두 사람만 남은 구들방에 고요가 머물렀다.

"오늘의 결정을 후회하지 않을 자신이 있으십니까."

"그대가 나를 천거했는데 내 어찌 내빼겠소."

농을 치던 그는 이내 웃음기를 거두었다.

"나는 이제껏 살아오는 동안 위기와 마주치면 도망치기 바빴소. 그렇게 도망치곤 다음 날이면 싹 잊어버렸지. 헌데 어느 날 그런 생각이 들더군. 언제까지 도망치며 살아야 하나. 죄를 짓지 않았음에도 언제까지 죄인이어야 하나."

홍설은 코끝이 시큰해졌다. 그는 자신의 핏줄로부터 평생을 도망쳐왔지만 그것은 도망친다고 바꿀 수 있는 게 아니었다.

"나는 지금 몹시 설레오."

"새로운 모험을 앞두어서요?"

그는 가볍게 고개를 저었다.

"혹시 아오. 북경에서 그대가 나를 사내로 봐줄 날이 올지."

홍설은 차마 미스터 리의 얼굴을 대면할 수 없어 그대로 일어섰다.

"밤이 늦었습니다."

미스터 리는 소리 없이 웃으며 따라 일어섰다.

"오늘 밤은 잠이 올 것 같지 않구려."

'쉽지 않은 결정이었음을 압니다. 감사하단 말을 전하고 싶으나 목이 메어 그럴 수 없음에 죄송할 뿐입니다. 북경에서 이 마음을 전하는 날이 오겠지요.'

홍설은 통유리 너머 멀어지는 다임러 리무진을 보며 혼잣말을 되뇌었다.

*

"아따, 성님. 얼굴 보기 왜 이리 힘드오?"

와타루가 선술집으로 들어서자 신철은 용수철처럼 일어섰다. 마주 앉은 와타루의 얼굴은 전과 달리 퍽이나 상해 있었다. 눈두덩엔 시커먼 그늘이 져 있었으며 광대 역시 불거진 것이 꼭 행려병자 같았다.

"무슨 일 있었소?"

"본토로 출장 갔을 때 서반아 독감에 걸렸지. 아주 죽다 살아났네."

"서반아 독감?"

"조선에선 무오년 독감이라 불린다더군."

와타루가 오늘 자 매일신보를 꺼내 보이자 신철은 그것을 소리 내어 읽기 시작했다.

"요사이 악성 돌림 감긔로 하야셔 죽난 사람이 많이 있어 사람마다 각기 죠심을 대단히 하고 학교에서도 감긔의 전염을 예방하기 위하야 휴학을 하난 곳이..."

신철은 기사를 읽다 말고 의자 뒤로 몸을 훅 밀쳤다.

"지금은 완전히 나았으니 그리 경계할 것 없네."

머쓱해진 신철은 다시 의자를 끌어당겼다.

"독감으로 인해 세계대전이 종식되었다 할 정도로 많은 이들이 총칼 아닌 균으로 죽었다더군."

"지는 그런지도 모르고... 참으로 병상에서 고생 많았소. 성님."

신철은 와타루가 자신을 의도적으로 피한다고 생각했던 지난 날을 가슴 깊이 뉘우쳤다.

"내게 무슨 급한 용무라도 있었나."

와타루는 자신이 조선에 없는 동안 신철이 남대문 서를 찾아왔단 사실을 순사를 통해 알고 있었다.

"성님도 참 말씀 섭하게 하시는구려. 뭐 우리가 용건이 있어야 보는 사입니까? 전쟁도 끝난 데다 새해도 다가왔으니 축하주를 들고 싶었을 따름이지요."

"세계대전이 종식된 것이 기쁜가. 아니면 일본이 전승국이 된 것이 기쁜가."

"세계 대세를 결정짓는 동양유일의 열강, 대일본제국이 앞으로 승승장구할 일만 남았으니 이 어찌 기쁘지 아니할 쏩니까? 개인적으로도 기쁜 소식이 있습지요. 이번에 아내가 넷째를 가졌지 않겠습니까? 손가락 발가락만 열 개로 태어나준다면야 바랄 게 없겠지만 이번에는 고추가 아니었음 하는 바람이 있습니다. 흐흐."

헤벌쭉 벌어진 신철의 입은 다물어질 줄 몰랐다. 와타루는 신철의 술잔에 자신의 그것을 가볍게 부딪쳤다.

"축하하네."

와타루가 술을 털어 넣기가 무섭게 신철이 빈 잔을 채워 올렸다.

"성님은 삶의 목표가 있습니까?"

"이렇게 오래도록 잔을 기울이는 것도 인생의 목표가 될 수 있다면."

"에이, 너무 싱거운 목표 아닙니까?"

"한 번 호되게 앓고 나면 평범한 일상에도 감사하게 된다네."

"고 서반아 독감이란 놈이 성님 올해 액운은 다 들고 갔을 겁니다. 허면 출근은 언제부텹니까?"

"내일이라도 나가봐야겠지. 쌓인 업무가 많아서 한동안 바쁜 나날을 보내게 될 것 같네. 그동안 병상에 있느라 자네가 반길 만한 정보를 수집하지 못해 유감이군."

"뭐 우리가 한두 번 볼 사입니까? 저는 그저 이렇게 만나서 술 마시는 것만으로도 만족하는구먼요. 술이 참 답디다."

신철은 께적지근한 속을 술로 덮었다. 어느 정도 취기가 오르자 그의 입에서 취중진담이 흘러 나왔다.

"성님. 그까짓 거 인생 한 방 아닙니까? 성님이 제게 월척만 물어준다면야 그때부터 인생 피는 건 시간 문제지요. 헌데 그 한 방이 언제 오느냐! 어떻게 그 기회를 피래미 새끼 잡듯 낚아채서 아가리를 한 방에 확 터뜨리느냐? 그게 바로 관건 아니겠습니까?"

와타루는 마지막 잔을 비우고 일어섰다. 신철은 조금 더 얘기를 나누고 싶었으나 생사를 넘나들다 온 사람에게 차마 권할 수가 없었다.

어둑한 밤거리에는 짙은 냉기가 깔려 있었다. 곤드레만드레가 된 신철은 헤어지는 순간까지도 쉴 새 없이 입을 놀렸다.

"조선이 뭡니까, 조선이? 일한합방 당시 남해도로 부르자는 안건이 채택됐어야 했거늘 참으로 안타까움을 금할 수가 없습니다. 남해도! 얼마나 입에 착 감깁니까? 일본의 북해도같이 본토 느낌도 나는 것이 훨씬 좋지 않습니까?"

"통일성이 있어 보이긴 하는군."

"허면 성님, 올 한 해도 잘 부탁합니다."

가누지 못하는 몸으로 허리를 굽혀 예의를 표한 신철은 곧 밤거리 속으로 사라졌다.

"남해도..."

와타루는 그 단어를 다시 한 번 곱씹었다. 그는 신철을 만나고 돌아갈 적마다 자신의 과거 모습을 보는 것 같아 마음이 편치 않았다. 와타루는 무의식적으로 총상 입었던 자리를 매만졌다. 어서 고향으로 돌아가고 싶어요. 사찌코의 목소리가 잡힐 듯이 들려오자 그는 황망히 주위를 두리번거렸다. 그러나 추위에 한껏 웅크린 가옥들만 보일 뿐이었다. 고향에 돌아가면 뒷마당에 국화꽃을 심을 거예요. 말린 꽃잎을 이용해 떡을 부쳐 먹고 산나물을 캐어다 무침도 해먹을 거예요. 전장에서 먹는 이런 음식 말고 진짜 자연의 맛 말이에요.

그녀는 전쟁이 싫다는 말을 입버릇처럼 하곤 했었다. 언제 고향으로 돌아갈 수 있냐는 사찌코의 물음에 그는 매번 이번이 마지막이라고 답했다. 이번 전투만 끝나면. 이번 작전만 수행하면. 그러나 이번은 매번 새로운 다음이 되어 돌아왔다. 승전고를 울릴수록 또 다른 욕망이 그의 가슴에 불을 지폈다. 오직 성공에 대한 욕망으로 점철되어 있던 그에게 사찌코의 욕망은 하찮아

보였다. 자신의 끝없는 욕망이 사랑하는 이를 사지로 내몰 것이라곤 상상도 하지 못했다. 부상병을 치료하던 그녀의 초소가 폭격을 맞아 흔적도 없이 궤멸당하던 날 그는 전장에서 처음으로 소리 내어 울었다. 그 후 참전하는 전투마다 대패했다. 지휘 자격을 상실하여 변방으로 밀려났지만 그곳에서도 고전을 면치 못했다. 사정거리에 든 사격 조준조차 제대로 할 수 없었다. 그는 전쟁이 끝난 뒤 조선으로 차출되었다. 경부라는 직함이 주어졌지만 유배나 다름없었다. 그러나 자신이 어디에서 무슨 직함을 가지건 그것은 더 이상 아무 의미가 없었다.

사랑하는 이와 음식을 만들어 먹는 소소함이 그토록 어려운 일상임을 알았더라면. 평범하게 사는 것이야말로 가장 위대한 일임을 알았더라면. 그랬더라면 나는 기어이 총칼을 내려놓았을 것인가.

와타루는 총상 자리를 꾸욱 누르며 씁쓸히 돌아섰다.

*

"그만 밟고 나오시오."

명화는 깜짝 놀라 두어 걸음 뒤로 물러섰다. 그러나 미스터 리의 눈에 자신이 보일 리 없었다. 그녀는 처마가 가파르게 기울어진 적산가옥 뒤로 몸을 숨긴 상태였다. 그가 있는 곳에선 자신의 머리카락 한 올조차 보이지 않을 터였다.

"내 그림자가 하루 종일 밟혀서 앓는 소리를 내더이다."

아닌 게 아니라 명화는 아침부터 미스터 리를 미행했다. 오전 일찍이 고서적 파는 곳에서 시간을 죽치던 그는 식전이 되자 장터에서 소고기 국밥 한 그릇을 비운 뒤 호떡집에서 연달아 세 개를 삼켰다. 장터를 이리저리 오가는가 싶더니 그의 발길이 북촌으로 향했다. 가옥들이 완공되어가는 모습을 살펴보던 그는 해거름이 다 되어서야 자신의 동리인 남촌에 입성했다. 어쩌면 처음부터 미행을 알고 있던 건 아니었을까. 명화는 그가 오늘 하루 종일 부산스럽게 돌아다닌 이유가 그 때문인지도 모른단 생각이 뒤늦게야 들었다.

"저와 미스터 리의 동선이 공교롭게도 맞물렸을 뿐입니다."

명화는 천연덕스럽게 거짓말을 늘어놓으며 모습을 드러냈다.

"같은 조선인끼리 그리 의심을 해서야 쓰겠소."

"일이 어긋나면 내뺄 구멍이 있는 자와 없는 자가 어찌 같을 수 있겠습니까."

"허허. 나는 우리가 동병상련인 줄 알았는데."

"예?"

"예전에 장터에서 요한 씨와 명화 씨가 투닥거리는 것을 본 적이 있소. 명화 씨는 타박을 늘어놓으면서도 웃음을 잃지 않더군. 그때 알았소. 명화 씨는 나와 같은 결, 같은 감정을 가진 여인이란 것을."

부아가 나 있던 명화의 표정이 순간 힘을 잃어버렸다.

"누군가를 열렬히 사모하는 마음, 그로 인해 그 사람과 같은 길을 걷고 싶은 마음을 내 누구보다 잘 알고 있소. 명화 씨가 언제까지고 사랑하는 이의 곁에 머물고 싶어 하듯 나 역시 그러하오. 그게 바로 이 길을 택한 이유요. 이제 나에 대한 믿음이 좀 생기셨소?"

명화는 표정을 잃은 채 땅만 내려다보았다.

"이제껏 나는 내가 아는 언어와 지식을 전파할 생각 따위는 하지 않은 채 살아왔소. 아무것도 하지 않는 것만이 최선이라고 생각했지. 허나 홍설 씨를 알고 나서부터 그 생각이 바뀌더이다. 정신을 차려보니 그 여인을 흉내 내고 있더군. 그리고 종내에는 완전히 닮고 싶어졌소."

미스터 리는 잠시 말을 끊었다.

"황제를 따라 북경에 가게 되면 제일 먼저 학교를 세울 거요. 많은 이들이 낫을 보고 기역임을 깨닫게 하는 것, 이번 생의 목표는 그거요."

명화는 치마 끝자락을 감싸며 돌아섰다.

"언제 한번 시간 내어 놀러 오십시오. 술 한 잔 내어드리지요."

미스터 리는 명화의 선의에 유쾌하게 웃었다.

"공짜 술이라면 내 마다하지 않지."

그는 멀어지는 그녀의 등에다 대고 외쳤다.

"내 몸 속에 친일의 피가 흐르고 있다지만 그보다 중한 건 내가 어떤 생각과 행동을 하느냐 아니겠소. 나, 리혜영을 믿어주시오!"

명화는 등 한가운데가 간질거려 왔지만 어째서인지 긁을 수가 없었다.

*

아궁이 앞에서 부지깽이를 휘젓던 홍설은 문을 두드리는 소리에 몸을 일으켰다. 장사는 진작 끝나 커튼으로 통유리를 차단한 상태였다. 커튼을 살짝 걷자 컴컴한 거리가 윤곽 없는 모습을 드러냈다. 그 한가운데 요한이 서 있었다.

홍설이 바의 등잔 심지에 불을 붙이자 빛이 그리로 모여들었다. 갓 내린 가배 두 잔이 놓였다. 잔을 든 요한의 얼굴은 웃음을 띠고 있었지만 그것을 한 꺼풀 벗겨내면 곧바로 진한 미간 주름이 드러날 것 같았다.

"허씨가 내게 자신의 정체를 밝혀 왔소."

"'소낙비'에 대한 이야기도 들으셨겠군요."

홍설은 마음의 짐을 덜어낸 기분이었다.

"미스터 리께서 합류하기로 한 것도 아십니까."

요한은 가배 잔을 천천히 입가로 가져갔다. 결국 그렇게 된 것인가. 고종을 그토록 미워하던 자가 돕기로 결심했다니. 이유야 무엇이든지 간에 그는 마음 한 구석이 든든해져 옴을 느꼈다. 미스터 리가 동행한다면 '소낙비'는 던져볼 만한 승부수였다.

"고지식하기 짝이 없는 벽창호인 줄 알았더니 꼭 그런 것만도 아니었군."

"요한 씨와도 한바탕 논쟁을 벌인 적이 있나 보군요."

"허면 홍설 씨와도?"

요한은 고개를 절레절레 흔들었다.

“북경에 가서도 조심하시오. 언제 또 목에 핏대를 세울지 모르니.”

홍설은 요한과 대거리를 했을 미스터 리의 모습을 상상하자 웃음이 새어 나왔다. 그러나 이내 북경이란 단어에 마음이 싱숭생숭해졌다.

“망명 날짜가 언제요?”

“21일입니다.”

“21일이라면 영친왕께서 동경으로 떠나는 날 아니오?”

“그렇습니다. 시간도 일부러 영친왕께서 경부선을 타는 7시로 정하였습니다. 영친왕의 환송식으로 모든 이의 이목이 남대문 정거장에 쏠려 있을 때를 노린 것이지요.”

굳은 요한의 낯빛을 살피던 홍설은 다음 말을 조심스레 꺼냈다.

“중국은 땅덩이가 넓어 독립군들이 활동하기에 안성맞춤이라 들었습니다. 특히 상해란 도시는 조계지가 형성되어 있어 조선인들도 신변이 보장된다고 하더군요...”

“그래서 나도 북경으로 갈까 하오.”

의기소침해 있던 홍설의 얼굴빛이 곧바로 환해졌다.

“먼저 가 계시오. 내 곧 뒤따라가리다.”

“예?”

“난 요시찰 대상이라 위험하잖소.”

“단지... 그 때문입니까.”

“그보다 중한 이유가 있소?”

싸한 공기가 침묵과 함께 맴돌았다.

"요한 씨가 북경에 오시는 날 환영잔치를 열어야겠군요. 북경 오리와 함께 독한 배갈을 준비하고 있겠습니다."

"이런, 북경에 가자마자 바쁘겠구려."

홍설은 애써 웃어 보였다. 요한은 그런 그녀의 손을 꼬옥 잡았다. 그러나 손의 온기가 전해질수록 오늘이 조선에서 보는 마지막 날이라는 생각만 확연해질 뿐이었다.

서로의 손금이 상대방에게 가닿자 두 사람의 얼굴도 한결 가까워졌다. 더 이상 가까워질 수 없을 만큼 얼굴을 밀착하자 숨을 내쉬기 어려웠다. 입술이 열리며 물컹한 혀가 상대의 그것을 빨아들였다. 숨겨두었던 온갖 번민과 고통이 타액 너머로 밀려왔다. 말하지 못한 진실들이 호흡 속으로 빨려들었다. 몸이 마주 붙자 잠들어 있던 세포들이 일제히 울음을 터뜨렸다. 아지랑이처럼 꿈틀거리는 등잔불 너머로 두 사람의 몸짓언어가 쉼 없이 일렁였다.

어느 순간 초의 심지가 아스러지고 사방은 어둠으로 뒤덮였다. 한없이 냉랭한 바람이 등골을 휘감자 홍설은 몸에 오소소 소름이 돋아났다. 그녀는 바닥에 떨어진 옷을 주워 등을 감쌌다. 창밖으론 황량한 진고개의 새벽 풍경이 느리게 지나가고 있었다. 그곳엔 에덴동산도, 아담도 없었다. 오직 하와만이 길을 잃은 채 서 있었다.

홍설은 그가 남기고 간 가배 잔에 손을 가져갔다. 차갑게 식은 잔을 만지는 홍설의 손이 불길에 데인 것처럼 뜨거웠다.

—당신이 보고 싶을 때면 북경에서 뜨거운 가배를 마시는 내 모습을 상상할 것이오. 각자의 자리에서 최선을 다하다 보면 어느새 당신이 내려주는 가배를 마시고 있지 않겠소. 비록 잠시 떨어져 있지만 항상 내 곁엔 당신이 살아 숨 쉬고 있음을. 언제나 서로의 인기척을 느낄 수 있을 것임을...

그가 남기고 간 언어가 가배의 잔향과 함께 환청처럼 떠돌았다.

*

다임러 리무진이 멀어지는 것을 확인한 이완용은 행랑채의 훈길을 은밀하게 불러냈다.

"자, 이제 말해보거라."

이완용을 따라 뒷마당으로 향한 훈길은 설명을 하기에 앞서 눈을 반짝였다.

"에... 그러니까 그곳으로 말할 것 같으면 불빛이 휘황찬란한 게 멀리서 보는 것만으로도 정신이 어지러울 정도였습니다. 제가 까막눈이라 간판을 읽을 순 없었지만 본 것만 옮겨보자면 아리따운 여인들이 문을 열고 우르르 나오더군요. 그 틈으로 기름진 고기 냄새와 풍악 소리가 휘익 파고들며..."

"하사정이로군."

이완용의 굳은 음성이 훈길의 말을 잘랐다.

"설마 혜영이가 눈치 챈 것은 아니렷다?"

"아이고. 대감마님이 시키신 대로 멀찌감치 떨어져서 지켜봤습니다요. 그 점은 걱정 붙들어 매셔도 되구먼요. 하여간 제가 본 것은 거기까지였습니다."

"혹여 혜영이 근래에 평소와 다른 행동을 보인다거나 한 점은 없었느냐."

자신의 빳빳한 광목 소맷부리를 내려다보던 훈길은 잠시 말이 없었다.

"없었습니다."

"낯선 곳에 다녀오느라 수고했다. 이만 쉬도록 하여라."

사랑채로 들어선 이완용은 생각에 잠겼다. 진정으로 악령이 깃든 음료를 끊은 것인가. 실제로 혜영에게서 더 이상 가배 향이 맡아지지 않았다. 그럼에도 믿을 수 없었던 그는 궁리 끝에 훈길에게 미행하란 지시를 내렸다. 워낙 담력 세고 넉살 좋은 녀석이니 누가 시비를 걸어와도 보기 좋게 대처할 것이라 생각한 것이었다.

"뒤를 밟게 하길 잘했군. 암. 술독에 빠지는 게 백번 나은 일이지."

이완용은 보료에 몸을 뉘며 혼잣말을 중얼거렸다.

*

"여기서 또 보는구려."

이발소로 들어선 요한은 미스터 리에게 반갑게 인사를 건넸다.

이는 우연을 가장한 필연이었다. 미스터 리가 이발소로 들어가는 것을 보곤 뒤따라 온 것이었다. 하지만 미스터 리는 요한에게 눈길만 줄 뿐 아무런 말도 하지 않았다. 과거 이곳에서 다투었기에 찝찝한 감정이 그대로 남은 탓이었다. 요한은 꿍해 있는 그에게 먼저 화해의 손길을 내밀었다.

"그날은... 내가 과했소."

"뭐 나도 잘한 건 없소."

"그럼 퉁치고 가는 거요."

요한은 면구스러워하는 그를 보자 웃음이 새어 나왔다. 미스터 리는 확실히 미워할 수 없는 사내였다.

"진령군이 굶어 죽은 채로 발견됐단 소식 들었소?"

"민비의 총애를 한 몸에 받아 혹세무민에 앞장섰던 문제적 무녀 말이오?"

미스터 리가 고개를 끄덕이자 요한은 헛웃음을 흘렸다.

"일개 무녀에게 잘 보이려고 의남매를 맺었던 대신들은 지금 어디서 뭘 하고 있을지 궁금하군."

"허긴 용한 무당이었으면 을미사변은 물론, 자신의 앞날까지도 알아맞혔겠지."

"다 자업자득 아니겠소."

머리칼을 깔끔하게 다듬은 두 사내는 전과 달리 사이좋은 모양새로 이발소를 나왔다.

"이전에 하지 못했던 말을 마저 할까 하는데 걷는 동안 들어주겠소."

요한의 말에 이번에는 미스터 리가 헛웃음을 흘렸다.

"허허. 의외로 뒤끝이 있으시구려. 들어줄 터이니 어디 한번 시원스레 말해보시오."

"자넨 이완용의 과오가 무엇인지 아직도 모르는 것 같소."

호쾌하던 미스터 리의 낯빛이 순식간에 가라앉았다. 그러나 요한은 걷는 것에 열중한 채 말을 멈추지 않았다.

"을사오적 중 하나인 박제순은 을사늑약 체결 직전 며칠을 두문불출하였소. 그자가 사라지는 바람에 회의가 지체되기도 했지. 아마 그는 어디 가서 확 뒈져버리고 싶은 심정이었을 거요. 문제는 당시 이완용의 태도요."

요한은 말을 잇기에 앞서 심호흡을 내뱉었다.

"나라를 팔 수밖에 없는 불가항력적인 여파에 부딪쳤다 할지라도, 인간으로서 최소한의 당위성은 가지고 살아야 하오. 양심의 가책으로 몸부림쳐서 자결까진 하지 않더라도 두 다리 뻗고 자선 안 된단 말이오. 그러나 그는 을사늑약 과정에서 조약을 수정하는 기밀성까지 보이며 외교권 강탈을 추진하였소. 조선의 합병이 아무리 불가피한 시대의 흐름이었다 할지라도 그런 식으로 일말의 죄책감도 없이, 참담함도 없이 한일병합에 앞장서면 안 되는 거였소. 내가 지적하는 건 바로 그 이완용의 태도요."

미스터 리는 묵묵히 걷기만 할 뿐 말이 없었다.

"이완용은 자신이 떠받들던 이토가 안중근 의사로 인해 비명횡사해버리자 하루아침에 끈 떨어진 연 신세가 되었소. 자기 자신도 이재명 열사에게 칼을 맞아 요양을 해야 했으니 힘든 나날을 보냈을 거요. 헌데 강경책을 고수한다는 데라우치가 조선에 온다는 소식을 듣곤 구원이라도 받은 느낌이었겠지. 얼른 얼굴도장을 찍으러 가야 되는데 아픈 몸뚱이는 영 차도가 없는 가운데, 송병준이 선수 쳐서 데라우치를 먼저 만났으니 오장육부가 뒤집히는 느낌이었을 거요. 합방의 공로를 다른 놈이 차지하려 하니 속이 끓었겠지. 결국 그는 성치 않은 몸으로 직접 데라우치를 찾아가 충성심은 조선에서 자신이 제일임을 증명해 보였소. 바로 이완용의 그 가볍다 못해 경박하기 짝이 없는 태도, 그것이 바로 그 자가 저지른 과오이며 을사오적 중에서도 가장 악질인 이유요."

핏기가 싹 가신 미스터 리가 볼멘소리를 냈다.

"왜 사람들은 이완용만 까고 송병준은 까지 않는 건지 모르겠소..."

요한은 코웃음을 쳤다.

"송병준은 원래 돼먹지 못한 놈이라 욕도 아까운 거고 이완용은 독립협회 회장까지 했다는 작자가 그렇게 돌변했으니 욕을 먹는 거요. 데라우치는 총독으로 부임하자마자 이완용에게 최고의 작위와 은사금을 부여했소. 이제 이완용의 후손들은 대대손손 근심 걱정 없이 살아가겠지. 허나 안중근 의사의 자식들은 아직도 쫓기는 신세이니, 세상 참 불합리하다고 생각하지 않소?"

"허나 세상에 근심 걱정 없는 사람은 아무도 없소."

"매국노의 근심 걱정이란 오늘 생선 반찬을 먹을지 육류 반찬을 먹을지 고민하는 그런 종류의 것 아니겠소?"

요한은 미스터 리의 표정이 참담해진 것을 알아차리지 못한 채 걸음을 멈추었다.

"참, 이번에 아주 큰 활약을 하신다고."

"모르는 게 없구려."

미스터 리는 애써 밝은 표정을 지었다.

"미리 가서 터 닦아놓고 있으시오. 내 불시에 급습하리다."

"왜 바로 안 오시고?"

"있는 패물 죄다 팔면 노잣돈은 마련할 수 있겠지. 헌데..."

요한은 잠시 말을 멈추었다.

"뭐 하나 물어봐도 되겠소?"

"얼마든지."

"왜 이 길로 들어선 거요?"

미스터 리는 한참만에야 입을 열었다.

"온실이란 환경을 바꿀 수 없어 화초를 잡초로 바꾼 것뿐이오."

그 말에 요한은 싱긋 웃었다. 그리곤 검정 양복 안주머니에서 무언가를 꺼냈다.

"자넨 이것의 주인이 될 자격이 있는 것 같구려."

물건을 본 미스터 리의 표정이 그대로 굳었다. 그의 손에는 총 한 자루가 들려 있었다. 요한이 오늘 미스터 리를 만난 목적이기도 했다.

"가슴에 품고 있으면 북경으로 가는 동안 든든할 거요."

요한은 미스터 리의 어깨를 팔로 감싸며 덧붙였다.

"다음에 북경에선 동지가 아닌 동무로 보는 거요."

미스터 리는 가슴이 먹먹해져 아무 말도 할 수 없었다. 그 누구에게서도 받아본 적이 없는 따뜻한 눈빛이 자신을 향하고 있었다. 이내 미스터 리의 마음속에서 그 어떠한 각오가 맹렬하게 끓어올랐다.

'북경에서 다시 만났을 때 완전히 변한 내 모습을 보여주리라. 조부의 껍데기를 벗어던지고 성충으로 변태한 모습을... 그리고 당당히 말하리라. 내 몸 속에 흐르는 피 중 4분의 1이 실은 그 자의 것이라고...'

머리 위로 휘영청 뜬 남촌의 별들이 이들의 우정을 숨죽이며 지켜보고 있었다.

*

대부분의 상점들은 일찌감치 문을 닫아 거리마다 어둠이 자욱이 깔렸다. 경성 브라운 역시 가게 안이 보이지 않게끔 커튼을 내린 상태였다. 바에 앉은 홍설은 등잔을 켜고서 상념에 잠겼다.

그때 누군가 가게 문을 밀었다. 하얀 구두 중앙에 박힌 금장이 열린 문틈 사이에서 번쩍임과 동시에 종이 짤랑, 하고 울리자 홍설은 깜짝 놀라 일어섰다. 문가에 다가간 그녀는 양복에 중절모를 눌러쓴 미스터 리를 보고는 십년감수했단 듯 가슴을 쓸어내렸다.

"휴... 갑자기 이 시간에 나타나셔서 오늘이 폐하를 모시는 날인 줄 알았잖습니까…"

문틈 사이로 술 냄새가 연하게 뿜어 나오자 홍설은 더 이상 문이 젖혀지지 않도록 막아섰다.

"이리 돌아다니면 괜한 의심을 살 수 있으니 어서 집으로 돌아가십시오. 또한 내일의 옷차림이 이와 같지 않으리라 믿습니다."

홍설은 냉정하리 만큼 문을 빠르게 닫았다. 미스터 리는 순순히 돌아섰다. 홍설은 조금의 틈도 내어주지 않은 게 미안하긴 했으나 자신마저 이성을 잃을 순 없었다.

'내일 내릴 소낙비는 조선을 흠뻑 젖게 할 것이다…'

홍설은 일렁이는 등잔불을 보며 혼잣말을 되뇌었다.

*

밥, 국, 김치, 장, 찌개, 찜, 전골 외에도 숙채, 생채, 구이, 조림, 전, 마른 반찬이 차려진 칠첩반상이 사랑채 안으로 들어왔다. 평소와 다른 게 있다면 밥공기 하나가 더 있단 것이었다. 이완용은 혜영이 들어서자 습관처럼 깊게 호흡을 들이켰다. 이제는 가배 비슷한 향조차도 맡아지지 않았다. 대신 자신이 권한 술 냄새로 가득 뒤덮여 있었다.

"북엇국이 칼칼한 것이 참으로 시원합니다."

"해장이 제대로 되나 보구나."

밥술을 뜨던 미스터 리는 뜨끔한 낯빛이 되어 조부를 보았다.

"어젯밤 짐을 꾸리다 네 도움이 필요했는데 보이질 않더구나."

"한 잔만 하고 일어난다는 것이 그만... 죄송합니다."

"뭐든 과하면 모자람만 못한 법이다."

이완용은 그쯤 해두기로 했다. 사탄의 음료를 마실 바에 술을 마시는 게 낫다고 할 때는 언제고 이제 와서 타박을 하는 것도 우스운 일이었다.

"할아비가 조선을 뜬 뒤에도 바깥출입은 되도록 삼가거라. 서반아 독감 때문에 농민들이 줄초상을 치르고 있다지 않느냐. 사람이 북적거리는 곳은 반드시 피해야 할 것이다."

얼마 전 논길 사이로 상여들이 쉴 새 없이 실려 나가는 것을 본 미스터 리는 비로소 그 연유를 알게 되었다. 작년에는 흉년으로 인해 쌀값이 폭등하여 농민을 울상 짓게 하더니 올해는 목숨까지 앗아가는구나. 자연재해와 전염병은 참으로 불가항력적이란 생각이 들었다.

"듣자 하니 서반아 독감의 진원지는 유럽이라 들었습니다. 조부께서도 파리에 계신 동안 각별히 주의하십시오."

"그리하마."

이완용은 입가심으로 식혜를 들이켰다.

"내일 먼 길 떠날 터인데 오늘 하루는 집에서 푹 쉬시지요. 마지막 날인 만큼 조부 곁에서 실컷 이야기나 나누고 싶습니다."

이완용은 손자의 느닷없는 애정공세에 웃음이 터져 나왔다.

"허긴, 이번에 떠나면 여름이나 되어야 조선에 올 수 있겠구나. 이 할아비도 아랫목에 누워 두런두런 이야기 나누고 싶은 마음은 간절하다만 처리해야 할 일들이 산적해 있으니."

"노쇠한 조부를 파리까지 보내시다니 참 폐하도 너무하십니다."

미스터 리는 앓는 소리를 냈지만 속으로 쾌재를 불렀다. 하루 종일 쏘다닐 생각에 벌써부터 궁둥이가 들뜨고 있었다.

"허허. 영친왕 결혼식 덕에 유럽 순방도 하는 게지. 운신하지 않고 처박혀 있으면 늙은이 병만 늘어나지 않겠느냐."

이완용은 통증이 올라오는 자리를 지그시 누르고 싶었지만 손자가 앞에 있는 탓에 그저 함박웃음만 지어 보였다.

*

가을걷이가 끝난 논은 썩은 낟알만 굴러다닐 뿐 허허벌판이었다. 명화의 예상대로 요한은 그곳에 있었다. 그가 집에 없는 것을 확인한 뒤 나온 참이었다.

"예는 어찌 알고 왔소."

인기척을 느낀 요한이 뒤를 돌아보았다. 명화는 입을 다문 채로 웃어 보였다. 요한의 발치엔 짚더미들이 어지러이 흩어져 있었다.

"명화 씨는... 어쩌다 명화란 이름으로 불리게 됐소?"

"글쎄요. 기생에 가장 적절한 이름이어서 그렇게 붙여진 것이겠지요."

"궁녀였을 적에도 명화였소?"

"그때는 이름을 쓸 일도 없었지요. 요한 씨는 어쩌다 그 이름으로 불리게 되었습니까."

"어렸을 적 신부님께 받은 세례명이오. 안중근 의사의 세례명은 안 토마스였지."

명화는 안 의사가 천주교 신자였단 사실을 그때 처음 알았다.

"요한 씨는... 신의 존재를 믿습니까."

"보이지 않기 때문에 인간은 신을 믿지. 성경이 어떤 왕국의 역사보다도 오래 살아남은 건 보이지 않는 것에 대한 힘 때문 아니겠소. 하나님의 말씀에 의하면 우리는 이 세상에 어떠한 목적을 가지고 태어난다고 하오. 나 역시 어떠한 쓰임을 가지고 태어났을 터..."

"저는 종교에 대해 잘 알지 못합니다. 허나 신께서 그렇게 말씀하셨다면... 그럴 만한 이유가 있겠지요. 하지만 저는 요한 씨가 이 세상에 태어난 목적이... 죽음이라고는 생각하지 않습니다. 살아서도 얼마든지 조선의 독립을 위해 일할 수 있지 않습니까..."

"이재명 열사께서 어떤 죄목으로 사형당했는지 아시오?"

"이완용 살인미수 및 인력거꾼 살인죄..."

요한은 단단하게 뭉쳐놓은 짚더미에 불을 붙인 뒤 허공을 향해 세차게 내던졌다. 화력이 붙은 짚더미는 멀리 떨어진 허수아비의 얼굴에 그대로 명중했다. 순식간에 허수아비의 몸체에 불길이 화르륵 붙었다. 그을음이 두 사람 사이를 에워싸며 먼지처럼 날아올랐다.

"이재명 열사께서 미완성으로 남긴 꿈을 내 기필코 이 손으로 이뤄내고 말 것이오."

"제 말은… 좀 더 훗날을 기약하시란 말입니다… 어찌 생이 꽃을 피우기도 전에 져버리려 하십니까."

명화의 음성이 젖어들었다. 요한은 잠시 말이 없었다.

"허씨가 찾아왔었소. 황제의 망명만큼이나 나의 거사 또한 중하다고 생각하더군. 실로 그자에게 감동받았소. 그래서 미약한 이 힘으로 거친 세상을 헤쳐 나아가보려 하오. 인간의 생사는 하늘에 달려 있단 것을 알면서도 내 이제껏 미련을 버리지 못했소. 허나 이제는… 그만 주저하려 하오."

명화의 눈자위가 뜨겁게 번졌다. 처음엔 자신을 바라봐주지 않는 요한에게 원망만 가득했었다. 허나 이제는 자신을 비천하다고 욕해도 좋으니 제발 살아서 자신의 곁에서 숨 쉬기만을 바랄 뿐이었다. 그러나 그것은 너무도 큰 욕심이었다.

"그동안 여러 가지로 고마웠소. 나로 인하여 말 못 할 고초도 여러 번 겪었을 터인데 내색 한 번 하지 않았던 것을 내 모르지 않소. 누가 뭐래도 명화 씨는 강인하고 지혜로운 여인이오. 그것만은 내 불귀객이 되어서도 잊지 않으리다…"

"아니오."

명화는 단호히 고개를 저었다.

"기다리고 있겠습니다. 허니, 반드시 돌아와 갚으십시오…"

명화의 울음이 바람을 타고 풀씨처럼 날아가 요한의 귀에 가닿았다. 그가 뒤돌아보았을 때 그녀는 이미 사라지고 없었다.

요한은 천천히 싸리문을 열었다. 장독대의 물을 마시던 그의 시선이 발아래에서 멈추었다. 여리여리한 풀꽃 한 송이가 장독대 곁에 바짝 붙어 있었다. 언제부터 저곳에 자리를 잡고 뿌리내린 것일까. 이름 모를 하얀 꽃은 볼수록 애틋함을 자아냈다. 아름다워 이름난 꽃, 名花로구나. 명화... 저 꽃이 아니었더라면 투박한 장독대는 진작에 제 무게를 이겨내지 못하고 무너졌으리...

장지문을 열자 따뜻하게 데워진 방 한가운데에 개다리소반이 놓여 있었다. 얼음이 띄워진 김치국수에서 연한 향이 올라왔다. 언제 준비한 것일까. 시장기가 든 그는 따끈한 아랫목에 앉아 이가 시리도록 찬 국수 면발을 후루룩 빨아 당겼다. 비릿하고도 시큼한 김치가 혓바닥을 화악 감쌌다. 차가운 것을 목구멍으로 밀어 넣으려 하자 속에서 뜨거운 것이 울컥 올라와 서로 충동질했다. 면발을 끊지 마시고 한입에 후루룩 드십시오. 명화가 했던 말이 떠올랐다. 어떻게 먹으나 소화만 잘 되면 되는 것 아니오. 그 말에 명화는 고개를 저었었다. 국수는 생명의 상징이잖습니까. 그러니 한입에 삼켜야지요. 더구나 큰일을 하실 분이잖습니까. 명화의 수줍은 웃음이 국물 위로 일렁였다. 손에 들려 있던 젓가락이 바닥으로 떨어졌다. 앞이 흐려지고 벽이 뿌예졌다. 밥알을 으깨어 벽에 붙여놓은 김구 선생의 글귀가 파문처럼 눈앞에 번져 올랐다.

得樹攀枝不足奇(득수반지부족기)

懸崖撤手丈夫兒(현애철수장부아)

가지를 잡고 나무를 오르는 것은 대단한 일이 아니다.

그러나 절벽에 매달려 잡은 손을 놓을 수 있다면 가히 대장부다.

1919년 1월 20일, 거사를 하루 앞둔 저녁이었다.

장부가

장부가 세상에 태어나니 그 뜻이 크도다.
때가 영웅을 만드나니, 어느 날에 업을 이룰 것인가.
동풍은 점점 차갑고, 장부의 의기는 뜨겁도다.
분개히 한 번 감이여, 반드시 목적을 이루리로다.
쥐도적(이등박문), 쥐도적이여.
어찌 즐겨 목숨을 비길 것인가.
어찌 이에 이를 줄을 헤아렸으리오, 사세가 고연하도다.
동포 동포여, 속이 대업을 이룰지어다.
만세 만세여, 대한독립이로다.
만세 만세여, 대한동포로다.

안중근作

사람은 무엇으로 사는가

희미한 등잔불 아래 까만 물방울이 뚝뚝 떨어졌다. 그것의 속도는 점차 느려지더니 이윽고 마지막 방울에 이르렀다. 홍설은 갓 내린 가배를 보온병에 담은 후 보자기로 쌌다. 드리퍼로 가배를 내리는 것도 오늘이 마지막이었다. 이 도구가 자신을 덕수궁으로 이끌지, 그리고 북경으로 데려가리라고 처음 보았을 때 상상이나 했을까. 그곳에선 검은 알갱이를 거르지 못한 가배를 폐하께 내어드리게 되리라. 새로운 가배, 그것은 새로운 시작을 의미했다.

홍설은 떠나기 전 카페의 면면을 찬찬히 눈에 담았다. 감상에 젖어 있던 그때 문 두드리는 소리가 정적을 깨뜨렸다. 창밖은 이미 어둠으로 깔려 있었다. 더군다나 커튼을 모두 내렸기 때문에 평범한 손님이라면 내일을 기약하며 지나칠 터였다.

"혹시..."

홍설은 미스터 리가 서둘러 도착한 것인가 싶어 커튼을 살짝 걷었다. 순간 입에서 외마디 비명이 흘러나왔다. 밖에는 와타루 경부가 핼쑥한 얼굴로 서 있었다. 홍설은 자동 반사적으로 빗장을 풀었다.

"그간 무고하셨습니까."

"장사를 일찍 접었군."

"내일 다시..."

"한 잔만 내려줄 수 있겠는가."

벽시계는 6시를 가리키고 있었다. 삼십 분 뒤 미스터 리가 도착할 것이었다. 그러나 간만에 자신을 찾아온 그를 박하게 내칠 수 없었다. 한 잔이면 마시고 떠나기에 충분한 시간이지 않겠는가. 홍설은 그를 빠르게 안으로 들였다.

"민족자결주의... 에 대해 들어본 적 있는가."

등잔 불빛 아래 가배를 내리던 홍설의 손길이 멈추었다. 이런 이야기를 꺼내는 와타루의 심중을 헤아릴 수 없었다.

"각 민족은 자신의 운명을 스스로 정할 수 있다는 주장으로 알고 있습니다."

"그 주장을 외친 윌슨은 처음에 사업가였어. 그러다 잘돼서 주지사하고 대통령까지 올랐지. 그 탓에 정치 감각이 떨어져. 민족자결의 원칙은 패전국인 몇 나라에만 적용될 뿐 아시아엔 해당되지 않네. 미국이 전쟁 기간 동안 전승국에 쏟아 부은 달러가 얼만데 그들의 식민지를 독립시켜 주겠는가. 이번에 열릴 파리강화회의 역시 겉으론 평화를 운운하겠지만 전승국들은 철저히 자국의 이익을 위해 움직일 것이다. 모든 결과는 그들에게 유리하게 돌아갈 것이며 독일을 비롯한 패전국들이 다시는 재기할 수 없도록 자근자근 짓밟겠지. 허니 아무리 조선이 들고 일어난다 한들 대일본제국이 패망하지 않는 한 독립될 수 없다. 이 시대는 의협심이나 공명심 같은 것을 필요로 하지 않는단 말이네. 그저 자신의 자리에서 주어진 일에만 최선을 다하면 되는 것이지."

홍설은 잠시 침묵을 지켰다.

"경부님께선 음료 중 가배를 가장 으뜸으로 치십니까."

"그러하네."

"폐하께서도 경부님과 같을 따름입니다."

안색이 창백해진 와타루는 홍설이 건넨 가배를 천천히 입가로 가져갔다. 잔을 든 그의 손이 사시나무처럼 떨렸다. 잠시 뒤 와장창 소리와 함께 잔이 떨어지며 산산조각 났다. 사방으로 검은 가배와 파편이 사정없이 튀었다.

"괜찮으십니까..."

망부석처럼 굳은 와타루는 그 자리에서 꼼짝도 하지 않았다. 홍설은 무명천으로 그것들을 침착하게 닦아나갔다. 저만치에 준비해둔 보퉁이에까지 가배 물이 튀어 있었다. 이럴 줄 알았으면 더 멀리 두었을 것을... 홍설이 깨어진 조각들을 한데로 모으고 있는데 돌연 검지에서 샛붉은 피가 흘러나왔다.

"상비약이... 있느냐."

와타루의 음성은 그의 손처럼 떨리고 있었다.

"잠시... 처치하고 오겠습니다."

홍설은 구들방으로 달려갔다. 손가락에 무명천을 동여감고 나왔을 때 와타루는 이미 사라진 뒤였다. 종소리를 듣지 못할 만큼 정신이 없었던 것일까. 어떻게 마무리를 해서 그를 보내야 하나 싶었던 홍설은 차라리 잘되었다 싶었다. 그녀는 빠른 손놀림으로 자리를 정돈했다. 브라운 여사에게 일언반구도 하지 않고 떠나는 마당에 뒷정리를 끝내지 않고 갈 순 없었다. 그때 밖에서 익숙한 배기음이 울렸다. 벽시계의 긴 바늘이 정확히 6을 가리키고 있었다.

홍설은 불그죽죽해진 무명천을 검지에서 떼어낸 뒤 보퉁이를 들었다. 마음이 급한 탓인지 더 이상 손가락의 쓰라림이 느껴지지 않았다. 마지막으로 경성 브라운의 내부를 둘러보았다. 어제와 다름없이 같은 모습이었다. 속으로 작별을 고한 홍설은 다임러 리무진에 몸을 실었다. 진고개의 밤거리엔 행인 하나 보이지 않았다.

"괜찮은 거요?"

미스터 리는 조수석에 탑승한 홍설이 아무 말 없이 멍하니 있자 걱정스레 물었다.

"아... 잠시 넋 놓고 있었습니다."

홍설은 그가 위아래로 어두운 계통의 셔츠와 바지를 착용한 것을 보고는 빙그레 웃었다.

"제 말을 잘 듣는군요."

"무슨 말이오?"

"하긴, 흰색은 눈에 띈다는 걸 미스터 리께서도 알고 계셨겠지요. 이리 보니 어두운 색도 꽤나 잘 받으십니다."

"우리가 언제... 엇, 다쳤소?"

미스터 리가 말을 하다 말고 그녀의 손가락을 자신의 눈앞으로 끌어당겼다.

“조금 긁혔을 뿐입니다.”

“된장이라도 바르지 그랬소.”

“전 괜찮으니 이제 출발하시지요.”

“좋소. 어디 덕수궁까지 한 방에 가보리다.”

미스터 리는 싱긋 웃으며 속도를 높여 나갔다.

홍설은 어제 당신이 급작스럽게 나타나는 바람에 십년감수했단 이야기며, 조금 전 와타루 경부가 다녀가서 또 놀란 가슴을 쓸어야 했단 이야기까지 부려놓고 싶은 말들이 많았다. 그러나 그 모든 것은 잠시 미루기로 했다. 다신 오지 않을 오늘을 위해서 지금 이 순간만큼은 ‘소낙비’에 집중해야 했다.

*

안중근 의사는 거사 직전 하얼빈 역 인근의 찻집에 들어갔다고 한다. 생애 마지막 잔을 마시는 동안 무슨 생각을 했을까. 일렁이는 잔 속에서 누굴 떠올렸을까. 자신을 키워주신 어머니였을까. 연을 맺은 부인이었을까. 아니면 핏덩이 같은 자식이었을까. 그도 아니라면 이토의 얼굴이었을까. 안 의사는 거사를 행하는 순간까지도 자신이 저격하려는 대상의 얼굴을 알지 못했다. 조선에서 이토의 얼굴을 알고 있는 이는 황제와 몇 명의 관료들뿐이었다. 얼마나 간절한 마음이었기에 얼굴도 모르는 자를 처단하려 했던 것일까.

안 의사는 하얼빈 역 기차에서 내리는 한 늙은이를 보는 순간 그가 자신의 저격대상임을 본능적으로 깨달았다. 흰 수염을 늘어뜨린 늙은이는 러시아인과 일본인 모두에게 과한 환영을 받고 있었다. 조선의 원흉을 향해 세 발을 쏜 안 의사는 다른 이들에게도 세 발을 더 쏘았다. 만에 하나 이토가 아닐 수도 있다는 계산 때문이었다. 총성이 부지불식간에 하늘을 가르자 하얼빈 역은 순식간에 아수라장이 되었다. 이토를 포함한 일본의 거물급 인사들이 쓰러지는 가운데 도망가는 승객들과 달려오는 러시아 군인들로 기차역은 혼돈의 도가니가 되었다. 안 의사만이 태연자약한 태도로 꼬레아 우레를 외쳤다. 땅을 뚫고 하늘을 가르는 그 기개에 총을 든 러시아 군인들은 잠시 본분을 잊고서 주춤거렸다.

요한 역시 그러한 거사를 목전에 두고 있었다. 그는 안 의사와 달리 저격대상의 얼굴을 알고 있었고 장소 역시 익숙한 남대문 정거장이었다. 안 의사가 하얼빈 역에서 했던 것처럼 품속에 있는 그것을 꺼내기만 하면 되었다. 총이 아닌 폭탄이라서 쏘지 않고 던져야 한다는 것만 다를 뿐이었다. 이제 그가 할 일은 안중근 의사처럼 기차역 내부의 카페에 앉아 마지막 잔을 마시는 것이었다.

마음속 깊이 봉인해두었던 홍설의 얼굴이 찻잔 속으로 비쳤다. 그 잔상을 지우고자 뜨거운 가배를 목울대로 밀어 넣었으나 더욱 선명히 망막에 잡힐 따름이었다.

"홍자..."

그는 나지막이 그리운 이름을 불렀다. 서로가 서로를 그토록 갈구하기에, 그 사랑을 지키기 위하여 그는 역설적으로 떠나야 했다.

만약 오늘 남대문 정거장에서 폭탄이 터진다면 총독부의 이목은 고스란히 이곳에 쏠릴 것이었다. 제물포를 건너는 황제의 망명을 성공시키기 위해서라도 남대문 정거장의 거사를 성공시켜야 했다. 영친왕과 이완용을 포함한 대신들이 기차에 오르기 전에 폭탄을 던질 것. 그것이 바로 홍설이 살고, 황제가 살고, 나아가 조선이 살 길이었다.

가배 잔이 부르르 몸을 떨었다. 기차 쇠바퀴의 날카로운 파열음이 귓바퀴를 파고들자 그는 단숨에 밖으로 뛰어나왔다. 경성의 시린 바람이 목덜미를 덮쳤다. 입김이 허공으로 갈라졌다. 남대문 정거장의 시계는 정각을 향해 질주하고 있었다. 이완용이 타야 할 기차가 떠나기 전에 그의 숨통을 끊어놓아야만 했다.

승객들이 플랫폼으로 슬금슬금 모여드는 가운데 저 멀리서 한껏 차려입은 고관대작들이 걸어오는 모습이 보였다. 주위엔 헌병들이 일렬종대로 서서 철통 같은 비호를 하고 있었다. 가슴에 품고 있는 폭탄의 묵직함이 다시금 되살아났다.

일생일대의 기회가 다가오고 있었다.

*

신식무기를 갖춘 의병들이 덕수궁 후문을 향해 긴박하게 움직였다. 오늘이 마지막임을 각오한 그들의 행렬엔 한 치의 흐트러짐도 없었다. 의병들의 가장 선두에는 허씨가 있었다. 게다짝 대신 군화를 신은 그의 얼굴에서 더 이상 인력거꾼의 가면은 찾아볼 수 없었다.

소리 소문 없이 담을 넘어 궁 안으로 들어온 이들은 훈련 받은 대로 자신이 도맡은 일본군을 하나씩 처단해나갔다. 느닷없이 나타난 의병들 앞에서 그들은 속수무책으로 쓰러졌다. 을미사변의 오욕을 씻기라도 하듯 의병들의 역습은 일사천리로 진행되었다. 덕수궁을 점거한 이들은 곧 대오를 정렬하여 정관헌으로 나아갔다. 민영달 대신이 이들을 대표하여 절을 올렸다.

"소신은 이날 이때까지 폐하를 모실 수 있어 영광이었습니다. 부디 북경에서도 옥체 보전하십시오."

"자네의 충성심은 평생 잊지 못할 것이다."

이별을 앞둔 황제의 음성이 떨렸다.

"박제순 대신이 입성할 시간이라 수문장을 제압하러 가야겠습니다. 후일 독립된 대한제국에서 뵙겠습니다."

정관헌 아래 모여 있던 의병들도 예를 갖춰 조선의 마지막 황제에게 절을 올렸다. 황제는 의병들을 이끌고 후문으로 빠져나가는 민 대신과 그 일행을 보며 눈시울을 붉혔다. 오른팔이 잘려나가기라도 한 듯 고통스럽기 그지없었으나 마냥 감상에 빠져 있을 수 없었다.

잠시 뒤 저 멀리서 대한문을 통과한 박제순이 걸어오는 모습이 보였다. 헌데 그의 걸음걸이가 평소 같지 않았다. 그 모습이 점점 가까워 올수록 황제는 믿을 수 없단 듯 눈을 끔벅거렸다.

"자, 자네가 왜..."

정관헌 돌계단을 오르는 이완용을 보며 고종은 말마저 더듬었다.

"마사코 여사께서 어제부터 앓아 누워 꼼짝도 못 하고 계십니다. 계획에 차질이 생겼음을 알려드리기 위해 박제순 대신을 대신하여 소신이 당직을 자청하였지요."

"마사코 여사가... 얼마나 아픈 것인가?"

"의원이 말하기를 이틀 정도 몸을 추스르면 원기를 회복할 수 있을 거라 하였습니다."

"허면 이틀 뒤에 떠나는 것인가?"

"그때 가서 또 상태를 살펴봐야 하지 않겠습니까. 일본과 조선이 융합되었음을 선전하는 자리에서 신부의 기운이 빠져 보이면 곤란할 테니까요."

황제는 할 말을 잃었다.

박제순과 이완용은 같은 오적일지라도 그 기질이 판이하게 달랐다. 박제순이 아무리 간교하다 할지라도 능구렁이 열 마리를 속에 품은 이완용을 당해낼 순 없을 것이었다. 허나 그렇다 하여 '소낙비'를 연기할 순 없었다. 어차피 같은 을사오적이지 않는가. 그렇다면...

고종이 정관헌을 내려오자 이완용은 황제의 그림자를 따라 보위에 나섰다. 황제의 걸음걸이는 여느 날보다도 힘 있고 당찼다. 궁을 두어 바퀴 돌다가 정관헌으로 돌아가는 것이 이 시간대의 일과였다. 헌데 황제는 벌써 다섯 바퀴째 궁을 돌고 있었다. 이완용은 말없이 뒤를 따랐다. 새 몇 마리가 푸드덕 밤공기를 가로지르며 날아가자 황제는 걷는 것을 멈추었다.

"짐이 저 새들처럼 자유로운 몸이 된다면 어딜 갈 것 같은가?"

난데없는 질문에 이완용은 바로 대답을 내놓지 못했다.

"만약 조선에 봄이 온다면 어찌될 것 같은가?"

"폐하께서 무슨 말씀을 하시는 것인지 소신은 도통 헤아릴 수가 없습니다..."

이완용은 그때서야 궁에 심어놓은 일본군이 하나도 보이지 않는단 사실을 깨달았다. 그의 얼굴빛이 굳어가는 가운데 고종이 대한문을 향해 성큼 걸음을 옮겼다. 황제가 금기의 영역을 넘어서려 하자 이완용은 허겁지겁 그 뒤를 쫓았다. 고종은 그런 이완용을 조용히 돌아보았다.

"자네의 과오를 만회할 수 있는 기회를 마지막으로 주려 한다."

바람 한 줌 불지 않건만 이완용은 뒷목이 서늘해지는 것을 느꼈다. 적과의 동침을 선포하는 것인가. 황제의 눈빛은 한 치의 흔들림도 없어 보였다. 이완용은 차분히 심호흡을 한 뒤 입을 열었다.

"폐하. 덕수궁 밖으로 나가시려는 이 행위가 양국 간에 어떠한 결과를 초래할지 정녕 모르십..."

그는 말을 끝맺기도 전에 또 한번 충격에 휩싸였다. 대한문 맞은 편에 세워진 고철덩어리에서 자신의 손자가 내리고 있었다.

"네가 어찌...!"

"조부께서 어인 일로..."

미스터 리 역시 이완용만큼이나 놀라움을 감추지 못했다. 조수석에 앉아 그 광경을 지켜보는 홍설은 황제만큼이나 속이 바짝 탔다. 이완용의 등장은 사전에 없었다. 그러나 분명한 건 황제 옆에 선 이가 누구든지 간에 목표에서 한 치도 벗어나선 안 된다는 것이었다. 홍설이 차에서 내리자 이완용의 눈길이 그리로 옮겨 붙었다.

"폐하. 타십시오."

홍설이 뒷문을 열자 고종은 즉각 몸을 실었다. 황제는 이어 이완용에게 질타를 날렸다.

"뭐하는 겐가!"

어느새 모두가 차에 탑승한 채로 홀로 서 있는 이완용을 보고 있었다.

"자네에게 선택의 여지가 있다고 생각하는가?"

"졸지에 인질 신세가 되었군요..."

이완용은 표정 없는 얼굴로 차 안에 몸을 구겨 넣었다. 질주하는 차 안에서 아랫입술을 꾸욱 깨문 이완용의 낯이 기묘하게 뒤틀렸다.

"폐하... 이러다 영친왕의 결혼식이 영영 무산될 수도 있습니다."

"그보다 중한 것은 조선의 명맥을 잇는 일이다."

황제는 운전석의 미스터 리를 앞 거울로 살폈다.

"네가 혜영이로구나. 뒤늦게 이야길 들었느니라."

미스터 리는 자신의 이름을 부르는 고종의 온화한 음성에 얼굴을 붉혔다.

"폐하를 모시게 되어 영광입니다."

그는 홍설이 왜 고종을 두둔했는지 알 것 같았다. 황제에겐 사람을 자신의 편으로 끌어당기는 힘이 있었다.

"자네가 손자 하나는 참으로 잘 두었네."

고종이 이완용을 치하했지만 그는 꿀 먹은 벙어리마냥 아무 말도 없었다.

'조선이 이렇게나 아름다운 산천을 품고 있었다니...'

황제는 차창 너머 지나가는 자연경관에 새삼 감탄했다. 거대한 새장에 갇혀 같은 것만 보기를 강요당했던 지난날이, 억겁의 세월 동안 겪어야 했던 평지풍파들이 주마등처럼 스쳐 지나갔다. 지금도 덕수궁이란 새장을 벗어났다는 사실이 믿어지지 않았다. 창공을 향해 비상할 수 있는 날개가 짐에게도 있었던가. 노쇠한 황제의 피가 다시금 뜨겁게 끓어올랐다. 자신의 생을 송두리째 건 도박이 이제 막 시작되고 있었다.

가속이 붙은 다임러 리무진은 사전에 답사해놓은 길목을 사정없이 내달렸다. 지반이 고르지 못하고 갈림길이 많은 지형을 택한 이유는 추격을 어렵게 하기 위한 미스터 리의 전략이었다. 아직까지는 그의 사정거리에서 총독부 차량은 보이지 않았다.

"폐하. 바다입니다."

홍설이 들뜬 음성으로 외쳤다. 황제가 시선을 옮기니 과연 저 멀리서 파도가 별빛을 받아 출렁이고 있었다. 끝없이 펼쳐진 지평선을 품고 있는 이것은 그토록 황제 자신이 염원하던 제물포항이었다. 소금기 섞인 해풍이 어서 오라고 손짓하는 것만 같았다.

별안간 '딸꾹' 소리가 정적을 뚫고 튀어나왔다. 침착한 고종과 달리 얼굴이 샛노래진 이완용이 어지러움을 호소했다. 모두가 짐짓 외면했으나 그 소리는 잊을 만하면 우스꽝스럽게 반복되었다. 그러는 동안 다임러 리무진은 7시에 맞춰 제물포항에 도착했다. 그러나 그들을 태울 범선은 아직인 것인지 보이지 않았다.

"풍랑으로 인해 조금 늦을 수도 있으니 기다려보지요. 술시(오후 7시~오후 9시) 안에는 올 것입니다."

홍설의 말에 황제는 고개를 끄덕였다.

"허면 그동안 푸르른 바다를 감상하며 조선에서의 마지막 가배를 마시도록 하겠다. 두 잔을 준비해 달라."

홍설이 보온병을 열자 진한 가배 향이 금세 차체를 메웠다. 홍설은 고종과 이완용에게 가배 잔을 건넸다. 입가에 가져가는 두 사람의 표정은 사뭇 달랐다. 이완용의 딸꾹 소리는 그때까지도 계속되었다.

미스터 리는 차마 그런 조부를 볼 수 없었다. 누구보다도 가배를 경시하는 조부 아닌가. 그러나 상황이 상황이니만큼 거부하지 않으리란 짐작만 들 뿐이었다. 황제가 가배를 후후 불어 목울대로 넘기는 소리가 차 안으로 고요히 울려 퍼졌다. 그때 수평선 너머 작은 불빛을 발견한 홍설이 반색하며 외쳤다.

"폐하. 저것이 우리가 타야 할 범선 아닙니까?"

황제의 대답을 고대하며 고개를 돌린 홍설은 다음 말을 잇지 못했다. 그녀의 시선을 따라간 미스터 리의 동공 역시 그대로 얼어붙었다.

알 수 없는 일이었다. 분명 조금 전까지 푸르게 흩어지는 바다 물결과 콧속을 간질이는 쌉싸름한 가배 향을 가슴속에 아로새기고 있지 않았는가. 마침 당도한 저 범선을 타고 북경으로 가리라고, 그곳에서 망명 정부를 세워 조선이 처한 현실을 만천하에 공표하리라고 다짐하지 않았던가. 헌데 어찌하여 의식이 점점 흐려지는 것인가...

'짐의 살아생전 마지막 치적이 영원한 현재로 기록될 수 있다면... 하여 이 땅의 치욕적인 역사를 만회할 수 있다면 기꺼이 영예롭게 죽으리라 각오하지 않았던가. 죽음이 두려웠다면 시작조차 못 했을 터... 헌데 지금 이 순간 온몸을 엄습해 오는 죽음을 견딜 수가 없으니 어쩌면 좋단 말인가...'

소금기 섞인 해풍이 방싯거리는 소리마저도 황제의 귀에서 아스라이 멀어지고 있었다. 이내 황제의 몸이 모로 기울었다.

이완용은 쓰러지는 황제를 피해 차에서 내렸다. 그리곤 허리를 굽혀 토악질을 했다.

미스터 리는 뒷좌석의 황제를 부축했다. 황제의 전신은 축 처져 있었다. 게슴츠레하게 뜬 눈동자는 텅 비어 있었으며 입가에선 연신 거품이 흘렀다. 함께 황제를 부축하던 홍설의 눈길이 한곳에 붙박였다. 뒷좌석엔 한 잔의 가배만이 어지러이 뒹굴고 있었다. 이완용의 자리엔 아무런 흔적도 없었다. 홍설의 눈길이 토악질을 하고 있는 이완용에게로 향했다. 그의 손에는 아직 마시지 않은 가배 잔이 들려 있었다. 이완용은 홍설과 눈이 마주치자 보란 듯이 그것을 모래밭에 부어버렸다. 그리곤 엄중하게 외쳤다.

"황제를 독살시킨 년을 잡아들여라."

그의 말이 떨어지기가 무섭게 매복하고 있던 일본헌병들이 튀어나왔다. 갯바위 구멍에 숨어 있던 꽃게들이 먹잇감을 발견하고 모습을 드러내듯 수도 없이 많은 일본군이 홍설과 미스터 리를 겹겹이 에워쌌다. 일본군은 범선에도 섞여 있었다. 오랏줄에 몸이 묶인 황제의 측근들은 힘없이 뭍으로 끌려나왔다.

미스터 리에게 업힌 황제는 간헐적으로 화수분 같은 피를 쏟아냈다. 어느 순간 잇몸에 붙어 있던 치아가 우수수 모래밭으로 떨어졌다. 의복 밖으로 보이는 목과 손마디, 용안까지 모든 살갗이 거무죽죽 변해가고 있었다. 고개가 꺾인 고종의 살아생전 마지막 눈빛이 이완용에게로 가닿았다. 그것은 어떠한 감정도 없는 망자의 눈빛이었다.

홍설은 이 모든 광경을 초점 잃은 눈동자로 바라보았다.

'어찌하여 이러한 결말을 알고 있었던 것 같은지. 지금 같은 순간이 오리란 것을 알면서도 숨 가쁘게 달려온 것 같은지... 이 길 외에는 달리 아무것도 알지 못하는 사람처럼...'

헌병 하나가 홍설에게로 다가가자 미스터 리는 곧바로 막아섰다. 그리곤 이완용을 향해 소리질렀다.

"어찌하여 조부께선 무고한 여인을 죄인 취급하십니까?"

"너야말로 가배 향을 은폐해가면서까지 이런 모략을 꾸민 이유가 무엇이더냐?"

미스터 리는 끓어오르는 분노를 주체하지 못해 저도 모르게 품속에 손을 넣었다. 총부리가 조부의 머리를 향하자 이완용의 눈동자가 오갈 데 없이 흔들렸다. 이는 자신의 연출에 없던 장면이었다. 평생을 생각지 못한 경우의 수였다. 헌병들도 미스터 리를 감히 어쩌지 못한 채 그저 지켜볼 뿐이었다. 이때 뒤에 있던 헌병이 칼을 뽑으며 달려왔다.

"피하십시오!"

홍설이 다급히 외치자 미스터 리는 잽싸게 돌아서서 총을 쏘았다. 헌병과 미스터 리, 그리고 황제가 동시에 바닥으로 뒹굴었다. 그의 몸에서 흘러나온 피와 황제의 피가 엉겨 붙었다.

"당장 멈추지 못할까."

사색이 된 이완용이 일본말로 외쳤다. 헌병들이 한 보 물러섰다.

"역시 아니었구나... 그래도 이런 험한 꼴을 당하리라곤..."

이완용은 쓰러진 손자를 보곤 넋이 나간 듯 중얼거렸다. 그 옆의 황제는 피투성이가 되어 함부로 내팽개쳐져 있었다. 해풍 사이로 살이 썩어 들어가는 냄새가 코를 찔렀다. 피 냄새를 맡은 갈매기 떼들이 어지러이 몰려들었다.

1월 21일, 고종이 승하하였다.

태왕전하의 병세가 심해져 도쿄에 있는 왕세자(영친왕)에게 전보를 보냈다. 자작 이완용과 이기용에게 별도로 들어와 숙직하도록 하였다.

(1919년 1월 20일 순종실록부록)

신승희(신철)가 전해준 바에 따르면 고종 황제가 오늘 새벽 6시쯤 승하했다고 한다. 그런데 〈매일신보〉 호외에 의하면 고종 황제가 매우 위독하다고 한다. 대체 어찌된 일인가?

(1919년 1월 21일 화요일 윤치호 일기)

*

불이 꺼진 경성 브라운은 오래된 폐허처럼 스산함을 자아냈다. 와타루는 통유리에 비친 자신의 모습을 멍하게 바라보았다.

서반아 독감 이후 처음으로 한 방문이었다. 소등이 된 것을 보고는 그냥 돌아갈까 싶었으나 행동은 반대로 나왔다. 문을 두드리기가 무섭게 여급은 불청객을 반갑게 맞아들였다. 안으로 들어서니 막 내린 가배 향이 홀 전체를 감쌌다. 눈에 가장 먼저 띈 것은 바 한편에 올려놓은 보퉁이였다. 그냥 돌아갔었더라면. 아니, 그날 신철을 만나지 않았더라면. 그러나 그것은 부질없는 상상이었다.

전날 술잔을 기울이고 헤어졌던 신철은 다음 날 해가 뜨기가 무섭게 와타루의 서를 찾았다. 인적 드문 골목으로 와타루를 불러낸 신철은 안절부절 못하는 얼굴이었다.

"성님, 혹시 고종이 비밀리에 망명하려 한다는 사실을 알고 계셨습니까?"

"이젠 별의별 풍문이 다 도는군."

"풍문이 아닙니다. 허긴 그동안 병석에만 누워 계셨으니 모를 법도 하지요."

"산송장 신세에 불과한 고종이 왜 늘그막에 그런 짓을 벌이겠는가."

"허나 만약 그런 일이 실제로 벌어진다면 어떨 것 같습니까? 고종이 북경에 망명정부를 세우고, 윌슨의 민족자결주의 발언에 힘입어 조선의 독립 문제를 파리강화회의에 상정하게 된다면 이건 뭐 완전 끝장나는 것 아닙니까?"

"도대체 어디서 그런 헛소문을 들은 겐가."

대수롭지 않다는 듯 반응하는 와타루의 턱이 가늘게 떨렸다.

"어젯밤 성님과 헤어지고 집으로 가는 길이었지요. 흰 양복쟁이가 보이길래 슬쩍 말을 걸었는데 아니 글쎄 제게 밑밥을 던져주는 게 아니겠습니까? 그놈이 밀정이었을 줄이야!"

와타루는 머리가 팽그르르 도는 것을 느꼈다.

"그놈이 이완용 손잔 거, 성님은 알고 있었습니까?"

와타루가 아무 말이 없자 신철은 혀를 끌끌 찼다.

"쯧쯧, 하여간 피를 속일 순 없는 노릇이지요. 카페 계집이랑 한통속인 줄 알았더니만... 고년은 지가 뒤통수 맞은지도 모르고 있겠지요. 하여간 그래서 부리나케 총독부로 달려갔단 것 아니겠습니까. 하세가와 총독에게 눈도장 찍을 절호의 기회를 제 어찌 놓칠쏩니까."

신철은 주머니를 뒤적거리더니 무언가를 꺼냈다. 그것을 본 와타루의 낯빛이 창백하게 질렸다.

"오늘 아침 총독부에서 호출을 하더군요. 이 귀한 것을 받아가지고 예까지 뛰어오는데 어찌나 발에 땀이 채이던지. 흐흐."

신철은 넋이 나가 있는 와타루의 손에 그것을 꼬옥 쥐여 주었다.

"이것을 성공시킬 적임자는 성님뿐입니다."

"왜 나에게...?"

"어찌 저만 승승장구하겠습니까. 흐흐. 나중에 한잔 사는 것 잊지 마십시오."

신철은 히쭉거리더니 다시 진지한 낯빛으로 돌아왔다.

"이태왕 특성상 밤이 되면 움직일 것이니 반드시 그 전에 처리하십시오. 영친왕이 떠나는 오늘 안으로 꼭 해치우셔야 합니다."

일부러 손을 떨었던 것은 아니었다. 꼭 잔을 깨뜨리려던 의도도 아니었다. 그러나 그 모든 행위는 신철의 뜻대로 이루어졌다. 홍설이 상비약을 가지러 자리를 뜬 사이 그는 바에 있던 보통이를 소리 없이 풀었다. 보온병의 뚜껑을 열자 갓 내린 가배 향이 뜨겁게 올라왔다. 뚜껑을 닫았을 때, 그 전과 후는 걷잡을 수 없이 달라져 있었다.

와타루는 통유리에 비친 자신의 모습을 향해 주먹을 날렸다. 혐오스러운 자아가 조각조각 부서졌다. 이제 와서 홍설이 무사하기를 바라는 자신이 이토록 역겨울 수가 없었다. 주먹 틈새로 유리 파편이 성에처럼 돋아나자 이내 손아귀가 붉게 번졌다. 그는 털썩 주저앉아 목놓아 웃기 시작했다.

*

이완용은 의원 복도를 몇 바퀴나 돌다가 결국 의자에 엉덩이를 붙였다. 침착하자고 되뇌었으나 좀처럼 마음이 다스려지지 않았다. 창밖으론 벌써 동이 터오고 있었다. 출혈이 심한 탓인지 손자의 수술은 생각보다 길어지고 있었다. 그는 주머니에 든 총을 다시금 꺼내 보았다.

'이런 걸 품고 다녔다니. 이젠 다 컸구나... 더 이상 할아비 품에 안겨 자던 어린애가 아니야...'

이완용은 제물포항에 도착하는 순간까지만 해도 반신반의하던 상태였다. 그러나 이 총이 자신에게 겨눠지는 순간 깨달았다. 자신의 손자는 결코 밀정이 아니었다.

영친왕 결혼식 출발 당일 하세가와는 아침 일찍 자신을 호출했다. 무슨 일인가 싶어 총독부 관저를 한달음에 달려갔다. 평소와 달리 테이블 위에는 가배가 차려져 있었다.

청일전쟁과 러일전쟁을 승리로 이끈 군인 출신인 하세가와는 총독으로서 별 자질이 없었다. 데라우치 전대 총독의 무단통치를 답습하는 수준에 머무르고 있다는 것이 세간의 주된 평이었다.

"어젯밤 신철 형사가 찾아왔었네."

제2대 총독의 표정이 심상치 않았다.

"밀정 노릇을 하는 자가 자신에게 귀띔을 하고 사라졌다더군. 황제를 내일 모실 거라고 했다던데 대체 이 무슨 말인가?"

이완용은 순간 정신이 번쩍 들었다.

—만약 자네가 이제껏 해온 행위와 반하는 어떠한 족적 하나를 남기고 죽는다면 어떨 것 같은가?

고종이 자신에게 했던 말이 이해됨과 동시에 모든 아귀들이 맞춰지는 느낌이었다. 파리강화회의에 보낼 비준에 끝끝내 동의하지 않은 것도, 영친왕의 결혼식에 대해 집요하게 물어본 것도 그 때문이었던 것이다. 그는 이 중차대한 음모를 왜 이제껏 자신이 놓치고 있었나 싶었다.

"이태왕이 아무래도... 망명을 하려는 듯싶습니다."

"허... 역시나! 내 방심하고 있었군. 아들 결혼식을 틈타 수작을 부리지 않으면 이태왕이 아니지. 암, 아니고말고."

하세가와는 노기를 띠며 덧붙였다.

"당장 덕수궁으로 가서 손을 쓰게."

"지금처럼 환한 대낮에는 아마 주무시고 계실 겁니다."

"그럼 더 빨리 움직여야 하는 거 아니오? 만약 이태왕이 망명에 성공하여 파리에 모습이라도 드러낸다고 생각해보시오. 영친왕과 마사코 여사의 결혼식 자리에 불쑥 나타나 한일병합은 무효라고 외치기라도 한다면... 세상에 그런 국제적 망신이 어디 있겠소."

하세가와는 끔찍하다는 듯 고개를 저었다. 한 나라의 왕이 움직인다면 이는 국제적으로 만만찮은 파장을 몰고 올 터였다.

"올해 이태왕이 칠순이라 하였나?"

"그렇습니다."

"세상 하직할 때도 됐건만 명줄 하난 참으로 질긴 양반이란 말이지. 이대로 살려두면 앞으로도 두고두고 근심거리가 될 터..."

이완용은 하세가와가 무슨 의도로 그런 말을 하나 싶어 심중을 살폈다.

"과거에도 이태왕이 망명을 하려던 적이 있었잖소. 앞으로 또 이런 일이 일어난다면 그땐 극단적인 수단도 불사하지 말 것을 천황께서 명하셨소. 이번 기회에 이태왕을 제거하십시다."

이완용은 깜짝 놀랐으나 차분하게 의견을 타진했다.

"현재 이태왕의 건강상태가 양호한지라 갑자기 죽음을 맞이한다면 모두가 이상하게 생각할 것입니다…"

"그러니까 머리를 굴려보란 것 아니오…"

이완용은 느닷없이 마음이 분주해졌다.

"헌데… 그 밀정은 누굽니까. 그자의 정보를 믿어도 되는지부터…"

갑자기 하세가와가 너털웃음을 터뜨렸다.

"집에서도 감쪽같이 숨기고 있었던 모양이군. 허긴 밀정은 자고로 입이 무거워야 하는 법이니까."

이완용은 그때까지도 무슨 말인지 알아듣지 못했다.

"이 백작이 손자 하나는 참으로 잘 키웠소. 암. 이중간첩도 아무나 할 수 있는 게 아니지. 머리 잘 돌아가는 것도 유전인가 보오."

'혜영이 검은 물을 끊고 새 사람으로 거듭났단 말인가? 그리하여 이 할아비 편으로 돌아섰단 말인가?'

그러나 머릿속에선 좀처럼 그림이 그려지지 않았다.

"일단 왔으니 목부터 축이시오."

이완용은 마지못해 총독을 따라 기호에 맞지 않는 가배를 들었다. 진한 향이 콧속을 간지럽혀 오던 그때 좋은 묘수가 머리를 치고 지나갔다.

"가배는 뒷맛이 깔끔한 것이 특징이지요."

이완용이 목소리를 내리깔자 하세가와의 눈빛이 돌변했다.

"비소라는 물질에서 정제한 비상은 무색무취에 잘 녹는다는 특징이 있습니다. 뒤가 깔끔한 가배와 무색무취의 비상, 이 두 개를 섞으면 어찌 될 것 같습니까."

하세가와는 무릎을 탁 치며 호탕하게 웃었다.

"과연 누가 이 백작의 총기를 따라올 수 있겠소! 헌데 누가 이를 실행에 옮기느냐..."

"신철 형사의 관할이 남촌이잖습니까. 아마 주변부와 친분이 있을 터이니 적당한 자를 물색하라 명하십시오. 늦은 밤 총독부에 고하러 온 것을 보아하니 성공과 야망에 미쳐 있는 자가 확실합니다. 이자만큼 이 일을 책임지고 완수할 자는 없을 겁니다."

"옳거니!"

하세가와의 낯이 단박에 환해졌다.

"허면 영친왕 결혼식은 이대로 진행하실 겁니까."

"출발 직전, 결혼식이 잠정 연기되었다고 사람들에게 알리시오. 단 수긍할 만한 핑곗거리를 붙여야 할 거요."

"그리하겠습니다."

인사를 올리고 나가는 이완용의 뒤통수에 대고 하세가와가 덧붙였다.

"이번 사건이 마무리되고 나면 이 백작은 후작으로 올라갈 것이오."

"후작... 이 후작..."

의원 복도에서 이완용은 혼잣말을 중얼거렸다. 이 백작에서 이 후작으로 오를 일만 남았는데도 전혀 기쁘지 않았다.

"리혜영 씨께서 조금 전 의식을 회복하였습니다."

흰 가운을 입은 서양인 의사가 어눌한 일본말을 늘어놓자 이완용은 곧바로 자리에서 일어섰다. 간호사의 안내를 받아 그는 손자의 병실에 들어섰다. 차마 환자의 얼굴을 볼 수 없었다. 미스터 리 역시 퀭한 눈으로 창밖만 응시할 뿐이었다.

"조선의 왕을 죽이고도 무사하실 것 같습니까..."

수술경과만을 듣고 갔어야 했음을. 이완용은 병실에 들어온 것을 뒤늦게 후회했다.

"여급은 아무 죄도..."

미스터 리는 호흡곤란이 온 것인지 잠시 말을 멈추었다. 이완용은 천천히 손자에게 다가갔다. 그리곤 떨리는 손으로 손자의 손을 잡았다.

"이제부터 아무것도 하지 않겠다고 이 할아비와 약조하여라. 그것이 네가 살고 내가 살 길이다. 혜영아..."

"황제를 독살시킨 죄... 조선의 숨통을 끊어놓은 죄... 무고한 여인을 살인자로 몰아간 죄... 그 죄를 나중에 어찌 감당하시려고 그러십니까... 저는 정말이지 조부가 너무도 무섭습니다..."

이완용은 차마 손자의 참담한 낯빛을 대면할 수 없어 눈을 질끈 감았다.

"이 할아비는... 그저 시대의 흐름을 좇았을 뿐이다..."

"그런 변명으로 조부의 죄를 포장하려 하지 마십시오..."

미스터 리는 호흡이 불규칙한 가운데 계속 말을 이었다.

"결코 조부가 원하는 세상은 오지 않습니다. 아니, 오지 않아야 합니다. 역사는 결국 다수가 원하는 정의대로 흘러갈 테니까요…"

이완용은 고개를 내저었다.

"구석기 시대에도 강성한 부족이 약한 부족을 치면서 세력을 넓혀 나가지 않았느냐. 약육강식, 그것은 이 세계를 장악해나가는 생존방식이자 변하지 않는 진리이다. 국제정의를 추구한다는 만국 공법도 결국엔 빛 좋은 개살구에 불과하다고 입이 마르고 닳도록 얘기했거늘, 언제까지 어리석은 중생처럼 허울 좋은 이론만 고집하려 하느냐?"

"조부의 말씀대로라면 강자가 되기 위해선 무조건 내 이웃을 밟고 일어서야 한단 말입니까? 전쟁을 일으키고 무참한 살육전을 벌이는 것 말고는 다른 방도가 없단 말입니까? 문명의 본질이 약육강식이라면 인간이 목표 삼아야 할 도착지는 대저 어딥니까?"

이완용은 울부짖는 손자를 뒤로하고서 병실을 나왔다. 온갖 비난을 듣고 나왔건만 이상하리라만치 마음이 평온해졌다. 자신도 어찌하여 이런 감정이 드는 것인지 알 길이 없었다.

*

성에가 낀 창을 문지르자 텅 빈 남대문 정거장이 뿌연 모습을 드러냈다. 몇 번째 문지르는 서릿발인가. 싸늘하게 식은 가배 잔을 쥘수록 요한은 일이 잘못되었다는 심증만 굳어갔다. 그러나 영친왕이 경성을 뜨진 않았을 것이었다. 그렇지 않고서야 어제

자 신문에 영친왕 소식이 한 줄도 뜨지 않았을 리 없었다. 조금만, 조금만 더 기다려보기로 한 것이 벌써 자정을 넘어서고 있었다. 요한은 한숨도 자지 못한 채 역내 카페에서 날을 지새웠다. 언제라도 그들이 개찰구로 들이닥칠 것만 같았다. 몇 번을 그렇게 밖으로 뛰쳐나왔는지 몰랐다. 그러나 자신의 거사 대상은 보이지 않았다.

요한은 문득 헛웃음이 나왔다. 이렇게도 김새는 거사가 다 있나 싶었던 것이다.

"귀때기 떨어지는 줄 알았네."

"귀때기면 다행이지. 불알이 없어지는 줄 알았네 그려."

카페 문이 열리며 봇짐을 진 사내 두 명이 들어왔다. 그들은 요한과 조금 떨어진 곳에 자리를 잡았다. 바깥일에 누구보다 환한 장사꾼들이 시답잖은 잡담을 늘어놓는 것을 들으며 그는 다소 안도했다. 밖에 별일이 없단 증거였다.

홍설은 지금쯤 뱃길을 무사히 지나갔을까. 요한은 그녀의 곁을 지키고 있을, 그리고 황제를 보위하고 있을 미스터 리를 떠올렸다. 그는 어느 자리에서건 유연함을 발휘하는 사내 아니던가. 그것은 자신에게 없는 무기였다.

"호외요."

어린 소년이 카페 입구에 신문을 던져주곤 사라졌다. 호외 앞에 몰려든 장사치들은 한동안 말이 없었다.

"이게 사실이었단 말이여?"

"하이고... 그 사람 말이 맞았네. 검은 줄이 목부터 복부까지 길게 나 있었다길래 흉측한 소리 집어치우라고 했었는디... 참말로 이게 무슨 변괴래..."

"아니, 허면 대체 누가 황제의 음식에 독을 넣었단 말인가?"

"어제 저녁 이완용을 태운 인력거가 궁 앞에 서는 것을 보긴 했네만..."

"잘못 본 것 아닌가? 그자는 영친왕 전하와 동경으로 떠난다 하지 않았나."

요한은 호외를 단숨에 낚아챘다. 살기등등한 그의 눈빛에 장사치들이 옆으로 물러섰다. 1919년 1월 22일 자 〈매일신보〉 호외에는 여섯 글자가 진하게 도드라져 있었다.

태왕 전하 훙거

밖으로 내달리는 요한의 심장이 가파르게 뛰었다. 품속의 폭탄도 덩달아 덜컹거렸다. 지금 그의 머릿속엔 오직 이완용을 죽여야 한다는 일념밖에 없었다.

옥인정의 육중한 솟을대문이 두 쪽이 나며 쩌억 갈라졌다. 경호순사 둘을 쓰러트린 그는 그대로 전진했다. 사랑채에 누워 있던 이완용은 깜짝 놀라 몸을 일으켰다. 갈라진 문틈으로 요한이 매섭게 걸어오는 것이 보였다. 이완용은 본능적으로 발을 놀렸다. 경호순사들이 오지 않는 걸로 보아 이미 곤죽이 된 모양이었다. 왼쪽 어깨에서 저릿한 통증이 밀려들었으나 그는 이 걸음을 멈출 수가 없었다. 옥인정의 일꾼들은 두려움에 몸을 떨며 행랑채로 피신했다.

요한은 뛰지 않고 빠른 걸음으로 이완용을 따라잡았다. 구석으로 몰린 이완용은 사방이 막힌 것을 깨닫고는 털썩 바닥에 주저앉았다. 요한이 폭탄을 꺼내자 그는 최후를 예감한 듯 질끈 눈을 감았다. 그 어떤 변명도 이 무뢰한에겐 통하지 않을 것임을 이완용은 누구보다도 잘 알았다.

그때 행랑채에서 아이의 울음소리가 새어 나왔다. 요한은 잠시 멈칫하는가 싶더니 폭탄 대신 잘 벼린 칼 한 자루를 품속에서 꺼냈다. 칼은 한마디 예고도 없이 만고의 매국노를 향해 날카롭게 빛줄기를 그었다. 요한은 잠시 눈을 감았다. 손에 든 그것은 물컹한 살성을 뚫고서 쑤욱 들어갔다. 성공했다는 확신으로 칼을 뺌과 동시에 눈을 뜬 그는 화석처럼 굳어버렸다.

"우리는... 동무는 될 수 없겠소이다."

미스터 리가 피를 철철 내뿜은 채 발아래에서 뒹굴고 있었다. 요한은 자신의 칼날이 그의 복부를 꿰뚫었다는 것을 보고도 믿을 수 없었다. 그가 왜 이곳에 있는 것인가. 다시 보니 미스터 리의 몸은 칼이 관통한 자리 외에도 만신창이였다. 거사는 물론, 망명마저도 수포로 돌아갔음을 뼈아프게 깨닫는 순간이었다.

"혜영아..."

이완용이 오열을 터뜨리자 요한의 입에서 짧은 탄식이 흘러나왔다. 늙은이의 애달픈 음성에서 혈육의 정이 흐르고 있었다. 미스터 리의 버선발을 본 요한은 이내 얼굴이 흙빛으로 변했다. 그가 뛰쳐나온 것으로 추정되는 사랑채 문틈 사이로 헝클어진 이

부자리가 보였다. 결코 빈객이 머무는 곳이라고 할 수 없을 정도로 그곳은 손때 묻은 살림살이로 가득 차 있었다.

'도대체 어디서부터 잘못된 것인가…'

혼란스러워하던 요한은 순간 뒤통수에 극심한 충격을 느끼고는 악 소리와 함께 바닥으로 쓰러졌다. 뒤에 있던 훈길의 손에서 핏물이 흘러내렸다. 여종이 쓰고 있던 다듬이 방망이를 빼앗아 단숨에 요한의 머리를 가격한 것이었다. 곧이어 헌병들이 우르르 옥인정으로 들어섰다.

"전화를 받고 출동했습니다. 괜찮으십니까?"

"저… 전화?"

이완용은 말을 더듬었다.

"급한 대로… 어깨 너머 본 것을 따라해보았습니다요…"

훈길이 슬그머니 손을 들어 보이자 이완용은 놀란 나머지 아무 말도 나오지 않았다.

미스터 리는 곧 들것에 실려 의원으로 옮겨졌다. 이제 마당에 남은 건 불그죽죽한 선혈이 머리에서 흐르는 암살미수범뿐이었다.

"이놈을 당장 서대문 형무소로 끌고 가라."

이완용의 충혈된 눈동자가 증오로 이글거렸다.

*

얼마나 시간이 흘렀는지 알 수 없었다. 낮인지 밤인지조차 알 수 없었다. 어디선가 쏴아 물줄기 소리가 들려왔다. 이어 거센 물결이 취조실을 뚫고서 밀려왔다. 물살은 홍설이 앉아 있는 의자를 전복시킬 것 같았다. 헝클어진 머리칼도, 부어버려 근육조차 움직이기 힘든 얼굴도, 수갑이 채워진 손목도 모두 이 파도에 휩쓸려 가버렸으면. 그러나 홍설은 포말에 부서지지도 젖지도 않았다.

심청아. 어디선가 쉰 음성이 들렸다. 저 너머 작은 배 하나가 위태롭게 부표하고 있었다. 심청이가 인당수에 몸을 던지누나. 구슬픈 가락이 북소리와 함께 흐르자 치마폭을 뒤집어쓴 여인이 갑판 위로 올라섰다. 제지할 겨를도 없이 여인은 바다 속으로 몸을 던졌다. 물거품만이 그녀의 증발을 말해주고 있었다.

'심청은 진정으로 자신의 몸을 바치고 싶었을까. 차디찬 바닷속으로 수장되던 순간 자신의 선택을 후회하진 않았을까. 코로 물이 들어오자 눈 먼 아버지에게 저주를 퍼부었을까. 아니면 이 세상에게 저주를 퍼부었을까.'

싸한 바람 한줄기가 홍설의 머리칼을 흩뜨렸다. 취조실 문이 열리자 파도는 순식간에 썰물처럼 빠져나갔다. 인당수 자리에는 일본인 검사가 앉아 있었다.

"본적을 대라."

"시마네 현."

"조선인... 아니었나?"

"가와모토."

남서부 현의 지명이 홍설의 입에서 흘러나오자 검사는 의아한 표정을 지었다. 시마네 현 중에서도 가와모토는 일본인이 아니면 모를 정도로 깡촌이었다. 조서에 기입된 것과 하나도 맞는 게 없었지만 그는 다음 질문으로 넘어갔다.

"언제부터 이태왕을 독살할 계획을 세웠나."

아무 대답도 없자 검사는 안경을 치켜 올렸다.

"함께 모의한 자가 누군가."

"홍자..."

"뭐?"

홍자는 눈보다 손이 더 빨라. 그녀가 들었던 최초의 칭찬이었다. 처음엔 작은 것을 훔쳤다. 나이를 먹을수록 점점 대범해졌다. 조선에서 여급이 된 후에도 손버릇은 쉬이 사라지지 않았다. 필요하진 않지만 진귀하다고 생각되는 것들을 손에 넣었다. 왜 그리도 남의 것을 탐했을까. 내 소유가 되면 마음의 허기진 구멍을 메울 수 있으리라 생각했던 것일까.

와타루 경부의 행동은 어디서부터 계산된 것이었을까. 가배를 향한 그의 열정은 모두 거짓이었을까. 그의 위선을 눈치챘더라면 결과는 달라졌을 것인가. 타 죽을 걸 알면서도 화염 속으로 뛰어드는 불나방처럼, 같은 순간이 온다 하더라도 또 그를 믿어주었을 것인가. 요한의 거짓말에 기꺼이 속아 넘어가 주었던 것처럼. 북경에 뒤따라오지 않을 것임을 알았음에도 그를 안심시켜주기 위해 믿는 척하였던 것처럼. 그의 착한 거짓말에 나 역시 착한 거짓말로 대답할 수밖에 없었음을. 조선을 떠나기 직전 만났던 그날이 실은 살아생전 우리의 마지막 만남일지도 모른단 걸 알고 있었지만, 그럼에도 기꺼이 웃어야 했음을. 그가 살아 숨 쉬는 동안 행복하길 바랐기에.

심청이 아비의 눈을 뜨게 하기 위해 자신의 몸을 제물로 바쳐야 했듯 황제의 망명에도 제물이 필요했음을 깨달은 것은 언제부터였을까. 나는 언제부터 내 자신의 최후를 예감하고 있었나.

홍설은 눈을 감았다.

'그간 분에 넘치는 인생을 살게 해주어 고마웠습니다... 저는 떠나지만 우리의 사랑은 오랫동안 이승에 머물기를 바랍니다...'

"재갈... 재갈을 갖고 와!"

홍설의 입에서 피가 와륵 쏟아지자 검사는 어깨를 바들바들 떨었다. 밖에서 대기하고 있던 간수가 헐레벌떡 들어와 홍설의 입을 강제로 벌렸다. 욱여들어 간 재갈은 곧 붉게 물들었다.

"당장 끌고 나가!"

"벌써 취조가 끝났습니까?"

"혀 깨물고 죽으려는 년한테 뭘 더 캐내란 말이냐?"

검사는 고래고래 소리를 질렀다. 초장부터 엿 먹이는 방법도 가지가지군. 경성지방법원에 몸담고 있는 동안 이런 일은 처음이었다. 제대로 된 자백을 받기도 전에 죽기라도 한다면. 후폭풍을 상상하니 한겨울인데도 등이 축축해져 왔다. 지장 찍기는 애초부터 글러먹은 건지도 몰랐다. 그는 질린단 듯 침을 뱉고서 취조실을 빠져나갔다.

홍설은 사흘 후 서대문 형무소로 이송되었다. 낡은 모포로 몸을 감싸도 바닥의 냉기가 뼛속까지 스며드는 곳이었다. 얼어버린 발가락은 내 것이 아닌 듯 감각이 없었다. 벽에는 이와 벼룩이 들끓었다. 배식판에는 어제 받은 소량의 무짠지와 거친 조밥이 말라비틀어진 채 놓여 있었다. 단식 이틀째가 되자 모든 전의를 상실했다. 조금만 움직여도 머리가 어질했다. 정신이 아득해져 오는 가운데 누군가 옆구리를 건드렸다. 눈을 떴으나 좁은 독방엔 자신뿐이었다. 이번에는 배꼽을 쳤다. 이제는 헛것까지 느끼는가. 홍설은 힘겹게 몸을 일으켰다. 신호가 오는 곳에 손바닥을 가져가자 어떠한 진동이 전해졌다. 그것은... 아주 작고 옹골찬 발길질이었다.

*

'국가와 민족은 형체가 없다. 우리는 통합과 결속을 다지고자 국가와 민족이라는 단어를 만들어내 그리 명명할 따름이다. 인간은 그 형체 없는 것들을 지키기 위해 자신의 육신을 기꺼이 내던진다. 인간의 상피를 이루는 육체야말로 가장 실감나는 형체이다. 고문으로 인해 동반되는 고통은 사실적이고 원초적이다. 이는 상해를 입어본 자라면 누구도 의심할 수 없다. 그들 개개인이 끝까지 견디어낸 고통들이 모여 국가를 이루는 근간이 되고 민족의 구심점이 된다. 형체 있는 것들의 희생으로 인해 형체 없는 것들의 토대가 세워진다. 문제는 이루 말할 수 없는 고통, 이다.'

"면회 요청입니다."

눈을 감고 있던 요한은 정 선생이 독방 문을 열고 들어오자 의아하다는 듯 바라보았다.

"나 같은 정치범은 면회 불가 아닌가."

"잠시 가능할 수 있게 조치를 취해 놓았습니다."

정 선생이라고 불리는 조선인 간수는 잡혀 온 독립 운동가들의 편의를 최대한 봐주고 있었다. 일본인 입회 부장이 식사하러 간 틈을 타 요한에게 온 것이었다.

면회실에 들어선 요한은 명화를 향해 웃음을 지어 보였다. 명화는 그 웃음을 따라 하려 했으나 외려 반대의 감정이 울컥 치솟았다.

"전봉준은 주리 틀리는 고문으로 인해 다리를 쓸 수 없게 되어 앉은 채로 후송되었다지만 난 이렇게 멀쩡히 걸어왔잖소."

그 말은 명화에게 위로가 되지 않았다. 피골이 상접한 요한의 몰골은 어디 한 군데 성한 곳이 없었다. 그가 살아 있다는 사실만으로도 감지덕지해야 했으나 앞을 가리는 눈물을 멈출 수가 없었다. 요한은 그런 명화를 애써 달랬다.

"명화 씨 말대로 이리 용케 살아남아 은혜를 갚을 수 있게 되었는데 슬플 게 뭐 있소? 다만 옥에 갇힌 탓에 이번에도 신세를 져야 할 것 같아 송구스러울 따름이오."

"두 번째 옥바라지는 훨씬 수월하겠지요."

명화는 희미하게 웃으며 옷고름으로 눈물을 찍어냈다.

"혹시 미스터 리 소식 들으셨소? 복부 상처는 좀 아물었는지..."

순간 입가에 서려 있던 명화의 웃음기가 단박에 걷혔다.

"거사를 수포로 돌아가게 한 그를 왜 두둔하십니까? 우린 그자에게 농락당한 겁니다. 애초부터 미스터 리를 끌어들이지 말았어야 했습니다."

명화의 태도는 싸늘하기 짝이 없었다. 그러나 요한은 마냥 맞장구를 칠 수 없었다. 우리는... 동무는 될 수 없겠소이다... 의식을 잃기 전 그가 마지막으로 읊조렸던 말이 거짓일 리 없었다. 그렇게 믿고 싶었다. 요한은 화제를 돌렸다.

"여옥사도 이곳과 상태가 비슷하오?"

명화는 그가 홍설의 안부를 우회적으로 묻고 있음을 깨달았다.

"제가 무슨 면목으로 거길 가보겠습니까..."

명화의 음성이 좀 전과 달리 움츠러들었다. 그녀는 자신이 홍설을 그리 만든 장본인이란 생각을 떨치지 못하고 있었다. 홍설을 이 길로 끌어들인 건 허씨였지만 그것을 제안한 건 바로 자신이었다.

시간이 얼마 남지 않았다는 것을 깨달은 요한은 명화에게 가까이 오란 듯 손짓해 보였다. 그녀는 긴장한 낯빛으로 철창 가까이 다가갔다.

"형무소에서 내가 받은 고통은 이루 말할 수 없을 정도였소. 허나 잃은 게 있으면 얻는 것도 있는 법. 일본 놈들이 조선에서 난다 긴다 하는 식자들을 죄다 이곳에 모셔놨더군. 듣자 하니 미국에서 인권운동이란 게 일어났다던데 혹시 시민불복종운동이라고 들어보았소?"

명화는 고개를 내저었다. 시민이란 단어도 생소하기만 했다.

"국가나 지배 권력층의 정책이 부당하다고 판단되면 양심에 따라 이를 거부하거나 위반하는 거요. 대신 비폭력으로 행해야 한다는 조건이 붙지."

"허나 비폭력으로 행한다면 너무도 쉽게 진압될 것입니다."

"나 역시 처음엔 같은 생각이었소. 무력으로 맞서도 모자랄 판에 무슨 소린가 했지. 허나 멀리 내다보면 이 또한 방법이 될 수 있겠다 싶더이다. 내 경우만 해도 그렇소. 단독 거사는 일본인들에게 경각심을 일깨워줄 순 있지만 일회성에 그친다는 단점이 있소. 허나 여러 명이 뭉쳐 비폭력적인 방식으로 운동을 전개해나간다면 지속적이고도 큰 힘을 발휘해낼 수 있을 것이오."

"아무리 대다수가 평화적으로 참여한다 한들 일본이 눈 하나 깜박하겠습니까."

"한 사람의 목소리는 크지 않지만 많은 이들이 한 목소리를 내면 말이 달라지오. 시민불복종운동의 장점은 바로 진입장벽이 없다는 거요. 평화적 운동은 무기를 손에 쥘 필요도, 머리가 먹물일 필요도 없소. 마음만 있으면 갑남을녀 모두 가능하오."

'말은 쉽지요. 문제는 실천 아닙니까. 길거리에 대자보를 붙일 순 있겠지만 그것은 자신을 잡아가 달라고 선전하는 꼴이나 다름없을 것이고 만약 문서화시키는 데 성공한다 할지라도 까막눈인 민중들에게 그 뜻을 어찌 일일이 이해시킨단 말입니까.'

명화는 반론을 제기하고 싶었으나 아무 말도 꺼내지 않았다. 요한은 그런 속마음을 읽었는지 다시 입을 열었다.

"뜬구름 잡는 이야기라고 치부해선 안 되오. 부디 자유의 몸인 명화 씨가 힘 좀 써주시오."

명화는 고개를 끄덕였다. 이어 면회실 철문이 열리며 정 선생이 들어왔다.

"선생님. 이제 가셔야 합니다."

"이분 덕에 면회가 가능했소."

명화는 정 선생을 향해 예를 갖춰 인사를 올렸다. 그러고는 요한의 멀어지는 뒷모습을 한가득 눈에 담았다.

"겨울 옷가지를 몇 벌 차입해 드렸습니다."

"와준 것만으로도 큰 힘이 되었거늘. 덕분에 올 겨울은 든든히 날 수 있겠구려. 고맙소. 잘 입으리다."

'우리가 오래전부터 어떠한 인연으로 맺어져 있었다면... 허면 우리의 관계는 지금과 달라질 수 있었을까요...'

명화는 차오르는 눈물을 삼키며 떨어지지 않는 발길을 돌렸다.

정 선생이 요한의 독방 문을 열자 바닥을 긁는 파열음이 묵직하게 퍼졌다. 그 소리를 방패 삼아 정 선생이 조용히 입을 열었다.

"홍설이란 분은 여옥사 15호 독방에 수감되어 있습니다."

놀라서 그대로 굳어버린 요한에게 정 선생이 쪽지 하나를 내밀었다. 그것을 받아 든 요한은 목이 메었다.

"고맙소. 정 선생..."

"혹시 죄수들끼리도 편지를 주고받는 게 가능하오?"

답답한 마음에 바보 같은 질문을 한 적이 있었다. 죄수들은 한 달에 한 번 편지를 쓸 수 있었다. 가족이나 지인에게 쓴 편지는 시간이 걸리긴 했지만 답장이 되어 돌아왔다. 저 멀리 만주에 있는 이에게도 소식을 물을 수 있거늘 같은 형무소에 갇힌 이에게는 안부조차 묻지 못하는 현실이 요한은 개탄스러웠다. 여옥사의 소식을 알 길이 없었다.

헌데 지금 자신의 손에 홍설의 안부가 들어온 것이었다. 요한은 벽으로 돌아서서 조심스레 그것을 펼쳤다.

—하와는 아담의 아이와 잘 지내고 있습니다.

요한은 그 짧은 한 문장을 읽고 또 읽었다.

*

소금을 실은 겨울바람이 코끝을 스쳤다. 검은 연기를 뿜어내는 관부연락선에, 그것도 1등실에 자신이 몸을 싣고 있단 사실이 훈길은 꿈만 같았다. 어렸을 적 동리 앞바다에서 헤엄치며 놀았을 적에도 수평선 너머 보이는 배는 그림의 떡일 뿐이었다. 헌데 지금 자신이 그 배에 몸을 실은 채 현해탄을 건너고 있었다.

미스터 리가 얕은 기침을 내뱉자 훈길은 가슴이 선득해졌다. 몇 시간 전 잠에서 깨어난 미스터 리는 이곳이 관부연락선이라는 것을 깨닫고는 쓴웃음을 지었다. 시모노세키항까지 도련님을 잘 모시라고 대감마님께서 당부하셨다는 말을 변명처럼 늘어놓았지만 미스터 리는 아무런 대꾸도 하지 않았다. 그는 약기운으로 인해 다시 잠에 빠졌다. 뭔가 불편한 것인지 이따금 몸을 뒤척였다. 그럴 때마다 환자복 단추 사이로 감아놓은 붕대가 모습을 드러냈다. 복부를 뚫고 솟구쳐 오르던 핏줄기. 그날의 잔상이 다시금 되살아나자 훈길은 선실 창가로 시선을 돌렸다. 이 모든 사건이 자신으로 인해 일어났다는 것이 지금도 믿어지지 않았다.

"목이 마르구나..."

미스터 리가 깨어나자 훈길은 화들짝 놀랐다. 주전자의 물을 따르는 그의 팔이 덜덜 떨렸다.

"너도 어디가 아픈 게냐..."

"도련님..."

훈길은 결국 무릎을 꿇었다. 미스터 리는 아직 아무런 이야기를 듣지 않았음에도 왠지 모를 낭패감이 밀려왔다.

"도련님을 미행하라는 대감마님의 명을 받아 처음으로 발을 디뎌본 진고개는 그야말로 별천지였습니다. 으리으리한 건물들 사이로 총천연색의 머리칼과 눈동자를 가진 사람들이 쉴 새 없이 지나가더군요. 모두가 격조 있는 미소를 띠고 있었으며 몸짓에는 하나같이 우아함이 배어 있었습니다. 그들이 입은 화려한 양장에 비하면 제 광목은 촌스럽기 짝이 없더군요. 처음으로 흰 천이 구질구질하게 느껴졌습니다.

불빛이 휘황찬란하게 수놓아진 건물 안으로 도련님이 들어가자 제 낡은 미투리는 거기서 멈추었습니다. 풍악과 고기 냄새가 진동하는 그곳은 말로만 듣던 하사정이었지요. 이런 무릉도원을 제집처럼 드나드는 도련님이 다시 보이더군요.

그날 이후, 고된 일과를 마치고 짚더미에 몸을 누일 때면 진고개 거리가 은하수처럼 펼쳐졌습니다. 운이 좋은 날엔 꿈도 꾸었지요. 분칠한 기생들이 우르르 몰려나와 하사정 입구에서부터 절 맞이하고 있었습니다. 풍금이 울리는 가운데 기름진 술상이 나오고 가야금 줄 퉁기는 소리에 취해 고기 살점을 뜯고 있다 보면 어느새 꿈에서조차 그것이 현실이 아님을 자각하게 되더군요. 눈을 뜨면 입가에는 어김없이 허연 침 자국이 붙어 있었습니다. 또 한번 진고개를 밟으라는 대감마님의 명이 떨어지기를 기다렸지만 그런 일은 일어나지 않더군요.

그러던 어느 날, 대감마님과 도련님이 모처럼 같은 밥상에서 식사를 하였습니다. 곧 대감마님께서 먼 길을 떠날 터라 도련님께 당부할 게 많으신 것 같았지요. 대청마루를 닦던 저는 오늘 하루 바쁠 거란 대감마님의 음성을 무심결에 엿들었습니다. 밥상을 물린 뒤 대감마님이 출타하자 도련님도 그에 질세라 나가시더군요. 멀어지는 다임러 리무진을 보며 왠지 오늘 두 분 다 늦게 귀가하리란 예감이 들었습니다. 저는 평소처럼 도련님의 사랑채를 청소하러 들어갔습니다. 헌데 무명천으로 바닥을 문지르던 제 시선이 어느 순간 문갑에 고정돼 있더군요. 그곳엔 새하얀 양복과 구두가 가지런히 놓여 있었습니다. 양복 소매 단추에 양각되어 있는 독수리와 구두 중앙에 달린 금장은 참으로 멋있었습니다. 정신을 차려 보니... 제가 도련님의 옷에 팔다리를 쑤셔 넣고 있더군요. 입던 광목은 뱀 허물처럼 발아래 벗겨져 있었습니다. 내친김에 서양 구두에까지 발을 쑤셔 넣었습니다. 마치 제 것마냥 꼬옥 맞더군요.

거울 앞에 서기 전까지 저에게 이것은 그저 하나의 유희에 지나지 않았습니다. 헌데 거울을 보는 순간 아연실색하고 말았습니다. 의복만 바뀐 게 아니었거든요. 거울 속 제 모습에서 노비의 때깔을 조금도 찾아볼 수가 없었습니다. 거울을 쏘아보는 당당한 눈빛은 마치 태생부터 그랬던 것마냥 위엄이 묻어나 있더군요. 내친김에 포마드를 머리칼에 묻히고 중절모까지 삐뚜름하게 눌러써 보았습니다.

—어찌 왕후장상 씨가 따로 있을쏘냐?

제 목소리는 누가 뭐라 해도 깨어 있는 지식인 같았습니다. 결코 도련님의 아류작이라고 생각할 수 없었습니다.

—옷이 날개다. 의복이 권력이다. 겉모습을 바꾸면 인간의 속도 달라지구나...

저는 외출을 하고 싶어졌습니다. 오늘 같은 날은 다시 오지 않는다는 생각으로 실천에 옮겼지요. 어스름이 진 바깥은 제 마음을 부추기는 동시에 용기를 북돋아주었습니다. 때마침 양복 주머니엔 약간의 돈까지 들어 있었습니다. 도련님 성정상 푼돈 좀 없어졌다 한들 신경 안 쓰실 걸 알았기에 돈까지 쓰기로 결심했습니다. 저는 중절모를 꾸욱 눌러쓰고서 옥인정을 나섰습니다. 행랑채에 있던 일꾼 몇이 제 뒷모습을 보았지만 아무도 저라고 생각하지 못하더군요.

—구운 청어와 막걸리 좀 주시오.

동네 어귀에 자리한 주막부터 시험해보기로 했습니다. 술상을 차려 온 주모는 양반 대하듯 예우해주더군요. 옆에서 술을 마시는 양반 역시 절 알아보지 못했습니다. 저는 흥이 올라 주전자에 든 막걸리 한 되를 그 자리에서 다 마셔버렸습니다. 불콰하게 술 기운이 오른 저의 다음 행선지는 두말할 것 없이 진고개였지요. 어디선가 도련님에게서 맡아지던 가배 향이 풍겨오더군요. 가배란 것이 얼마나 중독성 있는 음료지 직접 마시고 평가해보고 싶어졌습니다. 그렇게 냄새의 진원지를 따라 경성 브라운의 문을 밀었습니다. 하얀 구두 중앙에 박힌 금장이 문틈 사이에서 번쩍이자 여급이 한달음에 달려 나오더군요.

—휴... 갑자기 이 시간에 나타나셔서 오늘이 폐하를 모시는 날인 줄 알았잖습니까...

무슨 말인지 알아들을 수 없었으나 머리 위로 울리는 종소리를 감상하며 짐짓 가만있었습니다. 헌데 더 이상 문이 젖혀지지 않더군요. 여급이 안에서 온몸으로 문을 막고 있었습니다.

—이리 돌아다니면 괜한 의심을 살 수 있으니 어서 집으로 돌아가십시오. 또한 내일의 옷차림이 이와 같지 않으리라 믿습니다.

그 말과 함께 경성 브라운의 문은 냉정하리 만큼 빠르게 닫혔습니다. 순간 온몸에 묘한 쾌감이 퍼져나가더군요. 여급마저도 절 도련님이라고 생각하고 있었습니다. 진고개를 오가는 행인 모두가 저를 그리 보고 있었습니다. 일전에 광목에 미투리 차림으로 왔을 때 쏟아지던 뜨악한 시선이 조금도 느껴지지 않는다는 게 그 증거였지요. 저는 한껏 위풍당당해진 걸음새로 이번엔 하사정으로 향했습니다. 근방에 다다르자 고기 냄새와 술 냄새, 풍악 소리가 한데 어우러져 정신이 혼미해지더군요.

—여어. 이게 누군가.

그때 뒤에서 누군가 아는 척을 해왔습니다. 웬 중년 사내더군요.

—호오. 반갑소이다.

취기 탓인지 임기응변이 술술 튀어나왔습니다.

—낮에는 여급을, 밤에는 기생을 취하는 사내였구먼.

—양반이 뭔 짓인들 못하겠소?

중절모 아래 드러난 제 입꼬리가 도련님처럼 씨익 올라갔습니다. 음성과 표정까지 완벽히 빙의되었지요.

—한잔하러 가는 길이오?

저는 손을 내젓곤 아까 들은 대로 둘러댔습니다.

—내일 이 시간 황제를 모셔야 할 몸이라 일찍 들어가 봐야하오.

—뭐라?

사내가 갑자기 먹잇감을 포획한 맹수처럼 훅 다가오는 게 아니겠습니까? 저는 도련님 흉내를 내며 호쾌하게 웃어 보였습니다.

—허헛. 이러니 조부와 척을 질 수밖에.

어떻게 제 입에서 그런 말이 나왔는지 저도 모르겠습니다. 그 말에 사내는 웃음을 터뜨리더군요.

—자네... 낮과 밤이 다른 사내가 확실하구먼!

그 말을 끝으로 사내는 돌아섰습니다. 어딜 그리 급하게 가는지 연기처럼 증발해버리더군요. 순간 술기운이 확 가셨습니다. 좀 전에 제가 무슨 말을 한 건가 싶더군요. 이제라도 옥인정으로 돌아가면 아무 일도 없지 않겠나 싶어 한달음에 귀가했습니다. 다행히 대감마님은 물론 도련님도 돌아오지 않은 상태였습니다. 만약 이후에 절 호출하더라도 잡아떼리라 마음먹었지요. 그날 잠이 오지 않더군요. 날이 밝으면 바로 불호령이 떨어질 것 같았습니다. 그러나 다음 날도 그다음 날도 무탈한 날들의 연속이었습니다. 어느 순간 근심 자체를 잊게 되었습니다. 그리고는 시도 때도 없이 킥킥거리는 버릇이 생기게 되었지요. 아무리 몸이 고되어도 그날 생각만 하면 얼굴 근육이 절로 풀어졌습니다. 그러니까... 옥인정에 자객이 들이닥치기 전까지는... 저는 자객을 쓰러뜨린 날 깨달았습니다. 저도 모르게 그 자의 뒤통수를 가격한 것이 아니라 실은 제가 저지른 일을 무마하기 위해 그랬다는 것을요."

미스터 리의 온 전신이 부들부들 떨렸다. 옆구리가 결려 숨을 쉬는 것조차 고통스러웠다. 그러나 이는 정신적인 고통에 비할 데가 못 되었다. 망명 당일, 홍설이 꺼냈던 이야기가 왜 금시초문처럼 들렸는지 비로소 알 것 같았다. 그 이야길 하다가 홍설의 다친 손을 보곤 유야무야 넘어갔던 기억을 떠올리자 다시금 주먹이 부르르 떨렸다.

"너는 용서받지 못할 죄를 저질렀다... 대체 왜 그런 짓을 한 것이냐...? 네가 그랬다 한들 내가 될 수 있을 거라 생각했느냐?"

"도련님 옷을 몰래 입고 나간 것은 제 잘못이 맞습니다. 허나 제 신분이 이렇지 않았더라면 이런 일도 없었겠지요..."

"뭐라...?"

"또한 도련님이 나랏일에 가담하지 않았더라면 사태가 이렇게까지 번지진 않았을 테지요..."

그의 반격에 미스터 리는 그만 아연실색했다. 자신이 앓던 사이 저놈이 회까닥 돌아버린 건가 싶었다.

"이놈이 감히... 고개를 조아리며 읍소해도 모자랄 판에..."

"도련님. 조부가 친일이면 어떻고 친미면 어떻습니까. 먹고사는 데 문제 있습니까? 호강에 겨운 삶이 무료하여 그러신 겁니까?"

미스터 리는 말문이 막혔다. 훈길의 무엄한 행동은 차치하고서라도 그가 자신을 저런 식으로 생각하고 있었단 것에 크나큰 충격을 받았다.

"내 이래서... 너에게 글을 깨우치게 하려 했던 것이다. 글을 깨우쳤더라면 결코 이런 말은 할 수 없었을 것이다. 무지에서 벗어나면..."

"무지에서 벗어나 세상 이치를 깨닫게 되면, 저를 노비에서 해방시켜주실 겁니까?"

미스터 리는 명치를 연타로 맞은 것 같은 충격에 정신을 차릴 수 없었다. 적반하장도 유분수란 생각은 이미 떠난 지 오래였다.

"것 보십시오. 도련님은 위선잡니다. 그날 진고개에서 사람들이 저를 바라보는 시선에는 융숭함이 깃들어 있었습니다. 그때 깨달았지요. 왕후장상 씨는 타고나는 게 아니란 것을. 무엇을 걸치느냐에 따라 이토록 다른 대접을 받을 수 있다면, 신분제는 결국 허상이었단 말입니다. 겉모습만 달라져도 노비라는 효력을 상실할 수 있는데 제가 양반이 되지 못할 이유가 있습니까? 조선 초기만 해도 노비종모법은 존재하지 않았다더군요. 결국 양반들이 자신들의 편의를 위해 만든 거지요. 권력자의 입맛에 맞게 만들어지는 게 법이라면, 그 법을 지켜야 할 이유가 있습니까?"

미스터 리는 반격할 말조차 찾지 못해 그저 입을 벌린 채 훈길을 볼 뿐이었다.

훈길은 살아생전 어미의 모습을 떠올렸다. 주인집에 손님이 묵어가는 날이면 어미는 어김없이 불려갔다. 자주 배가 불러오던 어미는 그가 여섯 살 되던 해 산욕열로 죽었다. 그 이후 이부형제들이 뿔뿔이 흩어졌다. 여러 곳을 전전하던 훈길은 열세 살이 되던 해 옥인정으로 들어갔다.

훈길은 이완용을 보며 이따금 자신의 '아버지'가 누구일지 궁금해졌다. 아침에는 가배를 마시고 밤에는 기방의 풍금소리를 감상하는 삶. 어쩌면 자신도 가능했을 삶이었다.

"네 말은 틀리지 않았다... 허나 그렇다 하여 네가 저지른 죄의 크기가 줄어드는 것은 아니다. 날 사칭한 죄, 밖에서 함부로 입을 놀린 죄… 그로 인해 폐하는 붕어하셨고 무고한 여급은 황제를 독살한 죄인이 되어버렸다…"

"허면 제가 진정으로 잘못을 뉘우치면… 저를 자유의 몸으로 놓아주시겠습니까."

"좋다… 네가 진정으로 참회하는 빛이 보인다면 그리하겠다… 너처럼 자신의 권리를 자각하는 조선인들이 많아지면 일본으로부터 강탈당한 주권을 하루빨리 되찾을 수 있을지도 모르지. 내가 하려 했던 일이 바로 그것의 일환으로…"

"저는 조선의 독립을 바라지 않습니다."

미스터 리는 또 한번 말문이 막혔다.

"갑오개혁 때 노비제가 폐지되었지만, 실행된 건 일제강점기 이후부터였습니다. 몰락한 양반이 일본군으로부터 능욕당하는 것을 보자 이상야릇한 감정이 들더군요. 이제는 일본말 좀 하고 사리에만 밝으면 저 같은 놈도 출세할 수 있는 시대가 되었습니다. 이는 구한말이었으면 불가능했을 겁니다. 저는 악습이 판치던 그때보다 일제강점기 지배 아래 놓인 지금이 낫습니다."

미스터 리는 힘겹게 일어섰다. 더 이상 그와 나눌 말이 없었다. 훈길은 양반의 민낯을 너무도 잘 알고 있었다.

선실을 나오자 칼날 같은 해풍이 미스터 리의 상처난 부위를 후벼 팠다. 그러나 정신적 충격에 더욱 몸서리가 쳐졌다.

'어쩌면 난 조부보다 더 나쁜 인간인지도 모른다. 적어도 조부는 겉과 속이 다르지 않지 않은가. 나는… 조선인 모두가 알을 부수고 나와 진정한 주체로 거듭나길 바라면서도, 한편으론 여전히 그들 위에서 군림하고 싶은 기득권이 아니었을까. 새로운 세상을 그토록 염원하면서도 정작 신분제는 허물어지지 않길 바라는...'

그는 자신의 이중성에 신물이 나왔다. 그렇게나 치를 떨던 황제의 모습이 바로 자신의 모습이었던 것이다.

미스터 리는 갑판에 기대어 망망대해를 바라보았다. 날씨가 흐린 탓에 선실 밖으로 나온 이는 그뿐이었다. 풍랑이 점점 강해지고 있었다. 환자복이 찢겨나갈 것처럼 거세게 펄럭였다. 두통이 강해지며 현기증이 일었다. 복부를 두른 붕대에서 핏물이 배어 나왔다. 인기척 소리에 미스터 리는 고개를 돌렸다. 훈길과 눈이 마주친 그는 그만 가슴이 철렁 내려앉았다. 찰나였지만 훈길의 눈빛에 도사린 음험함을 본 것이었다.

"미스터 리..."

순간 그는 자신의 귀를 의심했다.

"이렇게 불러보는 것이 평생 소원이었습니다. 헌데 불러보니... 별것 아니군요."

훈길은 느리지도 빠르지도 않은 걸음으로 그를 향해 다가왔다. 미스터 리는 종잇장 같은 몸을 갑판에다 바짝 기댔다.

"아직 소원이 하나가 더 남았는데... 제게 도련님이라고 해보시겠습니까?"

미스터 리의 턱이 오한으로 덜덜 떨렸다. 어금니를 앙다물었지만 떨림은 조금도 나아지지 않았다.

"날씨가 궂은 탓인지 수심이 꽤 깊어 보이는군요... 혹여 이대로 떨어진다면 그대로 동사하지 않겠습니까…"

훈길은 갑판 너머의 출렁이는 물결을 보며 의미심장한 말을 던졌다. 결국 미스터 리는 눌러온 감정을 그대로 폭발시켰다.

"협박이나 일삼는 너 같은 놈에게 자유는 사치라는 걸 아느냐? 양반이 된다 한들 왜놈 앞잡이 노릇이나 할 텐데 자유라니. 허긴 그 천한 기질이 어디…"

미스터 리가 말을 끝까지 잇기도 전에 훈길이 그의 멱살을 잡고 허공으로 들어올렸다. 붕대를 감은 복부에서 핏줄기가 떨어졌다. 훈길은 자신의 가슴에 차가운 혈액이 닿자 잠시 얼굴을 숙였다. 미스터 리는 그 틈을 타 있는 힘을 다해 훈길의 명치에 주먹을 날렸다. 방심한 훈길이 그대로 나가떨어졌다. 그러나 불같이 일어선 그는 아까보다 더 우악스럽게 미스터 리의 멱살을 잡아 쥐었다. 주인을 거머쥔 노비의 눈에서 그간 받아온 수모와 치욕의 세월이 한꺼번에 지나갔다.

조금 전 선실에 홀로 남은 훈길은 미스터 리의 짐 가방을 보며 어떤 상상에 사로잡혀 있었다. 만약 이걸 들고 동경으로 간다면. 이 가방의 주인 행세를 하며 산다면.

그리고 지금, 훈길의 손에는 가방의 주인이 붙들려 있었다.

'이 손을 놓으면 천한 훈길은 영원히 사라지고 귀한 훈길은 새로운 인생을 살 수 있게 된다…'

갑판 아래에선 시퍼런 파도가 아가리를 벌리며 어서 결단을 내리라고 소리 지르고 있었다.

"하하하…"

미스터 리의 경멸찬 비웃음이 훈길의 상상에 찬물을 끼얹었다.

"짐승만도 못한 놈 같으니라고는. 너란 놈은 노비도 아깝구나…"

훈길은 손아귀에 힘을 주어 갑판 너머로 주인을 밀어 올렸다. 하늘이 두 쪽 나며 뇌우가 퍼붓기 시작했다. 자신의 얼굴에 퍼부어대는 이것이 빗물인지 눈물인지 알 길이 없었다. 지금 느끼는 이 감정이 열패감인지 정당한 분노인지도 알 수 없었다. 돌풍이 불자 파도가 매섭게 몰아쳤다. 배가 갸우뚱 기울며 주인을 든 노비의 몸이 비스듬히 기울었다. 순간 무게중심을 잃은 훈길은 미스터 리를 놓치고 말았다. 미스터 리는 팔을 뻗어 훈길의 옷자락을 붙잡았다. 그 바람에 훈길의 몸이 미스터 리에게 쏠렸다. 한 몸이 된 두 사내가 퍼런 심해 속으로 곤두박질치며 떨어졌다.

*

"매일 밤 조선인들의 통곡소리 때문에 잠을 이룰 수가 없소. 본디 이태왕이 이토록이나 존경받는 왕이었소?"

하세가와가 하품을 하자 이완용의 입도 절로 따라 벌어졌다. 그즈음 왕의 장례행렬에 동참하기 위해 전국각지의 이들이 경성으로 올라오고 있었다. 이완용 역시 곡소리로 인해 불면증을 앓고 있었다.

"비단 이태왕 죽음 때문에 저러는 것이겠습니까. 이때다 싶어 참아왔던 울분을 토하는 것일 테지요."

하세가와 총독의 눈썹이 하늘로 치켜 올라가자 이완용은 아차 싶었다. 피곤한 나머지 나오는 대로 지껄이고 만 것이었다.

"장례가 끝나면 썰물처럼 빠져나갈 것이니 조금만 참으시지요."

"통행증을 허가해준 것이 패착이었소. 저렇게 개떼처럼 몰려드는 조선인들을 보고 있자니 장례를 어떤 방식으로 치러야 할지도 고민이오. 이 백작을 오늘 부른 건 바로 이 때문이오."

"일본식으로 진행한다면 더할 나위 없이 좋겠지만 이는 반발심을 불러일으킬 소지가 있습니다. 장례를 조선식, 일본식 반반 섞어 진행하되 역대 왕의 국장에 비해 절차를 축소하는 것이 어떻겠습니까?"

하세가와는 흔쾌히 수락했다. 이완용은 언제나 극단에 치우치지 않는 균형 잡힌 안으로 자신을 만족시켰는데 이번에도 실망시키는 법이 없었다.

"참, 얼마 전 이 백작 집에 괴한이 들었다 들었소."

"저 대신 손자가 칼을 맞았습니다... 다행히 수술이 잘되어 목숨만은 건질 수 있었습니다."

"불행 중 다행이군. 앞으로 경호순사의 수를 대거 늘리도록 하시오. 대체 언제쯤 이놈의 무뢰배들이 사라질지..."

하세가와가 혀를 끌끌 차자 이완용은 이때를 놓치지 않았다.

"이태왕도 승하하여 뒤숭숭한 마당에 기강도 세울 겸..."

"사형이라도 시키란 말이오?"

이완용은 고개를 조아리며 긍정의 답변을 기다렸다.

"이재명처럼 인력거꾼을 죽인 것도 아닌데 그것은 불가하오."

이완용은 바로 고개를 치켜들었다.

"저를 죽이려 한 것만 봐도 독립군인 것을 알 수 있지 않습니까. 그런 놈을 살려두면 언제 또 일본에 반하는 짓거리를 벌일지 모릅니다."

"이태왕이 죽었는데 칼춤은 자중해야지. 토끼몰이도 상황 봐가며 해야 하는 거 모르오? 아무리 핏줄이 엮여 있다곤 하나 어째 이 백작답지 않구려."

과연 네 핏줄이 그런 일을 당해도 그렇게 태연자약할 수 있을까? 이완용은 피가 거꾸로 솟는 것 같았으나 꾸욱 참을 수밖에 없었다.

"문제는 그 계집 아니오? 아직도 단식 투쟁 중이오?"

"며칠 전 중단했다고 합니다."

"곡기를 끊어봤자 자기만 손해란 걸 안 것이지. 자백은 받아냈소?"

"조금만 더 말미를 주십시오."

"첫날부터 혀를 깨문 년이니 쉽진 않겠지. 허나 국상이 끝나기 전엔 반드시 받아내야 할 것이오."

총독부 관저를 나온 이완용은 땅이 꺼지라고 한숨을 쉬었다. 일본에 사람을 보낸 지 수일이 지났는데도 여태껏 전보 한 장 오지 않고 있었다. 날이 갈수록 그의 초조함은 배가되었다. 혜영과 훈길이 통째로 증발해버린 이유를 당최 알 길이 없었다. 땅으로 꺼진 것인가, 하늘 위로 솟은 것인가. 몸이 성치 않은 손자를 서

둘러 동경으로 보낸 것이 그렇게나 후회막심일 수 없었다. 이럴 줄 알았으면 사람을 여럿 붙일 걸 그랬다 싶었지만 이미 엎질러진 물이었다.

사랑채에 들어선 이완용은 쓰러지듯 눈을 감았다.

1919, 경성의 봄

"도쿄 생활은 재미 좋은가?"

"전혀. 와세다대에 들어간 걸 후회하고 있네."

명화는 잠자코 대화를 엿들으며 옆에 앉은 사내의 빈 잔에 술을 따랐다. 방학을 맞아 조선에 들어온 유학생들로 하사정은 매일 문전성시를 이루었다. 고종이 승하한 지 한 달이 흐른 시점이었다.

"조선에 오자마자 깜짝 놀랐네. 분위기가 우중충할 거라 예상은 했지만 농민들과 장사치들이 밤낮으로 거리에 나와 울부짖을 줄이야..."

"처음엔 이 정도는 아니었는데 어느 순간 생업을 놓아버리더군. 곡소리가 갈수록 농성처럼 번지고 있어 우려를 금할 수가 없네."

"설마 우는 걸 가지고 총독부에서 뭐라고 하진 않겠지."

"자넨 도쿄에 오래 있었으면서 일본인을 이리도 모르는가?"

"본토는 이 정도로 살벌하지 않아."

"헌데 좀 이상하지 않은가? 왜 황제께서 서거하신 지 일주일이나 지난 다음에서야 가무음곡을 정지한다는 칙령을 내렸을까?"

"황제의 죽음을 조작, 은폐하느라 늦은 거겠지."

"허면 조선왕조실록에도 허위로 기록되겠군."

"실은... 동경도 어수선함의 극치를 달리고 있네."

"그 무슨 말인가?"

"조선유학생들끼리 청년독립단을 만들었네. 2월 8일 재일유학생 400여 명이 YMCA회관 강당에서 독립선언서와 결의문을 선포했지."

"자네도 껴 있었을 거 아닌가."

"아주 난리도 아니었어. 한 학생이 단상 위로 올라가더니만 태극기를 꺼내 들더군. 동경 한복판에서 태극기를 볼 줄이야. 허여멀건 얼굴에 병약해 보이는 인상과 달리 배짱 하나는 대단하더군."

"일본의 심장부에서 그런 일을 벌였다니 놀라운걸."

"기독교라 하면 어찌하지 못하는 일본이지만 이번만큼은 진압할 수밖에 없을 정도로 큰 사건이었네. 나는 혼비백산하여 그 자리를 벗어났지만 남았던 이들은 한 목소리로 뭐라고 외쳤다더군."

손님상을 물린 후 별채로 들어선 명화는 생각에 잠겼다. YMCA가 조선기독교청년회관을 뜻한다는 것은 귀동냥으로 알고 있었다. 성경공부 명분으로 조선 유학생들끼리 뭉친다는 이야기를 들은 적은 있었지만 그들이 일본의 심장부에서 일을 낼 거라곤 생각도 하지 못했다. 눈을 감자 YMCA회관 강당의 윤곽이 어렴풋이 그려졌다.

—일본제국주의의 마수로 인해 결국 고종 황제께선 독살당하셨습니다. 더 이상 이대로 있을 순 없습니다. 지금이야말로 우리 조선인들이 분연히 일어나야 할 때입니다...

학생대표가 떨리는 음성으로 독립선언서까지 낭독하자 군집한 조선 유학생들이 술렁거렸다.

—일본이 고종 황제를 죽였다...

—독살당한 거다...

—일본은 물러가라...

분위기는 걷잡을 수 없이 고조되어가는 가운데 한 학생이 단상으로 뛰어올라 품속에서 태극기를 꺼내 들었다. 매복하고 있던 경찰들이 뛰어와 곤봉을 휘둘렀고 강당은 삽시간에 아비규환이 되었다. 허나 그 와중에도 누군가의 입에서 가슴 깊이 묻어두었던 소망이 분연히 표출되었다. 그 말을 들은 학생들은 저도 모르게 그 문장을 따라 외쳤다. 감히 한 번도 입 밖에 내어보지 못한 말... 강당을 가득 메울 만큼 장엄하게 울려 퍼진 그 말...

명화는 눈을 떴다.

'요한이 당부했던 비폭력운동이 혹시 이런 것일까? 총이나 칼은 없어도 된다. 운집한 모두가 태극기를 가지고 있으면 좋겠지만 없어도 상관없다. 반드시 있어야 하는 것은 합심하여 외칠 수 있는 목소리... 이게 바로 여러 사람의 한 목소리이지 않겠는가.'

그렇다면 현재 길거리에 나앉은 조선인들은 곡소리가 아닌 어떤 목소리를 내야 하는 것일까. 간결하면서도 따라하기 쉬운, 우리 민족의 염원이 담긴 구호는 무엇일까…

"아씨, 손님 오셨습니다."

장지문 너머 배씨 할멈의 음성이 명화의 상념을 깨뜨렸다.

"다음에 오라 이르십…"

명화는 순간 이상한 기분에 사로잡혔다.

"안으로 들라 하십시오."

예감은 놀랍게도 들어맞았다. 미스터 리는 어제 본 이처럼 태연하게 장지문을 열며 들어섰다. 등잔불 아래 비친 그의 얼굴은 초췌하기 그지없었다. 마치 옥살이라도 하고 온 것 같았다.

"당신은 알고 있었겠지… 요한이 누굴 저격하려 했는지…"

"이제 와서 그걸 따지자는 겁니까."

미스터 리는 당장에라도 자신의 감정을 쏟아낼 것 같은 얼굴이었지만 의외로 침묵을 지켰다.

"아닌 밤중에 홍두깨라고… 어쩌다 이제 나타나신 겁니까."

"동경에 있었소."

"왜 아무 말도 없이 떠나셨습니까?"

"난 밀정이 아니오."

명화는 동문서답하는 그를 차갑게 쏘아보았다.

"아니 땐 굴뚝에 연기 날 리 있겠습니까."

"내 행세를 하고 다닌 자 때문에 모든 게 꼬여버린 거요."

"그자가 누굽니까."

"이미 이 세상 사람이 아니니 밝히지 않겠소."

"미스터 리께서 처단하셨습니까?"

명화는 신뢰가 가지 않았지만 덮어둔 채 물었다. 미스터 리는 아무 말 없이 고개를 돌렸다. 그의 눈가에 설핏 물기가 어린 듯도 했다.

—우리 혜영이 잘도 잔다...

어렸을 적 아버지가 불러주었던 자장가가 물보라와 함께 부서졌다. 미스터 리는 몸이 두둥실 떠오르는 것을 느꼈다. 이렇게 형체도 없이 이 세상에서 지워지는 것인가. 지금 누워 있는 이곳이 지옥인지 연옥인지 알 길이 없었다. 새우등을 한 그가 겨우 눈을 떴을 때 작열하는 태양 아래로 거친 모래와 잔돌멩이들이 끝없이 펼쳐져 있었다. 귓바퀴로 짠물이 떨어졌다.

"어렸을 때부터 도련님은 제 편을 들어주셨지요. 제가 잘못을 하여도 다른 노비를 꾸짖으며 저를 감싸주셨지요..."

귀에 떨어지는 그것은 바닷물이 아니었다. 훈길의 눈물이 그의 귓불에 뜨거운 파문을 일으키고 있었다.

미스터 리와 함께 바다에 빠졌던 훈길은 곧바로 헤엄쳐 뭍으로 나가고자 했다. 그러나 떨어지는 순간 암초에 다리를 부딪치는 바람에 하반신을 움직이는 데 고통이 따랐다. 부상은 생각한 것보다 심각했다. 다리가 잘리는 듯한 통증이 엄습해 오자 그는 자신이 이대로 바다 속에서 죽으리란 것을 직감했다. 간신히 헤엄쳐 나간다 하더라도 바로 치료를 받지 못할 것이 자명했다.

훈길은 주위를 두리번거렸다. 미스터 리는 이미 의식을 잃어

심해 깊이 침전하고 있었다.

'이게 내가 원하는 결말이었나. 만약 죽을힘을 다해 도련님을 살린다면... 한 생명이라도 살리고 간다면...'

그의 앞에 또 다른 선택의 기로가 놓였다.

"저는 양반을 증오했지, 도련님을 증오한 게 아니었습니다... 저의 죄를 용서해달란 말은 않겠습니다. 허나 도련님... 부디 저 같은 놈도 살 수 있는 세상을 만들어주십시오."

뭍으로 주인을 데리고 나온 훈길의 입에서 짠 거품이 흘러내렸다. 그의 몸이 모래성처럼 미스터 리에게로 허물어졌다.

미스터 리는 훈길의 장례를 치러준 뒤 동경으로 향했다. 고종이 승하했다는 소문이 퍼지면서 조선 유학생들 사이에서는 심상치 않은 기운이 감돌고 있었다. 그는 YMCA강당의 단상에 올라 태극기를 흔들었단 이유로 유치장에 끌려갔다. 그날 밤 꿈에 훈길이 나타났다. 그는 미스터 리가 사준 광목을 입고서 하얗게 웃고 있었다. 그 표백의 미소에 미스터 리는 눈가가 시려왔다.

"그날 한 치의 두려움도 없이 태극기를 품속에서 꺼낼 수 있었던 건 인생을 다시 시작하게 되었기 때문이오. 날 살리고 죽어버린 그놈을 위해서 뭐라도 해야 했던 거지."

명화는 손님들 대화 중에 나왔던 '허여멀건 자'가 미스터 리라는 것을 깨닫고는 속으로 적지 않게 놀랐다. 정말 저 말을 믿어도 될 것인가. 자신의 상상과는 전혀 다른 전개였다. 그간 오해하여 미안하단 말이 목구멍까지 올라왔지만 명화의 입에선 딴소리가 나왔다.

"동경 바닥에서 태극기는 어찌 구하신 겁니까."

"일장기에 태극기 문양을 그려 넣었지. 내 기지가 어떻소."

"그럴듯하군요."

명화는 억지로 미소를 띠어 보였다. 미스터 리는 다시 진지한 낯빛으로 돌아왔다.

"현재 영친왕의 결혼식이 무기한 미뤄진 상태요. 비밀리에 파리에 입성하려던 의친왕 계획 역시 무산되었고..."

"그것을 진두지휘하던 황제는 붕어해버리셨으니 이제 어떡해야 할지 모르겠습니다..."

명화는 그 말을 끝으로 미스터 리의 눈치를 슬쩍 살폈다. 미스터 리는 그에 부응이라도 하듯 바로 입을 열었다.

"우리도 재일유학생들처럼 뭔가 해봐야 하지 않겠소?"

명화의 낯빛이 처음으로 환해졌다.

"저 역시 같은 생각을 하고 있었습니다... 실은 손님들에게 2월 8일날 있었던 이야길 들었는데, 혹시 그날 구호 같은 것을 외쳤습니까?"

"일본경찰에게 저항하던 중 한 유학생이 조선독립만세라고 외치더군. 그러자 모여 있던 이들이 하나둘 그 구호를 따라 외치기 시작했소. 일본경찰들이 아무리 곤봉을 휘둘러도 그 외침은 잦아들지 않았지."

미스터 리는 그 기억을 떠올리자 다시금 몸에 전율이 일었다.

"아... 구호가 조선독립만세였군요... 허면 우리는 조금 바꾸어 보는 게 어떻겠습니까."

"어떻게 말이오?"

"고종 황제가 이끌던 대한제국을 기린단 뜻에서 대한독립만세라고 외치는 건 어떨지요."

"호오, 대한독립만세라. 입에 착 붙기도 하고 의미도 좋구려."

"우리도 동경에서처럼 무기 없이 비폭력으로 해 보이는 겁니다."

미스터 리의 낯빛이 명화를 따라 환해졌다.

"그것 참으로 좋은 생각이오. 몸만 있어도 참여가 가능할 터이니. 허면 어디서 하는 게 좋겠소? 큰 건물이..."

명화는 고개를 저었다.

"아무리 크다 한들 많은 인원을 수용하기에 실내보다 실외가 낫지 않겠습니까. 실내에서 하면 나중에 뿔뿔이 흩어지기도 어려울 것입니다."

"그럼 길거리에서 하잔 말이오?"

"만민공동회 때처럼 하는 거지요. 종로 한복판이어도 좋고 동대문 앞이어도 좋습니다. 보다 많은 군중들이 참여하기 위해선 확 트인 길거리가 최적입니다."

"좋소. 가두에서 합시다."

"문제는 어떻게 다수의 민중들을 끌어모으는가인데..."

명화가 말을 흐리자 미스터 리는 묘안이 생각났단 듯 무릎을 탁, 쳤다.

"신도들을 거느리고 있는 각종 종교의 수장들을 만나보는 건 어떻소? 불교, 천도교, 기독교 등을 만나 그들을 규합하는 거요."

"각자 자신의 종교가 진리라고 날을 세우는 이들이 어찌 머리를 맞대겠습니까."

"허나 나라를 찾는 일이라면 종교인들도 합심하지 않겠소? 소수의 힘이 아닌, 단결된 다수의 힘을 내야 한다고 설득하면 그들도 기어이 하나로 뭉칠 것이오."

난색을 표하던 명화는 점점 긍정의 빛을 띠었다.

"만약 그리되어 신도들을 모은다면 그 수가 꽤 되겠군요... 사실 비폭력운동 이야길 처음 꺼낸 건 요한 씨였습니다. 그땐 허무맹랑한 이야기로 치부했었는데 그게 실현될 수도 있단 생각을 하니... 그의 혜안을 의심했던 제가 부끄러워지는군요."

미스터 리는 바로 표정이 굳었다. 그는 애써 대상을 바꾸어 물었다.

"홍설 씨에겐... 가보았소?"

이번엔 명화가 표정이 굳었다.

"당신이 요한 씨의 면회를 가지 못하듯, 저 또한 그렇습니다."

미스터 리는 명화에게서 또 한번 동병상련을 느꼈다.

"자유의 몸인 우리가 그들 몫까지 열심히 뛉시다. 백 번의 면회보다 그게 더 가치 있는 일일 테니."

그 말을 끝으로 미스터 리는 자리에서 일어섰다.

"늦은 밤 실례가 많았소."

명화 역시 그를 따라 일어섰다.

"헌데... 어쩌다 조부가 있는 조선으로 돌아올 결심을 하셨습니까. 쉬운 결정이 아니었을 텐데요."

장지문을 열던 그의 손이 허공에서 멈추었다.

"조부와 연을 끊었소."

명화는 축 처진 그의 어깨에서 처음으로 연민의 감정을 느꼈다.

*

"아이고, 성님. 일찍 오셨습니다요."

신철은 선술집에서 혼자 술잔을 기울이는 와타루를 보곤 바로 맞은편에 자리를 잡았다. 와타루는 인사도 없이 술잔을 입에 털어 넣었다.

"저는 성님이 참 부럽습니다."

"어찌 그러한가."

"그거야... 아시잖습니까."

신철은 자신의 입으로 말하기가 뭣하여 꼬리를 내렸다. 와타루는 선술집 유리문으로 시선을 던졌다. 밖으로 보이는 조선인들은 하나같이 비탄에 젖은 표정이었다.

와타루는 신철이 술잔을 채우는 족족 비웠다. 술만 마시는 와타루에게 조바심이 난 신철은 은근한 음성으로 운을 띄웠다.

"저기... 윗선에다 제 얘기는 잘 해주셨습니까?"

와타루가 아무 대답도 없자 그는 다시 입을 열었다.

"대일본제국을 위해 저처럼 헌신하는 조선인이 어디 있습니까? 흐흐. 성님이 제 얘기만 잘 해주신다면..."

"자네는 천국과 지옥이 있다고 믿는가?"

뜬금없는 질문에 신철은 고개를 갸웃거렸다.

"서양 놈들이 그렇다면 그런 것이겠지요..."

"허면 자네는 죽어서 어디로 갈 것 같은가?"

"그야 나쁜 짓을 저지른 적이 없으니..."

"불구덩이 속에서 자넬 마주칠 생각을 하니 끔찍하군."

"예? 우리가... 지옥엘 간단 말입니까?"

신철의 눈동자가 커다래졌다.

"허면 천국에 갈 성싶은가?"

"성님. 대체 그게 무슨 말씀입니까? 성님은 나라가 시키는 대로 전쟁터에서 적장의 목을 벴을 뿐이고, 저 역시 대일본제국에 반항하는 불한당을 제거하는 일에 소임을 다 했을 뿐이잖습니까."

"경성 브라운이 문을 닫았네."

신철은 동문서답하는 와타루를 빤히 보다 이내 술잔을 빠르게 입속으로 털어 넣었다.

"솔직히 저는 속이 시원합니다요. 코쟁이 여인네랑 여우 같은 여급 년이랑 처음부터 둘이 쌍으로 마음에 안 들었거든."

취기가 오른 탓인지 신철은 말이 짧아졌다.

"내게... 왜 그랬나."

"뭐가 말입니까?"

"그래. 어차피 수만 명을 죽인 손으로 한 명쯤 더 죽인다 해서 달라지는 건 없겠지."

"아... 고종 말입니까? 그거야 성님이야말로 그 일을 완벽히 해낼 적임자라고 생각했으니까요. 또 누이 좋고 매부 좋다고, 성님이랑 저랑 같이 출세하면 좋은 일 아닙니까?"

"출세?"

돌연 와타루가 소리를 내질렀다. 그가 성질을 내리라고 조금도 예상하지 못한 신철은 어찌할 바를 몰랐다.

"작금의 혼란스러운 시국을 보고도 그런 말을 지껄이는 게냐?"

"근시안적으로 봤을 때야… 어떠한 소요가 일어날 수도 있겠지만 이번 일은 분명 대일본제국에 이로운 일 아니겠습니까…?"

신철은 그의 눈치를 보며 기어들어 가는 목소리로 변명했다. 와타루는 그런 신철의 면상에 삿대질을 날렸다.

"그렇다손 치더라도 너 같은 미천한 조센징 따위에게 돌아갈 감투 자리가 있을 성싶으냐? 애초부터 뒤치다꺼리나 하는 게 네 놈의 역할이거늘 누가 누구를 위한단 말이냐? 오냐오냐 받아주었더니 이제는 아주 주제도 모르고 설쳐대는구나."

와타루는 비틀거리며 자리에서 일어섰다. 그리고는 한 걸음 뒤로 물러서더니 허리춤에 있던 칼을 뽑아 들었다. 신철의 얼굴이 곧바로 창백하게 질렸다.

"겨… 경부님… 많이 취하셨습니다."

"일로전쟁 때의 모습을 보고 싶다고 했었지."

그는 상에 올려져 있던 술잔과 술병, 안주가 담긴 사기그릇까지 죄다 칼로 밀어버렸다. 그리고 식탁보와 의자 등 보이는 대로 베기 시작했다. 선술집은 비명 소리와 함께 삽시간에 난장판이 되었다. 손님들이 우르르 빠져나간 가게엔 오직 주인과 신철만

이 사시나무처럼 떨며 그를 지켜볼 뿐이었다.

"이게 바로 자네가 원하는 방식인가."

와타루의 눈빛은 승기를 잡기 위해 돌격했던 러일전쟁 때처럼 광기로 번들거렸다.

"겨, 경부님... 제발 한 번만 봐주십시오..."

신철은 자신이 무엇을 잘못한지도 모른 채 손이 닳도록 빌었다.

"당장 내 눈앞에서 꺼져라."

신철은 한달음에 선술집 밖으로 뛰쳐나갔다. 와타루는 잡고 있던 칼자루를 힘없이 떨어뜨렸다. 호주머니에 손을 넣자 원두 알갱이가 잡혔다. 오래된 원두에선 그 어떤 향도 나지 않았다.

'가배야말로 삶의 아픔을 잊게 해주는 진통제였거늘. 그것을 내 손으로 잘라버렸구나... 쌉싸름한 풍미가 목울대 속으로 넘어가는 순간 모든 근심 걱정이 녹아내리던 경험을 이제 다시는 할 수 없을 것이다...'

와타루의 눈에 굵은 눈물이 맺혔다. 골목길에 들어선 그는 마신 것을 게워내며 처절하게 울부짖었다.

*

하사정은 대낮부터 손님맞이 준비로 한창이었다. 가장 큰 방을 빌린 명화는 차와 다과를 차리느라 분주히 움직였다. 미스터 리가 인원수대로 방석을 깔고 있는데 첫 손님이 들어섰다.

"천도교 대표, 의암 손병희오."

손 선생은 서글한 인상과 달리 목소리에 힘이 넘쳤다. 인사를 나누기가 무섭게 다음 손님이 들어섰다.

"기독교 대표, 남강 이승훈이요."

검은 안경을 쓴 이 선생은 미스터 리에게 대뜸 악수를 청했다. 맞잡은 손에서 뜨거운 기운이 전해져 왔다. 뒤에서 누군가 목청을 높였다.

"만해 한용운이오."

형형한 눈동자를 가진 한용운 선생은 들어온 종교 지도자들 중 가장 젊었다.

"한 선생 오랜만이오."

손병희는 자신과 스무 살 이상 차이가 나는 한용운에게 존칭을 붙였다. 명화와 미스터 리는 연이어 들어오는 이들에게 인사 올리느라 여념이 없었다. 이런 거물들을 자신들이 한자리에 불러 모았다는 사실이 보고도 믿어지지 않았다.

모두가 착석하자 명화가 서문을 열었다.

"귀한 시간 내어 발걸음해 주셔서 감사합니다. 저에 대해선 아실 듯 하니 제 옆에 계신 분을 소개하겠습니다. 이분은 신한청년단 소속으로 얼마 전 동경의 2.8 독립선언에도 참여하셨습니다."

미스터 리가 인사를 올리자 여기저기서 칭찬의 말이 쏟아졌다. 잠시 뒤 가장 연로한 손병희 선생이 좌중을 정리하고서 본론에 들어갔다.

"그래, 우리도 조선에서 뭔가를 해봐야 하지 않겠소."

"황제께서 붕어하신 후 전국 방방곡곡 곡소리가 끊이지 않고 있소."

"평소 건강에 아무 이상도 없던 황제께서 가배를 마시자마자 뇌일혈로 숨을 거두었다니, 이 말이 되는 소리요?"

"탁 하고 치니까 억 하고 죽었다는 것만큼이나 요상한 소리지요."

"듣자 하니 황제의 온몸이 부풀어 올라 옷에 붙어버리는 바람에 민영달 대신이 염을 하는데 보통 애를 먹은 게 아니라더군. 이게 바로 독살의 증거 아니겠소?"

"민영달 그 사람은 끝까지 충신으로 살다 가는군. 일본이 수여한 작위와 은사금도 반납하지 않았소?"

"황현처럼 목숨을 끊지 못해 이런 변을 보게 되었다며 읍소를 했다더이다."

모두가 침통한 입매를 하는 가운데 손 선생이 입을 열었다.

"우리가 오늘 모인 이유는 바로 그 때문이오. 한일합방 이후 십 년 가까이 이어진 일본의 폭력과 억압 속에서 맺힌 울분을 이참에 제대로 터뜨려보잔 거요."

"헌데 무기 없이 그냥 손만 들고서 만세를 부르자니, 그게 무슨 말이오?"

"효과는 차치하고서라도 지극히 위험한 발상이오."

예상대로 민족대표들은 우려를 표했다. 이에 미스터 리는 차분히 의견을 개진했다.

"만세운동은 반드시 비폭력이란 전제하에 진행되어야 합니다.

평화적으로 진행되어야 오래 지속할 수 있고 많은 이들이 함께 할 수 있습니다. 무기를 들면 우리도 일본과 다르지 않게 되며 명분 또한 사라지게 됩니다."

몇몇의 종교 수장들은 고개를 끄덕였다. 허나 반대 의견도 나왔다.

"만세운동 중 많은 사상자들이 생겨날 것이오."

"의외로 참여 인원이 적을 수도 있소."

이번엔 명화가 나섰다.

"작금의 세계열강들에게 조선이란 나라는 티끌만큼이나 그 존재감이 미미합니다. 허나 전국적으로 만세 운동이 일어난다면 프랑스 파리강화회의에 직접 참가하는 것만큼이나 세계열강들의 주목을 받게 될 겁니다."

"한 인간의 성격이 바뀌는 데도 뼈를 깎는 노고가 필요하거늘 하물며 나라 자체가 바뀌는 일에 어찌 희생이 따르지 않을 수 있겠소."

손 선생이 명화의 발언에 힘을 실었다. 그러자 대부분의 이들이 찬성표를 던졌다.

"비폭력만세운동으로 가닥을 잡읍시다."

"허면 말 나온 김에 날짜도 정합시다. 장례식이 3월 3일이니 그 전에 해야 하지 않겠소?"

"3월 2일은 일요일이라 기독교인들에겐 곤란하오."

이승훈 선생은 난처한 표정을 지었다.

"그럼 3월 1일은 어떻소?"

"3월 1일... 3월 1일. 어쩐지 어감도 좋소이다."

한용운 선생이 찬성하고 나섰다.

"헌데... 민족대표를 뽑아 서명케 하고 독립선언서 수만 장을 인쇄하여 전국 각처에 배포하기에는... 일정이 좀 빠듯하지 않겠소?"

"내가 운영 중인 보성인쇄소에서 모든 재정을 지원할 터이니 일사분란하게 추진하십시다."

수많은 천도교인을 이끌고 있는 손병희 선생의 배포에 여기저기서 박수 소리가 터져 나왔다.

"독립선언서 초고를 써 왔소."

한용운 선생이 소맷부리에서 돌돌 말은 종이를 꺼냈다. 독립선언서를 돌려 읽은 그들은 하나같이 탄성을 자아냈다.

"역시 명문가는 다르구려."

"민족 대표로 누구를 올릴지만 정하면 오늘 할 일은 끝난 셈인가."

"우리 민족이 3이란 숫자를 좋아하니 33인을 대표로 뽑아 서명하는 게 어떻겠소."

이승훈 선생의 의견에 모두가 찬성했다.

"그러잖아도 모든 사람이 서명하는 건 위험하단 생각을 하고 있었소. 후일을 도모해야 하고, 남은 가족들의 생계를 돌봐줄 이들도 있어야 하니..."

"누구를 33인에 넣을지 생각해봅시다."

모인 이들의 열정에 의해 일은 계획했던 것보다 빠르게 진행되었다. 명화와 미스터 리는 자연스레 눈이 마주쳤다. 명화는 저도 모르게 미소를 지어보이곤 뒤늦게 표정을 수습했다.

고종 황제가 이왕세자와 나시모토노미야 공주의 결혼식을 꼭 나흘 앞두고 승하하는 바람에 스스로 목숨을 끊은 것이라는 소문이 나돌고 있다. 정말이지 얼토당토않은 얘기다. 예전에 이미 굴욕을 감수한 고종 황제가 이제 와서 하찮은 일에 억장이 무너져 자살했다는 게 말이 되나?

지금 조선인들은 복받치는 설움을 이기지 못하고 옷소매를 적셔가면서 고종 황제를 위해 폭동을 일으키려 하고 있다.

(1919년 1월 26일 일요일 윤치호 일기)

아름다워 이름난 꽃

간수 하나가 여옥사를 천천히 지나갔다. 홍설은 간수의 발소리가 가까워오자 기다렸단 듯 일어섰다. 그러나 쇠창살 너머 간수의 얼굴을 보는 순간 그대로 굳어버렸다. 요한과의 서신을 전해주던 그 얼굴이 아니었다.

"이제 끝났소."

새로 부임한 간수가 조용히 입을 열었다. 홍설은 저도 모르게 쇠창살을 힘주어 잡았다.

"그게... 무슨 말입니까."

"이 세상 사람이 아니란 말이오."

홍설은 그 자리에 그대로 붙박여 버렸다. 조금의 미동도 없던 그녀의 사타구니 사이로 피가 흘러내렸다. 두 다리를 가누지 못한 홍설은 그대로 주저앉았다. 소맷부리 사이로 서신 하나가 툭, 떨어졌다.

—나의 사랑하는 하와에게

발치에 놓인 서신이 붉게 번져갔다.

*

어둠이 깔린 새벽녘의 진고개는 음침하기 그지없었다. 와타루는 소등된 〈경성 브라운〉을 등진 채로 털썩 주저앉았다. 발길 닿는 대로 걸었을 뿐인데 연어가 강물을 거슬러 회귀하듯 본능적으로 이곳에 온 것이었다.

"이렇게 야심한 시간, 무엇에 이끌려 예까지 오셨습니까."

카페 문이 열리자 와타루는 화들짝 놀라 자리에서 일어섰다. 이전에 스치듯 말을 건넸던 벽안의 브라운 여사가 파리한 낯빛을 한 채 서 있었다. 와타루는 그녀를 따라 안으로 들어섰다. 거미줄이 쳐진 문가엔 커다란 짐짝이 놓여 있었다. 두 사람은 희미한 등잔불을 마주한 채 소파에 몸을 기댔다.

"독일로 돌아갈 예정이오?"

"검붉게 변한 라인강을 보는 것이 두렵지만 선택의 여지가 있어야지요. 그간 조선에서의 일장춘몽을 안고서 떠나려 합니다."

"왜... 여급을 말리지 않았소?"

여운에 잠겨 있던 브라운 여사의 표정이 떨떠름하게 변했다.

"저라고 방관만 한 줄 아십니까? 그러는 당신이 나서서 말리지 그러셨습니까?"

"그래서 이렇게 후회 중이오..."

모로 고개를 돌린 와타루는 소파에 얼굴을 파묻은 채 눈물을 삼켰다.

"승전국의 일원께서 어찌 이리도 슬퍼하십니까."

찡해진 그의 코끝으로 가배 향 한 줄기가 흘러들었다. 와타루는 창피한 것도 잊은 채 눈물로 얼룩진 얼굴을 들었다.

"얼마 남지 않은 원두를 긁어모아 만들었습니다. 조선에서 마시는 마지막 가배가 되겠군요."

와타루에게 잔을 건네는 브라운의 눈시울이 붉어졌다. 잔 너머, 두 사람의 굴절된 시선이 오랫동안 서로를 말없이 응시했다.

*

종로 경찰서 지붕에 있던 까치 떼들이 일제히 날개를 퍼덕이며 팔각정 주변으로 모여들었다. 까치 한 마리가 주머니에 손을 넣은 남학생 앞으로 사뿐 내려앉았다. 학생은 저도 모르게 몸을 움찔했다. 독립선언서를 꺼내려 했지만 그 누구도 꺼내지 않은 탓에 몇 분째 주머니 속 귀퉁이만 만지작대고 있었다. 까치가 푸드득 아래로 이동하자 그는 따라서 시선을 옮겼다.

팔각정에서 내려다본 파고다공원은 그야말로 인산인해를 이루고 있었다. 모두들 자신처럼 갈피를 잡지 못하고 불안함을 머금은 표정이었다. 그는 누군가 불씨를 당겨야 함을 깨달았다. 발화의 포문을 열어야 한다면 자신이 하지 않을 이유가 없었다.

"민족대표 서른세 분이 언제 올 지 알 수 없어서... 제가 독립선언서를 낭독하고자 합니다..."

독립선언서라는 언어가 춘풍을 타고 흐르자 기다렸단 듯 여기저기서 함성이 터져 나왔다. 후세에 누구도 기억 못 할 정 씨 성을 가진 젊은이가 떨리는 음성으로 독립선언서를 읽어 내려가기 시작했다. 낭독이 끝나자 한 사내가 신발의 밑창을 뜯어냈다. 거기서 꾸깃꾸깃한 독립선언서가 나왔다. 모자 속에서, 저고리 속에서, 두루마기 속에서도 나왔다. 누군가 대한독립만세를 외치자 너 나 할 것 없이 동시다발적으로 따라 외쳤다. 입에서 입으로 전해져 모든 민중들의 가슴에 새겨진 오늘의 약속이—일제의 강압에 의해 거세되어야 했던 자유의지가—최초로 터져 나오는 순간이었다. 한반도를 덮고 있었던 곡소리는 순식간에 만세라는 물결로 치환되었다. 조선독립만세 대한독립만세 대한제국만세 등 제각기 부르던 구호는 곧 하나로 통일되었다. 누군가 흰 천에 대한독립만세라고 붓으로 써내린 독립기를 꺼냈다. 미처 준비 못한 이들은 모자를 흔들었다. 붉고 퍼런 태극기가 등장하자 곳곳에서 환호성이 터져 나왔다.

까막눈인 아이도, 허리가 굽은 노인도, 젖먹이를 업은 아녀자도, 한복 차림의 기생도, 단발머리의 신여성도, 몰락한 양반도, 지게에 놋그릇을 진 장사꾼도, 땅뙈기 없는 소작농도 하나가 되어 같은 말을 원 없이 부르짖었다. 대한독립만세라는 단어가 입에서 발음되는 순간 이들이 느끼는 해방감이란 이루 말할 수 없었다. 그저 여섯 음절을 외친 것뿐인데 자신의 정체성이 절로 증명되었다. 1919년 3월 1일 파고다공원을 기점으로 시작된 만세 함성은 왕십리, 청량리, 서대문, 용산 등으로 일파만파 퍼져나갔다. 춘삼월의 하늘 아래 태극기와 독립기가 같은 방향으로 나부끼는 모습은 장관과도 같았다. 이는 거스를 수 없는 물결이었다.

그날 그 자리에 모였던 이들은 한 가지 새로운 사실을 깨달았다. 우리가 이때까지 내색하지 않았지만 실은 모두가 같은 마음이었다는 것을. 마음속에 품고 있는 민족의 염원은 다르지 않다는 사실을. 이와 같은 기세로 만세 소리가 전국 방방곡곡 제주까지 퍼져 나간다면, 그리하여 2천만 동포가 한 목소리를 내게 된다면 어찌 세계 공인하에 독립을 쟁취하지 않을 수 있겠는가? 그런 생각으로 만세를 부르노라면 이들은 몸이 절로 덩실거려졌다.

동경에서 시작된 작은 날갯짓이 진눈깨비를 타고 조선팔도에 흘러들어 가기까지 그리 오랜 시간이 걸리지 않았다. 동면에 갇혀 있던 춘삼월의 민심이 저변에서부터 지각변동을 일으키며 끓어오르고 있었다.

*

까치 한 마리가 요한의 독방 쇠창살 가로 다가왔다. 이따금 배식을 남겨주면 모이로 받아먹던 유난히 눈가가 검은 까치였다. 까치는 오늘 무슨 일이 벌어질지 아는 것처럼 구슬프게 울어댔다. 바로 만세운동을 지시한 최초 주범으로 밝혀진 요한의 형이 집행되는 날이었다.

요한은 새로 부임한 간수와 함께 사형대로 이동했다. 명화와 미스터 리의 얼굴이 번갈아 스치고 지나갔다. 사형대 계단을 오르자 밀어냈던 얼굴이 기어이 솟아올랐다. 흰 천으로 눈을 가렸지만 홍설의 말간 얼굴이 선명하게 떠올랐다.

동경에서 굴러왔던 사과 한 알. 저도 모르게 내밀었던 승선권. 머리 위로 움막이 무너지며 깜깜한 어둠이 덮치던 날. 숨길 수 없는 사랑을 어찌하지 못해 울고 웃었던 나날들... 그녀와 함께했던 어떤 날도 허투루 넘길 수 없었다.

목에 밧줄이 감기자 요한은 차분히 눈을 감았다.

'대한독립만세... 이 구호가 조선에서 싹을 틔우고 꽃을 피울 수 있기를. 그리하여 아담과 하와를 반반 닮은 카인이 태어난 세상에선 그 누구의 억압도 받지 않고 살아갈 수 있기를... 동지들이여, 곧 만나세...'

요한의 몸이 아래로 곤두박질쳤다. 간수는 지하로 내려가 그의 심장에 손을 얹었다. 예상대로 심장이 멈추어 있었다. 간수는 천의 매듭을 풀다 말고 흠칫 놀라 뒤로 물러섰다. 죽은 자의 얼굴에 미소가 만연했던 것이다.

*

—나는 그저 구경꾼이었다. 만세 소리가 들리면 아무것도 모른 채 따라 불렀다.

그렇게 말하면 매를 조금 맞은 뒤 대부분의 이들이 풀려났다. 서대문 감옥의 여옥사 8호 감방은 끝끝내 그렇게 말하지 않은 여인들의 집합소였다. 직업도 나이도 출신도 다른 그들이 그렇게 한자리에 모였다. 동장군의 계절이 가고 꽃망울 터지는 4월이 왔건만 감방은 아직도 한겨울 냉방 같았다. 햇볕 한 줌 내리쬐지 않는 그 안에 여섯 명 남짓 되는 여인들이 몸을 웅크리고 있었다. 그러나 눈빛만은 모두 형형히 빛났다. 이들은 함께 생활한 지 어느새 일주일이 다 되어가고 있었다.

수원에서 만세운동을 하다 온 기생 김향화가 평양 수심가를 흥얼거리자 모두들 귀를 기울였다. 노래가 끝나자 일제히 박수가 터져 나왔다.

"참으로 흐드러지게 곡조를 뽑아내는구나."

"밥 먹고 잠자는 시간 빼고 매일 노래만 했으니까요."

"향화야. 순사가 너한텐 얼마 받고 이 폭동에 가담한 것이냐고 안 묻디?"

"세상에. 명철 언니에게 그런 질문을 하던가요?"

"내가 앞을 못 본다고 무시한 게지."

눈이 먼 심명철은 젊은 나이에 비해 머리칼이 하얗게 세어 있었다.

"저들은 죽었다 깨어나도 우릴 이해 못 할 겁니다. 조금만 수세에 몰리면 할복자살로 삶을 마감하는 일본인들이 어찌 피 끓는 조선인을 이해하겠습니까."

부인 임명애가 거들었다. 그녀는 며칠 전 만삭의 몸으로 풀려났다가 출산하고서 다시 투옥된 여인이었다.

"오늘 오신 분은 이름이 어찌 되는가?"

구석에 쭈그리고 있던 여인은 한참이나 뜸을 들이다가 입을 열었다.

"박옥분이요... 갑자기 제 이름이 생각이 안 나서..."

"그럴 수도 있지. 난 십 년 전에 내 나이를 까먹었는걸."

임명애가 유쾌하게 받아쳤다.

"제 이름을 물어봐 준 건 여기가 처음이에요. 시집간 이후 줄곧 누구 댁이라고 불렸거든요."

"옥분 씨는 어쩌다 3.1운동에 참여하게 되었나요."

"그날 평소처럼 증조할머니의 병수발을 들고 있었어요. 헌데 밖에서 대한독립만세 소리가 들려오더군요. 그것은 마치 나를 부르는 소리 같았습니다. 나도 모르게 집을 나와 그곳으로 걸었지요. 처음에는 아무것도 모르고 만세운동에 동참했습니다. 어느 순간 저는 두 손을 높이 들곤 만세를 외치고 있더군요. 태어나서 그렇게 큰 소리를 내본 것은 처음이었습니다. 항상 누군가를 위해 희생만 해왔던 제가 제 자신을 위해 만세를 불렀습니다. 저는 만세를 불러서 행복해졌습니다... 행복해지기 위해 만세를 불렀습니다."

"장하십니다..."

"앞으로 무엇을 할진 모르겠지만... 과거와는 다른 삶을 살 겁니다."

옥분은 이미 8호 여인들에게 조금씩 동화되어 가고 있었다.

"만약 3.1운동이 일어나지 않았다면... 우리들은 여전히 지리멸렬한 모습 그대로였겠지요?"

"그러게 말입니다. 1919년의 항쟁은 앞으로도 두고두고 회자될 겁니다."

"우린 3.1운동의 빛나는 여성 주역들입니다. 그러니 몸은 고달프더라도 당당함은 잃지 맙시다."

"그럼요. 낙숫물이 바위를 뚫는다지 않습니까. 조선의 운명은 저희 같은 여린 물방울들이 모여 기필코 달라질 겁니다."

그들은 강한 유대감으로 서로를 바라보았다. 그때 누군가가 손가락으로 쓰러져 자고 있는 한 여인을 가리켰다.

"계속 저렇게 둬도 괜찮은 걸까요."

이틀 전 이곳으로 들어온 여인은 깨어 있을 때가 거의 없어 그 누구도 변변한 대화조차 나눠본 적이 없었다.

"너무 오래 자는 거 아닌가?"

"저 여인이 혹시 고종..."

"쉿. 들을라."

김향화는 쓰러져 자고 있는 여인을 흘끔 보았다. 코밑에 손을 갖다 대자 밭은 숨이 느껴졌다. 눈을 감고 있는 여인의 낯빛은 왠지 모르게 침울해 보였다. 슬픈 꿈을 꾸는 것 같기도 했다. 그때 감방 문이 철컹 열렸다. 간수가 턱짓으로 쓰러진 여인을 가리켰다.

"면회요."

홍설은 한뎃잠을 자다 일어난 듯 기운이 없어 보였다. 전체적으로 몸이 부어 있었으며 정돈되지 않은 머리칼은 제멋대로 뻗쳐 있었다. 면회실에 선 미스터 리는 눈물이 들킬까 봐 고개를 들 수 없었다. 그는 한참만에야 감정을 추스리고 홍설을 바라보았다.

여전히 그녀의 얼굴엔 표정이 없었다.

'요한의 죽음으로 인해 모든 감정을 소진해버린 걸까. 아니면 나란 존재가 그만큼 달갑지 않은 걸까.'

"잘 지냈소? 내 진작 왔어야 했는데…"

"헌데…"

굳게 닫혀 있던 홍설의 입이 열리자 미스터 리의 입가로 미소가 떨리듯이 번졌다.

"말하시오."

"댁은… 뉘십니까…"

미스터 리의 어거지 웃음이 한동안 면회실의 공기를 갈랐다.

"내 아무리 늦게 왔다지만… 농담이 너무 지나친 거 아니오?"

그러나 입을 반쯤 벌린 홍설의 입에서 침이 새어 나오자 미스터 리는 눈가로 뜨거움이 왈칵 밀려왔다. 그는 무너져 내리는 마음을 간신히 움켜잡았다.

"날… 모르겠소? 난 홍설 씨만을 연모해온 사내요. 우린 꽃비가 흩날리던 동경에서 만났었지. 이 옥가락지 기억나시오?"

그는 반지를 낀 손으로 쇠창살 너머 홍설의 손을 잡았다. 그러나 나무 등걸을 잡은 느낌만 들 뿐 교감하는 느낌은 들지 않았다.

"그대가 그때 내게…"

미스터 리는 가슴이 미어져 더 이상 말을 잇지 못했다. 옥가락지를 보는 홍설의 무심한 눈빛이 끝끝내 바뀌지 않았던 것이다.

"면회 끝이오."

미스터 리는 간수에게 끌려 나가는 홍설의 등에 대고 절박하게 외쳤다.

"내 반드시 홍설 씨의 무죄를 입증해 보이겠소. 그러니 다시 오는 그날까지 꼭 건강히 살아계셔야 하오!"

무슨 영문에선지 홍설은 천천히 고개를 돌리더니 미스터 리를 바라보았다.

"내 이름을 기억해주시오… 난 리혜영이오!"

미스터 리는 텅 빈 동공을 향해 애끓듯 외쳤다. 말을 끝내고 돌아서는 그의 눈자위가 붉게 퍼졌다.

*

—무지한 청년들이 제멋대로 소요를 일으켜 3.1폭동까지 벌어지는 작금의 사태에 참담함을 금할 길이 없도다. 당장 멈추지 않으면 무력으로 대응할 것이니 폭동에 가담하는 것을 멈추고 집으로 돌아가 본디의 생계에 힘쓰라. 오직 한일병합만이 동양의 국제정세에서 조선 민족이 살 수 있는 길일 것이다.

거리에 붙은 벽보에서 조부의 필체를 알아본 미스터 리는 모멸감이 등덜미를 타고 구석구석 퍼져나가는 것 같았다. 황급히 자리를 뜨려는데 낯익은 음성이 그를 붙잡았다.

"필체 하나는 여전히 수려하군요."

이완용의 포고문을 보는 명화의 눈가에 슬픔이 가득 어렸다.

"요한 씨가 형장의 이슬로 사라졌습니다... 시신조차 인도해주지 않더군요."

미스터 리는 힘겹게 붙잡고 있던 마지막 끈마저 끊어져버린 느낌이었다.

"내가... 내가 모든 이들의 인생을 망쳐버렸소... 요한은 목숨을 잃었고, 홍설 씬 미쳐버렸으니..."

"그 무슨 말씀입니까?"

"홍설 씨가... 날 알아보지 못하더이다..."

서 있던 명화의 다리가 휘청거렸다. 미스터 리는 절망 가득한 눈빛으로 그녀를 보았다.

"과연... 소신대로 사는 게 옳은 일인지, 명화 씨는 의구심을 가져본 적 없소?"

"소신은... 마음을 향한 소리 아닙니까. 그 소리를 의심한단 말입니까?"

"그 소신이 옳은 것인지 그른 것인지 어찌 판단할 수 있단 말이오? 과연 내 나라를 찾을 수 있긴 한 건지 그 자체를 의심한 적은 없소?"

미스터 리의 입에서 뜻밖의 말이 연이어 흘러나왔다.

"삼천리강토를 피로 물들이면 과연 독립이 될 거라 생각하오? 우린 결코 이루어지지 않을 소망을 품고 있었던 거요. 처음부터 3.1운동은 대안이 될 수 없었소..."

명화는 발끈했다.

"허면 미스터 리께선 이 숭고한 만세운동이 아무것도 아니란 말씀입니까? 당장 결실 맺지 못하면 무조건 실패한 겁니까? 어찌 결과만을 놓고 성패 여부를 따지려 하십니까?"

"난 2.8독립선언을 낭독했던 지난날을 절절히 후회하고 있소. 만세를 부른 대가가 이토록 참혹한 줄 알았더라면 아무것도 하지 않았을 거요."

"아무 희생도 없이 나라를 되찾을 수 있을 거라 생각하셨습니까?"

"이건 그냥 단순한 희생이 아니오. 우린 일장춘몽에 빠져 희망이란 신기루를 붙잡고 있었던 거요. 어쩌면... 조부가 옳았는지도 모르지. 일본보다 앞선 게 하나도 없는 우리가 진정으로 주권을 회복할 수 있을지..."

"변절자."

명화의 세 음절이 그의 말을 매섭게 잘랐다.

"일전에 미스터 리를 사칭한 이가 죽었다고 제게 말씀한 적이 있지요. 그걸 잠시라도 믿었던 제가 바보였습니다."

"뭐요? 허면 내가 목숨 걸고 폐하와 홍설 씨를 도왔던 게 자작극이라도 된단 말이오?"

"작금의 미스터 리를 보면 그런 의구심이 들고도 남습니다."

미스터 리는 목울대로 올라오는 뜨거운 감정을 간신히 삼켰다.

"그냥... 있는 그대로의 날 믿어줄 순 없소? 명화 씨는 단 한 번이라도 나를 동지로 대해준 적 있소? 진정으로 같은 편으로 여긴 적이 있냔 말이오."

"'소낙비' 합류 당시 홍설 씨를 끝까지 말렸어야 했는데 후회가 되는군요. 허긴 자신을 미치게 할 장본인일 줄 알았더라면 애초에 썩은 동아줄을 잡지도 않았겠지요."

순간 반박할 힘을 잃은 그는 고개를 떨구었다.

"난… 항상 진심을 다했다고 생각했는데… 그러면 언젠가 알아줄 거라고 여겼는데… 소용없는 짓이었구려."

"미스터 리만 아니었으면 요한 씨는 이완용의 심장을 찌를 수 있었을 겁니다. 그랬더라면 요한 씨의 죽음이 이토록이나 허망하진 않았을 겁니다…"

명화는 남아 있는 악의를 가차없이 드러냈다.

"그렇소… 모두 내 탓이오. 내 몸엔 친일의 피가 흐르고 있지…"

명화가 돌아서자 미스터 리는 언젠가 이름을 물어보았던 날처럼 그녀의 앞을 막아섰다.

"이렇게 가지 마시오…"

명화는 모래를 삼킨 것처럼 목구멍이 까슬해져 왔다. 가슴을 파고드는 이 묵직한 감정이 무엇인지 알 길이 없었다.

"이대로 명화 씨가 가버리면 난… 영원히 미아로 남게 될 거요…"

그러나 명화는 그를 단호하게 뿌리쳤다. 바래다준다는 호의를 거절했던 지난날처럼 차갑게 돌아서서는 그의 곁에서 영원히 멀어졌다.

홀로 남은 미스터 리의 입에서 억겁의 한이 흘러나왔다. 한참을 통탄하던 그가 돌연 일어섰다. 옥인정 19번지를 향해 달리는 그의 눈빛에 살기가 등등했다. 그러나 솟을대문이 보이자 이내 힘을 잃고 주저앉았다. 이제는 목놓아 울 수도 없었다. 이루 말할 수 없는 비애가 그의 얼굴을 적셨다.

*

하사정을 찾아온 최 대감은 상복을 입고 있었다. 그는 넋이 나간 기색이었다.

"인생이 왜 이렇게 부질없는 것이냐... 눈엣가시 같던 부인이 죽었는데... 드디어 기다리던 일이 현실로 다가왔는데... 왜 이렇게 마음 한 구석이 허한 것인지..."

최 대감은 침통한 얼굴로 명화를 보았다.

"내게 오지 않아도 좋다... 어떤 삶을 살든 내 관여할 바가 아닌 것도 안다. 허나, 나는 네가 마음 편히 살았으면 하구나..."

최 대감은 별채 문을 나서기 전 뒤를 돌아보았다. 최 대감과 눈이 마주친 명화의 눈동자가 흔들렸다.

"더 이상 걸음하지 않으련다... 명화야. 부디 행복해라."

단 한 번도 그를 기다린 적 없던 명화였지만 그 말을 듣자 어찌된 것인지 굵다란 눈물방울이 툭 떨어졌다.

*

백두대간부터 제주도까지 울려 퍼진 조선의 만세운동은 해외로까지 뻗어나갔다. 압록강 너머 서간도, 두만강 너머 북간도,

러시아 연해주의 블라디보스토크에서도 만세 물결이 일렁이자 일본은 결단을 내려야만 했다. 그것은 바로 그들이 줄곧 잘해왔던, 칼을 뽑는 것이었다. 칼은 3.1운동이 가장 극단적으로 분출된 화성군 향남면 제암리로 향했다. 조선인 헌병 보조원이 일제 앞잡이 노릇을 하다 맞아 죽은 적은 있었지만 일본인 순사가 맞아 죽은 적은 이제껏 없었다. 분노가 절정에 치달은 제암리 사람들은 일본 순사를 죽이고 주재소를 파괴했다.

명령을 받아 제암리로 내려간 수백 명의 헌병들은 교회당으로 주민들을 불러냈다. 어떤 종교를 가졌든지 간에 의무적으로 나와 강의를 들어야 한다고 했다. 나이와 성별을 불문한 모두가 그곳에 모였다. 교회당의 문이 잠기자 못질이 시작되었다. 제발 어린 생명만은 살려달라고 창밖으로 보내어진 아이는 가장 먼저 희생양이 되었다. 교회당을 포함한 수백 개의 가구들이 불에 탔다. 시체더미와 피 냄새는 며칠이 지나도 빠지지 않았다. 제암리에서 살아남은 이는 아무도 없었다.

하세가와는 이완용이 가지고 온 영문 책을 읽다 말고 쓰레기통에 처박았다.

"이 책을 쓴 자는 지금 어디에 있나?"

"어제 조선을 떴다고 합니다."

"자객을 보내 암살 시늉이라도 냈으니 망정이지. 대영제국인 중 이렇게 정신 나간 이가 있었다니. 나 원 참."

스코필드 박사란 놈은 하세가와에게 처음부터 눈엣가시 같은 존재였다. 그러나 3.1운동의 현장을 찍은 사진을 압수할 수 없었던 이유는 그가 영국계 캐나다인이기 때문이었다. 영국과 동맹관계를 맺고 있는 일본으로서는 감히 손을 쓸 도리가 없었다. 그런데 이 스코필드란 작자가 『꺼지지 않는 불꽃』이란 책을 본국에 출간하면서 하세가와는 수세에 몰리고 말았다.

그의 심기를 거슬리게 하는 소식들은 그 후로도 연이어 터져 나왔다. 조선에서 영어를 제일로 잘한다는 김규식이란 자가 파리강화회담에 나타나는가 하면 미국의 윌슨 대통령에게도 청원서가 끊임없이 날아들었다. 물론 이런 연유로 조선이 독립될 리 만무하겠지만 상황은 분명 자신에게 불리하게 돌아가고 있었다. 어디 그뿐인가. 본국의 신문에서조차 조선인의 만세운동을 무력 진압하는 것에 대해 부정적인 의견을 싣고 있었다. 자신을 끌어내리려 한다는 소문도 암암리에 들려왔다. 돌아가는 즉시 조선 통치를 실패한 대가를 호되게 치러야 할 것이었다. 그는 자신을 천거했던 데라우치 전 총독이 요즘처럼 원망스러운 적이 없었다. 같은 조슈번 출신이라며 자신을 지목했을 때 처음엔 부담스러워 사양했던 그였다. 그만한 자리를 감당할 그릇이 못 된다는 것을 본능적으로 알기 때문이었을까. 그러나 결국 끈질긴 회유에 넘어가 조선의 총독을 맡게 되었다. 무단통치 정책을 이어받으면 별 어려움 없을 거라고 용기를 북돋아준 것이 한몫했다. 이 감투가 자신의 인생에 있어서 오점이 될 거라곤 당시엔 전혀 예상하지 못했다.

이완용은 혼자만의 생각에 잠긴 하세가와를 보며 더 이상 그와 나눌 말이 없음을 깨달았다. 처음부터 총독의 그릇이 되지 못하는 자였으니 그가 옷을 벗는 건 당연한 수순인지도 몰랐다. 그는 3.1만세운동이 일어난 근원적 이유를 결코 알지 못할 것이었다. 본국에 돌아간 뒤에도 폭동이 없었던 류큐나 타이완을 조선과 비교해가며 그저 자신의 불운만을 탓할 것이었다.

이완용은 새로 부임할 총독이 어떤 자일지 벌써부터 궁금해졌다. 조선 총독 자리는 본래 일본 육군의 전유물이었지만 이번 3.1운동으로 인해 비판을 면치 못한 데다 다이쇼 데모크라시 붐이 일어 해군 출신이 올 거란 이야길 들은 바 있었다. 누가 오든지 간에 하세가와와는 정반대의 인물이 오기만을 바랄 뿐이었다.

*

4월이 지나도 국내의 만세소리는 식을 기미를 보이지 않았다. 모두가 생계를 놔버린 채 만세운동에만 몰두하는 분위기였다. 가게들은 문을 닫았고 전차마저 움직이지 않았다.

3.1운동은 행진 초기의 통일성만 확보되었을 뿐 날이 갈수록 상이한 양상을 보였다. 비폭력으로 초지일관 나아가는 곳이 있는가 하면 지도력이 상실된 나머지 무장 항쟁이 뒤섞여버린 곳도 있었다.

어느 순간 만세를 부르는 이들은 모두 잡혀갔다. 옥사는 터져나가는 인원을 감당하지 못했다. 한여름에 식중독으로 수차례 사람이 죽어 나갔다.

무력진압 후 봄날의 함성은 더 이상 들을 수 없게 되었다. 제암리 사건이 스코필드 박사에 의해 대서특필되긴 했지만 일제는 하세가와를 경질하는 것으로 잠재워버렸다. 가을이 되자 만세운동은 한여름의 열기와 함께 소멸해버렸다.

그 무렵 명화는 마지못해 살고 있었다. 그저 때가 되면 밥알을 목구멍에 넣고 해가 지면 잠자리에 드는 생활을 반복하며 살았다. 생각이란 것을 하기 시작하면 고통이 밀려와 견딜 수가 없었다.

"신철 후임으로 온 김태석이오."

김태석의 방문은 명화의 일상에 균열을 일으켰다.

"나도 평양냉면 맛 좀 볼 수 있소?"

김태석은 일어서려는 명화를 저지하며 능글맞게 웃었다.

"농담이오."

그는 〈매일신보〉의 주소가 쓰인 명함을 꺼냈다.

"새로운 총독이 부임한단 소식은 들어서 알고 있을 거요. 이는 식민 정책의 변화를 예고하는 것 아니겠소. 다시 말해 붓만 잘 놀려도 곳간에 쌀이 태산처럼 쌓이는 문화통치의 시대가 펼쳐질 거란 말이오. 듣자 하니 한시에 능하다 들었소. 본래 기생들은 팔방미인이라지. 일필휘지 기대해도 되겠소?"

명화는 〈매일신보〉에 올라오는 이광수의 글을 몇 번 읽은 적이 있었다. 2.8독립선언서를 썼던 이가 맞나 싶을 정도로 그의 논조는 달라져 있었다. 일본에 편승하면 조선의 미래는 밝을 것이라는 내용을 멋들어진 필력으로 써내려간 글을 보고 있노라면 그럴듯하게 들렸다. 머리에 든 것이 많은 지식인의 변절은 무지렁이 농민들을 개조하는 것보다 쉬운 일인지도 몰랐다.

“먹물 든 자들이 수두룩하게 널렸거늘 왜 저 같은 필부에게 지면을 내어주십니까.”

“비전문가의 글이 사람의 감정을 더 잘 건드리는 것 모르오?”

김태석은 명함을 둔 채 일어섰다.

“하세가와 전 총독 때 일어났던 일들은 모두 눈감아주겠소. 새로 맞이할 총독과 함께 새 마음 새 뜻으로 잘해나가 봅시다. 한 번의 선택이 남은 반평생을 좌우한다는 것을 명심하시오.”

그가 간 뒤 명화는 심란한 마음을 가눌 길이 없었다. 밖으로 나와 가을 햇살을 쬐자 머리가 어질해졌다. 정처 없이 걷다 보니 어느새 남대문 정거장이었다.

“유성온천…”

저도 모르게 입에서 그 단어가 튀어나왔다. 명화는 대전행 표를 쥐고선 홀린 듯 기차에 올랐다.

문명의 상징인 기차에 몸을 실었지만 어쩐지 난파된 배를 붙잡고 있는 기분이었다. 이 표류가 언제 끝이 날지 알 수 없었다.

“아무도 없어…”

대전역에서 내린 명화는 나지막이 중얼거렸다. 자신을 마중 나온 이도, 반기는 이도 없었다. 갑자기 이 세상에 오직 자신만 남은 것 같은 두려움이 엄습했다. 모두가 내 곁을 떠났다. 죽었거나, 미쳤거나, 그리고, 내가 모질게 떠나보냈거나.

어찌하여 이 순간 미스터 리가 미치도록 보고 싶은 것인지 알 수 없었다. 가시 돋친 말로 상처 준 그 사람이 그리워 견딜 수가 없었다. 나는 왜 그에게 조금도 곁을 내어주지 않았을까. 요한과 홍설이 옥에 갇힌 뒤로 얼마나 미스터 리에게 기대고 의지하며 살아왔는지를 깨달았을 때는 이미 늦어 있었다. 속마음을 유일하게 털어놓을 수 있는 이가 그이뿐이란 걸 알았을 땐 이미 그를 내친 뒤였다. 유성온천 앞에서 명화는 눈물이 메마를 때까지 울고 또 울었다.

돌아오는 기차는 미열이 난 환자처럼 후덥지근했다. 노인 하나가 보퉁이를 들고서 명화의 옆자리로 느릿느릿 걸어왔다. 노인이 보퉁이를 풀자 삶은 계란이 서너 개 나왔다. 명화는 창가로 시선을 돌렸다. 잊었던 허기가 튀어나온 탓이었다.

"드시겠소?"

노인은 명화를 향해 껍질을 말끔하게 벗긴 달걀 하나를 내밀어 보였다. 명화는 잠시 주저했으나 이내 그것을 받았다.

"감사히 먹겠습니다."

그녀는 아침부터 아무것도 먹지 못해 체면을 차릴 겨를이 없었다. 목이 메도록 급하게 먹는 명화를 보며 노인은 지긋이 웃었다.

"원하는 곳으로 가고 있소?"

명화는 달걀을 삼키다 말고 노인을 보았다.

'가고자 하는 방향을 알 수 없을 때는 어떡해야 합니까...'

그러나 그것은 말이 되어 나오지 않았다.

"마음이 이끄는 대로 가면 되는 것이지."

노인은 명화의 속을 들여다보기라도 하듯 대답했다.

"실패할까 봐 두렵소? 그럼 아무것도 안 하면 되오. 그러나 그럼에도 불구하고 못 견디는 자가 결국 하고 마는 것이지."

"외람된 질문이오나 연세가 어찌 되십니까."

"예순이오. 지인들 대부분 하늘로 떠났지."

꼿꼿한 등이며 행동거지로 보아 마흔 중후반으로 짐작하고 있었던 명화는 속으로 적지 않게 놀랐다.

"혹시… 존함을 여쭤 봐도 되겠습니까."

"늙은이 이름은 알아서 뭣 하려고."

"기억해두고 싶어서 그럽니다."

"강우규요."

명화는 노인의 이름을 속으로 되뇌었다.

"사람은 모두 각자의 쓰임새가 있소. 신께서 부여한 달란트를 실현하기 위해 우린 태어난 것이지."

노인은 알 듯 모를 듯한 말을 남긴 채 일어섰다. 기차는 남대문 정거장을 향해 막바지 저력을 다하고 있었다. 명화는 남은 달걀을 삼킨 뒤 따라 일어섰다.

정거장은 여느 때보다 소란스러웠다. 헌병들이 도열해 있는 가운데 일장기가 끊임없이 나부꼈다. 제3대 총독 사이토 마코토가 부임하는 날인 모양이었다. 명화는 운집하고 있는 환영 인파를 비집고서 그곳을 빠져나왔다.

얼마나 걸었을까. 거대한 진동과 함께 땅이 흔들렸다. 상점에 진열되어 있던 물건들이 우수수 떨어지고 자전거와 전차가 순식간에 멈췄다. 명화는 사람들을 따라 몸을 엎드렸다. 그러나 뒤에서 뿜어져 나오는 매캐한 공기를 맡는 순간 지진이 아님을 깨달았다. 이는 요한이 그토록 행하려 했던 거사의 냄새였다. 명화는 발걸음을 돌려 다시 남대문 정거장으로 향했다. 날아온 잿더미가 하늘을 부유했다. 부상당한 이들이 들것에 실려 바삐 옮겨지고 있었다. 자욱한 연기를 따라가던 명화는 맞서 오던 이와 어깨를 부딪쳤다.

"어딜 그리 급히 가시나?"

김태석 형사가 명화를 가로막았다. 그 옆에 결박당한 노인을 본 순간 명화는 온몸에 소름이 돋았다. 자신에게 달걀을 건넨 강우규 노인이었다.

"영감쟁이라고 처음에 풀어준 게 실수였지."

김태석의 말은 들리지 않았다. 오직 노인의 눈동자가 건네는 소리만이 들렸다.

사람이 머물지 않아 방치된 요한의 집 곳곳에는 곰팡이가 피어 있었다. 방을 둘러본 명화는 밖으로 나와 장독대 뚜껑에 쌓인 먼지를 털어냈다. 그리곤 그 옆에 등허리를 기대고 앉았다. 아무도 찾지 않는 빈집 한가운데 있으니 조금 전 겪었던 일이 비현실적으로 느껴졌다. 몸을 받치고 있던 장독대가 뒤로 밀리자 명화는 고개를 돌렸다. 장독대를 본래 자리로 당기려던 그녀의 시선이 한곳에 붙박였다. 이전에 보았던 꽃이 아직도 피어 있었다. 아무도 봐주지 않아도 늘 그 자리에 머물러 있는 꽃. 아름답지도, 이름나지도 않은 꽃. 이파리를 매만지던 명화의 손길이 멈칫했다. 꽃이 심어진 자리와 주위의 흙색이 달랐다. 명화는 뿌리가 끊어지지 않도록 조금씩 땅을 팠다. 굵다란 흙덩이가 씨감자처럼 이어져 나왔다. 그러다 어느 순간 손톱 끝에 무언가가 걸렸다. 땅속에 묻혀 있던 그것은 주먹만 한 크기의 폭탄이었다.

'자결용 폭탄은 남겨둠으로써 후일을 기약하려 했던 게 아니었을까? 요한 씨는 누구보다도 살고 싶었던 거야...'

명화는 장독대 아래에서 섧은 꽃송이처럼 흐느꼈다.

그러다 어느 순간 눈물을 훔치고 자리에서 일어섰다. 요한의 집을 나온 명화의 발걸음이 어딘가로 향했다. 자신이 가고자 하는 방향이 이처럼 명료한 적은 없었다.

"약조된 것이 아니라면 돌아가시오."

옥인정을 지키고 있던 경호순사들은 다짜고짜 찾아온 명화를 문전박대했다.

"손자의 행방을 알고 있다 전하시오."

"들이거라."

바깥의 소란에 코빼기도 비치지 않던 이완용이 단박에 목소리를 드러냈다. 그를 따라 사랑채로 들어간 명화는 앉자마자 입을 열었다.

"나라 안팎으로 독립을 향한 움직임이 여느 때보다도 격렬하단 사실을 대감께서도 아실 겁니다."

이완용은 그런 말을 늘어놓을 줄 알았다는 듯 대수롭지 않게 대꾸했다.

"조선의 독립은 만세운동 따위로 되는 것이 아니다. 또한 파리에 밀사를 보낸들 마찬가지. 미국이 조선의 독립을 위해 일본과 전쟁이라도 벌일 것 같으냐? 대체 너는 기생의 신분이면서 독립이 오면 어떻고 오지 않으면 어떻다고 이러는 것이냐? 여태껏 최 대감 얼굴을 봐서 봐주고 있었단 사실을 몰랐느냐? 〈매일신보〉에 글을 기고하라고 살 방도까지 친절히 알려주었거늘 고맙단 인사는 못 할망정 고작 그딴 소릴 지껄이려고 왔다니 고얀 년 같으니라고는. 어서 혜영이의 행방이나 털어놓거라."

"이 대감께선 후대에 자신이 심판받을 거란 생각을 해보지 않으셨습니까?"

이완용은 너털웃음을 터뜨렸다.

"후세의 기득권 역시 친일파일 텐데 누가 날 심판한단 말이냐? 너 같은 나부랭이들이나 나를 헐뜯겠지. 이제 혜영이가 어디 있는지 고하렷다."

"그걸 알았으면 이 대감을 죽이기 위한 이 자리에 동행했겠지요."

이완용은 품속에 숨겨두었던 총을 빼 들었다.

"혜영이를 미끼 삼아 접근한 것은 처음부터 거짓이렷..."

명화의 머리에 총부리를 겨눈 이완용은 끝까지 말을 이을 수 없었다. 그녀는 세상의 온갖 해롭고 추악한 것들에게 자비를 베풀겠다는 듯 더할 나위 없이 온화한 미소를 짓고 있었다. 이는 명동성당에서 보았던 동상의 얼굴과 쏙 빼닮아 있었다. 동상의 이름이 마리아라는 것을 알게 된 이완용은 그 후로 다시는 명동성당에 발을 들이지 않았다. 그 미소가 어떤 처벌보다도 두렵게 느껴졌던 것이다. 헌데 지금 그 마리아 성모상이 옆에서 자애롭게 웃고 있었다.

"죽기 위하여... 온 것인가..."

"삶과 죽음은 본래 하나지요..."

죽음마저 초연한 미소는 그에게 공포감을 불러 일으켰다. 이완용은 방아쇠를 당기지 못한 채 손을 부들부들 떨었다.

"제 소명의식은... 불꽃처럼 살다 가는 것이었습니다..."

요한의 유품이 세상 밖으로 나오는 순간 강렬한 폭발음이 옥인정 19번지를 뒤흔들었다. 형체를 지닌 모든 것들이 풍비박산하며 갈가리 찢겨 나갔다. 거대한 불길 속에서 살이 썩는 냄새가 타올랐다. 담장 밖으로 검은 살덩이들이 튀어 솟구쳤다. 까맣게 타들어간 파편이 누구의 것인지 짐작조차 할 수 없었다.

에필로그

무대 중앙에 지중해 열기를 머금은 올리브색 드레스를 입은 은설이 서 있다. 피아노를 향해 걸음을 내딛자 올리브 잎사귀들이 바람에 하늘거리듯 드레스 자락이 나풀거린다. 올림머리와 무대 화장은 조명을 받아 더욱 화려해 보인다.

기나긴 전염병으로 인해 오랫동안 미뤄야 했던 독주회가 드디어 오늘 개최된다. 〈빗방울 전주곡〉의 도입부는 잔잔하다. 청중들은 빗물이 대지를 두드리는 소리에 귀를 곤두세운다.

중반부에선 사랑하는 이를 기다리는 쇼팽의 불안감과 절절함이 드러난다. 밖에선 폭우가 휘몰아치는데 쇼팽의 여인은 돌아오지 않고 있다. 쇼팽은 낡은 피아노 앞에서 자신의 슬픈 감정을 선율로 승화시킨다. 오늘날 은설의 손끝에서 재현되는 이 소리는 단순히 하늘에서 떨어지는 빗방울 소리가 아니다. 절절히 떨어지는 쇼팽의 눈물과 다르지 않다.

부서진 마차에서 겨우 살아 나온 쇼팽의 여인은 집 앞에서 피아노 소리를 듣는다. 두 사람이 재회하면서 후반부는 잔잔하게 끝이 난다. 곧 함성과 함께 박수갈채가 쏟아진다. 카메라 빛이 폭죽처럼 터져 나온다. 꽃다발과 선물 상자가 한아름 은설의 손에 안겨진다.

쇼팽과 상드의 사랑은 그 후 오래가지 못했지만 그들이 빚어낸 〈빗방울 전주곡〉은 이백여 년이 지나도 청중의 가슴을 적신다. 쇼팽이 피아노를 쳤던 곳은 오늘날 쇼팽박물관으로 탈바꿈했다. 짧은 인생 속에서 피어나는 사랑은 찰나와도 같지만 '사랑하라, 인생에서 좋은 것은 그뿐이다.' 쇼팽의 여인, 상드의 시 구절을 속으로 읊으며 은설은 무대에서 퇴장한다.

—피아노를 치지 않았더라면 어떤 직업을 가지셨을 것 같나요?

—글쎄요. 건반의 세계에 입문하지 않았더라도 이 손으로 뭐라도 하지 않았을까요.

은설은 자신이 인터뷰했던 잡지에 눈길을 주며 목걸이의 고정장치를 푼다. 이 세계를 몰랐더라면 난 무엇을 할 수 있었을까. 이 작고 날랜 손으로.

머리에 부착했던 부분가발과 머리핀을 떼어내자 숨겨두었던 단발머리가 무심하게 드러난다. 휴지로 립스틱을 닦아내자 본연의 낯이 대기실 거울에 비친다.

탈의실에서 회색 니트와 청바지 차림으로 환복을 하고 나온 은설의 표정은 아까와 달리 한결 편안해 보인다. 방금 받은 연둣빛 백합을 코에 가져간다. 코끝이 연둣빛으로 물들 만큼 진한 향기다. 청초한 떨기에서 이토록이나 강력한 향이 발산된다는 것이 믿어지지 않는다. 그 아래 있는 상자를 집어 든다. 콜드브루 병이 들어 있다. 은설은 인쇄된 카페명을 저도 모르게 따라 읽는다.

"무중력의 시간."

*

—계속되는 한파로 인해 수도계량기가 동파될 수 있으니 각별히 주의하시길 바랍니다.

시동을 걸자 앵커의 건조한 음성이 흘러나온다. 지한이 다큐 채널을 찾는 사이 차는 도로에 진입한다. 러시아워가 시작된 것인지 벌써부터 출근길의 움직임이 둔하다.

—여의도 한강 공원은 새해부터 마라톤 대회에 참가하기 위한 사람들로 북적거리고 있습니다. 이들의 열정은 동장군의 기세에도 식을 줄을 모르는데요. 이번 마라톤 대회는 5키로, 10키로, 하프코스, 풀코스로 나뉘어 진행됩니다.

꽉 막힌 도로 한가운데, 지한은 차체의 액정 화면을 주시한다. 두꺼운 복장을 한 마라토너는 아무도 없다. 엄동설한에 민소매 차림도 더러 보인다. 그중에서도 백발의 노신사가 눈에 띈다. 카메라가 노신사를 계속 비추는 걸 보니 오늘의 주인공인가 보다. 클로즈업된 그는 노익장을 과시하듯 준비 운동에 여념이 없다. 마이크를 든 PD가 카메라 렌즈 안으로 잡힌다.

"오늘 어떤 코스에 참가하실 예정이신가요?"

"풀코스."

노신사의 대답과 동시에 42.195킬로미터라는 자막이 뜬다.

“실례지만 올해 연세가 어떻게 되시나요?”

“1919년생이네.”

“우와... 혹시 성함을 물어봐도 될까요?”

“뮐러.”

타국의 향수를 불러일으키는 고유명사가 노신사의 입속에서 천천히 발음된다.

“부모님이 외국인이셨지.”

PD는 머리를 주억거린다.

“뮐러 선생님은 왜 이번 마라톤에 참가하셨나요?”

“그런 거 없네. 그저 생존을 위해 사냥했던 인류의 DNA가 내 몸에 들어 있으니 뛰는 것뿐.”

“그런데 양손에 시계를 차고 계시네요.”

카메라 렌즈가 노신사의 양손을 비춘다.

“체 게바라는 전투에서 시간만큼 중요한 게 없다고 했었지.”

카메라 렌즈는 방향을 바꿔 출발 선상에서 대기 중인 마라토너들을 비춘다. 잠시 뒤 성성한 백발을 나부끼며 뛰는 노신사의 모습이 잡힌다. 비록 선두에 있진 않으나 자신의 페이스를 유지하며 달리고 있다. 처음부터 페이스를 냈던 이들은 후반부에 다다르면 체력이 고갈된다. 노신사는 오버페이스에 걸린 마라토너들을 하나둘 제치며 꾸준히 앞으로 나아간다.

지한은 차를 주차하고 가게에 들어선 후에도 마라톤을 하는 노인의 모습이 머릿속에서 떠나질 않는다. 그러나 그 와중에도 손은 쉴 새 없이 움직이고 있다. '무중력의 시간'이라고 쓰인 택배 상자를 기계적으로 뜯어낸 뒤 안에 든 원두의 상태를 확인한다. 최근에 갈색으로 머리칼을 물들인 덕에 지한의 까무잡잡한 얼굴은 한층 더 밝아 보인다.

무중력의 시간 내부는 화이트와 블랙 색상만을 이용하여 심플한 조화를 이룬다. 군더더기 없는 인테리어 소품에서 주인장의 센스가 묻어난다. 그라인더가 돌아가자 그가 틀어놓은 쇼팽의 음률이 잠시 파묻힌다.

*

[한강 뷰를 자랑하는 대한민국 최고의 요양시설]

골드타운 입구에 걸린 현수막이 겨울바람에 나부낀다. 스카이로얄층의 주방 한 켠에서 중년 여성이 식기를 정리하고 있다. 노트북을 챙긴 노신사가 서재에서 나오자 여성이 인사를 한다.

"무슨 일 생기시면 전화 주십시오."

"일 없네."

노신사는 코트를 걸치고 밖으로 나온다. 입구엔 택시가 대기 중이다.

"남대문 정거장으로 가주시오."

"네?"

"서울역 말이오."

"아아, 어디 가시나 봐요?"

"나의 친어머니는 유성온천을 즐겨 찾았소."

기사는 백미러로 노신사를 흘끗 살핀 후 미터기 요금 버튼을 누른다.

서울역에 내린 노신사는 강우규 의사 동상으로 향한다. 많은 사람들이 동상 아래를 바쁘게 지나친다. 묵념을 하던 노신사는 어디선가 매캐한 냄새를 맡곤 고개를 든다. 노신사는 냄새의 행방을 좇는다. 그곳엔 낡은 카페가 있다. 창가 자리엔 검은 정장을 입은 사내가 앉아 있다. 사내의 미간에 주름이 잡히자 노신사는 덜컥 숨이 막힌다. 억겁의 세월이 그의 심장을 관통한다. 봄날의 벚꽃과 여름날의 장마와 가을날의 낙엽과 겨울날의 눈발이 순식간에 그를 휩쓸고 지나간다. 빠방— 기차의 경적이 고요를 가른다. 사내가 일어서자 노신사는 저도 모르게 외친다.

"아버지."

한순간에 모든 것이 사라진다. 시야에 남은 것은 덩그러니 세워진 동상과 그 아래로 오가는 복잡한 인파뿐이다.

*

첫 손님이 무중력의 시간으로 들어온다. 머리가 희끗한 노인이다. 노인이 코트를 벗자 검은색 캐시미어 카디건과 베이지 면바지가 드러난다. 한 손엔 서류가방이 들려 있다. 지한은 이 멋쟁이 손님을 어디서 본 것 같기도 하지만 기억이 잘 나지 않는다.

"어서 오세요. 밖에 춥죠?"

"여기가 진고개로 시작되는 주소가 맞는가?"

"아, 그건 충무로의 옛 지명입니다."

"그렇다면 맞게 찾아왔군."

노신사는 가게 내부를 기웃거리다 화장실 쪽을 들여다본다.

'구들방이 이쯤이지 않았을까.'

본 적 없는 경성 브라운이 노신사의 시야에 그려진다. 금방이라도 인력거가 창 너머로 나타날 것만 같다.

주문대에 선 노신사는 지한에게 묻는다.

"에스프레소 머신에서 추출한 커피와 핸드드립으로 내린 커피의 차이점은 무엇인가?"

"전자는 머신의 기압으로 추출되고 후자는 자연의 힘으로 추출됩니다."

"자연의 힘이란 밑으로 떨어지는 중력의 힘을 말하는 것인가?"

"맞습니다. 어르신."

"과테말라 안티구아 원두로 핸드드립하여 뜨겁게 주게."

지한은 백발 노신사의 주문에 속으로 감탄을 한다. 잠시 뒤 그는 커피를 자리로 가져다주며 묻는다.

"얼마 전 다큐에 나온 그분 맞죠?"

"눈썰미가 좋구먼."

"양손에 시계를 차셨길래."

지한은 용기를 내어 다시 입을 연다.

"잠시 앉아도 될까요?"

노신사는 흔쾌히 수락한다. 지한은 궁금했던 것을 질문한다.

"마라톤은 언제부터 하셨나요?"

"1936년에 열린 베를린 올림픽을 직접 보고 나서부터지."

"독일에서 태어나셨나 봐요."

"조선에서 태어났지만 자란 곳은 독일이네."

지한은 그 배경을 묻고 싶지만 경청을 택하기로 한다.

"히틀러 총통은 마라톤 경기에 온 기대를 걸고 있었어. 헌데 아리안족을 제치고 작고 왜소한 조선인 선수가 선두로 달리자 표정이 굳어버렸지."

"혹시 손기정 선수요...?"

노신사는 고개를 끄덕인다.

"당시 베를린 올림픽 경기장에는 수많은 일장기들이 나부끼고 있었어. 일본인들의 열기는 그야말로 대단했지. 일본은 자국민을 출전시키려 했으나 손 선수의 실력이 출중한 탓에 달리 방도가 없었어. 그때부터였네. 내가 마라톤에 관심을 가지게 된 것은. 내 자신이 파란 눈동자가 아니란 것에 더 이상 집착하지 않게 된 것도 그즈음이었지."

노신사는 잠시 말을 끊는다.

"아무리 열심히 달려도 조선의 우승일 수 없건만 달려야 하는 운명. 가슴에 일장기를 달고 뛰어야 하는 운명은 바로 우리 조선인의 운명이었어..."

그때 새로운 손님이 들어온다. 지한은 자리에서 일어선다.

"어르신. 이야기는 다음에 마저 듣겠습니다. 머무르는 동안 좋은 시간 되십시오."

스피커에서 흘러나오는 쇼팽의 〈빗방울 전주곡〉이 노신사의 자판 소리와 함께 절묘한 이중주를 이룬다.

올림픽이 끝날 무렵 독일인들의 관심사는 히틀러였다. 어머니는 그의 옥중 수기 『나의 투쟁』을 꼭 읽어보라고 내게 말씀하셨다. 그때는 구원자와 괴물을 구분할 수 없었다.

그즈음 나는 독일을 떴다. 전운을 감지하여 떠난 것은 아니었다. 그저 더 늦기 전에 내 나라를 가보고 싶었다. 키운 정이 들었겠지만 브라운 어머니는 그리 슬퍼하지 않았으리라 믿는다. 언젠가 내가 말없이 떠나리란 걸 그녀도 알았으리라. 2차대전의 폐허 속에서 살아남으셨길, 그랬다면 부디 남은 생 행복했길 바랄 뿐이다.

조선이란 나라에 도둑처럼 잠입하고 얼마 뒤 '해방'도 교묘히 따라 들어왔다. 신민은 짐의 뜻을 받들어라... 히로히토 일왕은 말투마저 비현실적이었다. 대부분이 꿈인지 생시인지 알 수 없는 상태에서 광복을 맞이했다. 며칠 후 이우 왕자의 장례식이 서울에서 거행되었다. 왕족의 장례식 앞에서 분노감도 애통함도 들지 않았다. 그 때만 해도 나는 철저히 이방인이었다.

골드타운으로 돌아온 노신사는 늘 그랬듯 저녁을 건너뛴다. 환복을 하고 나온 그는 건강단련실로 향한다. 실내운동을 좋아하지 않지만 오늘은 빙판길이 아닌 러닝머신을 택한다.

—오늘 소식입니다. 이우 왕자의 위패가 일본 야스쿠니 신사에 있다는 이야기가 알려지면서 전 국민의 공분을 사고 있습니다. 유족들은 그의 위패를 내려달라고 했으나 일본 측은 이우 왕자가 일본인 신분으로 참전했기에 그럴 수 없다는 주장입니다. 이우 왕자와 함께 전선에서 고군분투했던 오십여 명의 조선인들은 아직도 2차 대전의 전범들과 야스쿠니 신사에 안치되어 있는데요…

러닝머신과 연결된 모니터에 이우 왕자의 사진이 자료화면으로 뜬다. 노신사는 유리창으로 시선을 옮긴다. 창밖엔 어스름이 그림자처럼 껴 있다. 그는 러닝머신을 멈춘다. 흘러나오던 뉴스도 함께 끊긴다.

누구보다도 전쟁의 최전방에서 해방을 기다렸을 이우 왕자, 그리고 그의 곁을 끝까지 지켰을 청년들.

노신사는 스카이 로얄층으로 향한다. 그는 씻지도 않은 채 서재로 간다.

해가 저물자 예닐곱 명의 조선인들이 허름한 선술집으로 모였다. 그들의 낯빛은 하나같이 들떠 있었다.

"해방이 되면 독립 운동에 가담했던 유일한 혈통, 이우 왕자님을 지도자로 앉혀야 하오."

"왕조 시대를 이어 가자고? 이 시대에 복벽주의가 가당키나 하요?"

"나 역시 동감이요. 전제군주제는 이미 그 시효를 다했다고 봐야 하지 않겠소? 이제는 보황주의, 즉 입헌군주제 개념으로 가야 할 것이오."

"애국지사들 대부분이 아마 그 주의에 찬성을 할 것 같군."

"내 생각은 좀 다르오."

얼굴이 백설기처럼 하얀 사내가 처음으로 입을 열었다.

"우리도 미국처럼 민주공화제로 나아가는 게 어떻겠습니까?"

"나도 리의 생각에 동의하네. 허나 조선에서 바로 실행하기엔 성급한 감이 있지. 왕조 체제에서 바로 민주공화제로 간다면 백성들이 혼란스러워하지 않겠소?"

"그러게 말이오. 신분제는 허물어졌으나 아직도 머슴은 존재하고 더러는 양반 행세하는 이들도 잔존하는 실정이니."

그때 용모가 훤칠한 사내 하나가 선술집으로 들어섰다. 모두들 약속이라도 한 듯 자리에서 일어나 그를 깎듯이 맞았다.

"어떻게 그 모두를 감싸 안을 것인가. 어떤 것이 가장 합리적인 통치 방식인가. 장차 해방된 조선을 어떻게 안정적으로 이끌어나갈 것인가. 그걸 고민하기 위해 오늘 모인 것 아니겠소. 자, 일단 한 잔 하고 생각합시다!"

이우 왕자가 술잔을 높이 들자 모두가 함께 잔을 들었다. 해방을 코 앞에 둔 그들은 매일 밤 선술집에 모여 희망찬 설전을 벌였다. 전선의 소식에 누구보다도 빠른 그들은 일제의 패망을 정확히 예견하고 있었다.

"내일은 어디로 전출 가십니까."

"히로시마. 아주 끝까지 이용해 먹으려고 작정을 한 게지."

"조금만 참으십시오. 그날이 머지않았습니다."

리가 투덜거리는 이우 왕자를 달랬다.

"그래. 내 자네 덕에 웃지. 허면 내일 일정에 동행하는 걸세."

다음 날 8월 6일. 하늘이 강력한 섬광으로 번뜩였다. 도시를 뒤덮는 빛으로 인해 사람들은 얼굴을 들 수가 없었다. 아니, 움직일 수 없었다. 리틀 보이가 투하되자 히로시마는 순식간에 생명을 잃었다. 불길이 치솟는 가운데 비명 소리가 끊이질 않았다. 암흑천지가 된 히로시마엔 오직 죽음만이 존재했다. 생명이 없는 것들조차 온전한 형태로 남아 있는 게 없었다.

"왕자님..."

리는 죽기 직전까지 이우 왕자를 애타게 불렀다. 광복을 불과 아흐레 앞두고서 그들은 타국 땅에서 눈을 감았다.

—백설기처럼 얼굴이 하얀 사내도 네 어머니를 좋아했었는데.

언젠가 독일 어머니가 지나가듯 이야기한 적이 있었다. 이따금 집에 놀러오던 일본인 아저씨는 옛날이야기가 나오면 입을 다물었다. 그러거나 말거나 어머니는 여전히 신나게 말을 이어 나갔지만.

—난 그이를 응원했었어. 그만큼 좋은 사람이었지. 일제가 언제 패망할지 모르지만 지금쯤 어디선가 숨을 고르며 지내고 있을 거야.

—죽었을 수도 있잖아요.

내 말에 일본인 아저씨는 처음으로 입을 열었다.

—잡초를 자처한 사내는 절대 쓰러지지 않아.

해방이 되고도 한참이나 지나서야 그 이름을 만날 수 있었다. 야스쿠니 신사에서 리혜영이라는 석 자를 마주쳤을 때 나는 숨이 멎을 것만 같았다.

"이것은 천형이다. 오래 살아남아 아픔을 누려야 하는 천형…"

노신사는 노트북을 밀고 책상에 얼굴을 파묻는다.

*

"어서 오세요."

회색 니트에 청바지 차림의 은설이 단발머리를 찰랑이며 들어선다. 독주회 때 올리브색 드레스를 입었던 연주자와 동일인이라고 생각하기 어려울 정도로 수수한 모습이다.

은설은 진열대에서 콜드브루를 찾아 주문대에 올린다. 지한은 트레이에 얼음 잔을 담아 건넨다. 은설은 카드를 내밀며 묻는다.

"콜드브루와 핸드드립은 무엇이 다른가요?"

"생성되는 온도가 다르죠."

은설의 표정이 모호해진다.

"육회와 스테이크의 차이랄까요. 차갑거나 뜨겁거나."

비로소 은설의 얼굴이 환해진다. 덩달아 센스 있는 주인장이라고 생각한다. 실은 쇼팽의 〈녹턴〉이 들려왔을 때부터 했던 생각이다.

"선곡이 좋네요."

"쇼팽 좋아하시나 봐요."

"〈혁명〉과 〈영웅 폴로네이즈〉를 모두 한 사람이 작곡했다는 사실이 때론 믿어지지 않아요."

"농민과 귀족이 쇼팽의 자아에 모두 들어 있었기에 가능한 작업이 아니었을까요."

은설은 뒤통수 맞은 것 같은 표정이 되어 주인장을 바라본다. 알 듯 모를 듯한 웃음이 지한의 입가에 걸린다.

커피를 들고 창가에 자리를 잡은 은설은 크리스마스 알전구가 감겨 있는 여의도 공원을 바라본다. 풍경을 감상하던 그녀는 얼음 잔에 콜드브루를 천천히 따른다. 주인장의 머리카락처럼 연하디연한 갈색이 유리잔 속으로 실타래처럼 퍼져 나간다. 쇼팽이 손끝으로 두드리는 〈빗방울 전주곡〉 소리를 들으며 잔을 입가로 가져간다.

불순물이 투툭, 끼어든다. 소리는 점점 거세진다. 창가에 달라붙은 빗방울들이 덩치를 불리며 뭉글해진다. 제 무게를 이기지 못한 그것들은 결국 눈물이 되어 주르륵 흘러내린다. 손님들은 저마다 자신이 앉아 있는 자리에서 후드득 떨어지는 겨울비를 바라본다.

은설은 문득 카페 주인도 이 빗방울을 보고 있을지 궁금해진다. 무심히 시선을 옮겨보고 싶지만 차마 그럴 용기가 나지 않는다.

그때 창밖으로 한 노인의 실루엣이 잡힌다. 빗속을 뚫고 걷는 노인의 모습이 점점 선명해진다. 노인은 마치 일부러 비를 맞듯 천천히 거리를 걷고 있다.

*

"카인."

노신사는 어디선가 들려오는 소리에 사방을 두리번거린다.

"이 정도 하혈로 널 잃지 않을 거야. 너는 꼭 이 세상의 빛을 봐야 하니까."

노신사는 다시 주위를 살핀다. 그러나 빗줄기만이 눈꺼풀 안으로 들이찰 뿐이다. 노신사는 문득 걸음을 멈춘다. 겨울비 사이로 그날의 함성이 쏴아, 들려온다. 대한독립만세. 모두가 거리에 나와 한목소리로 외치고 있다. 그중에 어머니가 있다. 어머니를 놓칠세라 그는 곁에 딱 붙어 선다. 어머니 옆에 아버지의 얼굴도 보인다. 그는 두 사람의 손을 아스라지도록 잡는다. 지금 잡은 이 손을 다시는 놓지 않을 것이다...

쓰러진 노신사의 몸 위로 빗줄기가 사정없이 내리꽂힌다. 은설이 반사적으로 일어난다. 은설의 뒤를 따라 지한도 무중력의 시간 밖으로 뛰쳐나간다. 그 장면은 무성영화처럼 고요하게 재생된다. 은설과 지한이 노신사의 손을 양쪽에서 잡는다. 그리고 그를 일으키기 위해 안간힘을 쓴다. 노신사는 그 손을 꼬옥 잡고 놓지 않는다. 박제된 세상이 하얗게 소거된다.

*

1919년 무더운 어느 여름날 내가 태어났다. 처음으로 이 세상의 빛을 보았을 때 들었던 소리는 독일어와 일본어가 반반 섞인 감탄사였다. 병보석으로 출감한 어머니는 나를 세상에 내놓으신 후 바로 숨을 거두셨다. 나는 조선인이 아닌 이들의 도움을 받고 자라났다.

대화 한번 나누지 못했지만 나는 어머니에 대해 누구보다도 잘 알았다. 오랫동안 한 몸속에서 끊임없이 교감을 나누었기에. 거친 조밥과 무짠지가 탯줄로 흘러들어 오자 나의 머리카락과 손톱은 눈치 없이 몸집을 불려나갔다.

–사실 첫 만남 때, 엄만 아빠의 돈다발을 보곤 일부러 접근했던 거였단다. 헌데 어째서인지 아빠 얼굴을 보지 도둑질을 하려던 의지가 확 꺾이더구나. 선한 마음이 이긴 최초의 순간이랄까. 너의 탄생은 그때부터 시작되고 있었는지도 몰라.

어머니가 아버지의 이야기를 들려줄 때마다 나는 뱃속에서 온 힘을 다해 발길질을 했었다. 어머니는 그 신호를 수신하셨을까.

작가의 말

소설을 붙잡고 있던 4년 동안 나의 의식은 백 년 전 그곳에 머물러 있었다. 노트북이란 타임머신에 탑승하여 과거의 인물을 직조해내는 일은 참으로 힘겨웠지만 그만큼 보람차기도 했다. 억울하게 죽은 영혼들이 구천을 떠돌다 소설가 나부랭이에게 잠시 기대앉은 순간을 포착하여 그들의 밀어를 활자화시키는 작업. 소설이 주는 매력은 그 고됨을 이기게 했다. 문학을 포함한 모든 예술에는 인간의 절망을 희망으로 치환시키는 힘이 있다고 믿는다.

소설을 쓰는 동안 대한제국의 설움에 깊이 가닿고자 덕수궁 돌담길을 종종 걸었다. 을사조약을 재현해놓은 중명전의 밀랍 인형 앞에서 한참을 서성이기도 했다. 과거의 체취를 느끼게 해준 정동길과 기록을 남겨준 성명 미상의 스승님들에게 감사의 마음을 전한다. 『국화와 칼』(을유문화사), 『물 수 없다면 짖지도 마라-윤치호 일기』(산처럼), 『초당』(범우), 『조선의 마지막 왕, 고종』(자음과 모음), 『이완용 평전』(한겨레 출판), 『3월 1일의 밤』(돌베개), 『1.9.1.9-3.1』(전인교육)에서도 적지 않은 영감을 받았으며 일부 인용하기도 했다.

마지막으로 1918년과 1919년 사이를 마음껏 노닐 수 있도록 멍석을 깔아준 D와 출간에 도움을 주신 산지니 출판사 분들께도 고개 숙여 인사드린다.

태어나 거저 얻은 최고의 행운, 부모님께 이 소설을 바친다.

2023년 가을

고예나